서 리 연

겨울연꽃 **시리엔**

초판 1쇄 발행 2014년 5월 30일

지은이 주단영
펴낸이 윤승일
펴낸곳 고즈넉

출판등록 2011년 3월 30일 제319-2011-17호
주소 서울시 동작구 등용로 37, 106동 201호
대표전화 02-6269-8166 **팩스** 02-6166-9199
이메일 realfan2@naver.com

ⓒ 주단영, 2014
ISBN 978-89-6885-008-0   03810

겨울 연꽃

서리연

주단영 장편소설

고즈넉

| 차 례 |

신흥 왕국 조선은

고려 왕족의 후손들이 복위를 기도할지 모른다고 우려해

왕씨를 멸족시켜 후환을 없애려 했다.

강화도 이주를 빌미로 배에 태웠다가 모두 수장시키기도 하고,

왕씨라면 무차별적으로 살해하기도 했다.

살아남은 왕가의 후손들은 아예 성을 고쳐 다른 성씨로 살았고,

많은 왕씨들이 목숨을 보전하기 위해

깊은 산속 오지로 숨어들었다.

멸
망
의

밤

함성과 검이 맞대는 소리를 뒤로 하고 보화는 달렸다. 당장이라도 서슬 퍼렇게 번득이는 검이 등줄기를 벨 것 같아 소름이 돋을 때마다 사비를 잡은 손에 힘이 들어갔다. 가슴이 터질 듯 숨이 가쁘고 현기증이 일었다.

　"아가씨……. 저는 두고 빨리 가세요."

　"말도 안 되는 소리를 할 기운이 있거든 어서 달리기나 해!"

　보화 역시 차라리 고꾸라지고 싶을 정도로 고통스러웠다. 그러나 여기서 쓰러지면 자신은 물론 사비까지 죽는다. 보화는 얼마 남지 않은 힘이나마 꼭 짜내어 사비의 손을 힘껏 끌어 당겼다. 그리고 이제 감각조차 느껴지지 않는 다리를 다시 한 번 움직였다.

　"아가씨……."

　사비는 아마도 흐느끼는 것 같았다.

"울지 마! 울면 못 달린다고."

사비를 질책하면서도 정작 사비의 흐느낌이 옮은 모양이다. 눈시울이 뜨겁고 코 안이 매웠다. 복받치는 눈물을 누르기 위해 어금니를 꾹 물고 숨을 크게 쉬면서 보화는 사비에게 했던 말을 자기 자신에게 반복했다. 울면 안 된다. 울면 달릴 수 없다.

대체 왜.

대체 왜 이렇게 끔찍한 일이.

전부 꿈이라면 좋겠다. 이 모든 일이 하룻밤 흠뻑 시달리다 눈을 뜨면 금세 잊고 말 악몽이라면. 날이 밝으면 아버지와 사비에게 싫은 꿈을 꾸었다고 투정을 부리고 다시 어제 같은 오늘을 보낼 수 있다면.

'보화야, 당장 떠날 준비를 하거라.'

조금 전의 일이다. 늦은 시간인데 굳이 채비하라는 아버지를 갑작스럽다고 여기면서도 보화는 순순히 고개를 끄덕였다. 마침 어머니의 기일이 가까웠다. 기일 때마다 제를 지내던 근처 절이라도 가는 모양이라고 생각했는데, 아버지는 영 심상치 않은 표정으로 말을 이었다.

왕씨에 대해 흉흉한 소문이 돌고 있다는, 곧 큰일이 터질 것 같으니 너만이라도 정혼자를 따라 몸을 피하라는 이야기를 듣고 보화는 대경실색했다. 당연하지만 보화는 절대 혼자 떠나지 않겠다고 고집을 부렸다. 그러나 아버지는 평소처럼 웃음으로 자신을 어르지 않았다.

'어디 감히 아버지의 말에 대거리를 하느냐! 가타부타 잔말 말고 당장 사비를 불러 준비부터 해라.'

난생 처음 듣는 아버지의 엄한 책망이었다. 보화는 큰 충격을 받고 새파랗게 질렸다. 당장 울음을 터뜨릴 듯 두 눈 가득 눈물이 고였는데도 물러서지 않는 보화를 보고 아버지는 그만 긴 한숨을 쉬었다.

'일찍 어미를 잃어 측은했다지만 네 응석을 너무 받아주었구나. 벌써 혼인을 해서 자식을 두어도 충분할 나이건만 여직 아비에게 반항이냐? 자식에게 효도 받을 운은 아니었던 모양이다.'

'부모를 두고 자식 홀로 도망치는 효라니 들도 보도 못했습니다.'

'부모 마음을 편하게 만드는 것 이상으로 큰 효는 없느니라.'

보화의 뺨을 타고 뚝뚝 눈물이 흐르기 시작했다.

'보화야, 제발 이 아비를 편하게 떠날 수 있도록 해다오.'

보화는 도리질을 치다 결국 그 자리에 엎디어 목을 놓아 울기 시작했다. 쉽게 그칠 것 같지 않은 오열을 바라보던 아버지는 결국 손을 뻗어 서럽게 들먹이는 보화의 등을 가만히 쓸었다.

'괜찮다. 네 정혼자는 믿을 수 있는 사람이다. 너를 잘 돌보겠노라고 내게 약속했느니.'

아버지.

'보화야, 이 아비에게 약조해다오. 진흙 속에서도 아름답게 피는 연꽃처럼, 험난한 시절이 올지라도 꿋꿋이 살겠다고.'

마지막까지 다정하던 아버지의 모습을 떠올리자 보화는 더 이상 눈물을 억누를 수 없었다. 뜨겁고 축축한 느낌과 함께 시야가 뿌옇게 흐려지더니 가슴 깊은 곳에서 흐느낌이 북받쳤다. 순간 발이 엉뚱한 곳을 디뎠다. 보화는 발목에 날카로운 통증을 느끼며 균형을 잃고 말았다.

"앗!"

"아, 아가…… 꺄악!"

이미 제 몸 가누기도 힘들 정도로 지쳤던 사비는 보화의 무게를 버틸 수 없었다. 보화와 사비는 한데 얽혀 나뒹굴었다. 두 사람을 쫓아오던 군사들은 재빨리 그 소리를 포착해서 방향을 잡았다.

"이쪽입니다! 이쪽에서 소리가 들렸습니다!"

"쫓아라. 역도의 식솔이니 반드시 잡아야 한다!"

수많은 발소리를 끌고 빠르게 움직이는 횃불이 보였다. 보화는 덜컥 겁을 먹고 몸을 일으키기 위해 사비를 밀어내면서 버둥거렸다. 그러나 보화 위에 쓰러진 채 도무지 몸을 가누지 못하고 있는 사비의 무게는 만만찮았다. 애써 억누르고 있던 두려움이, 차라리 보지도 않았다는 양 지울 수 있기를 간절히 열망했던 기억이, 슬그머니 그 몸을 일으켜 보화를 덮쳤다.

농밀하고 짙은 어둠을 살라먹을 듯 타오르던 횃불. 횃불 아래 스산하게 번득이던 창과 검. 대역죄인 왕강은 당장 오라를 받으라는 믿고 싶지 않은 외침. 저택 곳곳에서 처절한 비명이 오를 때마다 피흐르는 몸이 나무토막처럼 나뒹굴었다. 생애 두 번은 겪고 싶지 않은 참혹함이었다.

그리고 사비와 자신도 곧 그 시체들처럼 차갑게 식을 것을 보화는 깨달았다.

"사비, 사비야. 어서 일어나! 빨리 도망가야……."

"여기 있다!"

우악스러운 손이 끼어들어 너무도 간단히 사비와 보화를 갈라놓았다. 짐짝처럼 들려 질질 끌려가던 보화는 순간 겁보다 분을 이기지 못해 치를 떨며 잡힌 손을 뿌리쳤다.

"무례하다. 네 이놈! 감히 누구에게 그 더러운 손을 대느냐."

무리에서 한 발짝 떨어져 상황을 지켜보던 군사 하나가 슬쩍 혀를 찼다.

"너무 기세등등하게 굴지 마시오. 얌전히 따라오는 편이 험한 꼴을 덜 볼 것입니다. 무엇 하느냐, 당장 포박하라."

"놓아, 놓아라! 이 무도한 것들."

보화는 자신을 붙드는 손에서 벗어나기 위해 악을 쓰며 반항했다.

"안 돼! 아가씨, 빨리 도망치세요."

그때 사비가 겁도 없이 군사를 붙들고 늘어졌다. 정작 그는 허리춤에 온몸으로 매달리는 사비를 귀찮다는 듯 힐끗 내려다보았을 뿐 꿈쩍도 하지 않았다. 이맛살을 찌푸리며 자신에게 시선을 보내는 군사에게 지휘관은 고개를 끄덕였다.

"처리해라. 어차피 시녀는 쓸모없다."

다음 순간 보화는 반사적으로 눈을 감았다.

무언가 따뜻한 것이 확 튀었다. 숨이 턱 막히는 것을 느끼며 보화는 덜덜 떨리는 손을 들어 뺨 근처를 머뭇머뭇 더듬었다. 손가락을 적시는 것은 뜨뜻하고 미끈거리는 그리고 꼭 피처럼 시뻘건 액체였다.

'피처럼?'

보화는 눈을 크게 떴다.

"사비……."

허공을 향해 멎은 섬뜩한 두 눈. 사비는 아무 대답이 없었다. 흙바닥에 드러누워 옴짝달싹하지 않는 그녀 주변으로 천천히 번지는 정체 모를 붉은색이 발치에 슬쩍 닿았을 때, 보화는 그제야 코를 찌르는 지독한 피비린내를 맡았다.

"사, 사비야."

"서둘러라. 시간이 너무 지체되었다."

"일어나, 사비야!"

어떻게든 사비를 깨워야 한다는 생각으로 보화는 악착같이 손을 뻗었다. 그러나 사방에서 그녀를 끌어당기는 팔들은 가차 없었다. 조금이라도 다가가기 위해 있는 힘껏 몸부림을 치는데도 사비는 오히려 멀어지기만 했다.

"놔라, 놓으란 말이다. 사비!"

억센 손이 보화를 끌어당기고 밧줄을 걸었다. 단정히 빗어 올렸던 머리채가 마구 헝클어지고 곱던 비단옷이 구겨지고 찢겨 추레하게 변했다.

전부 꿈이라면 좋겠다.

아버지의 역모도, 사비의 죽음도, 이 거친 손길도. 죄다 현실일 리

만무하다. 눈 뜨면 금세 잊을 한바탕 악몽이다. 지독하게 현실 같아 차라리 믿기지 않는.

"싫어……. 아버지!"

제아무리 날뛴다고 해도 곱게 자라 물정 모르는 계집에 불과하다. 간단한 임무라는 생각으로 심드렁한 눈을 한 채 사태를 지켜보던 병사는 문득 가슴을 치받는 섬뜩함을 느꼈다. 의아한 심정으로 시선을 내렸을 때 그는 자신의 가슴을 뚫고 솟아오른 시퍼런 검날을 보았다.

"그르륵……."

통증을 느낀 것은 호흡 대신 피거품을 뱉었을 때였다. 끄트머리에 맺힌 붉은 핏방울을 훑어내듯 검을 끌어당기는 손길을 따라 온몸의 힘이 빨려나가며 병사는 그 자리에 무릎을 꿇고 쓰러졌다.

보화를 묶고 있던 군사들은 당황해서 소리쳤다.

"누구냐!"

당연하다면 당연하게도 대답은 들리지 않았다. 검은 그림자는 그저 들고 있던 검을 한 번 휘둘렀다. 수많은 담금질로 단련했을 예리한 쇠붙이에 부딪혀 퉁기는 둔한 빛이 뚜렷한 궤적을 그렸다.

투웅.

이윽고 그림자는 땅을 박차며 달려들었다. 검이 어둠을 찢어발기며 크게 원을 그렸다. 검을 한 번 휘두를 때마다 피가 솟구치고 단말마와 죽음이 휘몰아쳤다. 보화는 그 모든 과정을 제대로 인지하지도 못한 채 그저 보고만 있었다. 그리고 한 꺼풀 한 꺼풀 차츰 짙어지던 소란스러운 밤이 바야흐로 침묵하자…….

휘영청 밝은 달빛 아래 살아 있는 이는 오직 둘뿐이었다.

마침내 멈추어 그 모습을 보인 그림자는 밤 속으로 스며드는 서녘 하늘처럼 어스름한 사내였다. 오직 그 손에 쥐고 있는 검만이 눈이 시리도록 선명했다. 보화는 참 기이하다고 생각했다. 눈 한 번 감았다 뜰 사이에 네댓 명을 베어 넘겼건만 피 한 방울 묻지 않고 파르라니 달빛 흐르는 검이라니.

"다친 곳은 없으십니까?"

그 목소리는 귓가를 부드럽게 어루만지는 것 같았다. 뒤이어 기꺼이 자신 앞에 무릎을 꿇는 사내를 보화는 멍하니 보았다.

"늦어서 죄송합니다. 고초가 심하셨지요."

안개 어린 달밤 마냥, 고요한 얼굴이었다. 아무 일도 없다는 듯 여상스럽게 보화를 살피는 얼굴을 바라보는 동안 지독한 안도감이 서서히 가슴을 적셨다. 긴장이나 공포마저 아무래도 상관없어지는, 이제 전부 다 괜찮을 것 같다는 생각마저 드는 압도적인 안도였다.

'괜찮다. 네 정혼자는 믿을 수 있는 사람이다.'

아버지의 말처럼 그리고 익히 알고 있던 사실대로 보화의 정혼자는 분명 믿을 수 있는 사람이었다. 그는 약속된 시간에 약속한 장소에 나타나 아버지와 나누었던 약속대로 보화를 구했다. 그러나…….

보화는 저도 모르게 사내의 옷을 붙들고 그 가슴팍에 잔뜩 일그러진 얼굴을 묻었다. 그는 약간 당황하는 것 같았지만 순순히 보화가 이끄는 대로 몸을 숙였다. 옷자락 너머로 전해지는 온기는 따뜻하고 포근해서, 보화는 밤새 참고 참았던 눈물을 드디어 쏟아낼 수 있었다. 너무나 자연스럽게 울먹임이 흘러넘쳤다.

"사비, 사비가……."

그저 침묵하던 사내는 한 박자 늦게 보화의 어깨에 손을 올렸다.

"제가 너무 늦은 탓입니다."

보화는 고개를 저었다. 당신 탓이 아니라고, 오히려 도움을 받아 목숨을 건졌으니 백 번 감사해도 모자라다고 말하고 싶었지만, 쉴 새 없이 흐르는 눈물 때문에 호흡조차 어려웠다.

서럽게 흐느끼는 보화를 달래며 중업은 혀라도 차고 싶은 기분을 꾹 억눌렀다.

상황은 예상보다 훨씬 급박하게 돌아갔다. 왕강의 연락을 받고 정이 중업을 보냈을 때 이미 사태는 돌이킬 수 없는 지경이었다. 결국 중업은 왕명을 받은 군사까지 죽여야 했다.

반역으로 몰려도 할 말 없는 행동이었지만, 주인의 명이 있었으므로 중업은 그 점에 대해서는 조금도 신경 쓰지 않았다.

명이라면 왕명을 받은 군사가 아니라 왕이라고 해도 검을 겨누어야 하는 것이 중업의 처지다. 명에 따라 명을 끊는 일에 익숙했기에 중업은 새삼스러운 죄책감 같은 것은 느끼지 않았다.

어쨌든 이 사항에 대한 수습은 자신의 몫이 아니다. 중업은 일단 할 수 있는 일부터 처리하기로 했다. 중업은 미리 준비했던 겉옷으로 피와 흙이 묻어 더러운 보화를 감싸 안았다. 보화는 부끄러운 기색도 없이 중업에게 몸을 맡기고 있었다. 난생 처음 두 발로 힘껏 달린데다 그 직후 실컷 울기까지 했으니 더는 꼼짝할 기운도 없이 탈진한 모양이었다.

보화를 안아 말 등에 태우며 중업은 그녀의 귓가에 부드럽게 속삭였다.

"편히 모시지 못해 죄송합니다. 조금만 참아주십시오."

쉬이 가라앉지 않고 자꾸만 들먹이는 호흡을 고르던 보화는 잠시 뒤 묵묵히 고개를 흔들었다. 그리고 잔뜩 쉬어 가라앉은 목소리로 띄엄띄엄 말을 이었다.

"혹시, 아버님은……."

말 위에 올라 보화를 감싸 안으며 중업은 잠시 입을 다물었다 떼었다.

"정확한 상황은 아직 모릅니다."

"……."

"일단 아가씨를 안전한 곳에 모셔다 드린 후에 상황을 알아보도록 하겠습니다."

보화는 가슴을 향해 턱을 당기며 가늘게 경련하고 있는 몸을 웅크렸다. 그리고 어깨에 걸친 겉옷을 여미며 중업에게 몸을 기대었다. 더는 제 힘으로 버티기 힘들다는 태도였다.

말이 빠르게 질주하기 시작했다. 한 팔로 보화를 안은 채 말을 몰면서 중업은 그녀를 가엽게 여겼다. 고삐를 잡은 손에 축축하게 땀이 스몄다.

알아볼 상황 같은 것은 더 이상 없다. 피범벅이 되어 불타고 있는 저택은 이제 곧 텅 비어 허허로운 폐허만이 남을 것이다. 그녀의 추억은 무엇 하나 남지 않았다. 때문에 앞으로 더욱 슬프고 아플 터였다.

중업은 그 사실이 마음에 걸렸다.

'너밖에 부탁할 사람이 없어.'

몹시 괴롭다는 듯 말하던 정을 생각했다.

'미안하다. 이렇게 위험한 일을 맡기다니……'

정이 중업에게 사과할 이유는 무엇도 없는데도.

정은 중업의 주인이다. 즉 무엇이든 명할 수 있는 권리가 있었다. 오히려 정이 간곡히 청한 바를 완수할 수 없었다는 사실이 자신을 죄스럽게 만들었다. 보화는 이미 상처를 입었고 안전한 곳으로 피하지도 못했다.

한 번 때를 놓친 상황은 시간이 흐르면 흐를수록 어렵게 돌아갔다. 경계 태세를 갖추고 도성 안을 샅샅이 훑으며 돌아다니는 군사들을 피해 목적지에 도달하는 일은 만만치 않았다. 비명이 솟구치고 시체가 나뒹구는 생지옥을 두 눈으로 똑똑히 지켜보면서 보화는 점점 더 지치는 듯했다.

중업이 치미는 초조함을 억누르다 못해 어금니를 지그시 깨물었을 때였다.

"당장 말을 멈추어라! 정체가 무엇이냐?"

대뜸 디밀어진 검을 피해 중업은 다급히 고삐를 당겼다.

흥분해서 발을 구르며 투레질을 하는 말을 가로막은 군사는 날카롭게 눈을 번뜩이며 노려보았다.

'난감하게 됐군.'

재빨리 등 뒤에 거느리고 있는 병사들을 훑는다. 족히 열 명은 넘는데다 모두 완벽하게 무장을 한 상태였다. 혼자 상대하기에는 벅찰 수밖에 없는 숫자였다.

군사는 신경질적으로 대답을 채근했다.

"통금을 어기다니. 말해라, 누구냐?"

중업은 침착하게 대답했다.

"동지사부총관을 모시는 몸입니다. 바깥 상황을 걱정하신 주인나리께서 외출하신 도련님을 빨리 모셔오라는 명을 내리셨습니다. 부득이한 상황이니 너그럽게 용서하십시오."

그는 이맛살을 찌푸리더니 중업을 꼼꼼하게 훑어내렸다. 가늘어진 눈이 중업의 품안에 안긴 보화를 향했다.

"그 여자는 누구냐?"

중업은 속으로 혀를 찼다. 상황을 적당히 무마할 만한 변명이 도무지 떠오르지 않았다. 어쩔 수 없이 어색한 핑계를 대었다.

"그 댁 도련님을 모시는 시녀입니다. 잠시 심부름을 나왔다가……."

대답을 끝내기도 전에 군사는 검을 뽑아 그의 목덜미를 겨누었다. 중업은 잠시 입을 다물었다 되물었다.

"어찌 이러십니까?"

"네 행색이 아무래도 수상하다. 네 놈 혹시 왕씨가 아니더냐?"

"당치도 않은 말씀입니다. 정 의심이 되신다면 동지사부총관 댁으로 사람을 보내 확인하시면 될 일입니다."

"그렇다면 그 여자는 어떠냐? 역도 왕강의 딸이 행방이 묘연하다는 명이다. 왕씨를 전부 잡아들이라는 왕명을 모르지 않겠지? 솔직히 답해라. 그 여자의 정체가 무엇이냐?"

"거짓은 고하지 않았습니다. 그 댁 도련님께서 총애하시는 아이입니다. 혹여 흠이라도 난다면 감당을 어찌하시겠습니까?"

중업의 대답은 오히려 그의 신경을 건드린 듯싶었다. 군사는 벌컥 짜증을 내며 검을 휘둘렀다.

"네 언동이 무엄하기 짝이 없구나. 왕명 앞에 알량한 권위를 내세우다니!"

"그렇지 않습니다. 저는 다만……."

군사는 목소리를 높여 호령했다.

"무엇하느냐, 이 녀석을 당장 포박하라!"

품안에서 보화가 차갑게 얼어붙는 것이 느껴졌다. 살기를 느끼고 불안하게 발을 구르는 말을 다루며 중업은 입술을 깨물었다. 아무리 자신이라도 한 사람을 보호하면서 이 정도 수를 홀로 상대하는 것은 무리다. 조금 전에야 한 번 전투를 치르느라 다치고 지친 군사들이었기에 허를 찔렀다지만 이들은.

'이대로 끌려가면 끝이다.'

심문을 받은 끝에 보화의 정체가 드러나 죽을 뿐이라면, 포위를 뚫고 도망칠 확률이 만에 하나라고 해도 차라리 반항하는 편이 낫다. 중업은 죽음을 각오하고 보화를 단단히 안은 다음 말의 옆구리를 걷어찼다.

"네 녀석이!"

품안의 보화가 숨을 크게 들이쉬면서 옷자락을 움켜쥐는 것이 느껴졌다. 중업은 안심하라는 듯 그녀를 안은 팔에 힘을 주었다.

다른 누구도 아닌 정에게 받은 명이었다.

'제발 부탁한다.'

그러니 보화만은 무슨 일이 있어도 살려야 한다.

'그녀를 구해야만 해.'

설사 자신이 죽는 한이 있더라도 반드시 보화만은.

"잡아라! 놓쳐서는 안 된다!"

초조한 외침과 동시에 연달아 시위를 퉁기는 소리가 들렸다. 중업은 말 등에 달라붙듯이 바짝 몸을 숙였다. 아슬아슬하게 곁을 스치는 화살이 시야에 언뜻 비쳤다 사라졌다.

'놓칠 바에야 죽이는 쪽이 낫다는 건가.'

오는 길에 보았던 무수한 시체를 떠올리고 중업은 입술을 깨물었다. 다음 순간, 오른쪽 어깨에 타는 듯한 아픔이 솟았다. 동시에 말이 앞발을 들어 올려 허공을 걷어차더니 소리 내어 울었다.

"큭!"

고삐를 잡고 있던 손에서 힘이 풀리며 중업은 몸이 붕 떠오르는 것을 느꼈다. 반사적으로 보화를 안은 채 몸을 돌려 등에서부터 떨어진다. 숨이 막히는 것 같은 충격이 온몸을 훑고 지나갔다.

"멈추어라!"

다급한 외침이 그 자리에 있던 사람들을 붙잡았다. 그리고 저 뒤쪽에서 땅을 박차는 말발굽 소리가 가까워졌다. 번듯하게 옷을 차려 입은 사대부 노인이었다. 노인의 말 뒤로 초롱을 들고 있는 하인 몇몇이 바지런히 쫓아오고 있었다. 그가 중업을 향해 목소리를 높여 소리쳤다.

"이보게! 자네, 동지사부총관 영감 댁 호위 아닌가?"

품고 있는 보화의 몸이 순간 경직되는 게 느껴졌다. 중업은 내심 혀를 찼다. 어차피 곧 들킬 일이라고 생각은 했지만 이 같은 방식은 아니었다. 그러나 수많은 눈이 지켜보는 가운데 동요를 드러낼 수 없었기에 중업은 깍듯이 고개를 숙였다.

"예, 영감. 오랜만에 뵙습니다."

"그래, 오랜만이네. 정이 그 녀석은 잘 지내고 있는가?"

살기등등한 군사들을 말 한마디로 진정시킨 노인은 현 대장군 직위에 있는 오몽을이었다. 좌명개국 1등 공신으로 이성계의 신임이 대단한 인물인데 김영감 댁에 자주 드나들며 친분을 쌓은 사이라 중업과도 안면이 있었다.

"예, 덕분에 건강하십니다."

"다행이구만. 조만간 만나자고 전해주게나."

몽을은 여전히 중업을 경계하는 군사들을 한 바퀴 둘러보면서 호령했다.

"검을 거두어라. 내 잘 아는 사람이다."

대장군의 명이 떨어지고서야 중업을 겨누던 검들이 일제히 검집으로 돌아갔다. 몽을은 눈짓으로 군사들을 보다 뒤로 물러서게 했다. 투레질을 하는 말을 가볍게 어르며 중업을 기이하다는 시선으로 보았다.

"이 사람아, 인정을 알리면 외출이 불가하다는 사실을 모르지 않을 것이네. 대체 무슨 급한 일이 있다고 이 사단을 내었는가?"

중업은 사정을 설명했다. 도련님께서 정안군 댁으로 밤 마실을 가셨는데 도성 안 상황이 영 불안하니 김영감의 명을 받아 급히 모시러 가던 길이라는.

중업의 이야기를 듣고 몽을은 고개를 끄덕였다.

"정이 정안군 마마와 가깝게 지낸다는 말은 나도 들었네. 한데 자네는 그렇다고 치고 그 시녀는 누구인가?"

"도련님을 모시는 시녀입니다. 잠시 심부름을 나왔다가 얽히는 바람에."

몽을은 겉옷에 폭 싸여 중업에게 안겨 있는 여인을 물끄러미 보았다. 옷자락 너머로도 심하게 떨고 있다는 사실을 눈치 챌 수 있을 정도였다. 평범한 시녀라면 충분히 경기를 일으킬 법한 상황이라고는 하나 솔직히 수상쩍다는 생각이 들었다. 그러나 몽을은 이 상황에서 굳이 김영감과 척을 지느니 정안군을 핑계 삼아 적당히 넘기면 될 일이라고 생각했다.

"흠, 알겠네. 그럼 내 정안군 댁까지 바래다주지. 또 이 같은 검문에 걸리면 곤란한 일 아닌가."

중업은 난감한 일이라고 생각했다. 정에게 맨 처음 받은 명령이야 보화를 빼내기 위해 군사를 죽였을 때 실패한 것이나 다름없다. 그렇다 해도 보화의 존재를 아는 이는 최소한으로 줄이고 싶었건만, 이 상황에서 제안을 거절한다면 너무나 수상한 노릇이고 몽을의 말마따나 또 들킨다면 수습은 더욱 곤란할 것이다.

중업은 일단 제안을 따르는 수밖에 없다고 결정했다. 차라리 정안군의 도움을 얻어 상황을 적당히 얼버무리는 편이 나을 것 같았다.

"호의에 감사드립니다, 영감. 폐를 끼치게 되어 송구합니다."

"본의는 아니었다고 동지사부총관에게 말이나 잘해주게나."

몽을은 웃으며 앞서 말을 몰았다. 중업은 한숨을 삼키며 그의 뒤를 따랐다. 살기 어린 군사들에게 둘러싸여 고초를 치르고 있는 보화는 그저 애처로웠다. 중업은 옷자락 너머 보화의 팔을 조심스럽게 쓸어내렸다.

영건방 본궁.

정안군 이방원의 자택은 서촌에 자리 잡고 있다. 서촌이라면 사대부는 물론 종친들이 거하는 곳이다. 그 중 대군의 저택이니 그 위용은 상상을 초월했다.

그 댁의 집사는 밤도 넘어 새벽이 다 되어가는 시간에 대문을 두드리는 한 무리의 군사를 보고 놀란 기색이 역력했다. 그러나 오랫동안 대군을 모신 사람답게 그 경악을 노련하게 갈무리하고는 대장군과 중업을 깍듯이 안으로 모셨다. 그리고 주인을 모셔오겠다며 조용히 자리를 비웠다.

부름을 기다리면서 중업은 한 발짝 뒤에 선 보화의 기색을 살폈다. 중업에게 받은 겉옷을 단단히 여미고 숨다시피 웅크린 그녀는 쓰러지지 못해 겨우 서 있다는 몰골이었다. 당연하겠지만 긴장하는 기색이 역력했다. 옷자락을 쥔 손에 힘이 잔뜩 들어가 하얗게 도드라진 모습을 중업은 조금 딱하게 여겼다. 아마도 두렵다는 이유만은 아닐 것이다.

고려 왕실의 피를 이었다는 종친의 자부심이 대단했던 그녀다. 지금 이 상황이 두렵기도 두렵겠지만 무엇보다 견딜 수 없이 치욕스러울 것이다. 역도라고 내심 경멸하던 이방원 앞에 죄인 취급을 받으며 끌려 왔으니. 그리고 또 한 가지……

"어서 오세요, 영감. 어인 일이십니까?"

"마마, 늦은 시간에 큰 실례를 범하옵니다."

자신을 환대하는 여인에게 몽을은 예를 갖추어 인사를 올렸다. 우아하고 잘 다듬어진 기품을 지녔지만 호락호락하지 않은 기백 역시 대단한 여인이었다. 날렵한 눈초리는 웃음이 어려 있는데도 어딘지 경계하는 빛을 띠었다.

"실례라니, 무슨 말씀을. 나리께서 기다리십니다. 방으로 드시지요."

"아닙니다. 실은 갈 길이 바빠 잠시 인사만 드리고 물러나야 할 것 같습니다."

그때 문이 열리더니 한 남자가 모습을 드러냈다.

"아니, 오몽을 영감 아니시오. 기껏 이 방원이를 찾아주셨는데 술 한잔 대접 못한다는 말입니까?"

대청마루에서 내려서 성큼성큼 걸어오는 남자에게 그 자리에 있던 모든 사람이 고개를 숙였다. 중업 뒤에서 보화는 얼굴을 가리고 있던 겉옷을 들어 그 틈으로 몰래 남자를 살폈다. 옷깃 밑으로 드러나는 보화의 얼굴은 어둠 속에서도 유독 핏기를 잃고 파랗게 질려 있었다.

이 댁의 안주인이라는 사람을 부인이라고 불렀으니 이성계의 다섯째 아들 정안군 이방원이 분명했다. 이성계의 여덟 아들 중 특히 능력이 탁월하고 대범하기 그지없는 성품으로 조선 건국에 큰 공을 세웠다는 걸물이며, 무엇보다 고려의 충신 정몽주를 선지교에서 쇠도리깨를 휘둘러 죽였다는 사실은 모르는 사람이 없다.

'저 남자라고?'

항간에 도는 험악한 이야기를 듣고 상상했던 모습이 아니다. 셀 수도 없는 전투를 치르면서 단 한 번도 패배하지 않았다는, 전설 속 인물 같은 고려 최고 명장의 아들이었건만 어쩐지 무관보다는 착실히 공부하는 서생 같은 분위기를 지닌 남자였다.

그러나 보화가 평정을 잃은 이유는 다른 것이었다.

'저 남자가 이방원이라고?'

믿을 수 없다는 심정으로 보화는 이제 이상하리만치 아득하게 느껴지는 한때를 떠올렸다. 그날…….. 그를 처음으로 만났던, 이 모든 일이 시작되었던, 너무나 멀고 아스라한 그날.

'저와 이 녀석은 정의 오랜 벗입니다.'

눈앞에 서 있는 남자는 꼭 지금 같은 웃음을 머금고 보화에게 말했더랬다.

'아마도 이 녀석이 당신을 도울 수 있을 것 같군요.'

그리고 그 곁에는.

"왕명을 받아 급히 강화에 가던 길입니다. 도중에 마마를 찾는 이들을 만나 실례를 무릅쓰고 찾아뵈었나이다. 아시겠지만……."

방원을 향해 몽을은 주름이 자글자글 잡힌 눈을 가늘게 떴다.

"요즘 돌아가는 꼴이 영 흉흉하지 않습니까."

"그러게 말입니다. 왕씨의 반란이라……. 이게 다 전하께서 너무 관대하신 탓입니다. 몇 번이나 후환을 깨끗이 처리해야 한다고 말씀을 올렸는데도."

흐릿한 웃음을 머금은 방원은 문득 눈을 내리 깔았다.

"아버님은 언제나 늘…… 지나치게 관대하시지요."

"그래서 대군마마와 삼봉 대감께서 힘써 보좌하시는 것 아니겠습니까."

"하하, 한가롭게 시간이나 죽이는 제가 무슨. 저보다야 삼봉 대감께서 고생이 많으시지요."

방원은 눈을 들어 몽을을 곧게 바라보며 덧붙였다.

"그렇지 않아도 바쁘신 몸이었는데 이제 군권까지 좌지우지하는 마당이니 어디 주무실 틈이나 있을지 이 조카는 몹시 걱정입니다."

말이 품고 있는 가시를 느끼고 몽을의 눈썹이 슬쩍 꿈틀거렸다. 그러나 방원은 모르는 척 태연한 미소를 머금은 채 이야기의 방향을 돌려버렸다.

"그런데 저를 찾는 사람이 있다고요? 하릴없이 한가한 사람을 찾아주다니 감사할 일입니다. 대체 누구랍디까?"

"……이 녀석입니다. 제 주인을 찾으러 간다고 통금도 무시한 채 말을 달리더이다."

몽을이 한 발짝 비켜섰다. 그 뒤에 보화와 더불어 서 있는 중업을 보고 방원은 눈을 동그랗게 떴다.

"아니, 중업 아닌가. 정을 찾으러 왔다고? 무슨 급한 일이 있어서?"

"대감마님께서 워낙 걱정을 하셔서 어쩔 도리가 없었습니다. 방해를 하게 되어 죄송합니다, 대군마마."

"자네가 죄송할 일이 무에 있다고. 정이 때문에 언제나 고생이 많군."

방원은 너털웃음을 터뜨리며 중업을 맞았다. 그리고 대뜸 자신이 나왔던 방을 돌아보며 소리를 높였다.

"정아, 이 녀석아. 썩 나오거라. 중업이 왔느니라."

"밤새 마음 편하게 술이나 마시려고 했더니……. 중업 네 녀석은 또 방해나 하느냐?"

짜증스럽다는 내용과는 달리 태평하기 그지없는 어조가 들리더니 문이 열렸다. 방원은 뒷짐을 지고 짐짓 농을 던졌다.

"방해는 무슨 방해냐. 너야 언제 어디서든 술만 있으면 마음이 편하지 않느냐."

"얼씨구. 대군마마, 지금 대체 누구 편을 드시나이까?"

문이 열리고 나타난 남자를 보고 보화는 더 이상 서 있을 힘을 잃었다. 비틀거리며 균형을 잃은 보화를 중업이 재빨리 부축했다. 보화는 하얗다 못해 파랗게 질린 안색으로 문이 열리며 나타난 남자를 뚫어져라 보고 있었다. 그 입술이 몇 번이나 들먹이더니 간신히 한 단어를 속삭였다.

"왜……."

목소리는 꺼질 듯 작았다. 유일하게 그 속삭임을 들을 수 있었던 중업의 눈이 어둡게 가라앉았다. 보화는 천천히 중업을 돌아보며 다시 한 번 속삭였다.

"대체, 왜……."

대청 위에 서 있는 남자가 문득 보화와 중업에게 시선을 두었다.

보화는 그 시선에 이끌리기라도 한 듯 다시 그를 마주 보았다. 두 눈길이 정확히 마주 닿았다. 보화는 덜덜 떨리는 턱을 고정하기 위해 입술을 꾹 깨물며 이상하게 호흡이 힘들다는 생각을 했다.

그는 기억 속 그대로 단아하고 아름다운 얼굴이었다. 그를 안다. 잘 알고 있다고 생각했다. 그러나 안다고 믿었던 그 사람이 전혀 다른 존재로 눈앞에 서 있다. 문득 귓가에 사비의 명랑한 목소리가 짜랑짜랑 울리는 것만 같았다.

'아가씨의 정혼자 되시는 분, 옥 같은 얼굴의 귀공자라고 다들 그

러던데요.'

지금껏 두 발이 디디고 있던 세상이 무너져 내리는 소리가 들리는 것 같았다. 그토록 굳건하고 단단하다고 생각했건만. 사실은 이렇게나 얄팍하고 무른 것이었다니.

'당신들…… 대체…… 누구지?'

보화는 까무룩 시야를 덮치는 현기증을 느꼈다. 발밑 땅 덩어리가 텅 비어 갈라지며 하염없이 꺼지는 것 같은 철렁한 감각에 현기증이 일었다. 영원히 계속될 것만 같은, 아침 따위 찾아오지 않을 것 같은. 그리하여 지옥 끝 나락처럼 끔찍한 밤이었다.

아득히 떨어져 내리면서.

끊임없이 다가왔다 멀어지는, 귓가에서 메아리치는 소리를 듣는다.

아마 이 친구가 당신을 도와드릴 겁니다.

김 아무개라고 합니다.

태어날 때부터 절친했던, 정의 오랜 친구지요.

감사의 뜻으로 드리겠습니다.

당신의 오라버니를 잘 아는 사람입니다.

몸이 도무지 가눌 수 없을 정도로 무거웠다. 양팔과 두 다리에 천 근만근 감당도 못할 추를 매달아놓은 것 같았다. 아무리 버둥거리며 몸을 바로 세우려고 해도 옴짝달싹할 수 없었다.

그 와중에 기묘하리만치 맑은 머릿속으로 보화는 다만 떠올렸다. 많은 장면 장면들이 마치 차례차례 넘어가는 회화처럼 보화의 눈앞을 흘러갔다.

불길이 오르고 비명이 솟았다. 겹겹이 겹친 시체는 산을 이루었다. 억울한 나머지 눈조차 감지 못하고 피바다에 드러누워 죽음을 맞이한 사람들. 이글거리는 불빛이 섬뜩하게 한 맺힌 얼굴에 드리우는 음영은 소름이 돋을 정도로 스산했다.

시간은 거친 물살을 타고 오르듯 빠르게 거슬러 올라갔다. 장면 장면이 넘어가는 속도는 점점 더 빨라졌다.

그 시절.

보화는 절절한 그리움으로 그 시절을 생각했다. 정과 중업과 자신이 있다. 화를 내고, 웃고, 가끔은 쑥스러웠던 것도 같다. 그리고 아버지의 모습, 사비의 모습. 두 사람 다 자신을 향해 웃고 있다. 마냥 행복했던 그러나 그 사실을 미처 깨달을 수도 없었던.

그 시절은 문하부지사 유민 대감의 자그마한 장난으로 산산이 부서졌다.

그가 발단이었다. 이성계와 공양왕의 운수를 점쳐보자는 술자리의 가벼운 여흥. 거기서 새어나온 소문이 퍼지는 순간 순식간에 역모의 발단이 되었다. 감히 왕의 운수를 점쳤으니 반란을 꿈꿨다는 죄목으로 유대감은 당장 압송당했다. 그리고 왕씨들을 살려둔다면 이 같은 일이 반복되리라는 대신들의 청을 이기지 못한 이성계는 왕씨를 모두 처단하라는 결정을 내렸다.

"왕씨들은 죄다 끌어내라! 감히 반역을 모의했으니 그 죄 참해야 마땅할 것이다."

공양왕과 그 아들은 유배지에서 사약을 받고 목숨이 끊겼다. 대간들의 끊임없는 상소 끝에 고려의 종친임에도 그 능력을 인정받아 귀하게 중용되었던 왕강과 왕격, 왕승보, 왕승귀는 결국 유배형을 받고 배소로 떠났다. 그리고 그들의 식솔들은 모두 관비의 신분이 되어 뿔뿔이 흩어졌다.

몇몇 살아남은 종친들은 국경을 넘어 명으로 몸을 피했다. 또는 깊은 산 속으로 몸을 숨긴 사람들도 많았다. 아니면 옥이나 전으로 아예 성을 바꾸었다. 엄한 칼날에 아버지를 잃었을지언정 단지 살아남았다는 사실에 감사하고 제 어머니의 성을 이어받은 아이들도 많았다. 전국 각지에서 다만 왕씨의 성을 이었다는 이유만으로 무고한 목숨이 셀 수도 없이 피를 흘리는 상황이었다. 그리고 그 모든 살인은 오직 왕명이었기 때문에 결코 범접할 수 없는 정당성을 얻었다.

"역모라니 무서운 일이네. 그 왜 요즘 나라님께서 편찮으신 이유도 다 왕씨들의 저주 탓이라던데. 궁궐에서 굿판까지 열렸다더라고."

"그야 역모는 무섭지만, 하루 벌어 하루 사는 이들이 어떻게 역모를 꾸미겠나? 택도 없는 소리야. 혹시 모를 후환을 남기지 않겠다는 속셈이지."

"끔찍하구먼. 씨족 하나를 작정하고 끝장내겠다니 그 이성계라는 작자는 하늘이 두렵지도 않은가. 절대 용서받지 못할 일일세."

서슬 퍼렇게 날뛰는 군사들에게 겁을 먹은 사람들은 감히 나설 생각도 하지 못했다. 자신들이 나선다고 해서 할 수 있는 일도 없었다.

그들은 혹시라도 불똥이 튈 것을 두려워하면서 문을 단단히 걸어 잠그고 한데 모여 남몰래 수군거렸다.

　오백 년을 이어왔던 왕조는 그렇게 참혹히 무너졌고, 살아남은 백성들은 불안감에 시달렸다. 하지만 백성들의 불안에도 불구하고 그 후에도 나라에서 주도하는 살육은 몇 년 동안이나 계속되었다.

　"나리! 살려주십시오, 나리!"

　"이 아이는 왕씨가 아닙니다! 제발 데려가지 마세요. 아니에요!"

　"역모라니, 모릅니다. 당치도 않습니다. 사, 살려주세요!"

　그것은 분명 유래 없을 잔인하고 무도한 학살극이었다.

왕공자와
이아무개 공자

"이제 왔구나."

보화는 한 번 돌아보지도 않고 사비를 맞았다. 사비는 고개를 끄덕이고는 조심스럽게 보화 앞에 무릎을 꿇고 앉았다.

공기는 쌀쌀했지만 햇살이 좋은 날이었기에 창문을 열어 두고 따사로운 볕이 쏟아지는 방 가운데 앉아 한창 바느질에 몰두하는 참이었다. 머리카락 하나 옷고름 하나 흐트러짐 없이 곱게 단장하고 앉은 매무새는 과연 그림 속 미인처럼 곱고 유려한 자태였다.

행랑어멈 말에 따르자면, 보화를 낳다 세상을 떠난 이 댁 주인마님이 대단한 미인이었단다. 그리고 보화는 제 어머니를 꼭 닮았다는 것이다. 그 탓인지 어떤지 죽은 아내를 잊지 못해 지금껏 첩 하나 들이지 않은 왕강은 하나뿐인 딸을 눈에 넣어도 아프지 않노라 마냥 귀애했다.

사비는 슬며시 목을 빼고 보화의 바느질감을 보았다. 솜을 넣어 도톰하니 살이 오른 누비버선이다. 보아하니 거의 마무리 단계인 것 같은데 코를 반듯하게 잡아 맵시 있는 모양이 사비 눈에도 제법이었다. 사비는 아부도 할 겸 거하게 호들갑을 떨었다.

"어머나, 그 버선 어젯밤에 마름질하시더니 벌써 다 만드셨습니까? 게다가 버선 모양 참 곱네요. 선이 아주 날렵한 것이……. 우리 아가씨 손 한번 야무지셔라."

"고작 버선 한 켤레 짓는 데 무슨 난리니."

눈썹을 찌푸리는 모양이 도리어 짜증스럽다는 어조였지만, 내심 뿌듯하리라는 사실을 사비는 잘 알았다. 이 새침하고 도도하기 짝이 없는 아가씨를 모신 세월이 어느덧 십여 년. 그 속내쯤 부러 젠체하는 목소리만 들어도 능히 파악할 수 있을 시간이다.

"주인 나리께서 무척 좋아하시겠습니다."

"아버님이야 내가 무엇을 드리든, 무슨 말을 하든 항상 기뻐하시지."

"그야 하나밖에 없는 따님이니 당연하지요."

사비는 웃으며 맞장구를 쳤다. 줄곧 버선을 바라보던 보화의 두 눈이 힐끗 사비를 향했다. 참먹을 붓에 듬뿍 찍어 하얀 화선지 위에 한 방울 떨구기라도 한 양 까맣고 반짝이는 눈동자였다. 그런데 어째 불그스레하니 피곤이 묻어나는 것 같다는 생각이 들어 사비는 고개를 갸웃 기울였다.

보화는 꼭 다물린 도톰하니 붉은 입술을 열어 말했다.

"하지만 하나밖에 없는 딸에게 일언반구 없이 혼사를 결정하셨지."

사비는 꼬투리를 잡혔다는 것을 깨닫고 목을 조금 움츠렸다. 하기야 보화 성격을 고려할 때 오래 참았다면 참은 셈이다. 저 눈을 보아하니 분명 밤새 씨근거리다 새벽이 다 되어 간신히 잠들었을 텐데, 저녁까지 오침을 들지 않고 저를 기다렸으니.

"네 네, 그렇지 않아도 안달복달 기다리실 아가씨를 위해 저잣거리 곳곳 발품 열심히 팔아 알아왔습니다."

"안달복달이라니. 누가 안달복달했다고 그러느냐?"

또 속 다 들여다보이는 새침이다. 사비는 부루퉁히 입술을 내밀며 투덜대었다.

"어련하시겠나요. 아버님이 너무 좋아 혼사는 관심도 없는 우리 아가씨인데요."

"사비 네 이년! 상전에게 그 말본새가 무엇이야."

보화는 바느질을 멈추고 대뜸 정색을 했다. 장단을 맞춰 고개를 모로 수그리고 눈치를 보면서도 사실 사비는 딱히 겁을 먹지는 않았다. 조르기만 하면 무조건 들어주는 아버지에게 마음껏 응석을 부리며 자랐기 때문에 변덕이 심하고 까다롭기는 했지만, 워낙 어렸을 때부터 함께 자란 탓인지 그다지 엄하고 무서운 주인은 아니었다.

"그래도 제 이야기는 궁금하시지요?"

잠시 주눅이 들었다는 척 입을 꾹 다물고 있던 사비는 슬그머니 시선을 올리더니 해죽 웃었다. 보화는 슬쩍 눈살을 찌푸렸다. 틀림없이 속 시원하게 화를 내고 냅다 내치고 싶다고 생각하는 것이다. 그러나 예상했던 대로 보화는 더 이상 화를 내지 않았다.

어쨌든 이야기는 듣고 싶을 터다.

"어디 읊어보렴. 시원찮으면 경을 칠 줄 알아."

"아무렴 아가씨 일인데 어디 허투루 했을라고요. 주인 나리도 참, 아가씨 신랑이 되실 분인데 아무 말도 없으셨다니 너무하세요."

제 일도 아닌데 기껏 진심을 담아 원망을 토로했건만, 정작 사비의 말은 다시 보화의 화만 돋운 듯했다. 촘촘히 누비던 버선을 다시금 제쳐두고 참으로 앙칼지게 화를 내었다.

"몇 년 주변 상황이 정신이 없으니 신중하게 생각하시느라 어쩔 수 없었던 거라고, 대체 몇 번이나 말해야 알아듣겠니? 듣기 싫으니 아버님 흠은 그만 잡으라고 했잖아."

사비는 얼른 다시 엎디었다. 애초에 자신을 붙들고 불평을 늘어놓은 이는 보화였으니 억울한 심정이야 굴뚝이었지만, 감히 상전에게 대들 수는 없는 노릇이었다.

"예에…… 죄송합니다. 하기야 정신이 없기는 없었지요. 나라님이 바뀔 수 있다니. 상상도 못했습니다. 어휴, 무서워서 원."

"당연히 일어나서도 안 되고 일어날 수도 없는 일이지."

보화는 싸늘하게 내뱉었다.

"나라님? 당치도 않아. 이성계는 역도의 무리일 뿐이야."

"아이구, 아가씨!"

사비는 기겁을 했다. 보화는 목소리를 낮추는 시늉도 하지 않았다. 주변에 사람이 없다는 사실을 잘 알면서도 괜히 불안했던 사비는 밖을 한 번 살피고는 열린 창문을 꼭 닫았다. 사비는 애간장을 졸이는데 보화는 그런 부산이 못마땅하다는 듯 이맛살만 찌푸렸다.

"왜 호들갑이야."

"왜 그렇게 태연하세요. 자칫 누가 듣기라도 하면 어쩌려고요! 나라님더러 여, 역도라니. 그런 무서운 말씀은 하지도 마세요."

"사실이잖아? 신하의 몸으로 왕을 몰아내고 옥좌에 앉았으니 역도가 아니고 무엇이란 말이니?"

"글쎄, 주인 나리께 또 혼이 나시려고요. 이미 한 번 꾸중 들으셨으면서……."

보화는 대번에 뽀로통한 얼굴이 되었다.

"사비 너, 아버지께 고자질이라도 하겠다는 거야?"

"자꾸 그런 말씀을 하시면 저라도 주인 나리께 말씀 올릴 밖에요. 그러다 정말 큰일 나시려고."

사비의 지적을 듣고 보화는 슬쩍 눈길을 돌렸다. 이미 아버지에게 몸가짐은 물론 말도 조심하라고 단단히 주의를 받은 바 있기 때문이었다.

'알겠느냐! 이제 이씨의 세상이니라. 못마땅하다고 한들 조용히 고개를 숙이고 살아야 하느니라. 절대 말을 함부로 하지 말거라.'

그때 네, 하고 순순히 대답을 하면서도 보화는 내심 불만을 품고 있었던 것이다.

"알겠으니 빨리 하던 얘기나 마저 하렴. 네 말대로 내 정혼자잖니!"

이야기를 하다 보니 다시 분이 치밀어오른 보화는 공연히 새근거렸다. 밤새 잠을 이루지 못하고 뒤척이는 동안 생각하고 또 생각했지만, 굳이 자신이 아니라 누가 듣더라도 어처구니없을 상황이 분명했다.

본래 양가의 규수라면 이른 나이에 정혼을 하고 혼사를 치르기 마련이다. 보화는 벌써 스물. 이미 혼인을 해서 아이 두엇은 두어도 이상하지 않을 나이였다.

보화 나이 열둘 때부터 매파들은 문지방이 닳도록 드나들며 혼담을 넣었다. 집안 반듯하고 얼굴 어여쁘고 영특하니 혼담이야 차고 넘치도록 들어왔다. 그러나 아버지 왕강이 들어오는 혼담마다 퇴짜를 놓는 사이 그 맥이 뚝 끊기고 말았다.

보화야 그 점에 아무 불만도 없었고 의문을 품지도 않았다. 시집을 가지 않고 아버지와 평생 살겠다고 조를 때마다 강은 귀엽다는 듯 웃으며 딸의 머리를 어루만지고는 했다. 때문에 보화는 당연히 강이 자신의 청을 허락했노라고 굳게 믿었던 것이다.

그러나 당장 그제 저녁, 퇴궐 후 늘 그렇듯 딸과 함께 뜰을 거닐던 강은 아닌 밤중에 홍두깨 마냥 보화의 입이 딱 벌어지게 만들었다.

'보화야, 사실 네게 정혼자가 있단다.'

그리고 아연실색하는 딸의 얼굴을 보며 웃었다.

'너보다 세 살 많은 한조 아들이다. 한조 그 사람이 갓 태어난 너를 보더니 꼭 너 같이 예쁜 며느리를 들이고 싶다고 청하기에 내 그러마 했지.'

김한조라면 보화 역시 얼굴 정도는 알고 있는 분이었다. 평소 아버지와 가깝게 지내며 자주 집을 오갔기 때문에 얼굴을 마주칠 때마다 인사 정도야 올렸지만 보화는 솔직히 그를 좋아하지 않았다. 얼핏 보기에도 차갑고 싸늘한, 꼭 뱀 같은 사람이었다.

'진작 이야기 하려고 했는데……. 요 몇 년 세월이 하 수상하여 도무지 짬을 내기 힘들었다. 한조 아들은 공부하겠다고 명으로 떠났으니 얼굴 볼 기회조차 없었구나. 그 사이 상황이 많이 바뀌었으니 혹여 파혼이라도 당하면 네 상처를 받을 것 같아 내 입을 다물었다.'

정작 보화는 차라리 파혼이 되면 좋겠다고 생각했다. 애초에 혼사에 관심도 없었거니와, 김한조를 닮은 아들이 그 상대라면 더더욱 싫었다. 보화의 속을 아는지 모르는지 아버지는 평온히 말을 맺었다.

'그렇다고 먼저 파혼을 요구할 수 있는 처지도 아니었다. 하지만 네 나이도 나이 아니냐. 그리고 한조 아들이 얼마 전 돌아왔다고 들었다. 그래서 한조 그 사람을 만나 미루었던 이야기를 마무리 지으려고 한단다.'

조만간 정해지는 대로 자세히 알려주겠다는 말을 끝으로 아버지는 입을 꾹 다물었다. 당연히 원하지도 않은 혼사를 치를지도 모른다는 걱정으로 단단히 뿔이 난 보화는 애꿎은 사비를 들들 볶았다. 당장 얼굴도 모르는 정혼자에 대해 '상세히' 알아 오라고 닦달한 것이다.

결국 보화의 채근을 견디다 못해 사비는 온종일 저잣거리를 돌면서 그 댁 주변을 헤매다 간신히 귀가를 한 것이다.

"그러니까 아가씨 정혼자 되신다는 분 함자는 김, 정자고요. 아버님이 현 동지……. 뭐라더라?"

"동지사부총관."

"예, 동지사부총관이요! 아무튼 역임하고 계시는 김한조 나리의 유일한 적자라고 하십니다. 그 댁도 손이 귀하시다는 모양이에요. 워낙 호방하신 분이라서 첩실도 많이 두셨는데 아들은 그분 딱 한 분뿐이라고."

"사비야, 그 정도는 나도 다 아는 사실이다만."

여전히 버선을 누비면서 보화는 새침하게 지적했다. 사비는 보화를 향해 무릎걸음으로 몸을 끌어당겨 앉았다.

"아이 참, 조금 기다리세요. 이제부터 시작이라니까요."

"그놈의 시작은 날이 저물어야 할 테냐?"

"네, 네. 알겠습니다. 그럼 제일 중요한 말씀부터 올립지요."

사비는 보화를 향해 몸을 바짝 기울이더니 극적으로 목소리를 낮추었다.

"인물이 아주 훤하시데요."

"인물?"

사비는 열심히 고개를 끄덕이면서 설명을 덧붙였다.

"만나는 사람마다 입에 침이 마르도록 칭찬을 하더라고요. 하늘에서 지상으로 나리는, 혹은 학이 인간으로 화하기라도 한 듯, 고아하신 신선 같다나. 백옥 같은 얼굴의 귀공자라고 소문이 아주 그냥 자자하던데요."

"흐흠, 읊어대는 모양을 보니 네가 꾸며낸 말은 아닌 것 같구나."

"지금 일자무식이라고 놀리시는 거지요? 예, 사비는 주워듣지 않으면 문자 따위 모릅니다요."

앵돌아진 양 툴툴대면서 사비는 슬쩍 보화의 눈치를 보았다. 바느질에 몰두하는 척 고개 한 번 들지 않았지만 귀밑머리 발그레 물든 귓불이 선명했다. 사비는 숨을 죽여 헤죽헤죽 웃었다. 역시 양반이든 천것이든 잘생기고 예쁘다면 혹하는 심정이야 다를 것 없다.

그때 보화가 홱 고개를 들었다. 사비는 찔끔해서 얼른 표정을 고쳤지만 보화의 눈은 대번에 의심스러운 빛을 띠었다.

"그래서?"

"예…… 예? 그, 그래서라니요?"

"너는 하루 종일 얼굴 이야기만 듣다 왔느냐? 다른 이야기는?"

"아, 네, 네에. 명에서 공부를 마친 재원이시고요. 성격도 어찌나 좋은지 그 댁 하인이라는 하인은 다 칭찬을 하더라고요. 아버님과 달리 온화하고 명랑하신 분이라나? 다들 좋아한데요."

보화는 가볍게 입 끄트머리를 비틀었다.

"그래, 까다롭고 변덕이 심한 분이지. 아버님과 전혀 달라. 두 분이 어떻게 친구인지 모를 일이라니까."

솔직히 남 말 한다는 심정이 되었지만 사비는 현명하게 입을 다물었다. 이 집안에서 오래 일했던 노복들은 하나 같이 입을 모아 보화 아가씨는 누구를 닮았기에 저렇게 드센 성정인지 모르겠다는 말을 했다. 아버지 강은 매양 온화하고 돌아가신 마나님도 조용하고 얌전하신 분이었는데, 어느 쪽도 닮지를 않았다는 것이다.

"다행히도 성정은 제 아버지를 닮지 않은 모양이구나."

"아버지를 닮아 풍류객이라는 이야기도 있더랍니다. 영랑이라는 기생도 홀딱 넘어왔을 정도라나……."

순간 보화의 어깨가 움찔 반응을 보였다.

"영랑? 혹시 명빈각 영랑 말이야? 천금을 낸다고 해도 제 마음에 내키지 않으면 얼굴 한 번 볼 수 없다는 그 영랑?"

"네? 아니, 어떻게 아시……. 잠시만요, 아가씨. 대체 그런 화류계 소문은 어디서 들으셨어요? 설마 몰래 밖에 나가셨나요?"

"시끄러워! 지금 중요한 것은 그게 아니잖아. 그 영랑이 넘어왔다고? 대체 명월각을 얼마나 드나들었다는 거야?"

"그, 그것이 아니오라. 영랑의 처소 밖에서 시조 한 자락 짜하게 읊었더니 아이고 도련님하고 냉큼 품에 안겼다나요. 얼굴 한 번 보면 못 넘어뜨리는 기생이 없다고 하데요. 도성에서 유명한 기생들이 이미 죄다 넘어갔……."

당황한 나머지 해서 안 되는 말을 줄줄이 읊었다는 사실을 깨달은 사비는 얼른 입을 다물었지만, 이미 때는 늦었다. 보화는 두 눈을 새파랗게 빛내며 자세를 바로잡았다.

"뭐라고? 명에서 이제 막 돌아왔는데 벌써 그런 소문이 돌아? 세상에, 맙소사! 외입장이 파락호라는 소리야?"

"아, 아이 참, 아가씨도. 원체 귀한 댁 도련님들은 다들 기방 한두 곳씩은 드나드는 법입니다요."

"네 말을 들으니 풍류나 즐기는 수준이 아니니까 하는 소리잖아!"

멋쩍게 웃으며 사태를 무마하려는 사비에게 보화는 냅다 소리를 질렀다. 그리고 분을 이기지 못해 한껏 달아오른 뺨으로 숨을 쌔근 거렸다. 사비는 아무래도 일이 커질 것 같다는 불길한 예감을 감지 했다. 과연 불길한 예감은 틀리는 법이 없어, 보화는 당혹스럽기 짝이 없는 선언을 했다.

"안 되겠다. 내 직접 얼굴을 봐야겠어."

"예? 직접 보시다니요? 어떻게 보시겠다는……."

"요즘 자주 드나드는 기방이 어디라던? 그 이야기도 당연히 들었지?"

사비는 입을 딱 벌렸다. 그리고 고개는 물론 두 손까지 흔들어 반대를 표했다.

"절대, 절대 안 됩니다! 세상에, 기방에 가시겠다구요? 나리께 들키면 제가 경을 친다고요. 차라리 제가 더 돌아다닐지언정 아가씨는 안 돼요!"

"네 이야기는 충분히 들었어. 네가 가르쳐주지 않는다면 나 혼자 도성 안 기방을 다 돌아야겠구나. 시간이 오래 걸릴 텐데 아버님께 들킬 가능성이 더 커지겠다."

"글쎄 안 된다니까요!"

사비는 할 수만 있다면 다리라도 붙들고 늘어지고 싶다는 심정으로 엎디어 간곡히 애원했다. 물론 언제나 그렇듯 고집을 피우기 시작한 보화는 사비의 간원을 귀 끝으로도 듣지 않았다.

"얼른 가서 하는 꼬락서니만 보고 나오면 된다. 네가 도와주면 금방 끝날 일이야."

보화는 발간 입술을 피가 맺히도록 꾹 깨물었다.

"여자를 데리고 분탕질이나 치는 사람과 혼인이라니 말도 안 돼. 확인하고 그 지경으로 끔찍한 남자라면 아버님께 혼사를 물러달라고 말씀드릴 거야."

"맙소사, 아가씨. 기방이 어떤 곳인지 알고나 계세요? 그냥 내키는 대로 들어갔다 나오고 할 수 있는 곳이 아닙니다! 게다가 사내도 아니시잖아요. 어느 기방이 기생 외에 여인을 들인답니까?"

보화는 특유의 새침한 표정을 지을 뿐 아무 말 없이 사비를 쳐다보다가 홀로 웃었다.

김정에게 남은 안주라도 푸짐하게 받은 모양이다. 불담사리 녀석이 장작을 아끼지 않아 자글자글 끓는 방바닥은 도둑 걸음을 걸어야 할 정도로 뜨거웠다. 그 가운데 정은 덥지도 않은지 두툼한 이불을 둘둘 감고 아주 포근하게 잠들어 있었다. 청향은 한숨을 쉬다가 극락이 따로 없다는 양 행복한 정의 표정을 보고 그만 웃고 말았다.

"도련님, 일어나시지요."

부드럽게 속삭이면서 어깨를 흔들었지만, 정은 눈살을 찌푸리며 몸을 뒤챘을 뿐 일어날 기색이 없었다. 청향은 결국 정이 말고 있는 이불을 홱 당기며 짐짓 엄포를 놓았다.

"이러다 날이 다 저물겠습니다. 어서 일어나세요. 방을 비우고 청소를 해야 손님을 맞을 것 아닙니까?"

"첫손님으로 나는 못마땅하다는 소리냐? 이 정도면 준수하다고 생각하는데."

잠긴 곳 없이 매끄러운 목소리를 듣자니 진작 일어나 있었던 모양이다. 정은 이불을 걷고 느릿느릿 몸을 일으켰다. 그리고 청향을 돌아보며 빙긋이 웃는 얼굴은 과연 온 한양 땅에 소문 자자하다는 미장부다웠다. 자다 일어나 소세조차 마치지 않은 얼굴이라고는 도저히 믿을 수 없었다. 청향은 속내를 숨기기 위해 부러 퍽이나 거창하게 한숨을 내쉬며 정 앞에 자리를 잡고 앉았다.

"그야 준수합지요. 준수하다마다요. 그러나 기방의 손님 기준을 잘 아실 텐데요?"

"알다마다. 비단 감아주고 옥가락지 끼워주고 옥비녀만 꽂아준다면야 추남이라 해도 미남 행세할 수 있는 곳이 기방이지."

"아무렴요. 개성 기생은 어떨지 몰라도 이곳 한양 기생은 오직 돈이 법도랍니다."

"개성 기생이나 한양 기생이나 노류장화 법도 아닌가. 크게 다를 것이 있을라고."

"호호호, 잘 아신다니 다행이군요. 꽃값을 내지 않고 방만 차지하면 설사 세자저하라고 해도 일개 무뢰배일 따름. 그런데 그리 잘 아는 분이 어찌 이러시는지."

말을 맺으며 청향은 곱게도 웃었다. 그 미소에서 심상치 않은 기운을 느꼈는지 정은 조심스럽게 눈치를 보았다.

"분명 잠들기 전에 중업을 집으로 보냈는데? 혹시 아직도 오지 않았나?"

"홍화루 동기(童妓)들 가슴을 진탕 흔들어놓고 야박하게 눈길 한 번 주지 않은 도련님의 호위라면 결국 돌아오지 못했답니다. 대신 그 댁의 다른 노복이 전언을 가지고 다녀갔지요."

"전언이라니?"

"너는 내놓을 돈이 없으니 네 알아서 하거라. 아침이든 밤이든 날이면 날마다 기방에서 소일하느라 얼굴도 비추지 않는 아들은 알 바 아니니 삶아 먹든 회 쳐 먹든 마음대로 하라십디다."

청향은 생긋이 웃으며 정의 아버지를 대신하여 일침을 놓았다.

"단, 올 정월에 음관에 오를 생각이 있다면 언제라도 연락을 달라고 하시던데요."

"아이고, 우리 아버지 성질 한번 급하시다."

정은 툴툴대며 방안을 둘러보았다. 그리고 머리맡에 놓인 소반에서 주전자를 들어 넘치도록 물을 한 잔 따랐다. 귀한 손님이니 바지런히 챙기라고 청향에게 신신당부 받은 동기 한 명이 아침나절 꿀까지 듬뿍 타서 갖다놓았기에 그 한 잔은 참으로 달고 시원했다.

"명에서 돌아와 얼마 지나지도 않았는데 하루가 멀다 하고 닦달하시기는."

청향은 정이 내려놓은 주전자를 들어 빈 물잔을 다시 채웠다.

"벼슬이 싫으십니까? 벼슬 한 자리 얻겠다고 평생 책을 붙들고 사재까지 다 터는 사람이 부지기수인데. 도련님은 공신 아버지 덕을

보아 그 어렵다는 과거를 볼 필요도 없이 턱 얻게 되었으니 좋은 일
아닙니까?"

"그 벼슬 얻어 무엇하겠다고."

화류계에서 오랫동안 갈고 닦은, 정확히는 갈고 닦을 수밖에 없
었던 예민한 감각으로 청향은 묘하게 싸늘한 기운을 느꼈다. 그러
나 조심스럽게 시선을 던졌을 때 정은 늘 그렇듯 해사하게 웃고 있
었다.

정은 웃음을 당의정 삼아 무엇이든 능수능란하게 덮을 수 있는 이
였다. 자신의 일이든 남의 일이든 가리지 않았다.

"해도 뜨기 전에 입궐해서 밤이 깊을 때 퇴궐하고. 해도 해도 끊이
지 않는 나랏일에 골머리를 썩이다니 한 번뿐인 인생을 왜 그렇게
낭비하나? 쓸데없어."

"그러시다면야 할 수 없군요."

청향은 얼핏 가슴을 스치는 기묘함을 저 편으로 밀어두었다. 애꿎
은 일에 괜한 호기심으로 머리를 디밀지 않고 그때 그때 적당히 장
단이나 두드려야 혹시 모를 화를 면하는 법. 청향은 그 사실을 잘 알
았다.

"부엌이 좋으십니까, 아니면 우물이 좋으십니까? 밀린 빨랫감도
설거지 거리도 많고 물독도 비었다고 하더군요. 부담 없이 고르시지
요."

"으음……."

졸지에 세담비나 수비 노릇을 할 처지에 놓인 정은 몹시 난감한

표정을 지었다. 정은 소맷자락으로 입가를 가리고 아주 즐겁다는 듯 생글생글 웃고 있는 청향에게 애교 있게 애원했다.

"청향, 우리 사이 아닌가. 부탁 하나만 들어달라고."

"어떤 사이를 말씀하시는지 모르겠사오나 일단 듣겠습니다. 돈 꾸 겠다는 청만 아니라면 못 들어드릴 것도 없지요."

"설마 먹히지도 않을 청을 하겠나. 그 정도로 아둔하지는 않아."

"아무렴요. 이 바닥 구르고 굴러 돈독이 오를 대로 오른 노류장화 기생년에게 신의를 기대하시면 아니 됩지요?"

"무슨 소리. 청풍명월 가을 밤, 한 떨기 국화처럼 향이 그윽하니 그 이름 청향이라. 모름지기 국화라고 하면 염계주돈이 왈, 국화지 은일자야. 국화는 꽃 중에 은일이라고 했으니 세상을 피해 절개와 지조를 지키는 그 자태 가히 군자에 비하노라. 그 국화를 제 이름자 삼은 자네에게……."

숨도 쉬지 않고 좔좔 읊어대는 정에게 청향은 어처구니없다는 표 정을 지었다.

"언제나 느끼지만 말씀 한 번 청산유수시오. 혀에 참기름이라도 바르셨는지 원."

"청산유수 잘 읊는 것 외에 용한 재주 하나 더 있는 혓바닥이야. 어때, 시험하련가?"

"용하다는 그 재주는 밀린 꽃값이나 낸 다음에 발휘하세요."

청향은 곱게 눈을 흘기며 정의 넉살을 받아쳤다.

"하시는 말씀을 다 듣자면 날이 저물다 못해 동이 틀 것 같으니 거두절미하고, 그래서 하시겠다는 청이 무엇이랍니까?"

"지필묵과 발 빠른 하인 한 명만 빌리지. 편지 한 통만 보내세."

"댁에 다시 청을 넣으시려고요?"

청향은 고개를 갸웃 기울이며 물었다. 정은 늘어지게 기지개를 켜면서 고개를 저었다.

"우리 아버지 성격을 안다면 택도 없는 일이지. 하지만 나는 비빌 수 있는 언덕이 아버지 외에 많거든."

"오죽하시겠습니까."

양반다리를 하고 앉은 정은 그 위에 팔을 올리고 턱을 괴더니 씨익 웃었다.

"이보게, 청향. 홍화루 수준을 한 단계 높일 수 있는 기회를 주겠어. 이자 후하게 쳐서 갚는 셈이라고. 그러니 박집사에게 준비 단단히 하라고 이르게."

"어머나, 대체 무슨 편지를 보내시기에 이렇게 위세가 등등하실까."

"귀띔이야 할 수 있지. 너무 놀라지 말라고. 내 편지를 받고 이 나라의 임금께서 납실 거야. 콧대 세울 만하지 않아?"

청향은 어처구니없다는 표정으로 정을 보았다. 허풍 심한 성격이야 진작 알고 있었지만, 그렇다고 임금 운운이라니 장난도 정도가 있다. 그러나 정은 단단히 믿는 뒷배가 있다는 얼굴을 하고 의기양양하게 웃었다.

그리고 약 두 식경 뒤.

정의 예언 아닌 예언대로, 홍화루는 걸음걸음 꽃이라도 뿌릴 듯 열렬한 환영으로 새 손님을 맞았다. 정안공 작위를 받은 현 왕의 다섯째 아들이 친히 걸음을 했으니 당연한 일이다. 그리고 정은 추락했던 속도보다 훨씬 빠르게 빚쟁이에서 손님으로 복원되었다.

"표정이 영 좋지 않구나."

방원은 청동화로에서 따끈하게 데워지고 있는 주전자를 들어 정의 잔에 따랐다. 황금빛 국화주는 넓은 방안을 그윽한 국화 향으로 가득 메웠다. 그러나 잘 익은 국화주는 물론 수라상 부럽지 않을 거한 술상을 앞에 두고 정은 정작 심드렁한 표정이었다.

"방원아."

"고맙다는 말은 됐다. 한두 번이 아니라서 새삼스럽다."

무려 왕자가 손수 내린 술을 정은 감사한다는 기색도 없이 한 손으로 받아 훌쩍 비웠다. 그리고 여전히 심드렁한 표정으로 투덜대었다.

"떡 줄 사람은 생각도 않는데 김칫국부터 마시기는. 기방에서 사내 둘이 궁상이나 떠는 마당에 감사할 맛이 퍽도 나겠다."

녹은 엿가락처럼 엉겨 붙으며 아양을 떠는 홍화루 기생들을 양 팔에 거느렸을 때 정은 흐뭇한 기색이 역력했다. 그런데 방원이 조용히 이야기할 수 있는 방 한 칸과 술이면 된다는 청천벽력 같은 발언으로 기생들을 죄다 물린 것이다.

"너는 나를 부르면 얼씨구나 대령하는 돈 쌈지 정도로 생각하는 모양이군."

"그럴 리 있나. 청하면 감사히 납시는 귀한 돈 쌈지에게 어디 감히."

방원은 피식 웃으며 장침에 비스듬히 기대어 턱을 괴었다.

"네 이놈, 무례하구나."

담고 있는 내용과는 달리 어조는 노래하듯 경쾌했다. 즉, 그저 농담이다.

"어이쿠, 정안공 마마. 죽을죄를 지었나이다. 소인이 따르는 술 한 잔 받으시고 그만 노여움을 푸시지요."

때문에 정은 책이라도 읊듯이 건성으로 장단을 맞추고는 아직 비어 있는 방원의 잔을 채웠다. 방원은 잔을 받기는 했으나 무슨 까닭인지 마시지 않고 상 위에 내려놓았다. 마셔도 마셔도 취하지 않는 방원의 밑 빠진 독 같은 주량을 잘 아는 정은 의아하게 물었다.

"너 오늘 이상하다. 천하의 이방원이 여자를 다 물리고 술까지 마다하다니 천지가 개벽할 노릇이야. 몸이라도 안 좋냐?"

"돈 쌈지만도 모자라 외입쟁이 취급까지 하는구나."

"안주인 되는 분께는 입 꾹 다물 테니 걱정일랑 말고."

정은 제 풀에 웃으며 스스로 자기 잔을 채웠다.

"맞다. 이번에도 아들이라고 했지. 이름이 뭐라고?"

"제다. 이제."

"좋은 이름인데. 어머니를 닮았다니 미남으로 자라겠어. 날이 추운데 고뿔이라도 걸리지 않게 솜옷 한 벌 보낼까? 내 시녀 중에 손끝 야무진 아이가 있는데."

"호들갑 떨면서 불면 꺼질까 쥐면 터질까 싸고도는 외삼촌만 넷이다. 고뿔은 무슨, 바깥바람 쐴 일도 없겠더군."

"오라버니들이 제 누이를 그렇게 아낀다면서? 그 아끼는 누이가 낳은 조카인데 오죽 귀여울까."

사실 방원은 일찍이 셋이나 되는 아들을 어린 나이에 잃은 경험이 있었다. 오죽하면 집 터 문제 같으니 이번 아이는 외가에서 키우고 싶다고 그 드세다는 부인이 간곡히 청할 정도였다. 아이도 어머니도 건강하기를 바란다는 축원은 오히려 상처를 후빌 뿐이라는 사실을 잘 알기에 정은 더 이상 아무 말도 하지 않았다.

"그 잘생겼다는 얼굴 얼른 봐야 할 텐데."

"얼굴이야 언제라도 보러 와도 좋지만……. 그 전에 정이 너, 대체 언제까지 이 모양으로 소일할 셈이냐."

또 금세 잔을 비우고 다시 주전자를 들어 올리던 정은 문득 방원을 보았다. 감길 듯 부드러운 어조와는 달리 방원은 드물게 웃음기를 지운 얼굴이었다. 평소처럼 농담으로 치부할 수 없다는 느낌이었다. 쉽게 넘어가지 않을 것 같은 예감이 들어 정은 슬쩍 눈길을 돌렸다.

"우리 아버지께서 감히 정안공께 잔소리라도 하셨나. 오늘따라 왜 이래?"

"가문도 능력도 빠지지 않는 녀석이 세월을 죽이며 마냥 방황만 하는데 아깝지 않을 사람이 어디 있겠나. 어때, 자나 깨나 나라를 걱정하며 마음을 졸이는 벗을 위해 출사하지 않겠나?"

"기생 끼고 술이나 마시는 꼴이 무슨 방황이나 되겠냐. 근사하게 감싸주니 고맙기는 하다만."

스스로 따른 잔을 훌쩍 비운다. 입안을 감도는 그윽하고 짙은 국화향을 기대했지만, 뒷맛은 그저 씁쓸했다. 정은 손 안에서 구르는 텅 빈 잔을 바라보며 피식 웃고 말았다. 제 속내를 잘도 드러내는, 아이 마냥 솔직한 입맛이다.

"벼슬이 싫다는 이유라도 들어보자. 너 정도라면 음직으로 시작한다고 해도 아버님께서 금세 귀하게 쓰실 텐데."

"그쯤 해라. 아무리 나라도 민망하다."

방원의 말을 가능한 농담처럼 넘기기 위해 애를 쓰면서 정은 더 이상 만날 수 없는 숙부를 생각했다. 이제는 자신을 어르며 조용히 웃음 짓는 얼굴마저 안개처럼 희미했다.

정은 본디 아버지보다 숙부를 더 따르던 아이였다. 명에 머물며 학업에 힘쓸 때도 숙부의 안부를 잊지 않고 챙겼다. 그러나 정이 귀국해 그의 안부를 물었을 때 아버지는 더 이상 숙부를 만날 일은 없을 테니 하루 빨리 음관에 나갈 준비나 하라는 말을 던졌다.

'어리석은 녀석! 충정이니 절개 같은 허울 좋은 명분이 대체 무슨 쓸모라더냐.'

그리고 정은 숙부가 모든 연을 끊고 뜻을 함께하는 동지들과 두문동에 칩거했다는 말을 들을 수 있었다.

숙부는 정에게 서신 한 장 남기지 않았다. 아니면 남겼는데 아버지 손에서 처리됐는지도 모를 일이다. 아버지라면 능히 그럴 만했다. 그럼에도 숙부에게 버림받았다는 씁쓸한 감정은 어쩔 수 없었다.

아버지의 의견에 어느 정도는 공감했다. 이미 돌이킬 수 없는 왕조를 위해 가족을 버리고 세상을 등질 필요성을 정은 무엇도 알지 못했다. 그러나 숙부의 선택을 아버지처럼 마냥 무시할 수도 없었다.

아버지는 변절자의 길을 택했다. 그리고 정은 그 아버지의 혜택을 마음껏 누리며 자랐다. 무엇도 스스로 택한 바 없이 그저 누리고 즐겼을 뿐이기에, 스스로 고난을 택한 고결함을 차마 경멸할 수 있는 위치는 아니라고 생각했다.

결국 정은 오늘도 적당한 웃음으로 마음 속 모든 고뇌를 덮어버렸다.

"귀찮은 일은 싫어. 기생 끼고 술이나 마시는 인생이 즐겁지."

방원은 더 이상 이야기를 포기하고 고개를 저었다.

"알겠다. 귀찮은 잔소리는 이만 하지. 하지만 딱 하나 충고하는데, 계속 그 모양으로 세상일에 모다 눈 감다가는 큰 코 다칠 날이 올 거다."

"협박이냐? 네가 말하면 무서운데."

"힘들다는데 도와주지도 않는 친구 녀석 구박 좀 한다고 아무렴 어때."

폐를 끼친다는 자각은 누구보다 잘하고 있는 정은 할 말을 잃고 어깨를 움츠렸다. 괜스레 술 주전자를 찾아 상 위를 훑으며 입 속으로 웅얼거린다.

"아니, 왕자마마께서 힘든 일이 대체……. 아니다. 너 어릴 때부터 사서 고생하는 버릇이 있었지. 내 깜빡했다."

"그래, 그 사서 고생하는 버릇 때문에 너 같은 놈도 친구라고 챙기느라 참 힘들다."

방원은 빙그레 웃으며 말을 받았다.

"아버지 잘 만나 왕자 자리까지 얻었는데 즐기면서 편히 살지 못할망정. 너 또 나서서 쓸데없이 귀찮은 일을 만드는 모양이구나."

"이 녀석아, 나랏일이 쓸데없이 귀찮은 일이냐?"

핀잔을 주던 방원은 말을 바꾸었다.

"아니, 귀찮은 일이 맞기는 맞지. 얼마 전에는 아버님 고집으로 천도니 뭐니……. 하기야 그 일은 삼촌께서 다 도맡아하셨다만."

"삼촌? 아아, 삼봉 대감 말이구나."

"그래, 아버님과 어머님의 신뢰를 한 몸에 받고 계신, 온 나라에 그 이름을 떨치는, 감히 적대할 자 없는 삼봉 정도전 대감 말이다."

그 어조는 묘하게 섬뜩한 것을 품고 있었다. 자신을 향한 말이 아니라는 사실을 아는데도 뒷덜미가 선득했다.

그때였다.

"사람을 잘못 보았다지 않느냐!"

"사람을 잘못 봤어? 변명이랍시고 고작 그 말밖에 못하니? 꽃값 떼어먹은 인간 얼굴을 못 알아볼 것 같아? 이렇게 잡았으니 절대 곱게는 안 보낸다!"

방원이 슬며시 눈살을 찌푸리며 문 쪽으로 고개를 돌렸다. 굳이 궁금하지 않은 시끄러운 분탕질을 어쩔 수 없이 듣고 있자니 썩 기분이 좋지 않았다. 못마땅한 심정으로 사람을 불러 입을 다물게 할까 고민하는데 정이 냅다 문을 열고 밖으로 고개를 내밀었다.

더욱 선명하게 짜랑짜랑 울리는 소란이 귀가 아플 지경이라 방원은 혀를 찼다.

"너무 시끄럽군. 손님을 모시고 할 짓이 아닌데."

"아, 저 아이는 홍매라고 하는데 원래 성질이 보통이 아니야. 누군지 모르지만, 저 아이 꽃값을 떼먹다니 고생 좀 하겠어……. 응?"

흥미진진하게 지켜보던 정은 갑자기 문 밖으로 몸을 내밀었다. 덕분에 정 뒤쪽으로 앉아 있던 방원 역시 바깥 상황을 잘 볼 수 있었다.

그 성질이 대단하다는 기생에게 멱살을 잡혀 곤욕을 치르는 이는 아직 채 약관이 되지 않았을 젊디젊은 청년이었다. 그 얼굴을 보고 방원은 자신도 모르게 가볍게 감탄하고 말았다. 저 정도 선이 곱고 아름다운 외모라면 여자라고 해도 가히 절색이라 할 만했다.

"네 이놈, 무례하다! 천것이 주제를 모르고 감히 누구에게……."

그러나 반발하는 기세는 서슬 퍼렇게 대단했다. 기생은 물론 저 청년의 성정 역시 만만치 않으니 소란이 길어질 것 같다는 생각을 했을 때였다. 몸까지 내밀고 밖을 살피던 정이 불쑥 중얼거렸다.

"홍매에게 안된 일인데, 엉뚱한 사람을 붙들고 괜히 기운을 쓰기는."

"엉뚱한 사람이라니?"

정은 방안으로 몸을 당겼다. 그리고 방원을 향해 돌아앉으면서 단언했다.

"여인이 어떻게 꽃값을 떼어먹는다고. 안 그래?"

"여인?"

방원은 의심스럽다는 시선을 던졌다. 정은 태연하게 고개를 끄덕였다.

"아무리 남복을 했다고 해도 목이나 어깨, 허리는 숨길 수 없지. 척 보면 알잖아. 그리고 저 체격은……."

정은 여인을 가리키며 능숙하게 설명했다. 말문이 막혀 얌전히 듣던 방원은 그만 혀를 차고 말았다.

"눈썰미 한 번……. 나 참, 여인이라면 아주 통달을 했구나."

"나는 사람을 찾으러 왔다. 김정이라는 사내가 이곳에 자주 다닌다기에 오늘 처음 발걸음 했을 뿐이야. 당치않은 누명을 씌우려 들다니! 내 가만두지 않을 것이야!"

마침 마른 목을 축이기 위해 술을 머금었던 정은 대차게 사레 들린 기침을 시작했다.

정작 방원은 숨이 넘어갈 듯 기침하는 정에겐 관심도 두지 않았다. 잡을 곳 없는 손을 허우적거리는 정을 밀어내고 대신 그 자리에 앉은 방원이 목소리를 높였다.

"잠시 멈추게. 공자, 혹시 찾고 계신다는 사람이 동지사부총관 김한조 영감의 적자 김정이 맞습니까?"

드잡이질을 하던 두 사람의 눈이 일제히 방원을 향했다.

오늘 귀한 손님이 오신다는 언질을 받은 바 있는 기생은 그제야 큰 실수를 저질렀다는 사실을 깨달았는지 새파랗게 질려 얼른 멱살을 놓았다. 남복을 한 규수는 한 발짝 물러나는 기생을 차갑게 노려보더니 흐트러진 옷차림을 가다듬고 방원을 향해 돌아섰다.

"그렇습니다만……. 뉘신지요. 그분을 아십니까?"

"아, 갑자기 죄송합니다. 저와 그리고…… 이 녀석은."

방원은 살짝 몸을 틀어서 아직도 기침을 하고 있는 정을 가리켰다.

"정의 오랜 친구입니다. 특히 이 녀석은 정을 아주 잘 알고 있지요. 태어났을 때부터 절친한 사이라서요."

"쿨럭! 이봐, 쿨럭. 큼. 갑자기 무슨 소리를 하는 거야?"

"친구라는 말에 새삼 쑥스러워할 것 없다. 공자, 정을 찾으신다니 무슨 일인지 여쭤도 될는지요. 혹시 도움이 될 수 있을지도 모르는 일 아닙니까."

그리고 방원은 정의 비난하는 눈길은 아랑곳 않고 여인을 냉큼 안으로 맞았다. 이름을 묻자 그녀는 왕 아무개라고 부르면 충분하다고 대답했다. 대답하기 전 당황한 표정으로 잠시 머뭇거리는 것을 보니 가명으로 쓸 이름을 미처 생각하지 않은 것 같았다.

하는 짓이 영 허술한데다 조금 전 홍매를 대할 때 지나치게 당당하던 태도를 보더라도 분명 좋은 집안에서 세상 물정 모르고 자랐을 사대부 규수였다.

'사대부 여인을 건드린 적은 없는데. 왜 날 찾지?'

정은 머리가 아팠다. 오늘따라 이상하게 귀찮은 일이 연달아 일어난다는 느낌이다. 참 얄밉게도 방원은 이 상황을 한껏 즐기겠다는 얼굴이었다.

"왕 아무개라……. 그럼 왕공자, 저는 이 아무개입니다. 이 친구는 김 아무개지요. 좋을 대로 부르십시오."

잘도 장단을 맞추고 있다. 본래 여인에게 무르다는 사실이야 잘 알았지만 당하는 입장이 되니 정은 못내 기분이 나빴다.

"그럼 사정을 듣고 싶습니다만."

그녀는 물을 한 잔 마시더니 이야기를 시작했다.

"제게 아끼는 친척 여동생이 한 명 있습니다. 예문관제학 직위에 계시는 왕강 어르신의 외동딸이지요."

"허어, 예문관제학 왕영감이시라고요?"

호기심을 드러내며 아는 척을 하는 방원에게 여인은 고개를 끄덕였다.

"예, 알고 계신지요."

"학식과 덕이 깊다는 말은 익히 들은 바 있습니다."

방원은 자세를 바로잡고 보다 진지한 자세를 취했다.

"이렇게 가까운 분과 만나 뵙게 되다니 기쁩니다. 말씀 계속하시지요."

"아……. 곧 혼례를 치를지도 모른다는 이야기를 듣고 축하 차 얼굴을 보러 왔는데 여동생의 걱정이 대단해서요. 정혼자에 대해 영 좋지 않은 소문이 돌아서 불안하다고 하더군요. 오라비 되는 입장에서 저도 신경이 쓰여서 말입니다. 어떤 사람인지 그 인물 됨됨이를 알아보고자 들렀습니다. 그 김정이라는 남자……."

여인은 눈을 가늘게 뜨며 싸늘한 불만을 드러냈다.

"평소 기방에 자주 드나든다고 하더군요. 특히 이 홍화루에요."

"저, 정혼자?"

상상치도 못한 말을 듣고 넋을 잃었던 정은 저도 모르게 말을 더 듬으면서 이야기 사이에 끼어들었다.

"예, 아는 바 없으십니까?"

여인은 태연하게 되물었다. 당연하지만 전혀 없다. 점점 더 심한 두통이 몰려오는 정과 달리 방원은 본격적으로 흥미진진하다는 얼굴이 되었다.

"얼마 전에도 만났는데 전혀 들은 바 없습니다. 그 녀석, 우리 사이에 너무하는데."

이 자리의 자신을 향한 비난이라는 사실을 모를래도 모를 수 없다. 무척 억울한 기분이 들어 정은 어름어름 변명을 했다.

"아니, 아마 정도 몰랐던 것이 아닐까……."

"그래? 하기야 아버님께 아무 말도 못 들었는지도……."

"그래, 그랬을 거야. 안다면 진작 말을 했겠지."

자기 자신을 제삼자 위치에서 변호한다는 묘한 기분을 느끼며 정은 머리를 짚었다. 이름을 물었을 때와 달리 머뭇거리지 않고 이어지는 이야기를 듣자니 거짓은 아니다. 굳이 저런 거짓말을 할 필요도 없다. 하지만 아무리 아버지라도 자신의 혼례를 결정했다면 말씀을 하셨을 텐데.

한편 방원은 그답지 않게 몹시 공감한다는 표정을 지으며 고개를 끄덕였다.

"저도 여동생이 있는 입장이니 그 마음 능히 이해합니다. 잘됐군요. 아마 이 녀석이 공자를 도울 수 있을 것 같습니다."

"뭐? 잠깐! 뭘 멋대로……."

"도와드려라. 너는 외동이라 여동생 있는 오라비 마음을 모르는 모양인데. 오죽 걱정이면 그 녀석 찾겠다고 기방까지 순회를 하시겠냐."

다시 한 번 강조한다.

"도와드려."

오늘따라 이상하게 연달아 일어나는 귀찮은 일 대다수는 이 친구 때문이다. 그간 쌓인 묵은 불만을 이 기세를 몰아 한 번에 처리하고 싶은 모양이었다. 일을 만들어서까지 몰아주는 꼴이라니 아주 작정을 했다.

정은 기왕지사 될 대로 되라는 기분으로 말했다.

"알겠습니다. 도와드리지요. 도와드리지 못할 것도 없지. 그래서 뭘 도와드리면 됩니까? 그 녀석의 뒷소문이라도?"

정과 방원이 나누는 대화를 영 묘하다는 눈으로 듣고 있던 여인이 반색을 했다. 화색을 드러내며 웃음 짓는 얼굴은 남복을 하고 있음에도 두드러지게 고와 정은 더욱 자포자기하는 심정이 되었다. 이 정도 미인이라면 조금 귀찮은 일을 겪는다고 해도 나쁠 것 없다고 자신을 세뇌했다.

"도움을 주신다니 감사합니다. 그저 어떤 분인지 얼굴을 한 번 뵙고자 합니다. 만날 수 있는 자리를 만들어주신다면 그것으로 족합니다. 여동생도 제 판단이라면 신뢰할 테니까요."

"오누이의 정이 대단하신 모양입니다."

슬쩍 빈정거리면서 양반다리를 하고 그 위에 턱을 괸다.

"좋습니다. 적당한 날을 잡거든 서신을 드리겠습니다. 머물고 계신다는 친척 여동생 댁으로 보내면 되는지요. 그 예문관제학 직위에 계신다는……."

"예문관제학 왕강 되십니다."

"알겠습니다. 그렇다면 그 댁 따님이 제 벗의 정혼자라는 말씀인데……. 그래, 그 규수 성함이 어떻게 되십니까?"

그녀는 잠시 망설이는 것 같았다. 그러나 곧 결심했다는 듯 정을 곧게 바라보며 대답했다.

"보화. 그 아이의 이름은 왕보화라고 합니다."

난데없이 들이닥친 불청객을 보낸 후 정은 한마디 말도 없이 방원을 노려보았다. 사람이라도 죽일 것 같은 시선에도 뻔뻔하게 술을 비우던 방원이 꼭 혼잣말이라도 하듯 불쑥 내뱉었다.

"흠, 그러고 보니 마침 잘 됐군. 너 내 부탁 하나만 들어다오."

"부탁? 내가? 왜? 너, 지금 내게 저런 귀찮은 일을 떠맡기고도……."

"왜는 무슨. 지금껏 네 뒷수습만 몇 번을 했는데 죄다 눙칠 셈이냐? 고작 부탁 하나 들어주고 갚는 셈 치면 네 놈이 훨씬 남는 장사야."

스스로 민폐를 끼쳤다는 자각이 있는 정은 도리 없이 입을 다물고 말았다. 잠시 뒤 명백히 한풀 꺾인 모습으로 투덜거렸다.

"야박하신 왕자마마 같으니. 계산 한번 팍팍하다."

"천만에. 내 계산은 늘 정확하지."

자못 즐겁다는 듯 조롱이 돌아왔다.

"그래서 살아남을 수 있었어. 그나마 너는 친구라고 후하게 쳤다. 감읍하도록."

정은 과장을 조금 보태 땅이 꺼져라 한숨을 쉬었다.

방원은 정도 안면이 조금 있는, 현 문하부지사 유민이라는 인물에 대해 말했다. 그가 최근 하나 같이 고려 때 유력했던 권문세족에다 종친들만 골라 만나고 다닌다고 했다. 그렇지 않아도 최근 왕씨들이 다시 활개를 치기 시작해 다들 경계하는 마당인데 수상하다고 밖에 할 수 없을 행동이니 그 동태를 살펴달라는 이야기였다.

"제 살 길만 찾으면 충분할, 지조 따위 없는 전형적인 간신배다. 그래도 아버님과 삼촌께서 잘 부리시니 상관없다 싶었는데, 요즘 아무래도 이상해. 그렇다고 내 사람을 가져다 붙일 수도 없는 노릇이고."

"왜? 네 말대로 나랏일이야. 그리고 너는 왕자잖아."

타당하다면 타당한 정의 의문을 듣고 방원은 조용히 웃었다. 그 웃음에는 숨길 생각도 없는 것 같은 뚜렷한 자조와 아마도 감출 생각이었던 것 같지만, 정에게 분명히 와 닿는 섬뜩하고 깊은 분노가 드러나 있었다.

"네 말따나 요즘 세상 돌아가는 꼴이 팍팍하다. 왕자라고 여기 저기 머리를 디밀다가는 큰일이 난다고. 자칫 어머님의 심기를 건드릴 수 있거든. 어머님의 심기를 건드리면 삼봉 대감이 움직이고 그럼 아버님의 심기 역시 건드리게 되지. 난감한 일이야."

어지간히 복잡한 내막이 얽혔다고 판단한 정은 더 묻지 않았다. 아무리 친구라고 해도 건드리면 안 되는 일이 있기 마련이다. 정은 모르는 척 불평을 늘어놓았다.

"알겠다. 한번 가서 이야기나 나누면 된다 이 말이지?"

"그래, 가서 세상이 발칵 뒤집힐 법한 이야기를 듣고 한번 제대로 놀라보려무나. 너 같은 녀석은 그래야 정신을 차리지."

방원은 빙긋 웃고는 생각났다는 듯 덧붙였다.

"아, 그리고 네 혼약자 이야기는 꼭 꺼내라."

"뭐? 왜?"

"예문관제학 그 어른이 전조(前朝)의 종친이거든. 너는 모르겠지만, 제법 유명한 분이라고. 아마 여태껏 유민 그 사람과 얽히지 않은 거의 유일한 인물일 텐데……. 마침 네 혼약자가 그분 따님이라니 잘된 일이다. 그 미끼라면 분명히 물 거야."

정은 기가 막힌다는 듯 혀를 찼다.

"너라는 녀석은…… 친구라도 알차게 써먹는구나."

"당연하지."

오히려 너야말로 무슨 소리냐는 태도였다.

"이용할 수 있는 것은 모두 이용해야지. 그러니 잘 부탁한다. 친구 좋다는 말이 왜 있겠어?"

"됐다, 이놈아."

자신이 했던 말이 그대로 자신에게 돌아오는 꼴이 영 탐탁찮아, 정은 퉁명스럽게 대답했다. 그리고 방원이 웃으며 따른 잔을 영 못마땅한 표정으로 비웠다.

파혼전야

작은 사랑채는 오늘도 아침부터 흐트러진 채였다.

벗어서 이리저리 널어놓은 옷. 반쯤 걷힌 이불. 그리고 어제는 공부라도 했는지 책상 위에는 쓰다 만 흔적이 역력한 지필묵이 놓여 있었다. 먹이 마른 붓과 벼루를 보고 중업은 방 정리를 맡은 하인이 고생을 하겠다는 생각을 했다.

중업이 무례하게도 주인의 방에 품평이나 내리는 데는 이유가 있었다.

아침식사도 마치기 전에 중업을 불러 방 한가운데 세워놓은 정이 주변을 돌며 요리조리 살피는 중이었다. 정의 행동이 마냥 이상하고 불편했지만, 대단한 참을성과 끈기를 발휘하던 중업은 결국 참다못해 말문을 열었다.

"대체 왜 이러십니까?"

"음, 역시 잘 어울릴 것 같아. 너밖에 없다."

도무지 모를 소리를 하더니 정은 빙그레 웃었다.

"너, 당분간 내 흉내 좀 내야겠다."

중업은 이 상황을 도무지 이해할 수 없다고 생각했다. 몇 발짝 걸음을 물린 다음 노골적으로 경계 어린 눈빛을 띠었다.

"흉내라니. 무슨 말씀을 하시는지 모르겠습니다만."

어릴 때부터 정이 벌이는 무수한 사고를 겪고 뒷수습에 고생했던 중업이 아니라도 수상하다고 생각할 수밖에 없는 상황이었다. 정은 장난스럽게 툭 말을 뱉었다.

"나와 혼약을 맺은 규수가 있다는 모양이다."

"네?"

중업의 두 눈이 약간 커졌다. 평소 표정을 드러내는 일이 극히 드물다는 점을 고려할 때 중업에게 저 정도라면 경악이나 다름없다. 정은 친절하게 설명을 이었다.

"예문관제학으로 계신 왕영감의 여식이라는 것 같아. 아직 확신할 수 있는 수준은 아니지만…… 아마 거의 맞을 거야."

"들은 바 전혀 없습니다. 대체 언제?"

"아주 옛날 일이다. 철도 들지 않았던 시절 일 같은데 알기는 어제 알았다. 우리 아버님 참."

정은 혀를 차며 희미하게나마 불만을 드러냈다. 정의 아버지, 현 동지사부총관 김한조는 혼란기를 거쳐 새 왕조에서 안정적으로 자리를 잡을 만큼 노련하고 능력을 인정받는 정치가였지만, 좋은 아버지라고는 할 수 없었다.

현재 정이 방황하는 이유는 그에 대한 반항심 탓이 크다고, 중업은 짐작하고 있었다.

"그런데 그 일과 제가 도련님 흉내 내는 일에 무슨 관련이 있지요?"

"아, 그게 말이다."

무슨 생각을 했는지 정은 말을 하다 말고 갑자기 웃음을 터뜨렸다. 중업은 더욱 어리둥절했다. 한참 동안이나 말을 잇지 못하던 정은 간신히 웃음을 억누르고 다시 말을 이었다. 그러나 그 와중에도 피식거리는 걸 보니 어지간히 우스운 일을 겪은 듯했다.

"어제 내 혼약자라는 규수를 만났거든. 홍화루에서 말이다."

"홍화루라고요? 사대부 규수께서 기방에 말입니까?"

중업은 점점 더 이야기를 따라갈 수 없었다. 엄연히 반가 규수인데 대체 왜 기방에 걸음을 한다는 말인가. 정은 빙긋 웃으며 말을 맺었다.

"남장을 하고 왔더라고."

중업은 말을 잃었다. 남장을 하고 기방을 찾다니 반가 규수가 할 만한 행동이 아니다. 아무래도 보통 성정이 아닌 모양이라고 내심 걱정하는데 정작 중업의 속도 모르는 정은 혼자 신이 나서 떠들었다.

"아무리 남장을 했다지만 내 눈은 못 속이지! 한눈에 여자라고 딱 알아봤는데, 놀랍게도 나를 찾아서 왔다고 하잖아. 사촌 여동생에게 혼약자가 있는데 영 좋지 않은 소문이 도는 사람이라 걱정이 돼 만나고 싶었다는 변명을 운운하면서."

"큰일입니다. 이제 기방은 그만 다니시지요."

"지금 중요한 점은 그 부분이 아니야. 중요한 점은, 이 상황이 아주 재밌다는 거야! 모처럼 짜인 판이니 조금 놀려주면 좋겠다는 생각이 들어서 말이야. 남장까지 하고 나를 찾는다는데 당신 혼약자가 나라고 순순히 밝히면 너무 시시하잖아. 그래서……."

"싫습니다."

무례를 무릅쓰고 중업은 정의 말을 잘랐다.

"감히 도련님 흉내라니 당치도 않습니다. 그런 짓은 아무리 명이라고 해도 할 수 없습니다. 도련님과 혼약하신 분께 망언을 하다니, 제발 거두어주십……."

"괜찮대도. 어차피 파혼하면 아무래도 상관없는 일이 될 텐데."

그 순간 중업은 더 이상 아무 말도 할 수 없었다.

마냥 여상스러운 표정으로 정은 파혼을 말했다. 이 혼약이 머지 않아 끝나리라고 예상하는 것이다. 때문에 이 일은 정에게 큰 의미를 지니지 못하는, 한갓 장난이다.

정이 생각하는 바를 중업은 짐작했다. 왕씨 종친이 힘을 잃은 지금 그쪽과 맺은 혼약은 김영감에게 허울 좋은 명분 외에 무엇도 아니다. 즉 김영감은 곧 파혼을 통보하고 보다 도움을 얻을 수 있는 상대를 찾을 터였다. 그리고 그때 사용되는 미끼는 다름 아닌 아들 정이다.

간단하게 도출되는 결론 앞에 중업은 저도 모르게 정의 안색을 살폈다. 그러나 정은 다만 웃고 있었다. 그는 일이 커지면 커질수록 더욱 태연하게 웃는다. 속에서 끓어오르는 모든 감정을 웃음으로 거두어 숨긴다는 것쯤 눈치 채고 있었다.

지금도 마찬가지였다.

"하는 거다? 그냥 입성 번듯하니 꾸미고 내가 김정이요, 하고 앉아 있으면 돼. 만날 일도 몇 번 없을 거다."

치미는 한숨을 삼키며 중업은 조용히 대답했다.

"예, 따르겠습니다."

"좋아, 고맙다. 그럼 이만 나가봐도 된다."

중업은 당장 방 밖으로 나가지 않고 가만히 정을 보았다.

"오늘도 출타 아니 하십니까?"

"그래, 오늘은 아버님도 입궐 하셨겠다 집에 있을 거야."

"알겠습니다."

중업이 나간 다음 정은 한동안 자리를 지켰다. 그리고 어느 정도 시간이 흐른 후 조심스럽게 장지문을 밀고 고개를 살짝 내밀었다. 정은 근방을 오가는 사람이 없다는 사실을 꼼꼼하게 확인한 다음 밖으로 내려섰다. 그리고 혹시 돌이라도 걷어차지 않도록 주의 깊게 걸음을 옮겼다.

"출타 아니 하신다더니 또 몰래 나가시는군요."

목소리를 들은 순간 정은 그 자리에 딱 멈추었다. 또 실패다. 한숨을 내쉬며 고개를 돌리자 마당을 가로질러 다가오는 중업이 보였다.

정은 과장스럽게 탄식을 했다.

"제발 기척 좀 내고 다녀라. 애 떨어지겠다."

"말도 없이 자리를 비우는 일을 그만두시면 생각하겠습니다."

정의 타박에도 중업은 끄덕하지 않았다. 정에게 가만히 고정되어 있는 두 눈은 어둡고 조용했지만, 어렴풋이 비난이 어려 있었다. 정은 그 눈빛이 의미하는 바를 정확하게 눈치 챘다.

"간단한 호신술은 나도 할 줄 알아. 검 너만 쓸 줄 아는 것 아니다. 호위를 데리고 다닐 정도로 위험하지 않다니까."

"여태껏 기방은 위험해서 데리고 다니셨습니까?"

드물게 비꼬는 말을 정은 웃음으로 받아 넘겼다.

"아, 네 핑계 삼아 동기(童妓)들 살살 구슬려 얻는 이득이 만만찮거든."

중업은 드디어 불편한 기색을 드러내었다. 다물린 입 끄트머리에 약간 더 힘이 들어갔을 뿐이지만 정은 그 변화 역시 놓치지 않았다.

"그만두십시오. 이상한 관심은 귀찮습니다."

정은 치미는 웃음을 누르기 위해 짐짓 헛기침을 했다.

"큼, 중업아. 네 나이 몇인데 그 모양으로 여인을 꺼리고 그래? 여리가 네 걱정을 얼마나 하는지 아느냐? 여리를 생각해서라도 슬슬 신붓감을……."

"말도 안 되는 핑계는 대지 마시지요."

그냥 두면 하염없이 이어지는 정의 장광설을 중업은 딱 잘랐다.

"여리 아가씨라면 도련님을 더 걱정하실 겁니다. 친오라비의 일이니 오죽하려고요."

"너도……."

정은 문득 말을 끊었다 이었다.

"너도 여리의 오라비야."

순간 중업의 눈이 물결처럼 흔들렸다. 당혹스러운 듯 눈을 내리깔고 시선을 피했다. 정은 부드럽게 웃으며 말을 이었다.

"여리는 우리 둘 모두의 동생이지. 그런 식으로 말하지 마라. 여리가 서운할라. 그 아이가 겉으로는 차갑게 보여도 얼마나 정이 많은데."

중업은 서얼이었다. 어머니는 양민이 아니라 일개 가노였다. 그녀는 정과 여리를 낳은 김영감의 정실 한씨 부인을 모시고 이 집으로 들어왔다. 워낙 인물이 고왔기에 그 후 김영감의 눈에 들어 중업을 낳았다.

당연히 한씨 부인은 무섭게 화를 냈다. 어릴 때부터 곁에 두고 아끼는 아이였던 만큼 그 분노는 더욱 뜨겁고도 차가웠다. 중업의 어머니는 호되게 경을 쳤다. 그리고 한씨 부인이 여리를 낳고 머지않아 세상을 떠난 다음에야 김영감의 첩이 될 수 있었다. 그러나 그조차 오래가지 못했다. 고작 3년이었다. 3년 만에 그녀는 어린 중업을 남긴 채 죽었다.

하지만 김영감은 중업을 아들이라고 인정하지 않았다. 정이 놀이 친구 삼아 중업을 데리고 다니며 함께 놀고, 함께 공부하고, 함께 검을 맞대도록 허락했지만, 후에 능력을 높이 사서 정의 호위 겸 사병을 관리하는 일을 맡겼지만, 중업은 결코 그의 아들이 될 수 없었다.

때문에 중업에게 늘 미안한 마음을 지니고 있는 정은 언제나 보다 많은 것을 주고 싶다고 바랐다. 그러나 엄격하고 권위적인 아버지 밑에서 정이 할 수 있는 일은 별반 되지 않았다.

검 실력이 뛰어나다는 이유를 들어 중업을 개인 호위 삼았다. 명으로 유학을 떠날 때 함께 데려갔다. 정이 할 수 있는 일은 고작 그 정도였다.

'언제나 고작 이 정도지.'

기분이 더 가라앉기 전에 정은 그만 말문을 돌렸다.

"아니, 서운하기보다 화를 내려나? 그래, 화를 낼 것 같다. 좋아! 여리에게 이르는 것을 바라지 않는다면 중업 너는 오늘 나를 따라오지 말고 얌전히 집에……."

"도련님을 혼자 보내면 여리 아가씨에게 제가 혼이 납니다."

"그럴 리 있나. 어제 나 때문에 중업 오라비가 아버지께 꾸지람을 들었다고 눈을 하얗게 뜨고 나를 보더라. 내 그래서 아이고 더 데리고 다니면 이 아이에게 아주 만정을 떼겠구나 싶어서……."

"혼자 나가려고 하셨다고요."

"그렇지!"

정은 경쾌하게 맞장구를 치며 빙글빙글 웃었다. 중업은 나른히 한숨을 내쉬었다.

"제발 그만두십시오. 여리 아가씨는 그렇지 않아도 명에서 돌아오고 계속 갈피를 못 잡는 도련님 때문에 마음을 졸이고 계십니다."

중업은 여전히 속 모른 채 웃고 있는 정을 슬며시 노려보았다.

"아실 텐데요? 말로 표현하지 않아서 그렇지 도련님 말마따나 상냥하고 따뜻한 분입니다."

어제도 그렇고 오늘도 그렇고 주변 사람들에게 돌아가며 잔소리만 듣고 있다. 그렇다고 괜스레 억심을 품고 불평을 할 수도 없었다. 차마 품을 생각도 들지 않았다. 가슴 한 편이 뜨끔거리는 느낌이 들었다.

그 기색이 저도 모르게 드러날까 싶어 정은 웃으며 얼른 두 손을 들었다.

"그래, 그래. 알겠다. 그럼 같이 가자. 여리의 꾸지람이 무섭다는데 어쩌겠나. 다 이해한다. 내가 기꺼이 희생하지."

희생이라는 표현에 중업은 눈썹을 조금 꿈틀했지만, 담담히 입을 열었다.

"혼자 대체 어디를 가시려고 했습니까? 남몰래 숨겨놓은 여인이라도 있습니까?"

"뭐? 농이라면 재미없다."

"그야 반은 진담으로 드린 말입니다."

"중업 너…… 나를 아주 파락호 취급하는데……."

"아니면 다행이지요. 그래서 어디를 가신다고요?"

안색 한 번 바꾸는 일 없이 시침을 뚝 떼다니, 아닌 척 은근슬쩍 짓궂은 녀석이다. 정은 툴툴대며 말했다.

"가회방이다."

"가회방? 그 부근에 기방은 없다고 알고 있습니다만."

"아니, 기방이 아니라……."

가는 곳이 기방밖에 없는 줄 아느냐고 타박하고 싶었지만, 최근 자신의 행보를 생각하면 차마 아니라고 할 수도 없는 노릇이었다. 자업자득이라고 해도 괜히 기분이 나쁘다. 정은 사대부라면 차마 입에 담을 수 없을 말을 몇 마디 중얼거리고는 대답했다.

"문하부지사 대감 댁으로 간다. 신년 인사드릴 겸 이래저래."

"그분 댁에는 어인 일로?"

중업은 반문했다. 현 문하부지사 유민 대감이라면 중업 역시 모르지 않는 인물이다. 그러나 김영감의 장자 정이 신년 인사를 위해 직접 걸음을 할 정도로 친분이 있는 관계는 아니었다. 아직 고려의 이름이 남아 있을 적 두어 번 이 댁을 찾은 것이 전부였을 뿐이다.

"방원 그 친구에게 부탁……. 아니다, 거의 명령 수준이었지. 아무튼 맡은 일이 하나 있어서 그런다. 누가 왕자 아니랄까 봐 아주 엄포를 놓더라."

중업은 알 만하다고 생각했다. 어엿한 왕자 신분에도 정이 부를 때마다 기꺼이 달려와서 뒷수습을 하는 정안공에게 도리어 자신이 다 죄스러울 정도였다. 불만을 가득 드러내는 정을 가만히 바라보다 중업은 조용히 말했다.

"자업자득입니다."

"이봐, 너 지금 누구 편을 드는 거야?"

"말을 준비하라 이르겠습니다."

중업은 그 말을 남기고 그대로 밖으로 나섰다. 정은 오늘따라 중업의 태도가 왜 저 모양인지 모르겠다고 생각하며 뒤를 따랐다.

가회방(嘉會坊).

한양 천도 총지휘를 맡은 삼봉 정도전은 세세연년 번성하라는 뜻을 담아 한성부 5부 52방의 이름을 지었다.

그 중 북부 12방에 속하는 가회는 세상에 기쁘고 즐거운 만남이 많고 많으나 그 중 제일이 나라를 널리 이롭게 하는 어진 임금과 어진 신하의 만남이라며, 조선의 국운이 융성하기를 기원하는 뜻을 담은 이름이라고 하였다.

"이 부근은 아주 딴판이 되었더이다."

정에게 한양 땅은 아직 낯설었다. 아니, 조선 자체가 생소하고 서먹했다. 고려 개경에서 길을 떠났는데 돌아오니 조선 한양이다. 바쁘게 오가는 사람들 사이에서 홀로 갈피를 잃고 서 있는 것 같은 기분은 미묘했다.

"허허허, 사람은 변함이 없는데 기억 속 산과 물은 간데없더라는 소리요?"

"처음에는 잘못 찾아왔나 당황스러울 정도였습니다."

유대감은 정의 능청에 재밌다는 듯 웃었다.

"정말 오랜만에 뵙는구려. 이런, 그 사이 어엿한 장부가 되었군. 명으로 유학을 떠났다고 들었는데."

"얼마 전에 돌아왔습니다. 진작 인사를 올렸어야 했는데 송구할 따름입니다."

"아닐세. 오래 떠나 있었으니 여러모로 낯설 테지."

"감사하신 말씀입니다. 딱 그 이유를 들어 마냥 한가롭게 노닥이고 있습니다."

큰사랑채로 정을 맞이한 유대감은 처음에는 약간 어리둥절한 기색이었다. 그러나 정이 제 이름을 대자 곧 무릎을 치며 웃었다.

야트막한 헛담으로 사방을 두른 ㄴ자 형태의 큰 사랑채 앞에는 소나무가 한 그루 그늘을 드리우고 서 있었다. 정은 마당 앞 소나무에서, 방에 걸린 유대감이 직접 그린 대나무에서, 그야말로 이름을 떨친 무관의 기세를 느낄 수 있다는 등 찬사를 늘어놓았다. 덕분에 이야기는 웃음과 더불어 편안하고 유려하게 이어졌다.

처음에는 낯설고 긴장되었던 분위기가 어느 정도 무르익었을 즈음, 유대감은 나이 지긋한 어른이 젊은이에게 흔히 던지는 조금은 짓궂은 질문을 입에 올렸다.

"그래, 슬슬 혼인하셔야 할 나이군. 좋은 규수는 찾았는가?"

정은 때를 놓치지 않았다. 공손히 눈을 내리깔고 태연하게 답했다.

"오래전에 아버님께서 이미 정하신 소저가 있다고 합니다."

"호오, 김영감께서? 분명 인물 곱고 참한 규수겠군. 어느 댁 규수인지 여쭈어도 괜찮은가?"

"안 될 일이 무엇이겠습니까. 현 예문관제학 왕영감의 외동 따님이라고 합니다. 아직 얼굴 한 번 보지 못했습니다만."

그리고 유대감은 방원의 예상대로 반응을 보여주었다.

"예문관제학의?"

느긋이 수염을 쓰다듬던 손이 멈칫 움직임을 멈추었다. 유대감은 눈을 가늘게 떴다. 천천히 곱씹으며 되묻는 목소리에서 느껴지는 희미한 동요를 모르는 척 묻어두고 정은 다음 이야기를 이었다.

"그런데 제 이야기보다…… 요즘 몹시 분주하시다지요? 부디 건강을 조심하십시오. 폐하는 물론 삼봉 정대감의 신뢰까지 한 몸에 받고 계시다고 들었습니다. 그 신뢰에 오래도록 보답을 하셔야 할 터……."

"무슨 말을. 그 신뢰는 온 천하에 두루두루 내리는 것일세. 내게 주시는 신뢰 역시 특별할 것 없어."

"그렇지 않습니다. 정안공께 직접 들은 말이건만 어찌 오해라고 하십니까."

순간 정은 고개를 들었고 유대감의 눈을 스치는 작은 파문을 놓치지 않았다. 그러나 태연자약한 미소를 조금도 무너뜨리지 않은 채 정은 말을 맺었다.

"황송하게도 정안공은 지금껏 저를 오랜 벗으로 대해주십니다."

"그렇군. 정안공이라……."

유대감 역시 그 흔들림을 금세 갈무리했다. 결코 만만하지 않은 노련함이 몸에 밴 자임을 잘 알기에 정은 내심 긴장하기 시작했다. 잘 다듬은 수염으로 덮인 턱을 매만지며 유대감은 이야기를 계속했다.

"하기야 동문수학했던 사이라고 들었네. 그래, 정안공께서 또 무슨 이야기를 하시던가? 이 유민은 미덥지 않아 걱정이라고 하시던가?"

"예? 아니, 무언가 오해를 하신 듯합니다. 저는 그런 뜻에서 올린 말이 아닙니다. 정안공은 다만 영감께 마음으로 감사를 드린다는 이야기를……"

"괜찮네. 나도 알고 있어."

유민은 본래 이성계의 휘하 무장으로 총애가 깊었다. 그러나 위화도회군 후 행보는 신뢰할 수 있는 것이 못 되었다. 정몽주 측에 붙어 고려 존속을 도모한다 싶더니 정몽주 사후 다시 이성계 밑으로 돌아와서 공양왕 폐위를 돕고 권력을 유지했다. 혼란했던 시절 줏대 없는 행동 탓에 지금까지 경계하는 사람이 부지기수였다.

그리고 정안공 이방원 역시 그를 마뜩찮게 여기는 이들 중 한 명이었다.

"나는 조선에 충성하겠노라고 맹세했네. 하지만 말은 아무 의미도 지니지 못해. 의미를 지니는 것은 결과야. 말과 행동이 만드는 결과."

다음 순간 유대감의 얼굴에서 지운 듯 깨끗하게 감정이 사라졌다.

"아는가? 이 유민은 결코 맡은 바 일을 허투루 처리하지 않아. 왜냐하면 아무리 작은 불씨라도 바람을 잘못 받으면 큰 불길이 되어 모든 것을 태울 수 있다는 사실을 잘 알기 때문이야. 누구보다 불씨를 확실히 밟아 끌 것을 알기에 나는 이 일을 맡았다네."

간교하게 빛나는 가느다란 눈이 정을 향했다. 그는 정에게 보다 가깝게 몸을 숙였다. 바늘처럼 예리하게 파고들어 속을 헤집는 눈길을 느끼면서도 정은 눈을 피하지 않았다. 잠시 후 정의 속내를 충분히 살폈다고 여겼는지 그는 다시 자세를 바로잡고 말을 맺었다.

"그뿐이야. 전부 그 때문에 행할 뿐. 그 외에 다른 의미는 없네."

말을 맺은 노인의 입가에 이윽고 여유로운 미소가 떠올랐다.

"그럼 공자, 잘 가시게. 정안공께 전언 감사한다고 전해주고. 조만간 내 진정을 믿으실 수밖에 없는 날이 올 게야."

인사를 마치고 밖으로 나와 말에 오르는 내내 정은 깊은 생각에 잠겼다. 예상 밖으로 한 가지 분명한 수확이 있었다. 방원의 말마따나 유대감은 분명 무언가 꾸미고 있었다. 그러나 너무 쉽게 그 꼬리를 드러냈다는 점이 오히려 수상했다. 단지 정안공이라는 이름을 말하는 것으로 닳고 닳은 노련한 노인이 제 속내를 비추었다?

온갖 생각이 복잡하게 뒤엉켰다. 하기야 방원이 심심풀이 삼아 자신을 보냈을 리 만무하다. 방원은 지금 저를 이용해 장기판에 한 수를 두고자 함이다. 그 판도를 모르지만 방원은 자신보다 높은 곳에서 훨씬 큰 그림을 보고 있을 터다. 그는 결코 의미 없는 수는 두지 않는다.

"어째 골치 아플 것 같다……. 일단 얽혔으니 어쩌겠느냐만."

정은 고뇌에 차 신음을 흘리고 일단 그 고민을 뒤로 미루었다. 어쨌든 방원에게 부탁받은 일은 마무리 지었으니 뒷일은 더 알 바 아니다.

"중업아, 그만 홍화루나 가자. 오매불망 너를 기다리는 동기들에게 얼굴이라도 보여야지."

"도련님, 이제 기방은 그만……."

"자자, 가자. 어제 방원이 크게 턱을 냈으니 한동안은 걱정 없다."

중업의 충언에도 정은 막무가내였다. 활짝 펼친 부채를 턱 밑에서 흔들며 느긋하니 말을 몰아가는 그의 뒤를 중업은 한숨을 푹 쉬고 따랐다.

사흘 후 김정과 만날 약속을 잡았노라는 '김 아무개 공자'의 서신을 받고 보화는 사흘 내내 들떴다. 그리고 그 초조함은 서신에 적힌 당일이 되자 최고조에 달했다. 나름 숨기겠다고 노력은 했지만, 결국 제 감정을 속일 일 없이 귀하게 자란 아가씨일 따름이다. 집 안 노복들은 오늘따라 아씨 변덕이 죽 끓는 듯 유난하니 대체 무슨 일인지 모르겠다고 수군거렸다.

유일하게 앞뒤 상황을 안다는 이유로 보화에게 사흘 내내 시달려야 했던 사비는 지칠 대로 지쳤지만, 그럼에도 마지막까지 보화를 말리는 기특한 충심을 보였다.

"아씨, 제발 그만두세요. 글쎄, 저번에도 곤욕을 치르셨다면서요."

"괜찮대도. 그때는 운이 나빴을 뿐이야."

"이러다 들키면 어쩌려고 그러세요. 저도 경을 치고, 아씨도 아버님께 혼나실 거예요. 그러니까 제발……."

"일찍 돌아올 테니 얌전히 앉아 있어. 들키지 않게 조심하고. 알겠지?"

보화는 울먹이는 사비를 남겨두고 솜씨 좋게 집을 빠져나갔다. 몰래 밖으로 나가는 일이라면 자신이 있었다.

보화는 외출을 좋아했다. 말을 달리기 위해 도성 외곽으로 나가는 일은 자주 있었지만, 굳이 말을 타는 일이 아니더라도 저잣거리를 걸으며 구경하는 일은 즐거웠다. 사실 남장을 하고 사비 몰래 혼자 나가는 일 역시 예전부터 종종 있었다.

약속 장소는 하필 또 홍화루였다. 일전에 단단히 곤욕을 치른 곳이다. 그 사실을 잘 알면서도 굳이 홍화루에서 만나겠다는 김 아무개 공자라는 사람에게 보화는 참 배려심이 없다고 내심 혹평을 퍼부었다.

홍화루 간판을 달고 있는 문 앞에 서서 보화는 목소리를 몇 번 가다듬었다. 그리고 허리를 빳빳이 세우고 이제 제법 익숙하게 남자 목소리를 냈다.

"이리 오너라. 누구 없느냐? 이리 오너라!"

문간으로 달려오는 가벼운 발소리가 들렸다. 그리고 대문이 열리더니 한 여인이 고개를 쑥 내밀었다. 여인을 알아보는 순간 보화는 기겁을 하면서 소매에 넣어 두었던 부채를 펼쳐 얼굴을 가렸다.

닷새 전 보화의 멱살을 잡고 흔들었던 홍매라는 기생이었다.

"어머나, 어서 오세요. 그렇지 않아도 안에서 기다리고 계신답니다."

예상과는 달리 홍매는 애교 있게 웃으며 보화를 안으로 안내했다.

언제 윽박을 질렀냐는 듯 나긋하게 구는 태도는 도리어 불쾌한 감이 있었다. 보화는 부채 뒤에서 슬며시 눈을 찌푸리고 아무 말 없이 홍매 뒤를 따랐다.

"손님께서 오셨습니다."

"어서 모시어라."

문을 열고 옆으로 비켜나면서 홍매는 보화에게 생긋이 눈웃음을 쳤다. 그 웃음은 같은 여자 눈에도 참 요염하고 고왔지만, 역시 묘하게 불편했다. 보화는 홍매에게 가능한 눈길을 주지 않기 위해 노력하면서 방안으로 들어갔다.

"왕공자, 닷새 만에 뵙습니다. 반갑습니다."

인사를 건네며 해사하게 웃는 남자는 닷새 전, 정의 친구라고 소개 받았던 김 아무개 공자였다. 옆에 기생까지 한 명 끼고 앉아 벌써 술을 몇 잔 마신 모양이었다. 그때도 느꼈지만 잘난 얼굴을 이용해서 기방에나 드나드는 한량이 분명하다.

"청향이라고 합니다."

그 곁에 앉은 기생이 생긋이 웃으며 이름을 고했다. 보화는 못마땅한 얼굴을 부채 뒤에 숨기고 적당히 고개를 숙였다.

"그리고 이 친구가 김정입니다. 정아, 인사해라. 이분이 내가 말한 왕공자시다."

"……김정이라고 합니다."

귀를 울리는 듯, 깊고 낮은 목소리. 무뚝뚝했지만 그 음색이 듣기 좋았다. 보화는 목소리에 홀린 듯 인사를 해야 한다는 사실조차 잊었다. 그 자리에 멍하니 서서 자신을 바라보는 어둡고 고요한 눈을 다만 마주했다.

사흘이라는 시간 동안 기방을 자주 드나드는 한량이라는 소문을 기반으로 보화는 김정이라는 사람에 대해 매우 많은 상상을 했다. 그러나 직접 만나본 그는 머릿속 상상과는 무엇도 닮지 않았다.

대대로 무관 집안이라고 하더니 훤칠하고 탄탄하게 다듬어진 몸은 무술에는 문외한인 보화의 눈에도 잘 단련됐다는 느낌을 주었다. 곧게 앉아 눈인사를 건네는 태도 역시 흠 잡을 곳 없이 단정하고 반듯했다. 아무리 보아도 점잖기 그지없는 사대부 자제다.

예상과는 너무 다른 나머지 당황해서 뚫어지게 모습을 살피는데 김 아무개 공자가 끼어들었다.

"잘생긴 녀석이지요? 남자라도 넋을 잃을 만큼."

"아, 아닙니다. 그, 처, 처음 뵙습니다."

보화는 당황해서 얼른 자리에 앉았다. 정은 곁에 자리를 잡는 보화에게 살짝 거리를 두었을 뿐 가타부타 말이 없었다. 보화 역시 더는 할 말을 찾지 못하고 쩔쩔매는데 빙글빙글 웃으며 두 사람을 바라보던 김 아무개 공자께서 다시 끼어들었다.

"워낙 과묵한 녀석입니다. 그래서 둘이 만나면 늘 저 혼자 떠들었는데 오늘은 왕공자께서 함께 하시니 조금 낫군요."

그는 보화에게 빈 잔을 하나 건네더니 술을 가득 따랐다.

"드십시오. 원래 사내의 우정이란 술을 나누며 쌓는 법이지요."

보화는 술을 마셔본 적이 없었다. 한두 잔 마신다고 별일이야 있을까, 아무것도 모르기 때문에 안이한 마음가짐으로 보화는 잔을 덥석 받았다.

그러나 한 모금 머금었을 때 보화는 하마터면 술을 뱉을 뻔했다. 너무 썼다. 대체 이 쓴 것을 왜 마시는지 모르겠다고 생각하면서 보화는 가능한 천천히 잔을 비웠다. 간신히 잔을 비우고 막 안심하는데 청향이 얼른 잔을 다시 채우고는 사근사근 말을 걸었다.

"왜 그러십니까? 혹 술이 탐탁찮으시면 다른 술을 올릴까요?"

"아, 아니. 이 술도 좋소."

가득 찬 잔을 앞에 두고 보화는 입술을 꼭 깨물었다. 한 모금씩 마시면 더 쓴 것 같다는 생각이 들어서 보화는 약이라도 마시는 느낌으로 한 번에 툭 털어넣었다.

다음 순간 눈앞이 어찔하게 핑 도는 느낌이 났다.

"이렇게 술이 약할 줄은 몰랐는데……."

정은 턱을 괴고 나른히 중얼거렸다.

쓰고 있는 조건이 상에 눌릴 정도로 고개를 계속 꾸벅이는 보화의 모습이 우스웠다. 당장이라도 상에 머리를 박고 잠들 것 같은데 용케 쓰러지지 않는다 싶었다.

그때 보화의 몸이 비스듬히 기울었다.

자그맣고 둥근 머리가 곁에 앉은 중업의 어깨에 당장이라도 닿을 듯했다. 그러나 그 전에 슬그머니 옆으로 움직이는 것을 보고 정은 그만 웃음을 터뜨리고 말았다.

"이 숙맥아, 뭘 피하고 그래. 그냥 네게 기대서 재우는 편이 낫지 않을까?"

"도련님, 그러게 어쩌자고 술을 이렇게……."

"쉿, 우리는 지금 친구 사이라는 설정이야. 나는 김 아무개, 즉 김 공자. 너는 내 친구 김정이다. 제발 잊지 마라. 그리고 정아, 나는 세상에 이렇게 술이 약한 사람이 있을 줄 미처 몰랐단다."

역시 재밌다는 표정으로 이리 기우뚱 저리 기우뚱하는 보화를 보며 오가는 이야기를 듣던 청향이 빈정거리듯 말했다.

"그야 반가 규수께서 술을 언제 입에 대셨을라구요. 저희야 술을 물처럼 마시니 익숙할 수밖에 없지요."

"아니, 그래도 그렇지 술 두 잔에 몸도 못 가누게 취할 줄이야. 괜히 마시게 했나?"

"안 취했습니다!"

순간 냅다 소리치면서 고개를 번쩍 드는 보화에게 세 사람의 놀란 시선이 모였다. 하지만 취하지 않았다는 당당한 주장과는 달리, 안타깝게도 발간 얼굴을 하고 여전히 몸을 가누지 못했다.

그런데도 보화는 턱을 빳빳이 들고 주장했다.

"아니라고. 안 취했어요. 더 마실 수 있습니다, 술."

잠시 침묵이 흘렀다. 이윽고 청향이 소맷자락을 들어 입을 가리더니 고개를 모로 돌리고 숨죽여 웃기 시작했다. 한편 중업은 희미하게나마 걱정스럽다는 얼굴이 되었다.

"동서고금만고불변. 제 입으로 취했다고 이실직고하는 사람이 없지. 그래도 말할 정신은 돌아왔나 보다."

정은 얼굴을 앞으로 내밀어 보화를 찬찬히 살폈다. 손을 들어 눈 앞에서 이리저리 흔들자 보화는 짜증스러운 얼굴로 그 손을 탁 뿌리쳤다.

"얼씨구?"

손을 거두며 눈을 동그랗게 뜨는 정을 보화는 곧게 노려보았다.

"무엄하게! 함부로 손을 대다니……."

"핫."

정은 명랑하게 웃었다. 참으로 대단하신 위세다. 이미 무너졌던 나라라고 하나 이 철 모르는 규수는 아직껏 그 나라의 왕족으로서 긍지를 잊지 않은 것이다. 그리고 이 시대를 살아가고 있다.

'나보다 낫군.'

정은 은근히 고개를 조아리며 보화의 빈 잔에 술을 따라놓았다.

"무례를 범했습니다. 부디 이 잔을 받으시고 너그러이 용서하시지요. 아직 취하지 않으셨다고 했으니 기꺼이 비우시리라 믿습니다."

"도……. 아니, 그만두지. 몸도 못 가누시는데."

"아무렴. 마실 수 있습니다!"

말리려는 중업의 노력이 허망하게도 보화는 잔을 들어 대번에 비우고 말았다. 그리고 청향과 정이 입을 딱 벌리고 바라보는 가운데 잔과 함께 그대로 상 위에 쓰러지다시피 엎드리고 말았다.

눈을 동그랗게 뜨고 바라보던 정은 팔에 얼굴을 괴고 엎드린 보화의 어깨를 이리저리 흔들었다. 보화는 정이 흔드는 대로 흔들릴 뿐 꼼짝도 하지 않았다.

"좋아, 아주 푹 떨어졌는데."

"도련님! 대체 어쩌시려고 이런."

엄하게 책하는 중업에게 정은 슬쩍 어깨를 움츠렸다.

"괜찮아, 술 취해 주정 부리는 것보다 곱게 자는 게 낫지. 많이 마시지도 않았으니 조금 재우면 어느 정도 정신이 들 거야. 그때 댁에 모셔다 드리면 된다. 아직 늦은 시간도 아닌데 뭐 어때."

"그래도 그렇지, 반가 규수에게 이렇게 술을 드시게 하다니요."

"말했지만 이렇게 약할 줄 몰랐다고."

그러나 보화를 바라보는 정의 표정에는 몹시 짓궂은 장난기가 어려 있었다. 정은 묘하게 뿌듯한 웃음을 머금고 색색 숨을 내쉬며 잠들어 있는 보화를 살폈다. 드세고 도도할 뿐이라고 여겼는데 생각보다 귀여운 면이 있는 규수였다. 정은 잠든 보화의 뺨을 쿡쿡 찌르며 이 규수와 혼인하는 것도 제법 즐거울지 모르겠다는 생각을 했다.

다음 날 보화는 날이 밝았는데도 일어나지 못하고 누워 있었다.

깨질 듯 지끈거리는 머리와 불편한 속 때문에 그만 아버지께 아침 문안도 드리지 못했다. 취기가 남았을 뿐 병은 아니다. 그러나 영 맥을 못 추고 기운이 없다는 말만 반복하는 보화를 간병하면서 사비는 한숨을 쉬었다.

"그래서 제가 말렸잖아요. 대체 기방이 어딘 줄 알고 함부로 드나드십니까. 게다가 술은 왜 드셔서 이 사단을 내세요. 주인 나리께서 아시면 경을 칠 노릇입니다."

입궐하기 전 어제부터 몸이 좋지 않았다는 딸을 걱정스럽게 찾은 강에게 사비는 '가벼운 고뿔일 뿐 걱정하실 일이 아니오며 혹시라도 주인 나리께 옮길 것이 두려우니 저녁 문안 때 뵙겠다고 하십니다'라고 다급히 상황을 둘러대었다. 잘하지도 못하는 거짓말을 입에 나오는 대로 지껄이느라 진땀을 쏙 뺀 사비는 원망을 담아 보화에게 잔소리를 했다.

"그 입 못 다물겠니! 머리가 울리니 조용히 좀 하거라."

아침나절 내내 드러누워 앓은 끝에 간신히 일어나 앉은 보화는 툴툴 잔소리를 늘어놓는 사비에게 평소처럼 쌍심지를 돋우었다. 그러나 금세 눈을 감고 고개를 떨구고 말았다. 본래 하얀 얼굴이 핏기까지 잃으니 흡사 삶아서 빤 무명천 모양이다.

이를 어쩌나 싶어 사비는 몹시 속이 상했다. 물에 적신 무명 수건으로 보화의 반듯한 이마에 송골송골 맺힌 진땀을 조심스럽게 누르며 사비는 가능한 목소리를 낮추어 속삭였다.

"여태 아무것도 안 드셨는데 미음이라도 올릴까요? 속 다 버리세요."

보화는 파릇하니 눈을 감고 중얼거렸다.

"됐다. 목이 바짝바짝 타니 향긋한 차나 한 잔 마시고 싶구나. 세상에, 술이 이리 독한 것일 줄 몰랐다. 쓰기만 하고 몸에도 좋지 않은 것을 무에 좋다고 그리 마신다니."

"세상 시름이 다 잊히는 만고의 영약이라던데요."

"영약은 무슨. 세상 시름은 다 없은 듯한 두통 때문에 죽을 지경이야."

사비는 측은히 보화를 보다가 꿀을 탄 물을 내밀었다.

"일단 꿀물이라도 드셔요. 지금은 차보다 훨씬 나으실 거예요."

꿀물 한 그릇을 달게 비운 보화는 사비의 도움을 받아 간신히 늦은 소세를 마쳤다.

짙은 녹색 능라 저고리와 풍성하게 주름 잡힌 붉은 치마를 입고 면경 앞에 앉은 보화의 모습은 화사하고 농염했다. 사비는 뿌듯한 심정으로 탐스럽고 윤기 흐르는 머리칼을 빗기 시작했다. 먼저 얼레빗으로 머릿결을 정돈하고 참빗에 동백기름을 발라 다시 한 번 빗어 마무리를 짓는다.

까맣고 매끄러운 머리를 땋아 금박을 넣은 붉은 댕기를 곱게 드리우며 사비는 슬그머니 운을 띄웠다.

"그래서 만나셨습니까? 만나신 거지요?"

"무엇을 말이냐?"

"아이 참, 정혼자 되는 분을 만나고 싶다고 하셨잖아요. 그러니 당연히 아씨 정혼자지 누구겠습니까. 이야기 좀 해주세요. 소문처럼 인물이 훤하시던가요?"

"사비 너는 이제나 저제나 인물 타령이로구나."

"궁금하니 그렇지요. 아씨, 좀 가르쳐주세요."

"너도 어제 보았지 않니. 나와 함께 오신 그 두 분 말이야. 그 중 한 분이란다."

"두 분 중 어느 분이신데요? 두 분 다 아주 미남이시던데!"

사비는 흥이 났다. 어제 술 내음을 풍기며 도무지 몸을 가누지 못하는 보화를 부축해서 데리고 온 두 청년을 봤을 때부터 지금껏 궁금증으로 속을 끓였던 사비였다. 면경을 바라보며 얼굴에 곱게 분을 바르던 보화는 장난스럽게 물었다.

"네 마음에 들더냐? 그래, 어느 쪽일 것 같으냐? 사비 네 의견을 한번 들어보자."

"아이 참, 놀리지 말고 가르쳐주세요."

"한번 맞추어보라니까?"

아무래도 쉽게 가르쳐줄 것 같지 않았다. 사비는 입술을 삐죽거리며 보화를 장식할 노리개며 비단 향낭을 준비하는 동안 골똘히 생각에 잠겼다.

"음……. 키가 조금 더 작고 선이 고운 도련님이요!"

보화는 여전히 면경을 향해 소리 내어 웃음을 터뜨렸다.

"사비 네 취향을 알 만하다. 안됐지만 키가 큰 공자 쪽이란다. 체격이 더 훤칠하고 반듯한 분 말이야."

면경에 그렇지 않아도 동그란 눈을 더욱 동그랗게 뜬 사비의 얼굴이 비쳤다. 보화는 괜스레 의기양양한 기분이 되었다.

"그래요? 그 도련님은 제가 들은 이야기와 느낌이 전혀 다르시던데요."

"그러게. 소문이란 것이 본래 믿을 것이 못 되더라. 그 소문에 꼭 맞는 사람은 그분의 친구였어. 자주 같이 다니다 보니 오해를 산 것이 아닐지."

동시에 지난 밤 당한 일들이 울컥 떠올라 보화는 툴툴거리며 불평을 시작했다.

"네가 고른 김 아무개라는 그분은 어찌나 경박하던지. 옆에 기생을 끼고 앉아 술을 물처럼 마시며 나를 놀리더구나. 왜 하필 그런 사람과 함께 다니는지 모르겠어. 그러니까 그런 좋지 않은 소문이 도는 거지."

자신을 짓궂게 놀리던 그를 떠올리고 보화는 다시금 분한 기분이 치밀었다. 사비는 두 눈을 동그랗게 뜨며 반문했다.

"하지만 그 도련님이 아씨를 많이 걱정하시던데요. 술 때문에 내일 몸이 안 좋을 테니 잘 모시라고 제게 당부하셨어요. 그래서 미리 꿀물도 준비하고……."

"그래?"

조금 의외라는 생각이 들었다. 술에 취한 동안 좋아라 하며 자신을 이리저리 살피던 그 얼굴을 보화는 어스름히 기억했다. 오히려 술을 더 권했다는 사실까지도. 순간 보화는 슬그머니 풀리려던 짜증이 다시 치미는 것을 느꼈다. 그렇지 않아도 취한 사람을 부추겨서 술을 더 마시게 만든 끝에 정신을 잃게 만들었으니 명색이 사람이라면 미안한 마음이 들어야 정상이겠지.

사비는 보화의 치장을 마무리하며 아직 하고 싶은 말이 있다는 듯 입을 열었다.

"그분들께 보화 아씨 사촌 오라비라고 거짓말까지 하신 게지요?

보다 곱상한 도련님께서 귀한 사촌 오라비에게 폐를 끼쳤는데 고의
는 아니니 용서하라고 말씀 전해달라십디다. 술이 처음인 줄 모르
셨대요."

"흥, 사과해야 마땅하지. 그 남자 때문에 지금 이렇게 머리가 지끈
거리는데."

새침하니 턱을 들어 올리는 보화를 사비는 슬쩍 흘겼다.

"그래도 그 도련님께서 기방에 버려두고 오지 않아 천만다행이었
다고요. 아침까지 소식이 없으셨다면……. 아유, 끔찍해. 아무튼 이
제 더는 남복하고 나가실 일은 없으신 게지요? 얼굴 보셨으니 되었
지요? 네?"

사비의 예상은 보화의 등골까지 서늘하게 만들었다. 그야 다시
저런 일을 겪고 싶지 않은 게 당연하다. 하지만 시비에게 꾸중을
듣는다는 사실이 영 마땅찮아 보화는 아랫입술을 슬쩍 내밀고 가
만히 눈을 내리깔았다. 상대방 말에 동조하고 싶지 않을 때 보이는
버릇이다. 당연히 그 사실을 잘 알고 있는 사비는 득달 같이 달려
들었다.

"설마! 또 나가시겠다는 말은 아니겠지요? 안 돼요, 한 번 더 기방
에 가신다고 하면 주인 나리께 말씀드릴 테예요!"

"건방지게! 감히 아버님을 들먹이며 나를 협박하겠다는 것이야?"

냅다 화는 냈지만 어젯밤과 오늘 아침까지 사비의 고생을 잘 알고
있는 보화는 금세 기세를 꺾고 얌전해졌다.

"그리고 기방은 더 갈 생각 없으니 안심하렴. 애초에 가고 싶어서

간 것이 아니야. 굳이 그리 부르는데 어쩌란 말이니?"

보화는 부르르 몸을 떨었다.

"다시는 술을 입에 대지 않을 거야."

사비의 말마따나 기방에서 하룻밤 꼬박 새는 처지는 생각도 하고 싶지 않을뿐더러 인사불성이 된 와중에 여자라는 사실을 들켰다면 정말 감당할 수 없는 지경으로 번질 뻔했다. 말 그대로 학을 뗀 것 같은 보화를 보고 사비는 한결 안심한 듯했다. 하지만 한마디 더 덧붙이는 일을 잊지 않았다.

"그 김에 남복도 그만하세요."

"알겠어. 알겠으니 잔소리는 좀 그만해."

귓불에 귀걸이를 걸고 가락지와 팔찌를 끼는 것으로 단장을 마친 보화는 아직 어지럼을 느끼며 이마를 짚었다. 그러나 곧 등을 바로 세우고 사비에게 명을 내렸다.

"지필묵이나 가져다주렴. 그 댁 도련님께 감사 서신을 보내야겠다."

이 집안의 안주인 노릇을 하는 입장에서 가까운 사촌 오라비를 무사히 바래다준 것에 감사하다는 편지 정도는 보내야 할 것이다. 물론 '왕공자' 입장에서도 연락을 취해 두는 것이 마땅할 터였다.

호되게 머리가 아픈 와중에도 보화는 어쩐지 즐겁게 들뜨는 가슴을 느꼈다. 정체를 숨기는 일도, 남장도, 몰래 혼약자를 만나는 일도 몇 번이나 아슬아슬한 고비를 넘겨야 했지만, 그조차 무척 즐거웠다. 제법 재밌는 호사였다는 생각에 보화는 남몰래 흥에 겨웠다.

오가는 사람 하나 없는 깊은 밤.

길을 밝힐 하인 한 명만 앞세우고 갑자기 자신을 찾은 유대감을 김영감은 기껍게 웃는 낯으로 맞았다.

"일단 몸부터 녹이시지요."

"감사합니다."

깔끔하게 각을 맞추어 정돈된 방안은 군불을 지핀데다 화로에 탕관까지 끓고 있는데도 어쩐지 싸늘한 느낌이 들었다. 먼지 한 톨 보이지 않을 정도로 집요한 깔끔함이었다.

그 탓일까…….

유대감은 김영감이 나무 받침 위에 올려 건네는 찻잔을 사양하지 않고 받았다. 가을 하늘처럼 맑은 비색의 고운 잔을 두 손으로 받친 그는 입안에 감도는 그윽한 향에 찬사를 아끼지 않았다.

"그런데 이 늦은 시각에 어인 일이십니까?"

잠시 차를 즐긴 후, 은근한 어조로 자신을 찾은 연유를 재촉하는 김영감에게 그는 느긋한 웃음을 지었다.

"윗분에게 언질을 받은 일이 있어 긴히 들렀습니다."

"윗분이라……."

목을 축이는 척 찻잔을 기울이는 동안 김영감은 재빨리 생각을 정리했다. 유민이라면 전조(前朝) 때부터 이성계의 측근으로 신임이 대단했던 자다. 물론 그 이후 행보 탓에 위상이 추락했다고는 하나 굳이 따지자면 삼봉 정도전에게 속하는, 즉 여전히 이성계와 가깝다고 할 수 있었다.

'골치 아프군.'

여전히 웃음으로 유대감을 마주한 채 김영감은 내심 중얼거렸다. 이 정도 되는 사람이 직접 걸음을 하다니, 그 중 자신을 의식해 운을 띄울 인물이라면 역시 삼봉 외에 떠오르는 바 없다.

그리고 삼봉과 김영감은 좋은 관계라고는 할 수 없었다.

현재 김영감은 삼봉이 추진하는 사병 혁파에 반기를 들어 정안공에게 기울어 있는 상태였다. 기실 아직은 추이를 보고 싶다는 생각이었지만, 그렇다고 마냥 중립을 지키다 권력이나 다름없는 사병을 뺏길 수는 없는 노릇이었다.

'대체 무슨 이야기를?'

빠르게 생각을 정리하고 이야기를 꺼내려는 찰나, 지그시 눈을 내리깔고 온기를 머금은 찻잔을 매만지던 유대감이 먼저 입을 열었다.

"듣자하니 정안공께서 자제분과 절친한 관계시라지요."

찻잔을 감싼 손에 저도 모르게 힘이 들어갔다. 이 상황에 굳이 정안공을 입에 올린다는 것은…….

'정안공이 보냈다는 말인가? 하지만 어째서?'

김영감은 긴장으로 팽팽히 당겨지는 신경을 느꼈다. 그러나 엄밀히 말하면 정적이라고 할 수 있을 상대 앞에서 속내를 쉽게 드러낼 정도로 녹록한 그가 아니었다. 찻잔을 내려놓고 태연히 웃으며 말을 받았다.

"그러합니다. 불민한 아들 녀석을 가깝게 여겨주시다니 감사한 일이지요."

"과연. 오랜 벗이라더니 그 마음이 참으로 극진하신 모양이더이다. 그래서 실례를 무릅쓰고 찾은 연유는 다름이 아니라……."

유대감은 그다지 높지 않은 목소리를 슬며시 더 낮추었다.

"현 예문관제학이신 왕영감의 여식과 혼약하셨다는 이야기를 들었습니다."

그 말을 통해 김영감은 앞뒤 상황을 대강 짐작할 수 있었다. 최근 조정 대신들을 중심으로 왕씨들을 경계하는 움직임이 심화되고 있었다. 그 중 왕강의 가문은 고려 왕실의 피를 이은 종친이니 신경이 쓰일 법하다. 그러나 아직도 의문이 남는 것은 어쩔 수 없었다.

애초에 워낙 오래전에 했던 혼약이라 혼란기를 거치는 와중 이 사실을 알고 있는 이는 당사자를 제외하면 거의 남지 않았다. 그리고 우연찮게 알게 되었다고 해도 오랜 벗이 왕씨와 연을 맺고 있음이 꺼림칙하여 파혼을 권유하고 싶었다면 굳이 자신의 수족도 아닐 유대감을 보낼 필요는 없다.

"예, 허나 너무 오래된 일이고 그간 관련 이야기도 오가지 않은 탓에 거의 파혼이나 다름없는 상황이지요. 글쎄…… 제 아들이 유학에서 이제야 돌아왔으니 그 댁에서도 조만간 말이 있겠습니다만."

"이쪽에서 먼저 가능한 빨리 기별을 드리는 게 좋을 듯싶습니다. 정안공께서는 이 말을 전하고 싶으셨던 것 같습니다."

유대감은 찻잔을 찻상 위에 내려놓으며 짐짓 수염을 쓰다듬었다.

"미리 말씀을 드릴 수 있게 되어 다행입니다. 정안공께서 오죽 마음이 급하셨으면, 허허허. 하기야 오랜 벗이 추측이라고는 해도 불민한 이야기에 휘말린다면 기분이 썩 좋지는 않으시겠지요."

등줄기를 타고 얼음이 미끄러지는 것 같았다.

아무렇지 않게 늘어놓은 단어들 중 정확히 꼬집을 수 없는 무엇이 신경을 날카롭게 건드렸다. 오랜 세월 단련되어 예리하게 날을 세운, 위험을 짚어내는 직감이라고 해도 좋았다.

김영감은 문득 최근 들어 유대감이 왕씨 종친들과 유독 가깝게 지낸다는 사실을 떠올렸다. 많은 대신들이 그 점을 제법 불만스럽게 여기고 있었고 왕씨들이 더욱 입방아에 오르내리는 원인이기도 했다. 무엇보다 삼봉의 당여에 속하는 유대감이 평소 거리를 두고 있는 정안공을 유독 들먹이며 강조하다니 이 건에 이방원은 물론 삼봉 정도전 역시 관련되어 있다는 고백이나 다름없었다.

그리고 삼봉과 정안공을 한데 아우를 수 있는 존재는 단 한 분뿐이다.

보일 듯 말 듯 아슬아슬하게 이어지는 실을 거슬러 올라간 끝에 도달한 결론은 김영감을 당혹스럽게 만들었다. 흔들리는 내심을 들키고 싶지 않았던 그는 얼른 눈을 내리깔면서 찻잔을 쥐었다. 매끄러운 표면을 더듬는 손가락이 가늘게 떨리고 있었다.

그는 가능한 태연한 목소리를 내기 위해 무던히 애를 썼다.

"충고 감사드립니다. 조만간 사람을 보내 마무리를 짓도록 하지요. 정안공께 대신 감사 말씀 올려주십시오. 물론 대감께 역시 후사하겠습니다."

"별 말씀을. 오히려 제가 말씀 잘 전해달라고 부탁드리고 싶을 지경인데요."

껄껄 소리 내어 웃는 유대감은 지극히 만족스러운 표정을 짓고 있었다. 김영감은 조용히 웃으며 이제부터 가능한 말을 아껴야겠다고 마음먹었다.

모름지기 권력은, 그리고 권력이 품는 비밀이라는 것은, 활활 타오르는 불길 같은 것이다. 몸을 녹이는 온기와 어둠을 밝히는 빛을 안전하게 누리고 싶다면 거리를 조절하는 법을 배워야 한다. 탐욕스럽게 다가서 함부로 손을 디밀었다가는 돌이킬 수 없는 상처를 입거나 자칫 목숨까지 잃을 수 있다.

때문에 자신이 추측한 내막에 대해 굳게 입을 다물고 의기양양한 유대감의 웃음에 적당히 장단을 맞추었다. 그리고 날이 밝는 대로 오랜 벗 왕영감에게 파혼을 요구하는 서신을 보내야겠다고 생각했다.

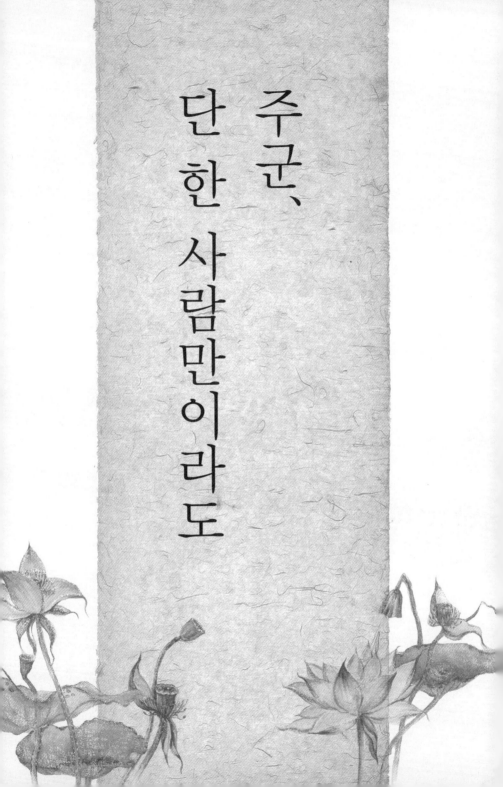

주군, 단 한 사람만이라도

모처럼 외상(外相)들이 방문해서 방시에 큰 장이 열린다는 소식을 들고 정은 말을 타고 슬그머니 집을 나섰다. 어차피 집에서 뒹굴고 있으면 대감에게 잔소리나 들을 뿐이다. 기루는 날이 저물고 등을 단 후에야 갈 수 있을 테니 그동안 여리에게 줄 선물이라도 고를 겸 장터라도 돌자는 생각이었다.

사병 훈련 때문에 자리를 비운 중업이 자기 대신 호위 삼아 붙인 병사를 몰래 따돌리고 정은 간만에 홀가분한 기분으로 밖을 돌아다녔다.

정은 원래 사람을 따돌리는 일에 능숙했다. 그나마 정을 오래 모셨던 중업이니 따라붙을 수라도 있지 다른 사람은 어림도 없었다. 혼자 나갔다는 사실을 알면 중업은 분명 화를 낼 테지만, 여리에게 선물하라고 장신구라도 하나 쥐어주면 어쩔 수 없이 입을 다물 수밖에 없으리라는 속셈을 정은 품고 있었다.

곱게 단장하고 시전을 구경하는 계집들. 한껏 목소리를 높여 값을 흥정하는 아낙들. 신이 나서 사방으로 뛰어다니는 아이들.

정은 활기 넘치는 저잣거리를 좋아했다. 생생하게 살아있는 들뜬 열기를 호흡하면 가슴 한 편에 웅크리고 있는, 술에 취해 웃음으로 숨기려고 해도 끈질기게 그 존재를 드러내는 무기력한 회의감이 조금은 옅어지는 기분이 들었다.

느긋이 말을 몰아 보다 안쪽으로 들어가니 시전마다 먼 나라에서 온 귀한 물건을 가득가득 진열하고 있었다. 여리가 좋아할 만한 물건을 찾아 비단이니 함, 귀걸이와 팔찌 같은 물건을 구경하던 정은 분대를 칠하고 색색 비단옷 위에 갖은 장신구를 달아 화려하게 치장을 한 기녀들을 발견했다. 역시 시전 구경을 나온 모양이었다. 요염하게 흘리는 눈웃음을 부채 너머 눈을 가늘게 뜨는 것으로 답하며 정은 내심 흐뭇했다.

"어라?"

그때 정의 눈에 한 여인이 들어왔다. 검은 나로 만들어진 몽수를 머리부터 발끝까지 드리우고 있는 모양이 분명 사대부 규수였다. 몽수 자락이 바람결에 날릴 때마다 슬몃슬몃 얼굴이 드러났다. 초승달 같은 곡선을 그린 눈썹. 차라리 푸른 기를 띨 만큼 검은 눈동자. 깊은 볼우물을 머금은 붉은 입술. 가히 절색이라고 할 수 있을 미인이었다.

정은 가볍게 휘파람을 불었다.

"이야, 옷이 날개라더니."

그 미인은 보화였다.

남장을 하고 있을 때도 인물이 곱다 싶었지만, 여인으로 한껏 꾸민 모습은 그에 비할 바 아니었다. 귀한 댁 따님답게 당당하고 품위 있는 자태였으나 정은 오히려 우습다고 생각했다. 꽃값을 떼어 먹었다는 누명을 쓰고 멱살을 잡혀 곤욕을 치르던 첫인상이 남아 만날 때마다 어리바리 불안한 녀석이라고 생각했던 탓이다.

그러나 차마 눈을 떼지 못하고 줄곧 그녀를 쫓고 있는 자신이 정은 제일 우스웠다. 과연 사내라는 족속은 어쩔 수 없는 모양이었다.

제법 먼 거리에서 보기에도 보화는 들뜬 기색이 역력했다. 몽수를 살짝 걷어 올리고 반짝반짝 빛나는 눈을 사방으로 돌리며 솟구치는 미소를 도무지 주체 못하는 듯싶었다. 나이답지 않게 꼭 어린 소녀 같은 얼굴이라 정은 부채 너머 슬며시 웃음 짓다 문득 깨달았다.

"저 소저 좀 보게?"

보화가 아무도 거느리지 않았다는 사실을 눈치 채고 정은 그만 혀를 차고 말았다. 하다못해 시녀라도 하나 대동하고 나올 것이지 관리들이 시간마다 순회를 돈다고 해도 온갖 사람들이 모여드는 장터이니만큼 자칫 어떤 소란에 휘말릴지 모르는 일이다. 남장을 하고 기방씩이나 찾아올 때부터 눈치야 챘지만, 도무지 제 몸 사릴 줄 모르는 소저다.

결국 정은 혀를 차며 말머리를 보화 쪽으로 틀었다. 모르는 척 넘어가기에는 아무리 별것 없는 양심이라 해도 찔리는 느낌이 들었다.

사람의 흐름을 거스르며 보화 쪽으로 말을 몰아 다가갔을 때였다.

몽수 자락을 당겨 얼굴을 가리면서 조심스럽게 외진 골목길로 들어가는 보화의 모습이 보였다.

힐끗힐끗 뒤를 돌아보며 경계하는 기색이 역력해서 정은 보화가 자꾸만 눈길을 향하는 곳으로 눈을 돌렸다. 사방을 살피자 다급히 걸음을 옮기는 사내가 눈에 띄었다. 차림으로 미루어 짐작컨대 어느 댁 가노 같았다. 보화는 아무래도 그 사내의 눈에 뜨이고 싶지 않은 모양이었다.

상황을 대강 알 만했다. 정은 피식피식 웃으며 보화가 몸을 숨기고 있는 골목 쪽으로 말을 몰았다.

"소저, 혹시 예문관제학 왕영감의 따님 아니신지요?"

보화는 정과 눈이 마주치는 순간 기겁을 하면서 화다닥 돌아섰다. 정체를 들키면 안 된다는 생각으로 취한 반사적인 행동이겠지만, 오히려 의심을 품을 지경으로 어색했다. 정은 자꾸만 치미는 웃음을 애써 삼키며 점잖게 말했다.

"아, 실례했습니다. 제 아는 벗과 꼭 닮으셔서 그만. 혹 사촌 오라비에게 친구라는 김 아무개 이야기를 들은 적 없으신지요?"

"예……?"

보화는 여전히 몽수 자락으로 얼굴을 가리고 시선만을 살짝 올렸다. 정의 말을 쉽게 믿지 못하는 듯 단단히 경계하는 모양새였다. 그러나 정은 시치미를 뚝 떼고 친근하게 말을 걸었다.

"그런데 설마 혼자 나오셨습니까? 위험합니다. 그 친구, 여동생을 끔찍이 아끼는 것 같던데 혹여 다치기라도 하시면 목을 놓아 통곡을 할지도 모릅니다."

보화의 눈이 이리저리 움직이는 것이 보였다. 이 기묘한 상황에서 한시바삐 벗어나고 싶은 듯했다. 하지만 등 뒤는 막혔고 앞은 정의 말이 가로막았으니 보화는 도무지 피할 곳을 찾지 못하고 전전긍긍했다. 정은 초조하게 발을 구르는 보화의 모습을 보고 내심 웃으면서 천천히 몸을 숙였다. 그리고 부채로 입가를 가린 채 속삭였다.

"저 사내를 피해 이곳으로 숨으신 게지요?"

보화는 그제야 퍼뜩 고개를 들어 정을 보았다. 정은 자세를 바로 잡으며 다 안다는 듯 고개를 끄덕였다.

"하인을 따돌리고 몰래 나오신 모양이군요? 귀한 분께서 혼자 밤을 돌아다니시다니, 위험합니다. 지금 저 사내를 데려올 터이니……."

보화는 순간 발끈하여 대답했다.

"싫습니다. 모처럼 장이 섰는데……. 지금 들키면 당장 집으로 돌아가야 합니다. 저는 아직 더 구경을 하고 싶어요."

"어이쿠, 사내에게 대드는 모양새를 보니 성정이 보통이 아니십니다. 그 친구 말에 따르면 참하고 얌전한 규수라고 했는데……."

"어머나! 여인에게 말하는 모양새를 보니 무례가 보통이 아니십니다. 오라비께 친절하고 반듯한 분이라고 들었는데요."

"아, 역시 그 친구에게 제 이야기를 듣기는 들으셨군요?"

보화는 실수했다는 생각이 들었는지 입을 꾹 다물고 정의 눈을 피했다. 정은 이 상황이 점점 더 재밌게 느껴졌다. 평소라면 하지 않았을 제안을 건넸던 것은 아마 그 탓일 것이다.

"제가 모실까요?"

"네?"

목소리를 높이는 보화만큼이나 정 역시 놀랐다. 굳이 더 얽힐 필요 없이 보화를 찾고 있는 사내를 부르면 간단하게 끝날 일이다. 아니면 말에 태워 집으로 데리고 가는 정도는 괜찮을지도 모른다.

그러나 저도 모르게 말해버린 제안이 정은 나쁘지 않다는 생각이 들었다.

"아직 더 구경하고 싶다고 하셨지요? 저와 함께 가신다면 내키는 만큼 구경할 수 있게 모시겠습니다. 혼자 보내기에는 아무래도 신경이 쓰여서요. 제 벗이 귀하게 여기는 여동생이시니까요."

정은 덧붙였다.

"그 대신이라기에는 뭣하지만, 제 여동생에게 선물할 물건이나 하나 골라주신다면 감사하겠습니다."

"여동생이 있으신가요?"

보화는 의외라는 양 되물었다. 정은 웃으며 고개를 끄덕였다.

"예, 소저 또래일 겁니다. 오늘은 그 아이 마음에 들 물건이나 고를까 싶어 나왔지요. 그런데 뭘 사야 좋을지 고민이 되어놔서."

"그렇군요."

한동안 망설이며 이리저리 눈을 움직이던 보화는 곧 결심한 듯 고개를 들었다. 검고 얇은 몽수 자락 너머 까맣게 반짝이는 눈이 정을 곧게 응시했다.

"잘 부탁드립니다."

정은 빙긋 웃으며 말에서 훌쩍 내렸다.

"그럼 오르시겠습니까? 말은……."

"탈 줄 알아요."

보화는 도도하게 고개를 들더니 능숙하게 말 등에 올라 자세를 잡았다. 그리고 이것 보라는 듯 입 꼬리를 비스듬히 올렸다. 정은 피식 웃으며 말고삐를 잡았다.

"이런, 감히 또 무례를 범했습니다. 그럼 소저, 어서 가시지요."

제법 능숙하게 말구종 흉내를 내는 김 아무개 공자를 내려다보며 보화는 조금 진지하게 걱정했다.

'얼굴이 닮은 사촌남매라고 생각하다니. 이 사람 혹시 어디 모자란 것 아닐까.'

물론 남장을 하고 기방을 드나들었다는 소문이 퍼졌다면 보화뿐만 아니라 아버지의 평판에도 큰 누를 끼칠 터였다. 보화는 이 사람의 부족한 판단력에 매우 감사해야겠다고 생각했다.

의외지만, 김 아무개 공자는 편하고 즐거운 동행이었다. 무엇보다 보화를 채근하지 않는다는 점이 좋았다. 이것저것 관심을 보이며 자주 말고삐를 당기는 보화에게 얼굴 한 번 찡그리는 일이 없었다. 보화가 가자는 곳이면 기꺼이 응했고 재밌는 것을 찾았다면서 앞서 안내를 하기도 했다.

알록달록 예쁜 장신구들. 흥겹게 재주를 펼치는 광대들. 검은 피부를 지닌 대식인과 하얀 피부를 지닌 색목인들. 사방에서 들리는 낯선 말과 신비롭고 환상적인 정경을 보화는 그 덕분에 느긋이 만끽할 수 있었다.

"그래서 여동생 되는 규수께서 뭘 좋아하시는데요?"

"흠, 글쎄요. 원래는 노리개나 귀걸이 같은 것을 생각했는데…….

평소 향 피우는 일을 즐기니 귀한 향이나 선물할까 싶기도 하고."

"장신구는 본인 마음에 들지 않으면 난감할 뿐이니 향이 더 좋을 것 같아요. 요즘 여인들 사이에서 유향이 유행이랍니다."

그는 추천받은 대로 유향을 고른 다음 연꽃 문양을 조각한 향저와 향시를 샀다. 여동생이 연꽃 문양을 좋아하는 모양이었다.

"아, 그리고 이 물건은 감사의 뜻으로 드리겠습니다."

대체 언제 샀는지 보화에게 건넨 것은 금사로 모란문을 수놓고 진주를 장식한 향낭이었다. 얼떨결에 향낭을 받은 보화는 괜찮다고 거절하려고 했지만, 그 전에 그가 먼저 말했다.

"조금 전에 한참 동안이나 보고 계셨지요? 소저에게 어울릴 것 같아 산 물건이니 사양 말고 받아주십시오."

분명 조금 전 지나쳤던 시전에 놓인 것을 보고 유독 그 색과 모양이 고와 쉬이 눈을 떼지 못했던 물건이다. 설마 알아차렸으리라고 생각조차 못했기에 보화는 발갛게 달아오르는 귓불을 저도 모르게 매만졌다.

"눈치가 빠르시네요."

"그나마 있는 능력이 그뿐이랍니다. 늘 여인의 비위만 맞추고 돌아다닌다고 아버님께 꾸지람을 듣고는 합니다."

역시 여인을 끼고 앉아 술이나 마시는 한량이라는 평가를 내렸던 보화는 괜스레 뜨끔한 심정으로 헛기침을 했다.

"사내로 태어나 이루고 싶은 원대한 포부가 없으십니까? 여인들과 달리 사내들은 훨씬 자유롭지 않습니까?"

"원대한 포부……. 사내로 태어났으니 제 이름을 걸어 나라 하나 정도는 세워야 한다는?"

"세, 세상에나. 나라라니. 어찌 그런 위험한 말씀을 입에 담으십니까?"

조선이라는 나라에 충성심 같은 것은 지니지도 않았지만, 보화는 짐짓 몸을 부르르 떨면서 당치도 않다는 듯 그를 나무랐다. 보화의 성화가 귀여웠는지 그는 부채를 들어 입가에 누르며 문득 미소를 머금었다. 어딘가 어둑한 그늘을 드리우고 있는 미소였다.

'뭐야?'

찰나 떠올랐다 숨어버린 미소를 목격하고 보화는 가슴을 스치는 서늘한 한기를 느꼈다. 마냥 밝고 티 없는 사람이라고만 여겼는데 방금 그 웃음은 무언가 오싹했다.

그러나 그는 금세 밝은 모습으로 돌아와 보화를 올려다보면서 어깨를 으쓱했다.

"그저 실없는 농입니다. 나라 따위는 관심 없어요……. 지천으로 사람이 죽고 피 흐르는 일 따위 무엇이 좋다고. 어차피 한 번 살고 말 인생입니다. 기왕이면 즐겁게 즐겨야지요. 복잡한 일에 부러 끼어들고 싶지 않습니다."

명랑한 어조에 내심 안도하면서도, 보화는 어쩐지 찜찜함을 느끼며 애써 태연하게 대꾸했다.

"어머나, 욕심이 없는 분이시네요."

"조용히 살고 싶은 게지요."

그는 웃으며 덧붙였다.

"충절 때문이건 권력 때문이건 죽으면 끝이잖습니까. 굳이 목숨까지 걸고 추구하고 싶지는 않습니다."

"말씀이 험하시네요. 권력은 둘째치더라도 충절에 목숨을 건다는 건 고귀한 일 아닌가요?"

그는 짐짓 자신의 말을 꼬집는 보화를 힐끗 눈짓하더니 입술 끝을 조금 비틀었다.

"고려를 위해 두문동에서 불타 죽었다는 72명의 충신들처럼 말입니까?"

그들을 비웃는 듯한 태도에 보화는 그만 화가 났다. 목숨조차 바쳐 신념을 지킨 분들을 감히 폄하하다니. 보화는 울컥해서 소리쳤다.

"물론이지요. 칭송받아 마땅해요!"

"당신 아버님께서 그렇게 돌아가셨다면 같은 말씀을 할 수 있겠습니까?"

"뭐!"

보화는 입술을 깨물었다. 고려의 종친임에도 조선의 녹봉을 받고 있는 아버지를 비난했다는 생각 때문에 분노로 머릿속이 새하얗게 타오르는 것 같았다. 보화는 말고삐를 쥔 손을 가늘게 떨면서 한 글 자 한 글자 또박또박 내뱉었다.

"지금…… 우리 아버지를 비난하는 건가요?"

"아니요, 그런 뜻이 아닙니다."

그는 고개를 흔들었다.

"당신의 아버지를 존경한다는 말씀을 드리고 싶은 겁니다. 한 나 라가 사라지는 와중에 그 일원으로서 어찌 굴욕이 없고 회한과 슬 픔이 없겠느냐만, 당신과 가족을 지키기 위해 고개를 숙이셨으니까 요. 고려의 종친이라는 명예보다 당신의 아버지이자 한 가문의 가 장을 선택하신 것 아닙니까?"

그 말은 들끓어 오르던 보화의 분노를 잠시 진정시켰다. 그렇다. 굴욕과 회한과 슬픔에도 불구하고 자신을 위해 삶을 택한 아버지의 심정을 잘 알기에 보화는 그의 말에 더 분노했던 터였다. 그래서 보 화는 한결 차분해진 어조로 대답했다.

"그거야 제 아버지만은 아니지요. 어쨌든 당신과 당신의 가족도 본래는 고려의 백성이었겠지요?"

"예, 하지만 제 숙부는 끝끝내 고려의 백성으로 남으셨지요."

무슨 뜻인지 되물으려던 보화는 다음 순간 말이 막히고 말았다. 그는 더는 보화를 바라보지 않았다. 다만 말고삐를 끌어 걸음을 재 촉하며 아무렇지 않게 이야기의 끝을 고했다.

"칭송받아 마땅한 고결한 충심의 발로라는 걸 알면서도, 저는 어쩔 수 없이 숙부를 원망할 때가 있습니다.”

보화는 더 이상 무슨 말을 해야 할지 알 수 없었다.

지세한 내막은 몰라도 그가 진심으로 숙부의 죽음을 애도하고 안타까워한다는 마음은 전해졌다. 그래서인지 위로조차 건네기가 무안했다. 그리고 아무렇지 않게 충심을 떠들었던 자신이 조금 부끄럽게 느껴졌다.

나라보다 자신을 택한 아버지를 이해하고 사랑하는 만큼, 가족보다 나라를 택한 숙부의 충절을 원망한다는 그 속내를 보화는 어렴풋이 이해했다. 사랑했으므로 도리어 원망할 수밖에 없는 그 이율배반적인 마음을.

‘그 숙부라는 분을 몹시 따랐던 모양이지…….’

그래서 저렇게 삶 외에 아무것도 필요 없다는 말을 하는 것인지도 모른다. 마냥 경박하다고만 생각했던 사람에게서 의외의 상처와 짊어진 무게를 발견하고 보화는 자신이 참으로 어리다는 생각이 들어 조금 우울해지고 말았다.

‘앞뒤 사정도 모르는 사람에게 왜 그런 이야기를 했담.’

한편 정은 부끄러움을 견디다 못해 자책을 하는 중이었다.

보화에게 굳이 날을 세울 필요는 없었다. 어쨌든 고려를 버린 아버지 밑에서 부족한 것 없이 행복하게 자랐을 아가씨가 충절에다 고귀함을 운운하는 모습이 조금 불편했다고는 해도 괜스레 그 속을 긁어 불편하게 만들 것까지는 없었다.

‘아직도 퍽이나 어리구나.’

민망함에 어찌할 바를 모르며 정은 자신을 향해 어물쩍 흐린 웃음을 머금었다. 그리고 한숨을 쉬며 길 건너편으로 고개를 돌렸을 때였다.

"아이고."

숨을 죽이며 정의 눈치를 보던 보화가 조심스럽게 말을 걸었다.

"왜요? 무슨 일이지요?"

"아, 길 건너편에 중…… 아, 아니라 김정, 그 친구가 있어서 말입니다. 저 친구 몰래 나왔는데 큰일 났는걸."

"네?"

정의 말을 듣고 보화는 깜짝 놀랐다. 그리고 정이 아직 우리를 발견하지 못한 듯하니 진정하라고 미처 말하기도 전에, 얌전히 손만 올리고 있던 말고삐를 얼결에 세게 당기고 말았다. 정은 그 힘에 휘청 균형을 잃고 붙잡고 있던 말고삐를 놓쳤다.

지금껏 정이 부드럽게 이끄는 대로 걷던 말은 다급히 고삐가 당겨지며 신호가 오자 오히려 머리를 내저으며 되레 보화를 끌어 당겼다. 말에게 딸려가는 와중에 보화는 당황하여 얼결에 말의 옆구리를 걷어차고 말았다. 정은 당황해서 냅다 소리쳤다.

"이런, 안 돼!"

히히히힝!

말은 정의 목소리에 더욱 놀라 크게 울부짖으며 앞발을 들어 올렸다. 보화는 고삐를 당기며 균형을 잡았지만, 단지 그뿐, 난폭하게 앞으로 달리기 시작하는 말을 다루지는 못했다.

가판대와 사람들이 복잡하게 얽힌 거리에서 말이 날뛰기 시작하자 소란은 급속도로 번졌다. 사람들은 비명을 지르며 질주하는 말을 피해 사방으로 흩어졌다. 주변에서 들리는 날카로운 비명 소리 때문에 말은 더욱 흥분한 듯 입에 거품을 물고 속도를 높였다.

"안 돼! 멈…… 꺄악!"

보화는 날뛰는 말의 서슬에 그만 고삐를 놓치고 말았다. 분명 말을 어느 정도 다룬다고는 하나 갑작스러운 사고를 능숙하게 제어할 수 있는 수준은 아니었다. 게다가 이 말은 본래 보화가 타고 다니던 작고 얌전한 암말보다 훨씬 힘이 좋고 키도 큰 숫말이었다. 무엇보다 보화는 말이 전력으로 달리는 속도를 경험한 적이 없었다. 뺨을 갈기듯 몰아치는 바람과 어지러울 정도로 흔들리는 시야 그리고 귀가 아플 만큼 몰아치는 온갖 소란이 말은 물론 보화의 혼까지 쏙 빼 놓았다.

보화가 할 수 있는 일이라고는 비명을 지르지 않기 위해 이를 악물고 말의 목덜미를 끌어안은 채 말 등에 가능한 바짝 달라붙는 일 뿐이었다.

"이런!"

정은 보화를 쫓으려고 했지만, 눈앞에서 벌어지는 소란의 와중에 달리기는커녕 걸을 수도 없을 정도였다. 별 수 없이 발을 구르는데 그 사이 건너편에 있던 중업이 먼저 움직였다. 중업은 즉시 말을 몰아 보화의 뒤를 쫓기 시작했다.

"제발……. 무사해야 하는데."

정은 달려가는 중업의 말을 바라보며 답답한 심정으로 두 손에 힘을 주었다.

중업은 쉴 새 없이 말을 재촉했다. 보화를 태운 말은 다행히 도성 외곽을 향해 달리고 있었다. 오가는 사람이 적으면 마음 놓고 말을 몰 수 있다.

용케 균형을 잡고 말에 매달린 보화는 이를 악 물고 참고 있는지 혹은 비명을 지를 정신조차 없는지 조용했다. 말의 귀에 대고 소리를 지르면 말이 더욱 날뛸 테니 그나마 다행한 일이지만, 그 와중에도 중업은 부디 정신은 잃지 말아달라고 빌었다.

아직은 악을 쓰며 버티고 있어도, 정신을 잃든 힘이 빠지든 저 속도로 달리는 말에서 떨어지면 큰 부상은 당연하고 자칫 죽을 수도 있었다. 게다가 슬슬 왼쪽 발이 등자에서 벗어나려는 기미가 보였다. 고삐도 아니라 목을 잡은 채 한쪽 발만 등자에 걸고 전속력으로 달리는 말 등에서 버티는 일은 보화가 아니라 다 큰 장정이라고 해도 무리다.

두 마리 말은 시끄러운 말발굽 소리를 내며 무시무시하게 달렸다. 도성 외곽으로 나가면서 반듯하게 깔린 포도는 사라지고 울퉁불퉁 요철이 심한 오솔길이 나타났다. 중업의 교묘한 마술에 힘입어 중업의 말이 더욱 속도를 높여 보화의 말을 쫓기 시작했다.

중업은 점차 가까워지는 말을 향해 목소리를 높였다.

"정신을 잃으면 안 됩니다!"

보화의 몸이 움찔 떨리더니 고개를 살짝 들어 중업을 향해 돌렸다. 너무 겁에 질려 아직 혼란스러운 듯싶었다. 중업은 다시 소리쳤다.

"뒤돌아보지 마세요! 앞을 보십시오! 제가 붙잡겠습니다!"

"으……."

보화는 그제야 정신을 차린 것 같았다. 새파랗게 질린 얼굴을 하고 고개를 끄덕이더니 다시 앞을 보고 말에 달라붙었다.

"잘하셨습니다. 팔을 이쪽으로……!"

소란스럽게 울리는 말발굽 소리에 눌리지 않기 위해 중업은 화를 내다시피 고함을 질러야 했다. 보화는 바짝 곁으로 붙은 말을 힐끗 돌아보며 팔을 움직이려고 했다. 그 순간 아슬아슬하게 등자에 걸려 있던 왼발이 미끄러졌다.

"꺄악!"

보화의 몸이 덜컥 흔들렸다. 보화는 다시 두 팔로 말의 목을 붙잡을 수밖에 없었다. 그러나 왼발이 빠지면서 크게 들린 오른발 때문에 균형을 잃은 몸은 점점 더 아래로 미끄러졌다. 보화는 어떻게든 몸을 추스르려고 했지만 그렇지 않아도 정리되지 않은 길을 내달리는 말 등 위에서 그러기에는 곡예나 다름없는 시도였다.

"아, 안 돼……. 못하겠어요!"

순간 중업이 손을 뻗어 보화의 말고삐를 확 낚아챘다.

"위험해! 잠깐, 그러다 당신도 다쳐요!"

거친 콧김을 내뿜으며 거품을 물고 날뛰는 말 두 마리는 죽을힘을 다해 달리고 있었다. 보화는 두려움으로 눈물이 고인 눈을 들어 중업을 향해 소리쳤다.

"물러나요! 이러다 당신까지 다치면……."

중업은 그 말을 들은 척도 하지 않았다. 중업은 자신의 말고삐를 당겨 흥분한 말을 달래고는 그 손을 보화에게 뻗어 어깨를 감쌌다. 그리고 놀라 굳어버린 보화의 어깨 밑으로 더욱 깊이 팔을 밀어넣어 허리를 완전히 감싸 고정시킨 다음 한 손으로 붙잡고 있던 보화의 말고삐를 뿌리치듯 놓았다. 동시에 자신의 말고삐를 잡아당기며 보화를 홱 끌어 당겼다.

"자, 잠깐!"

보화는 놀라 외치며 온 힘을 다해 중업에게 달라붙었다. 그 순간 급격히 속도를 줄이는 말 등에서 중업은 보화를 끌어안은 채 몸을 굴려 떨어졌다.

"악!"

다행히 어중간하게나마 낙법을 썼기에 보화는 물론 중업의 타격 역시 크지는 않았다. 그리고 포도가 아닌 흙바닥이라 충격이 덜하기도 했다. 두 사람은 한동안 서로 끌어안은 채 바닥에 드러누워 거칠어진 숨을 골랐다.

먼저 정신을 차리고 몸을 일으킨 이는 중업이었다.

"다친 곳은 없으십니까?"

보화는 질끈 감고 있던 눈을 뜨고 멍하니 중업을 올려다보았다.

눈물이 그렁그렁 고인 까만 눈이 말끄러미 그를 응시했다. 중업은 저도 모르게 시선을 피하며 손을 뻗어 보화를 부축했다.

"실례하겠습니다."

중업의 부축을 받아 자리에 앉은 보화는 여전히 고개를 떨구고 잔뜩 몸을 웅크렸을 뿐 아무 말도 하지 않았다. 충격을 심하게 받은 모양이다. 중업은 가늘게 떨고 있는 그녀 곁에 무릎을 꿇고 끈기 있게 말을 걸었다.

"팔이나 어깨나, 혹은 발목이 아프지 않으신지요?"

보화는 고개를 저었다.

"모르겠어요……."

그리고 한참 동안 입을 다물었다 다시 말했다.

"다 아픈 것 같기도 하고, 안 아픈 것 같기도 하고……."

"죄송합니다만, 한번 일어나 보시겠습니까?"

중업의 손을 잡고 몸을 일으키던 보화는 짧게 비명을 지르며 휘청거렸다. 오른발이 힘을 주지 못하고 끄는 모양을 보니 떨어지면서 땅에 부딪혀 삔 것 같았다. 중업은 쓰러지는 보화를 반사적으로 받아 안았다.

"어이! 괜찮아?"

중업은 고개를 돌렸다. 어디서 구했는지 말을 타고 달려오는 정이 보였다.

정은 보화를 부축하고 있는 중업을 보고 잠시 이맛살을 찌푸리는가 싶더니, 곧 고개를 저으며 말에서 훌쩍 뛰어내렸다. 정은 드물게 웃음기 없는 얼굴을 하고 그녀의 모습을 찬찬히 살폈다. 그리고 형클어진 머리와 흙이 묻고 찢긴 옷을 보고 슬쩍 혀를 찼다.

"다치셨나?"

"발목을 다치신 것 같은데."

아직 충격으로 말을 잘 잇지 못하는 보화 대신 중업이 대답했다.

"그렇군. 너는? 너도 바닥에 구른 것 같은데……."

"나는 괜찮아."

중업은 짧게 대꾸했다. 그리고 성큼성큼 다가오는 정에게 보화를 밀어내듯 넘기고 몇 걸음 뒤로 물러섰다. 정은 슬쩍 눈썹을 치켜 올렸지만 별 말 없이 보화를 받아 옆으로 안아 올렸다.

"일단 내가 모셔가마. 너 정말 괜찮아? 다쳤다면 솔직히 말해."

중업은 말없이 고개를 흔들었다. 정은 조금 미심쩍다는 눈이었지만 곧 고개를 흔들었다. 그리고 품안에서 동그랗게 움츠러들어 부들부들 떨고 있는 보화를 응시한 채 말했다.

"혹시 모르니 의원을 꼭 부르도록 해. 먼저 가 있어. 있다가 보자."

잠시 입을 다물었다 다시 말을 잇는다.

"오늘은…… 미안했다."

그 말을 마지막으로 정은 보화를 안고 가볍게 자신의 말 위에 올라탔다.

한 손으로 고삐를 능숙하게 당겨 말머리를 돌리며 뒤에 남은 중업을 슬쩍 바라보았다. 그는 묵묵히 그 자리에 서서 자신의 손을 바라보고 있었다.

마치 그 손이 잠시 품었던 누군가를 회상하듯이.

정의 입술에 문득 힘이 들어갔다. 무언가를 떨쳐내듯 고개를 돌리고 말의 옆구리를 가볍게 걷어찼다. 그리고 보화를 감싸 안은 채 말을 달리기 시작했다.

"아버님, 저녁 문안 올립니다."

귀가해서 의관을 정돈하는 즉시 정은 지칠 대로 지친 몸을 이끌고 사랑채를 찾았다. 김영감은 반듯이 고개를 숙이는 정을 가만히 바라보다 불쑥 내뱉었다.

"무슨 일인지 요즘 저녁 문안이 잦구나. 네 이제야 기방이 슬슬 물리는 모양이다."

한낮에 일어나 밤이 새도록 기방에서 머물다 날이 밝아야 돌아오는 아들의 저녁 문안은 몹시 드물게 있는 일이었다. 김영감의 꾸지람에 익숙한 아들은 이번에도 웃으며 딴청을 피우는 것으로 상황을 벗어나려고 했다.

"예, 요즘은 착실히 심신을 가다듬고자……."

"전 혼약자 되는 소저와 노닥이면서 말이냐?"

김영감의 어조는 뚜렷한 냉소를 머금고 있었다. 정은 반사적으로 고개를 들어 아버지를 보았다. 그리고 자신을 바라보는 차가운 두 눈에서 은근히 끓어오르는 분노를 읽었다.

김영감은 옷소매에서 서신을 하나 꺼내 들었다.

"네게 온 서신을 보았다. 대체 어찌 알고 서신 교류까지 하는 관계가 되었느냐?"

"아버님!"

"그리 보지 않았는데 강이 그 사람, 딸을 잘못 교육시켰더구나. 아무리 혼약을 했던 사이라고 해도 외간 남자와 노닥이다니 그 몸가짐이 천박하다. 늦게나마 파혼하기를 잘했군."

"예?"

정은 그제야 김영감이 혼약자 앞에다 굳이 '전(前)'이라는 단어를 붙였다는 사실을 깨달았다. 정은 다급히 되물었다.

"파혼이라니, 무슨 말씀인지요."

"말 그대로다. 오늘 파혼을 청했다. 강도 기꺼이 승낙했으니 깨끗이 정리된 셈이야."

정의 얼굴이 창백하게 질렸다.

이상한 일이다. 어차피 파혼할 것이라고 예상하고 있었건만, 파혼 선언을 듣는 순간 정신이 아득한 기분이 되다니. 누구라도 알 정도로 뚜렷하게 평정을 잃고 흔들리는 정을 향해 김영감은 영 못마땅한 표정으로 혀를 찼다.

"그 얼굴은 무엇이냐. 네 설마 그 혼약에 진심으로 마음을 두었던 것은 아니겠지? 정안공께서 부러 언질을 주셨는데도."

정안공.

방원의 이름을 듣는 순간 정은 한편으로 미루어 잊고 있던 의문을 떠올렸다.

'네 정혼자 이야기를 슬쩍 비추며 속을 떠보도록 해.'

애초에 굳이 정을 골라 유민에게 언질을 부탁하는 것부터 이상하다고 생각했다. 그리고 그 언질에 대한 유민의 대응은 더욱 기묘한 것이었다.

'이 유민은 맡은 바 일을 결코 허투루 처리하지 않아.'

설마…….

땀으로 축축이 젖어드는 손에 반사적으로 힘이 들어갔다. 아무리 막고 싶어도 더는 막지 못한다는, 절대 돌이킬 수 없게 늦고 말았다는, 불길하기 짝이 없는 예감으로 정은 가슴이 단단히 옥죄는 것을 느꼈다.

잔뜩 힘을 넣어 하얗게 바랜 주먹이 파르르 떨었다. 애써 웃고 있던 얼굴이 싸늘하게 식었다. 정은 어느새 바짝 마른 입술을 혀끝으로 축였다.

'아니야…….'

머리를 맴도는 것은 말이라기보다 뜻 모를 신음 같은 읊조림이었다. 따뜻한 방안 공기에도 선뜩하게 식는 뒷목을 느끼며 정은 그만 진저리를 쳤다. 손바닥에 묻어나는 축축한 식은땀이 자신이 얼마나 끔찍한 생각을 떠올렸는지 증명하는 것만 같았다.

'아니야, 아니야.'

처음에는 느릿느릿하던 박동이 점점 더 빠르고 거칠게 속도를 높였다. 심장이 쿵쿵 뛸 때마다 정은 속으로 쉴 새 없이 되뇌었다. 다른 누구도 아니라 자기 자신부터 확신을 갖기 위해.

'그런 일이 가능할 리 없어.'

그러나 정은 이미 깨닫고 있었다. 그 말은 말한 당사자조차 납득시킬 수 없을 만큼 아무 힘도 지니지 못했다는 사실을.

"대체…… 무엇을 꾸미고 계십니까!"

결국 정은 지푸라기라도 잡고 싶은 심정으로 입을 열었다.

"아버님과 유민과…… 그리고 방원, 그 친구가 한통속이 되어 꾸미는 일이 대체 무엇입니까."

"멍청한 것. 입을 함부로 놀리지 마라!"

김영감은 싸늘하게 일갈했다.

"네 어찌 주변 상황을 돌아보고 한 번 생각을 않느냐. 정안공께서 그 모양으로 무지한 너를 오랜 벗이라고 어여삐 여기심을 감사해야 한다."

"아버님!"

"시끄럽다. 어디서 감히 목소리를 높이는 것이야."

정과 김영감의 시선이 부딪쳤다. 무슨 말을 들어도 항시 웃음으로 응대하며 선선히 고개를 숙이던 정은 온데간데없었다. 길고 불편한 침묵이 두 사람 사이에 무겁게 내리깔렸다. 서늘하고 결연한 눈빛을 노려보던 김영감은 이 이야기를 마무리 짓기 전에는 정이 절대 납득하지 않을 것을 깨달았다.

그는 결국 불쾌감 어린 한숨을 내쉬며 입을 열었다.

"유민 그자는 삼봉 밑에 있는 인물이다. 그가 정안공과 손을 잡을 수 있게 할 인물이 누구겠느냐. 그리고 전조(前朝)의 잔재들, 혹여나

불화의 씨앗이 될 수도 있는 왕씨들을 굳이 사람들 입에 오르내리게 하는 이유가 대체 왜라고 생각하지? 생각을 해라. 멍청히 흘러가고만 있지 말고!"

김영감의 이야기를 듣는 순간 결국 정의 불길한 예감은 현실이 되었다.

"아직도 모르겠느냐! 왕씨는 더 이상 이 땅에 발붙이고 살 수 없을 것이다."

정은 김영감의 제지조차 듣지 않고 즉시 몸을 일으켜 밖으로 뛰쳐나갔다. 한시도 지체할 수 없었다.

다짜고짜 말을 내라는 명령을 받고 마부는 몹시 당황한 표정이었다.

대체 이 늦은 밤에 어디를 가시냐는 질문엔 들은 척도 않고 정은 매섭게 재촉을 거듭했다. 마부는 결국 허둥거리며 말을 끌어내어 안장과 고삐를 매었다.

말은 정신없이 내달렸다.

겨울바람을 받아 온몸이 와들와들 떨리는데도 정은 추운 줄도 몰랐다. 불이라도 지른 듯 속이 타오르고 있었다. 주체할 수 없이 들끓는 열기에 취하기라도 한 것처럼 정은 쉴 새 없이 말을 채근했다. 말은 거품을 물고 속도를 높이더니 목적지도 모를 길을 더듬어 망설임 없이 달렸다.

뒤죽박죽 엉켜 갈 곳을 잃고 부풀어 오른 감정 때문에 머릿속이 터질 것 같았다. 정은 어금니를 악물고 흐느낌 같은 웃음을 흘렸다. 웃음은 맞바람 속으로 흔적도 없이 휘몰아치듯 사라졌다.

지독하게 혼란스러웠다. 머릿속에서 메아리치는 목소리들. 유민 그 사람이 수상하다. 목소리들. 정안공께 전해주게. 목소리들. 가능한 먼 곳이 좋다는. 목소리들. 언제 큰 불길이 되어 타오를지 모를 일이니.

불씨는 확실히 밟아 끄겠노라고 그분께 전해주게.

정은 끈질기게 눌어붙어 귓가를 떠나지 않는 끔찍한 목소리를 떨쳐내고 싶었다. 정은 이미 온 힘을 다해 달리고 있는 말을 애꿎게 채근했다. 말이 거센 호흡을 내쉬며 속도를 높일수록 차가운 칼바람은 더욱 요란하게 정을 후려갈겼다.

그러나 귓가를 아리도록 얼리는 바람 속에서도 멈추지 않는 생각은, 진저리치게 끔찍해서 차라리 끊어내고 싶지만 끝끝내 멈출 수 없는 생각은, 이 길을 달리기 전 만난 왕강을 향해 흘러갔다.

그와 나눈 대화는 마지막까지 차마 놓지 못해 붙들고 있던 얄팍한 희망을 산산이 부수며 내리꽂힌 쐐기와 같은 것이었음에도.

결코 믿고 싶지 않았던 미래를 공고히 다지는 선언이나 마찬가지였음에도.

'나는 조만간 유배를 떠날 것이네. 당장 목숨은 건졌으나 아마 그조차 길지 않겠지.'

늦은 밤 무례하게 만남을 청한 정을 왕영감은 거절하지 않고 맞아들였다. 그리고 유대감과 김영감이 남긴 말을 전하며 당분간이라도 몸을 피하시라는 정의 간곡한 청을 들은 다음 흔들림 없는 담담한 태도로 청천벽력 같은 저 말을 고했다.

'원망이라…… 글쎄, 유대감 그 사람도 제 목숨이라도 건지려면 어쩔 도리 없었겠지. 이 땅에 발 디디고 사는 이로서 어찌 하늘을 거스르겠는가.'

하늘. 그 단어는 비수처럼 모든 것을 꿰뚫었다. 방원 역시 이 일의 한 축이라는 사실을 깨달았을 때부터 줄곧 아니라고 거부하던 진실을 맞닥뜨리는 순간 정은 그만 핏기를 잃었다. 뒤를 잇는 강의 설명은 더욱 거침이 없었다.

왕씨들이 중용된다는 사실을 불편하게 여기는 시선은 예전부터 있었다. 그리고 최근 유배됐던 왕씨들이 풀려나 자유롭게 되면서 그 경계는 더욱 노골적이었다. 그 와중에 몇 년째 이어지는 기근으로 불만을 품고 불안에 젖은 백성들을 달래기 위해 그들은 희생양을 찾았다.

'그러므로 그들은 남은 잔재를 깨끗이 쓸어버리겠지. 가능한 많은 죄목을 부여해서 무엇도 남기지 않고.'

왕영감은 이상하리만치 평온한 눈으로 정을 보았다. 차라리 이해할 수 없다면 좋았을 것이다. 그 말씀이 의미하는 바를 도무지 모르겠다고 되물을 수 있다면. 아니면 끝끝내 아무것도 모른 채 남을 수 있다면. 그러나 정은 이미 알고 말았다. 그리고 알게 된 이상 더는 돌이킬 수 없다.

씨족 말살이라는 끔찍한 일이 곧 일어나리라는 사실과 왕씨는 물론 자기 자신의 죽음을 침착하게 준비하고 있는 왕강. 그 사이에서 치를 떠는 정에게 그는 드디어 미약하나마 인간다운 쓸쓸함을 드러내었다.

'이 보잘 것 없는 노인에게 도움의 손길을 내밀다니 나쁘지 않군. 때는 늦었다고 하나 그 마음은 감사하게 받겠네. 단지……'

줄곧 담담하던 그 목소리가 가느다랗게 떨리는 순간 정은 그가 하고자 하는 말을 눈치 챘다. 과연 그는 자조적으로 웃으며 정이 예상했던 바를 말했다.

'단지 내 딸아이……. 그 아이만은 꼭 살릴 수 있기를 바라네. 그래서 청하네만 이 늙은이가 자네의 죄책감을 이용해도 되겠나.'

거절한다는 선택지는 존재할 수 없었다. 단 한 명이라도. 모두를 구할 수 없다면 단 한 명이라도 돕고 싶었다. 이 같은 끔찍한 일이 일어나는데도 계속 눈을 돌리고 회피할 수만은 없었다.

동시에 단 한 명조차 뜻대로 도울 수 없는 미흡함을 정은 마음 깊이 자책했다.

'그대에게 너무 무거운 짐을 맡기는군. 그러나 진심으로 감사드리네.'

가슴이 저미듯 고통스러웠다. 그 고통은 차라리 울고 싶을 정도로 참혹했지만, 정은 언제나 그렇듯 이번에도 웃음을 택했다. 자신에게 눈물을 흘릴 자격 같은 것은 없다는 사실을 너무나 잘 알았다.

대체 왜.

대체 왜 이런 일이 일어나야만……

"정 아니냐?"

말이 지친 숨을 몰아쉬며 요란하게 발을 구르는 소리가 들렸다.

"너 여기서 뭘 하고 있어?"

막 주변을 살피려는데 불빛 하나가 날카롭게 눈을 찔렀다. 정은 반사적으로 손을 들어 빛을 가렸다. 나가려는 참인지 돌아오는 참인지 말을 탄 방원이 등을 들고 서 있는 하인을 거느리고 조금은 놀란 듯 그를 보고 있었다.

"그 꼴이 다 뭐야? 얼어 죽으려고 작정을 했구나."

영견방 본궁. 방원의 집 앞이라는 사실을 깨닫자 하늘이 한 바퀴 크게 맴을 도는 것 같았다. 결국 할 수 있는 일은 언제나 고작 이 정도다. 정은 허탈하게 웃으며 뜨겁게 젖은 한숨을 흘렸다.

"지나가던 길에. 아니다, 아니야. 부탁하고 싶은 일이 있어서. 그래, 또 네게 부탁할 수밖에 없어서. 그래서 왔다."

열에 들뜨기라도 한 듯 횡설수설하는 정을 방원은 기이하다는 눈으로 보았다. 그러나 별 말은 하지 않고 대문을 가리켰다.

"일단 들어와라. 뭔지는 몰라도 안에서 듣자."

딱 보기에도 추위에 질려 새파랗게 얼었던 정은 군불을 땐 방안에 앉아 뜨거운 차를 한 잔 마신 다음에야 간신히 온기를 찾았다. 방원은 그제야 슬슬 운을 떼었다.

"네 입으로 부탁이라는 말을 하다니."

방원은 차를 한 모금 넘긴 다음 덧붙였다.

"뭐 오랜 벗의 청인데 들어주지 못할 것도 없지. 오죽 급하면 그 모양으로 왔을까."

"방원아."

"그래, 말해봐라."

내내 바닥을 향해 떨구었던 머리 위에 시선이 느껴졌다. 그러나 정은 차마 고개를 들지 못했다. 두려움으로 일그러진 얼굴을 보이고 싶지 않았다. 다만 속삭였다.

"전부 죽일 거냐?"

입 밖으로 그 말을 내는 순간 뱃속이 싸늘하게 식는 것 같았다. 등줄기를 따라 온몸을 타고 흐르는 오한을 견디기 위해 이를 악 물었지만, 떨리는 목소리는 숨길 수 없었다.

"가문도 아니라 한 씨족을 몰살하겠다니. 단지 왕씨라는 이유로 죄다 죽이겠다니. 그런 끔찍한 일이, 용납되리라고 생각하느냐고!"

세차게 고개를 들었을 때, 방원은 기다렸다는 듯 정을 응시하고 있었다. 한 점 흔들림 없는 그 눈은 얼어붙은 겨울 호수처럼 차고 고요했다. 정은 그 사실이 무엇보다 끔찍하다고 생각했다.

방원은 태연하게 말했다.

"이런, 어떻게 눈치를 챘구나. 쯧, 유민 그 사람 역시 입이 너무 가벼워. 오래 쓸 수 있는 사람은 아니야."

"방원아…… 너 진심으로."

"그래."

방원의 단언에는 떨림도 망설임도 존재하지 않았다.

"왕씨는 전부 죽을 거다. 그러기 위해 준비했으니까."

"어떻게……."

결국 정의 표정이 와르르 무너졌다. 창백하게 두려움을 드러내는 그를 향해 방원은 여전히 웃었다. 그리고 더할 나위 없이 온화하게 웃으며 부드럽게 대답했다.

"필요하기 때문이야. 그 외에 무슨 이유가 더 필요하겠어."

끝내 받아들이고 싶지 않았던 마지막 진실 앞에서 정은 더는 버틸 수 없었다. 아찔한 현기증을 느끼면서 방바닥을 손으로 짚는 순간 괴로움에 찬 신음이 새었다. 그날, 방원이 했던 말이 귓가를 울렸다.

'계속 그 모양으로 세상일에 모다 눈 감다가는 큰 코 다칠 날이 올 거다.'

아무리 눈 감고 고개를 돌려도 진실은 결코 변하지 않은 채 그 자리에 있다. 정은 그 사실을 절절히 깨달았다. 숙부는 두 번 다시 돌아오지 않고, 중업은 아버지께 절대 인정받지 못할 핏줄이며, 왕씨는 왕명 아래 모두 죽는다.

그리고 방원은 더 이상 자신의 좋은 벗으로는 남지 않을 것이다.

"그런데 정아, 간곡하다는 그 청은 언제 말할 거냐? 퍽 급한 일 같던데."

정은 깊은 심호흡을 하면서 혀끝까지 치밀어 오른 비명 같은 외침을 마른침과 함께 삼켰다. 입안이 끈끈하고 썼다. 한동안 흐르는 침묵 속에서 정은 방원에게 할 말을 생각했다. 그러나 아무리 생각해도 할 수 있는 말은 단 하나뿐이었다.

"살려…… 다오."

정은 자꾸만 떨리는 목소리를 애써 가다듬으며 간곡히 애원했다.

"한 명만. 단 한 명이라도 좋아. 목숨만 건질 수 있게, 제발."

"알 만하군. 네 정혼자 말이지? 하기야 천하절색에다 당돌하니 귀여웠지. 재밌는데. 드디어 너도 마음에 두는 여인이 생겼구나."

가슴이 꾹 죄어드는 것만 같다. 그러나 정은 아무런 내색도 하지 않았다. 더는 방원에게 어떠한 꼬투리도 잡혀서는 안 된다는 사실을 정은 잘 알았다.

태연하게. 언제라도 태연하게. 결코 흔들림 없이. 웃음으로 무표정으로 자신의 내심을 숨긴다. 기실 늘 했던 일일 따름이다. 때문에 정은 방원의 허물없는 조롱을 침착하게 되받았을 수 있었다.

"그저 책임감일 뿐이다. 어쨌든 그녀는 내 정혼자야. 그저 그뿐이고 다른 뜻은 없어."

"알겠다. 네 속내야 일단 그렇다 치고……. 청에 대해서라면 이미 말했다. 오랜 벗이 부탁하는 일 정도는 얼마든지 들어주겠다고. 단 적절한 대가만 받을 수 있다면."

방원은 여상스럽게 같은 말을 되풀이 했다.

"적절한 대가 말이야."

"네가 원한다면."

다급히 말을 잇던 정은 잠시 입을 다물었다. 그리고 흐트러진 자세를 바로잡고 두 손을 모은 다음 방원을 직시하며 다시 말했다.

"마마께서…… 원하신다면…… 이 생을 다해 주군으로 모시겠습니다. 저와 제 가문이 지닌 모든 것을 바쳐 따르겠나이다."

방원은 아무 대답 없이 정을 응시했다. 똑바로 얼굴을 마주하고 답을 기다리는 시간은 마치 억겁 같았다. 이윽고 시선을 거두며 잔을 내려놓은 방원이 드디어 입을 열었다.

"오랜 벗에게 선물 삼아 시녀 한 명 내리지 못할 것 없지. 데려가게나."

정은 방원에게 깊게 고두했다.

겨울 정원에

꽃가라앉다

꿈이라고 생각하고 눈을 뜨고 싶었다.

다만 검고 차고 깊은 물속으로 하염없이 가라앉고 있다. 빛이 없고, 방향이 없고, 끝이 없다. 아무것도 보이지 않는다. 무엇 하나 움직일 수 없다. 보화는 두려움과 혼란 속에서 외쳤다.

아버지.

사비.

분명 목청껏 부르짖는데도 목소리는 나오지 않았다. 대답 또한 돌아오지 않았다. 그때 따뜻한 손이 뺨과 이마를 어루만졌다. 보화는 덜컥 안심해서 그 팔을 향해 있는 힘껏 손을 뻗어 손톱을 걸었다. 악착 같이 잡고 결코 놓지 않으리라는 생각이었다.

"사비?"

자신을 달래는 상냥한 온기에 취해 보화는 크게 숨을 들이쉬고

내쉬었다. 줄곧 답답하던 숨이 드디어 편해졌다. 보화는 쉴 새 없이
속삭였다.

사비…….

역시 얼토당토않은 꿈이었어.

너 살아 있었구나.

그러나 지극한 안도를 전하기 위해 입을 여는 순간 보화는 깨달았
다. 사비가 아니다. 보화를 가만히 바라보는 얼굴은 나이를 제외하
면 사비와 조금도 닮은 구석이 없었다. 서늘하게 가라앉은 눈. 갸름
한 얼굴. 미소 짓지 않는 얇은 입술. 보화는 너무 놀라 차마 손을 놓
을 생각조차 하지 못하고 간신히 물었다.

"사비, 사비는……?"

바짝 말라 쉬어버린 목소리는 도무지 자신의 것 같지 않았다. 찢
어질 것처럼 고통스러운 목으로 보화는 몇 번 마른기침을 뱉었다.

"글쎄요. 나는 그 사람을 몰라요."

얼음 밑을 흐르는 물길 같은 목소리였다. 싸늘하지만, 곱고 부드
럽다. 그녀는 그 말만을 하고 보화의 이마를 짚었던 손을 거두었다.
그 손은 역시 물 흐르듯 보화의 손 안에서 벗어났다.

"누구……."

"여리예요. 정신이 좀 들어요?"

"여리? 여기는……."

보화는 그제야 천천히 주변을 인식하기 시작했다. 방안이다. 작고
아담했다. 눈이 닿는 곳마다 빈틈없이 세심하게 관리되고 있다는

사실을 깨달을 수 있었다. 창문 아래 나전문갑, 책과 난 화분이 놓인 사방탁자, 거울이 걸려 있지 않은 거울걸이, 이불을 깔기 위해 한 편으로 치워놓은 책상. 모두 사용감을 느낄 수 없을 만큼 깨끗했다.

보화는 그 가운데 누워 있었다. 옷은 정신을 잃은 사이 누군가 갈아입힌 모양이다. 영문을 모르고 곁에 앉은 여인을 가만히 올려다보았다. 한 번도 본 적이 없는 얼굴이었다.

여리라고 이름을 밝힌 여인은 촉촉이 젖은 무명 수건으로 보화의 입술을 살짝 눌렀다. 바짝 마른 입술에 그 습기는 달콤하기 그지없게 스며들었다. 보화는 기분 좋은 한숨을 내쉬었다. 힘을 잃고 이불 위에 널브러진 보화의 손을 잡아 이불 안으로 밀어넣으면서 여리는 조용히 말했다.

"이제 열은 거의 내렸지만 그래도 조금 더 쉬면서 몸을 추슬러야 해요. 정신을 차려서 다행이에요. 곧 괜찮아지겠지요. 오라버니께서 내내 걱정하셨어요."

"오라버니?"

다시 돌아오는 싸늘하고 부드러운 목소리.

"정 오라버니 말이에요. 중업 오라버니도 계속 신경을……."

순간 숨이 턱 멎는 것 같았다.

보화는 입을 벌렸다. 비명을 지르고 싶었다. 지르려고 했다. 그러나 있는 힘껏 입을 벌려도 아무 소리도 나오지 않았다. 그저 거듭되는 호흡만이 가슴 속에 차곡차곡 쌓여 터지는 비명을 억누르는 것 같았다.

"왜 그래요? 진정해요, 진정하고 숨을 쉬어요."

여리가 당황한 듯 보화의 양 어깨를 누르며 들여다보았다. 보화는 그 손을 뿌리치듯 거세게 몸부림치며 가슴을 움켜쥐고 몸을 동그랗게 웅크렸다. 아무것도 비추지 않고 그저 공허하게 뜨여 있는 두 눈 너머 보화는 바로 어제처럼 느껴지는 그날의 일들을 다시 한 번 보았다.

'안 돼……. 안 돼, 안…….'

정이라는 이름을 듣는 순간 전부 떠올릴 수 있었다. 그 끔찍한 피와 죽음을 잠시나마 잊을 수 있다니 믿기지 않았다. 아버지. 사비. 그리고…….

'아버지……. 아버지!'

아버지는 대체 어떻게 되셨을까.

사비는, 가여운 사비는 시신이라도 수습했을까.

더 이상 누워 있을 수만은 없다는 심정으로 보화는 당장 몸을 일으키려고 했다. 그러나 급한 것은 마음뿐이었다. 머리를 비틀어 뽑는 듯 지독한 현기증과 도무지 힘이 들어가지 않는 팔다리 때문에 보화는 다시 이불 위에 엎드리다시피 쓰러지고 말았다. 여리는 놀라 보화의 어깨를 잡아 부축했다.

"안돼요! 당신 근 나흘이나 정신도 못 차리고 앓았다고요. 그렇게 갑자기 움직이면 안 돼요. 얌전히 누워 있어야 해요."

여리는 엄하게 말하며 보화를 억눌렀다.

"놔요……. 놓으라구요. 건드리지 말아요!"

아버지는 역적이라는 누명을 쓰고 귀양을 떠났고 사비는 칼을 맞아 죽었다. 그리고 더 많은 사람이 죽음을 당했다.

정안공 이방원.

고려의 마지막 충신 정몽주를 죽인 그 살인귀는 정몽주를 죽였듯 이번에도 끔찍한 짓을 저질렀다. 그리고 그 남자, 자신의 혼약자였다는 그 남자는, 이방원과 손을 잡고 보화를 속였다. 또한 한때나마 정혼자라고 믿었던 남자는 다름 아닌 그 남자의 수하였다. 전부 한패였다. 그들은 모두 보화를 속이고 비웃고 조롱했다.

믿었는데.

따뜻하게 웃고 상냥하게 대하던 당신을 믿었는데.

그래서 당신의 친구라는 그들도 나는 믿을 수 있었는데.

보화는 다만 배신당했다는 생각만을 떠올렸다. 심지어 그는 이방원의 곁에서 웃고 있었다. 자신을 바라보는 눈에 흔들림 한 점 비추지 않았던 뻔뻔하고 태연자약함이라니.

가슴이 죄어들 듯이 아팠다.

"살인자!"

그 아픔을 억누르듯 보화는 여리를 향해 한껏 목소리를 높였다.

"당신 아버지와 오라버니는 끔찍한 살인자들이야!"

온당치 않은 비난임을 알면서도, 지독한 상실감과 그 이상으로 뜨겁게 솟구치는 분노를 누구에게라도 터트리지 않으면 견딜 수 없는 심정이었다.

"……"

그러나 여리는 침착성을 잃지 않았다. 광기에 휘말린 듯 새파랗게 번득이는 보화의 두 눈과는 달리 여리의 두 눈은 마치 서늘한 호수처럼 깊고 고요했다.

여리는 찬찬하고 유려한 손길로 거칠게 숨을 몰아쉬는 보화를 자리에 바로 눕히고 이불을 덮었다. 잠시 발작을 일으킨 것만으로 그나마 남아 있던 기운을 전부 소진한 보화는 더는 여리를 거부하지 못했다.

"지금은 여러모로 혼란스러울 테니 일단 쉬어요. 한숨 자고 일어나면 훨씬 기분이 나을 거예요."

"기분이…… 나아진다고요?"

보화는 뒤집힌 목소리로 반문했다. 여리는 새 무명 수건을 들어 이마에 송골송골 맺힌 땀을 훔치고 물에 적셔 얹어주었다. 그리고 말을 이었다.

"그래요. 당신은 귀양을 떠나지도 않았고, 관비로 팔리지도 않았고, 죽지도 않았어요. 역도의 딸인데도. 참 대단하지 않은가요? 당신은 살았다고요."

"뭐……."

역도의 딸.

지극히 당연한 사실을 설명한다는 어조로 그 말이 떨어지는 순간 보화는 하얗게 굳고 말았다. 아버지는 역모 따위 꾸미지 않았다. 전부 누명이다. 역도라니 당치도 않다. 역도라고 불려 마땅할 사람은 이 모든 일을 꾸민 이성계와 이방원이다. 그러나 그 모든 항의들은 입안에서 엉망으로 뒤엉키며 무엇도 말이 되어 나오지 못했다.

눈을 부릅뜨고 다시 몸을 일으키려는 보화를 지그시 누르며 여리는 물 흐르듯 담담히 말했다.

"바깥에서 무슨 일이 일어나는지 알기나 해요? 역도로 몰린 것은 당신 아버지만이 아니에요. 왕씨 전부라고요."

"그게, 무슨……."

"왕씨 성을 지닌 사람이라면 가리지 않고 죽어나가는 마당이에요. 그 와중에 당신은 살아 이곳에 있다고요. 위험을 무릅쓰고 당신을 도운 오라버니들 덕분에요. 나는 오라버니들 때문에 당신을 돌보는 것에 지나지 않아요."

보화는 눈앞이 하얘지다 못해 시커멓게 잠기는 것을 느꼈다. 대체 저 밖에서 무슨 일이 벌어지고 있는 것일까. 왕씨 성을 가졌다는 이유만으로 죽어야 한다니 말도 되지 않을 생지옥이다. 보화는 핏기를 잃은 입술을 떨면서 간신히 목소리를 내었다.

"그런, 일이. 그런 일이 일어날 리…… 거짓말……."

"내가 무엇하러 그런 끔찍한 거짓말을 하겠어요? 나도 믿고 싶지 않은 이야기에요. 하지만 엄연한 현실이죠."

여리는 잠시 입을 다물더니 묘한 눈으로 보화를 응시했다. 그 시선에 담긴 것을 보화는 이해할 수 없었다.

"그러니 쉴 수 있을 때 쉬는 것이 좋을 거예요……. 빨리 쾌차하기를 바라고요."

그 말을 남기고 여리는 자리에서 몸을 일으켰다. 슬며시 흔들리며 발목을 덮는 치맛단을 잡아 추스르는 손놀림이 음전했다. 그 모습을 보는 순간 보화는 평생 단 한 번도 느껴본 적 없는, 심지어 고려가 무너지고 조선이 섰을 때도 느끼지 않았던, 지독한 패배감과 무력감을 느꼈다.

"당신……."

이를 악물고 외치는 보화를 여리는 한 번 돌아보지도 않았다. 그녀는 그림처럼 몸을 돌려 방 밖으로 나가더니 소리 없이 문을 닫았다.

김영감은 분노를 솔직하게 드러내며 아들을 노려보았다.

평소 어리석은 바보에 대해 김영감이 보이는 감정이라면 경멸을 담은 냉소 정도였다. 그리고 그조차 쉽게 드러내지 않았을 것이다. 그러나 앞에 있는 정은 다름 아닌 제 아들이었다. 때문에 그는 뜨겁게 끓어오르는 분노를 숨길 수 없었다.

"멍청한 녀석 같으니. 너는 생각이라는 것이 있는 거냐!"

끓어오르는 분노를 짓씹으며 김영감은 주먹을 쥐어 상을 내리쳤다. 그러나 정은 지그시 눈을 내리깔고 있을 뿐 미동조차 하지 않았다. 이 정도 분노는 이미 예상했다는 듯 보이는 태도는 김영감을 더욱 으르렁거리게 만들었다.

정안공께서 시녀를 하사하셨다길래 처음에야 흐뭇하게 여겼던 김영감은 그 시녀의 정체를 듣자마자 정을 불러다 무릎을 꿇렸다. 역모를 저질렀다는 죄명으로 귀양을 떠난 왕강의 딸이라니. 심지어 별당에서 간호를 하고 있는데다 의원을 불러 진맥까지 보였다지 않은가.

김영감은 이를 갈아 붙이며 냅다 외쳤다.

"시녀를 받았다고 끝나는 문제가 아니야. 문제는 그 아이와 네 관계다! 하필 왕씨를, 그것도 전 정혼자를 시녀랍시고 받아 오다니. 이 사실을 알면 사람들이 무슨 생각을 할지 모르겠느냐!"

움켜쥐고 있는 주먹이 부르르 떨리면서 하얗게 뼈가 도드라졌다.

"기껏 파혼을 해서 다행이라고 생각했건만……. 네 바보짓 때문에 일이 난감하게 되었다. 대체 언제까지 생각 없이 굴 테냐!"

김영감은 손을 들어 문을, 정확히는 문과 담장 너머 바깥을 가리켰다.

"눈이 있다면 보아라. 그리고 생각을 해라! 잘난 충절을 지키겠다던 네 숙부는 그 모양으로 타 죽었고 저 바깥에는 고작 사주팔자 때문에 역적으로 몰린 사람들이 죽어나가는 중이다. 이 판국에 너는 정말 아무것도 깨달은 바 없느냔 말이다!"

김영감은 늘 허울 좋은 명분을 내세우는 사람들을 경멸했다. 명분은 실리를 챙기기 위한 도구일 뿐, 도구를 이용하지 못하고 휘둘리는 사람은 상대할 가치가 없다.

격동의 시대를 거치며 몸소 깨달은 바다. 오직 실리와 힘을 추구한 끝에 김영감은 살아남았다. 승자가 되어 자신이 옳다는 것을 증명한 것이다. 그래서 그는 영원히 떠나버린 동생도, 오랫동안 우정을 나누었던 벗도, 그 벗의 딸도 단순히 패배자라고 치부하고 잊을 수 있었다.

그러나 정작 하나뿐인 아들이 자신이 경멸하던 바보처럼 굴고 있다는 사실을 김영감은 쉽게 납득하기 어려웠다.

"후우."

한바탕 퍼부은 다음 그나마 어느 정도 분이 가라앉은 그는 긴 한숨을 내쉬는 것으로 거칠어진 호흡을 골랐다. 그리고 뇌까렸다.

"그 아이는 당장 내보내라. 곧 새 혼처를 찾겠다."

"새 혼처라면 일단 벼슬부터 오른 후에 생각하겠습니다."

그때 정이 불쑥 말문을 열었다. 김영감은 그만 믿을 수 없다는 표정으로 정을 바라보았다. 정은 단정히 앉아 여전히 바닥에다 시선을 고정한 채 말했다.

"곧 음직에 나갈 준비를 하겠습니다. 혼처라면 그 후 어느 정도 자리를 잡은 다음이라도 늦지 않겠지요."

"너…… 그 말 진심이더냐?"

"예."

그제야 눈을 들어 정은 흔들림 없이 대답했다.

"그리고 새 시녀라면 정안공께 이미 허락을 받은 사안입니다. 아버님께서 걱정하시는 일은 없을 겁니다. 조만간 몸이 낫는 대로 적당한 곳에서 부리겠사오니 부디 신경 쓰지 마십시오."

김영감은 입을 꾹 다물며 나직이 신음했다. 귀국 이후 아무리 화를 내도 그때만 얌전하게 굴 뿐 결국 기방으로 도망치던 아들이다. 갑자기 마음을 바꾸다니 짐작 가는 이유라고는 하나뿐이었다.

'저 계집? 한갓 계집 때문에?'

정말 왕강의 딸이 이유라면 그 또한 썩 탐탁치는 않다. 김영감은 못마땅하게 턱을 매만지며 곰곰이 생각에 잠겼다. 그러나 지금껏 그랬듯이 파락호처럼 굴며 시간을 낭비하는 것보다는 낫다는 결론을 내렸다. 보화라면 어차피 시녀 신분이나 다름없으니 정식으로 혼인하는 일은 불가능하다. 그리고 적당한 가문의 여식과 혼인을 치른 다음이라면 정이 보화를 어떻게 다루든 관심 밖이었다.

김영감은 장침에 몸을 비스듬히 기대며 말했다.

"알겠다. 그렇게 말하니 그 사항은 그럼 더 말하지 않겠다."

"감사합니다."

정은 깊숙이 고개를 숙이고 옷자락을 떨치며 자리에서 일어났다. 대화의 끝을 고하는 움직임이다. 이미 원하는 답을 전부 받았기에 김영감은 더 이상 정을 만류하지 않고 고개를 돌렸다.

"이만 물러가겠습니다. 편안한 밤 되십시오."

장지문을 닫고 나온 정은 잠시 침묵을 지키며 그 자리에 서 있었다. 대청 아래 내려서 하늘을 우러르자 휘영청 달이 밝았다.

피곤했다.

'깨달은 바 없느냐는 말이다!'

깨달은 바라면 있다.

'필요하기 때문이야. 그 외에 무슨 이유가 더 필요하겠어.'

웃으며 부드럽게 속삭이는 방원에게 느꼈던 섬뜩함은 어느새 무디게 변했다. 이제 그와 다를 바 없는 자신을 정은 잘 알고 있었다. 추구하는 목표 앞에 무엇도 망설이지 않는. 피와 죽음 정도야 거리낌 없이 딛고 설 수 있는. 오직 승리만이 생의 전부일.

정은 그 길을 택한 것이다.

선택을 내렸다면 그 책임은 자신의 몫이다. 정은 그 점을 잊지 않았다.

피곤했다.

정은 고개를 젓고는 작은 사랑채를 향해 걸음을 옮겼다. 봄은 여전히 멀다는 양. 목덜미를 스치는 스산한 바람이 차고 시렸다.

"오라버니."

문득 고요하지만 선명한 부름이 있었다. 정은 반사적으로 웃음을 띤 얼굴을 하고 고개를 돌렸다. 그리고 어스름한 복도 위에 서서 자신을 맞는 여리와 한 발짝 뒤에 초롱을 들고 서 있는 중업을 발견했다.

"여리구나. 시간이 늦었는데 쉬지 않고."

여리는 정을 향해 조용히 몇 걸음을 걸었다. 고개를 들어 가만히 정을 응시하는 맑은 얼굴에 잔물결 같은 걱정이 스쳤다. 정은 보다 깊은 미소를 머금고 여리의 머리 위에 상냥하게 손을 얹었다.

세상 다시 없이 귀애하는, 하나뿐인 누이.

여리는 산모와 아이가 함께 죽지 않은 것이 신기하다고 할 정도로 심한 난산 끝에 태어났다. 거의 죽을 뻔한 한씨 부인은 여리를 낳은 후 다시 건강을 되찾지 못했다. 몸조리를 핑계 삼아 줄곧 별당에서 은거하다 물오르는 새순이 움을 틔우는 봄날 잠들 듯 눈을 감았다. 고작 두 살 때 일이었으므로 여리는 어머니 얼굴도 기억하지 못했다.

어머니의 젖 한 번 물어보지 못한 탓인지 어린 시절 여리는 또래보다 훨씬 조그맣고 약했다. 하루가 멀다 하고 열이 올라서 의원이 밥 먹듯이 집을 드나들었고 위험한 고비도 몇 번씩 넘겼다.

그 아이가 어느덧 기억 속 어머니를 꼭 닮은 모습으로 건강하게 자랐으니, 퍽 감개무량했다. 하지만 오랜만에 만나도 여전히 작고 가녀린 그리고 어머니 얼굴 한 번 보지 못하고 외롭게 자란 이 아이를 정은 마냥 소중히 여기고 싶었다.

여리는 담담한 어조 속에 깊은 걱정을 담아 말했다.

"표정이 좋지 않아요. 무슨 걱정이라도 있으세요?"

"걱정은 무슨. 아버님을 뵙고 나오는 길에는 늘 이렇지."

정은 어깨를 움츠리며 너스레를 떨었다. 그리고 여리의 눈을 피해 어깨 너머 중업을 넘겨다보았다.

"중업 너도 부상이 덧나기라도 하면 어쩌려고. 일찍 쉴 것이지."

"덧날 부상은 아닙니다. 걱정하지 마십시오."

"내 부탁 때문에 다쳤는데 어떻게 걱정을 안 하겠어."

중업은 고개를 저었다.

"말씀드렸지만, 제 실력이 부족했을 뿐 도련님 탓이 아닙니다."

"여리야, 네 둘째 오라비는 왜 저 모양으로 꽉 막혀서 늘 나를 민망하게 만드는지 모르겠다."

호들갑스러운 정의 판청을 듣고 여리는 흐릿하게 한숨을 내쉬었다. 그리고 슬며시 몸을 틀어 머리 위에 얹은 정의 손에서 벗어나 반듯이 자세를 바로잡았다.

"말씀하고 싶지 않으시다면 됐어요. 굳이 묻지 않을게요."

정은 그만 입을 다물었다. 철도 들지 않은 어릴 적부터 아무리 그럴싸한 거짓말을 해도 속는 법이 없던 여리였다. 나이를 먹더니 그렇지 않아도 빠르던 눈치가 더욱 빨라진 모양이다. 정은 중업에게 도와달라는 눈짓을 보냈지만, 그는 못하겠다는 뜻을 담아 보일 듯 말 듯 고개를 흔들었다.

여리는 두 남자의 실랑이를 모르는 척 무시하고 준비했던 말을 꺼냈다.

"딱히 오라버니에게 따지러 온 것은 아니에요. 걱정하지 마세요. 그저, 오라버니가 제게 맡겼던 그 규수가 정신을 차렸다는 말씀을 드리려고 왔어요."

순간 정의 얼굴에서 표정이 사라졌다.

"그렇구나."

몹시 복잡한 속내야 어쨌든 정이 입 밖으로 낸 말은 오직 그 한마디뿐이었다.

그날……

영견방 본궁에서 정신을 잃은 보화는 심하게 앓았다.

의원은 큰 충격을 받아 기력을 잃고 몸이 많이 쇠약해졌다는 진단을 내렸다. 열에 들떠 연신 신음을 흘리는 보화를 돌본 이는 여리였다. 그동안 무엇도 묻지 않고 성심껏 보화를 간호하던 속 깊고 다정한 여동생은 이제야 정을 찾아 답을 구하는 것이다.

때문에 정은 여리에게 무언가 설명을 해야 할 것 같다는 극심한 초조함을 느꼈다. 하지만 정작 무슨 말을 해야 할지 도무지 알 수 없었다. 너무나 많은 것이 여전히 자신 안에 정리되지 않은 채 남아 있었기에 무슨 말부터 꺼내야 할지 그저 혼란스럽기만 했다.

염려하는 그러나 차마 다시 마주 할 용기는 나지 않는. 돕고 싶은 하지만 가능한 만나고 싶지 않은.

본인조차 정확히 알 수 없을 혼란과 방황.

'비겁하기 짝이 없군.'

여전히 도망칠 구석을 찾는 자신을 깨닫고 정은 깊이 자조했다. 결국 부끄러워 털어놓을 수 없는 속내 대신 여리의 노고에 감사를 표하는 것으로 말을 바꾸었다.

"고맙다. 여리 네가 여러모로 고생이 많았구나."

"오라버니, 하나 여쭈어도 될까요?"

"응? 그래."

상냥하게 자신을 굽어보는 오라버니를 향해 여리는 물었다.

"그 규수와 혼인하실 생각인가요?"

정은 일순 당황하고 말았다.

"왜 갑자기 그런 것을 묻지?"

"그야 평생 안 하던 짓을 하시니까 궁금해서요. 게다가……."

여리는 어물쩍 시선을 돌렸다.

"조금 찔리는 일도 있고."

찔리는 일이 무엇인지 당최 모르겠지만, 정은 갑작스럽게 찾아온 당황스러운 상황을 적당히 눙치는 것으로 넘어가려고 했다.

"네 시집은 보내고 장가를 들더라도 들 테니 걱정할 것 없다. 네게 어울릴 만한 좋은 사람으로 고를 테니까……."

"농을 하시는 것 보니 당황하셨군요. 알겠어요. 곤란하시다면 묻지 않을게요."

역시 지나치게 어른스러운 태도를 보이는 여동생을 앞에 두고 몹시 참담한 심정이 되어버린 정은 그만 탄식어린 한숨을 내쉬고 말았다.

"여리 너는 참……. 그냥 속아주는 법이 없구나."

"오라버니께서 솔직하지 않은 탓이에요."

여리는 못마땅하다는 기색을 드러내면서 슬며시 눈살을 찌푸렸다. 정을 응시하는 두 눈에 강한 빛이 떠오르더니 여리는 힘주어 말을 이었다.

"오라버니, 모르세요? 미루면 미룰수록 더 힘들 뿐이에요. 자꾸 도망치지 마세요. 저는, 오라버니가 행복하기를 바란다고요."

정은 상냥하게 속삭이는 여리를 보았다. 서늘한 달 같은 얼굴이 더할 나위 없는 애정을 품고 정을 바라보고 있었다.

그것은 정에게 기쁘고 큰 위로를 주는 것이었다.

"그래, 고맙다."

정은 다만 그 말만을 전할 수 있었다.

여리는 만족한다는 듯 희미하게 웃고는 곁에 서 있는 중업을 올려다보았다.

"중업 오라버니, 죄송하지만 안채까지 바래다주시겠어요?"

"예, 아가씨."

중업은 깍듯이 고개를 숙이더니 여리를 감싸며 돌아섰다. 중업과 함께 떠나기 전, 여리는 마지막으로 정을 돌아보았다.

"오라버니, 완주댁은 별당 곁방에서 자고 있어요. 한 번 잠들면 귀신이 업어 가도 모르는 사람이니 안심하셔도 돼요."

막을 사람 하나 없으니 들어가서 얼굴이라도 보고 오라는 말에 다름 아니다. 정은 잠시 침묵을 지켰다. 그리고 여리가 어느덧 어른이 되었으며, 그 사실과는 별개로 역시 여리에게는 이길 수 없다는 사실을 깨닫고 그만 웃고 말았다.

어스름한 불빛이 한 발짝 앞에서 길을 밝혔다. 유독 달이 밝은 밤이었기에 달과 초롱불만으로 걸음은 어렵지 않았다.

여리는 앞서 걷는 넓고 단단한 등을 가만히 보았다.

"중업 오라버니."

"예."

중업은 언제나 그렇듯 여리에게 깍듯이 존대를 썼다.

"늦은 밤에 갑자기 불러서 죄송해요. 그렇지 않아도 부상을 입었으니 안정을 취하셔야 할 텐데."

"아닙니다, 아가씨. 애초에 심한 부상도 아니니 신경 쓰지 마십시오."

중업의 태도는 단 한 번도 변한 적이 없다. 중업에게 여리는 여동생이라기보다 명을 따르며 모셔야 할 상전이었다. 어릴 때는 아무리 오라버니라고 부르며 따라도 칼 같이 거리를 두는 태도가 마냥 서운했더랬다.

여리는 빙긋 웃으며 조잘대었다.

"그야 오라버니는 항상 큰일은 아니라고 하잖아요. 자기 멋대로 나무에 올라갔다 떨어졌던 정 오라버니를 받아서 팔이 부러졌을 때도 괜찮다고 우겼죠. 열이 올라 쓰러질 때까지 말예요. 차라리 아프다고 엄살이라도 부리는 쪽이 더 안심이 될 거예요."

그리운 옛 이야기였다. 중업의 어조에 희미하게 웃음기가 감돌았다.

"철모르던 어릴 때 일입니다."

"무슨 말을. 오라버니는 하나도 변하지 않았어요. 여전해요."

자신은 아무렇게나 되도록 제쳐두고 정과 여리를 먼저 챙기던, 늘 짓궂게 구는 정과 달리 다정하고 상냥하게 여리를 돌보던 둘째 오라버니.

오랜만에 옛 추억을 떠올리지만 언제까지나 그 즐거운 추억처럼 모두 행복할 수 없다는 사실이 여리는 어쩔 수 없이 안타까웠다. 시간이 흐르며 어른이 될수록 정은 바깥으로 돌기 시작했고 중업은 웃음을 잃었다. 그 사이에서 여리는 그저 제자리를 지키는 것 외에 무엇을 해야 할지 알 수 없었다.

"하지만 이제 무언가 바뀌려는 걸까요?"

"예?"

묘하게 술렁이는 마음 탓에 그만 속내를 드러내고 말았다. 여리는 한숨을 삼키며 조용히 말을 돌렸다.

"오라버니도 그 소저가 걱정되시지요?"

중업은 순간 걸음을 멈추고 여리를 돌아다보았다. 깊게 가라앉은 어두운 눈에서 그녀는 희미하면서도 의아한 감정을 읽었다.

"왜 그런 말씀을 하십니까?"

"그야 오라버니께서 구해 오셨으니까요."

"저는 도련님께 명을 받았을 뿐입니다. 그 외에 다른 감정은 없습니다."

여리는 작게 웃고 말았다.

"캐묻겠다는 것이 아니에요. 너무 정색하지 말아요. 이상하네요……."

중업은 고개를 슬쩍 기울이는 것으로 질문을 던졌다. 여리는 묘한 기분으로 대답했다.

"두 오라버님 다 그 소저 이야기만 나오면 말을 피하시네요. 대체 무슨 일이 있었는지……."

"언젠가……."

중업은 망설이듯 입을 열었다.

"조만간 도련님께서 말씀하실 겁니다. 아직은 두 분 다 혼란스러우실 테니까요."

"그렇겠지요. 왕씨, 게다가 종친이었다는 소저라……. 충격이 큰 것 같은데, 당연하지만요. 참 안되었어요."

여리는 격렬한 감정을 드러내던 보화를 생각했다. 정과 중업 두 사람을 살인자라고 비난하던 그녀에게 순간 화가 나지 않은 것은 아니었지만, 그보다 무언가 얽힌 사정이 있으리라 짐작했다.

보화를 대하는 정의 태도는 그만큼 묘한 감이 있었다. 지금껏 기녀나 만나고 돌아다녔던 정이 갑자기 여인을 들인 것도 그렇고, 그렇게 다급히 별당에다 숨기더니 얼굴 한 번 보러오는 일이 없었다. 그리고 갑자기 아버지 뜻에 따라 벼슬에 나가겠다는 말을 한다.

여리는 그 모든 일이 참 궁금하기 짝이 없었다.

'잘 풀려야 할 텐데……'

여리가 바라는 바라면 오직 그것뿐이었다.

"쉬십시오. 오래 고생하셨습니다."

안채 앞까지 여리를 배웅한 중업이 상냥한 인사를 남겼다. 여리는 신을 벗고 대청으로 올라서다 중업을 돌아보며 빙긋 웃었다.

"예, 오라버니. 좋은 밤 되세요."

부디 그들 모두에게 좋은 밤이 되기를…… 여리는 진심으로 기원했다.

정의 기억 속에서 어머니는 다정하고 상냥한 분이었다. 아버지를 볼 때면 늘 싸늘하게 굳은 얼굴이었지만, 정과 함께 있을 때는 온화하고 따사롭게 웃는 그저 곱고 아름다운 여인이었다.

한씨 부인은 건강하던 시절 정의 손을 잡고 별당 후원을 산책하는 일을 좋아했다. 봄이면 흐드러진 꽃, 여름의 무르익은 녹음, 가을 무렵 붉고 노란 단풍, 겨울에는 눈이 부시도록 하얀 설경을 함께 나누기를 바랐다. 한씨 부인은 생의 끄트머리 역시 별당에 머물러 후원을 바라보면서 보냈다.

정작 정은 어머니가 돌아가신 뒤로 별당에 걸음 하는 일을 꺼렸다. 명으로 떠나기 전 별당과 후원의 관리를 단단히 하라고 일렀을 뿐이다. 어머니와 함께 했던 행복한 추억이 가득한 곳에서, 홀로 속을 끓이며 하얗게 바래갔을 어머니의 속내를 새삼 짐작하고 싶지 않았기 때문이다.

'어머님…….'

행복하다고는 할 수 없었을 어머니의 고단한 삶을 생각하며 정은 후끈하게 달아오르는 눈을 감고 나른히 한숨을 내쉬었다.

조금 더 안쪽으로 들어서자 야트막한 언덕을 등지고 잡석으로 쌓은 축대 위에 자리 잡은 건물이 보였다. 대청 앞을 탁 트고 사방으로 난간을 둘러 꼭 누각 같은 느낌을 주었다. 실제 어머니는 여름이면 문을 다 열고 대청에 앉아 누각에 오른 양 후원을 즐겼다.

'정아, 이리 오려무나. 꽃 이름을 가르쳐주마.'

당장이라도 대청 위에서 후원을 돌아보던 어머니가 정을 부르며 손짓할 것만 같은 기분이 들었다. 짙은 그리움에 젖어 발을 내딛었을 때.

정은 연꽃을 보았다.

후원에는 연당이 있었다. 여름이면 연꽃이 흐드러지게 피어 어머니께서 연이 참으로 곱다 하염없이 바라보던 연당이었다. 그 연당에

하얗고 커다란 연꽃이 피어 있었다.

한겨울, 그 추위에 만개한 연꽃은 다름 아닌 보화였다.

대체 무슨 생각인지 연당 안으로 하염없이 걸어 들어가는 보화를
보고 정은 그만 경악했다. 물을 가득 머금고 부풀어 오른 하얀 소복
이 너울너울 흔들리는 모습을 보니 오싹하게 소름이 돋았다.

"소저!"

정은 머뭇거릴 틈도 없이 당장 연당 안으로 뛰어들었다.

요란한 물소리가 밤의 정적을 깨트렸다. 그러나 보화는 한 번 돌
아보지도 않았다. 그저 양 팔을 내저으며 무언가 홀린 듯 보다 깊은
곳으로 휘적휘적 떠갈 뿐이었다. 제 뿌리를 잃고 마냥 물살을 따라
흘러가는 연꽃처럼.

물은 지독하게 찼다. 호흡이 멎는 것 같은 충격이 덮쳤지만 정은
곧 정신을 차리고 걸음을 옮겼다. 온몸에 감기는 젖은 옷자락이 무
겁고 거추장스러웠음에도 정은 금세 보화를 따라잡았다. 정은 물을
밀어내며 허우적거리는 보화의 팔을 잡아 자신을 향해 끌어 당겼다.
반항도 못하고 안겨드는 보화는 대체 얼마나 오랫동안 물속에 있었
는지 섬뜩할 정도로 차갑게 식어 있었다.

"대체 무슨 짓입니까!"

정은 냅다 소리를 질렀다. 그때까지 초점을 잃고 멍하니 흔들리던
보화의 눈이 문득 생기를 찾았다. 정의 모습을 담은 두 눈이 순간 불
꽃을 당긴 듯 확 불타올랐다.

"놔! 이 불한당…… 꺄악!"

더 머뭇거릴 틈이 없다는 판단으로 정은 물속 깊이 팔을 넣어 버둥거리는 보화를 안아 올렸다. 그리고 대뜸 연당 밖으로 걸음을 옮겼다.

물속을 걷는 일은 쉽지 않았다. 흠뻑 젖은 옷은 점점 더 빠르게 체온을 빼앗았다. 가슴까지 차올라 물결치는 물은 걸음걸음마다 발목을 잡아채는 듯 묵직했다. 몇 번이고 발을 헛디디고 균형을 잃어 비틀거리는 사이 어느새 보화는 정의 목에 팔을 두르고 힘껏 매달려 있었다.

마치 억겁 같은 시간이 지나고 정은 어금니를 깨물며 보화를 먼저 연당 밖으로 밀어냈다. 뒤이어 물 밖으로 나오자마자 들끓어 오르는 분노를 터트리려던 정은 입술이 파랗게 질려 부들부들 떠는 보화를 보고 간신히 마음을 가라앉혔다.

일단 젖은 옷을 갈아입히고 몸을 데우는 일이 먼저다. 정은 잠시 숨을 고르고 다시 보화에게 손을 뻗었다. 보화는 홱 몸을 젖히며 그를 노려보았다.

"놔요. 나 혼자 가겠……."

"계속 시끄럽게 굴면 다시 연당에 던지겠습니다."

정은 싸늘하게 말했다. 심상치 않은 기색을 느꼈는지 보화는 찔끔한 표정으로 순순히 입을 다물었다. 정은 딱딱하게 굳은 얼굴을 하고 보화를 안아 올렸다.

아직 제 호흡을 찾지 못해 가쁜 숨결이 귓가를 울렸다. 정에게 매달려 떨고 있는 보화는 차갑게 얼어붙었음에도 조금만 더 힘을 주어 끌어안으면 당장 뭉그러질 듯 부드럽고 연약한 존재였다. 정은 자꾸만 흐트러지는 호흡을 애써 정돈했다.

고작 연당에서 별당까지, 그리 멀지 않은 거리가 지금 이 순간 영원처럼 아득했다.

"아니, 다 늦은 밤에 무슨 일이야. 왜 몸도 성치 않은데 멋대로 나갔다가 발을 헛디디고 난리래? 도련님까지 저 몰골을 만들고!"

완주댁은 무섭게 화를 내면서도 군불을 지피고 목욕물을 데우고 갈아입을 옷을 준비했다. 덕분에 보화는 간신히 사람 같은 낯빛을 찾았다.

역시 젖은 몸을 닦고 옷을 갈아입은 정은 밖으로 말이 돌지 않게 주의하라고 완주댁에게 입단속을 시킨 다음 보화의 방을 찾았다. 극성스러운 완주댁의 등쌀 탓에 두툼하게 누빈 솜이불을 두르고 앉아 있는 보화는 앵돌아진 얼굴을 하고 정의 날카로운 시선을 피했다.

정은 방 한가운데 우뚝 서서 말을 던졌다.

"죽을 생각이었습니까?"

보화는 입을 꾹 다물고 아무 대답도 하지 않았다. 그러나 정은 신경 쓰지 않고 악의를 담아 비수처럼 벼린 말을 연신 쏟아냈다.

"그렇게 죽으면, 남은 우리들이 죄책감이라도 느낄 것 같습니까? 어리석군요. 무지합니다. 고작 당신 한 명 더 죽는다고……."

"그럼 그냥 두지 그랬어요!"

보화는 외쳤다.

"죄책감 따위 느끼지도 않는다면 그냥 죽게 두지 그랬어요. 왜 살렸죠? 죽어도 아무 상관없다면!"

새파랗게 번득이는 증오가 실체를 지니고 정을 할퀴는 듯했다.

보화는 힘이 쭉 빠졌는지 고개를 숙이고 잠시 신음했다. 그리고 가냘프고 힘겹게 물었다.

"사실인가요?"

"……."

"바깥에서 왕씨들이 죽어나간다는 말이……."

"어디서 그런 말을……."

"말해줘요. 정말인가요? 아버지만이 아니라, 전부……."

정은 차마 대답할 수 없었다. 남녀노소 가리지 않고 왕씨 성을 가진 사람들을 모두 끌어내어 칼을 휘두르고, 창으로 찌르고, 그 시체를 한데 모아 태운다는 말을. 그나마 그 삶을 간신히 허락받아 몸뚱이만 겨우 배에 싣고 강화도로 유배를 떠났던 사람들은 강 한복판에 배가 가라앉아 모두 수장 당했다는 말을. 이 땅에서 고려의 흔적을 모다 지우기 위해 전대미문의 학살극이 벌어지고 있다는 말을.

차마 입에 올릴 수가 없었다.

"대답도 못하는 것을 보니 정말인가 보군요."

차가운 냉소를 흘리며 보화는 엎디어 숨을 몰아쉬었다. 정은 가늘게 떨리는 작은 어깨에 손조차 올리지 못했다.

감히 그럴 수 있는 자격이 없었다.

"왜 살렸지요?"

"……."

"대체, 왜요. 역도의 딸을, 죽어 마땅한 왕씨를, 무엇하러 살렸느냐구요. 당신에게 득 될 일은 하나도 없지 않나요. 나도, 나 역시, 이렇게 살 바에는, 당신 손에 목숨을 구할 바에는, 차라리 그날 사비와 함께 죽는 편이 나았는데!"

그 외침은 정확히 표적을 향해 나르는 비수가 되어 정의 심장을 꿰뚫었다.

살을 후비고 뼈를 깎아 깊고 날카로운 상흔을 남겼다. 그러나 정은 결코 흔들리지 않았다. 오히려 더욱 침착하게 보화를 마주 보았다. 이 정도 비난과 원한은 이미 예상했던 바다. 무엇보다 정은 감정을 감추는 일에 능했다.

"안된 일입니다. 당신의 아버님은 괜한 수고를 하셨군요."

"뭐라고요?"

"당신을 살리기 위해 원수의 아들인 제게 고개를 숙이는 일마저 마다하지 않으셨는데. 당신은 그에 비하면 하잘것없는 치욕을 이유로 들어 죽음을 입에 올리고 있으니 하는 말입니다."

보화는 후들거리는 두 다리로 힘껏 그 자리에 버티고 섰다.

"당신이!"

입술이 찢겨 피가 나도록 깨물더니, 보화는 또박또박 끊어 말을 뱉었다. 그 단어 하나하나에는 차갑고 지독한 감정이 엉겨 붙어 있었다.

"당신 따위가, 감히, 내 아버님을 입에 올려······."

보화는 두 손으로 치맛단을 찢어질 듯 움켜쥐었다.

"나가! 나가라고! 당장 여기서 나가."

"나가라고요? 누가 이 집의 주인인지 모르겠습니다."

보화는 진저리를 치며 발작처럼 외쳤다. 그리고 자신이 아는 모든 말을 동원해 정을 비난했다. 뱉어내지 않고는 견딜 수 없는 온갖 감정을 정을 향해 쏟아내고 내던졌다. 자신을 할퀴고 상처 입히는 말의 칼날을 정은 태연히 감내했다.

"이제 속이 좀 풀리십니까?"

거칠게 숨을 몰아쉬며 고개를 떨군 보화에게 빈정거리는 투로 나오면서도 정의 얼굴은 웃는 듯 우는 듯 기묘하게 일그러졌다. 그러나 그 변화는 찰나. 정은 다시 모든 감정을 거두어 무표정한 얼굴과 함께 돌아섰다.

"늦었으니 이만 쉬십시오. 그리고 명심하세요. 제 아버님은 쓸모없는 것에 아량을 베푸시는 분이 아닙니다."

문을 닫고 멀어지는 정의 기척을 느끼며 보화는 홀로 방안에 남아 멍하니 읊조렸다.

"당신······ 따위가."

가슴이 아프다.

저미듯 아프고 꽉 매운 듯 답답하다.

너무나 간절하게 누군가에게 매달려 울고 싶었다. 그러나 보화가 매달릴 수 있는 사람은 누구도 없다. 그들은 모두 너무 멀다……. 저승이든, 이승이든.

보화는 목을 놓아 울고 싶었다. 아버지를 부르며, 사비를 애도하며, 소리 내어 울 수 있다면.

하지만 이상한 일이다.

분명 목 끝까지 눈물이 차오른 듯, 가슴을 꽉 채운 듯 답답한데도 숨이 막힐 것만 같아 차라리 시원하게 토해내고 싶은데도, 보화는 결코 눈물을 쏟으며 울 수 없었다.

참으로 이상한 일이었다.

한동안 그 자리에 멍하니 주저앉아 있던 보화는 천근만근 무겁게 느껴지는 몸을 끌어 이불 위에 뉘였다. 그리고 더는 아무것도 보고 싶지 않다는 심정으로 질끈 눈을 감았다.

'왜 살렸지요.'

텅 비어 허한 속에서 솟구치는 지친 호흡이 마냥 더웠다.

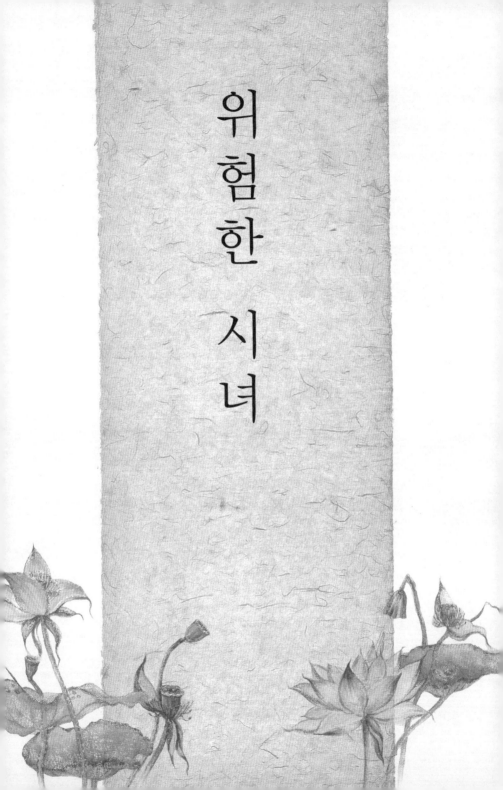

위험한

시녀

보화는 줄곧 꿈과 현실 사이를 헤매고 있었다. 눈을 감을 때마다 꿈속에서 사비와 아버지의 얼굴을 보았다.

　꿈이 보여주는 환상이 따뜻하면 따뜻할수록 눈을 뜨고 잠에서 깨면 보이는 낯선 풍경을 견디기 어려웠다. 그래서 보화는 더욱 오래, 더욱 깊이 잠들고만 싶었다.

　아침이면 사비의 도움을 받아 곱게 단장을 하고 아버지께 문안을 드렸다. 낮 동안 수를 놓고 책을 읽고 그림을 그리며 소일했다. 날이 저물어 퇴궐하신 아버지와 함께 웃으며 꽃과 나무가 아름답게 우거진 후원을 거닐었다. 사사건건 얄밉게 잔소리를 하던 사비의 쨍한 목소리마저 그리웠다.

　"미음이라도 한 술 들어요. 그러다 정말 몸 상하겠어요."

　보화는 잠을 방해하는 모든 것이 그저 귀찮았다. 기운이 하나도 없으니 오히려 하루 종일 혼곤히 잠에 취할 수 있다는 점이 좋았다. 더 이상 배도 고프지 않았다.

"아이고, 세상에! 나흘 동안 물만 마시다니 이렇게 독한 사람은 또 제 생전 처음입니다. 이러다 별당에서 시체 치우는 일이나 생기지 않았으면."

"완주댁, 무서운 소리 말아요."

곁에서 나누는 이야기는 하염없이 먼 세상 일 같았다. 오히려 자신의 잠을 깨우는 시끄러운 소음일 뿐이었다. 새삼 듣는 것조차 귀찮게 느껴져서 보화는 점점 더 자신 안으로 깊이 침잠했다.

"하지만 아무리 구슬리고 심지어 화를 내도 꿈쩍 안 하는데 어쩌시려고요. 사람이 물만 먹고 살 수는 없지 않습니까."

"아무래도 정 오라버니께 말씀 올리는 것이 좋겠어요."

싫어.

"오늘은 출타하지 않으신다고 했으니, 작은 사랑채에 계실 거예요. 사람을 보내서……."

그 사람은 절대 보고 싶지 않아.

"데려오지…… 말아요."

여리와 완주댁은 놀라 고개를 돌렸다. 핏기 없는 얼굴을 하고 몸을 일으키는 보화를 보고 여리는 조심스럽게 물었다.

"보화, 식사를 해야지요. 배고프지 않아요?"

완주댁이 다급히 미음 그릇을 들고 왔다. 고소한 쌀 내음이 속을 자극했지만 보화는 이를 악물고 고개를 돌렸다. 그리고 꺼져 들어가는 목소리로 중얼거렸다.

"그 사람, 데려오지 말아요. 보고 싶지 않으니까."

"보화."

"싫어요. 그냥 내버려둬요. 아무 말도 하지 말고……."

보화의 고집을 보고 완주댁이 혀를 끌끌 찼다.

"아주 죽으려고 용을 쓰네요. 이렇게 지극정성으로 돌보는데 감사는 못할망정. 아기씨, 이를 어쩝니까요."

여리는 서늘한 눈으로 보화를 응시하며 말했다.

"완주댁, 정 오라버니를 모셔오도록 해요."

"싫다고!"

여리는 완주댁의 손에 들린 미음 그릇과 수저를 뺏었다. 그리고 수저에 미음을 떠 보화에게 디밀었다.

"그럼 먹어요. 먹으면 모셔오지 않을 테니."

그러나 보화는 입을 열지 않고 고개를 흔들었다. 그리고 다시 몸을 누이고 머리끝까지 이불을 덮어 쓰는 것으로 여리를 무시했다. 여리는 동그랗게 부풀어 오른 이불을 가만히 내려다보더니 자리에서 조용히 일어났다.

"내가 모셔오겠어요."

이불이 만들어낸 어스름한 어둠 속에서 보화는 눈을 감고 귀를 막았다. 모든 일이 마냥 귀찮았다. 이대로 이 어둠 속에서 언제까지고 잠들어 꿈꾸는 것으로 족했다. 더는 무엇도 바라지 않았다.

그런데 왜 다들 이렇게 시끄럽게 구는 거야.

방해하지 마.

방해하지…….

그때 안온한 어둠이 걷히며 날카롭고 아픈 빛이 쏟아졌다. 그리고 억센 힘이 보화를 억지로 잡아 일으켰다. 보화는 빛에 찔려 시린 눈을 가늘게 뜨며 그 사람을 올려다보았다.

보화의 팔을 잡아채고 있는 사람은 다름 아닌 굳은 얼굴을 하고 있는 정이었다.

달에 홀린 듯 연당 속으로 걸어 들어갔던 그 밤 이후 처음으로 보는 정의 얼굴이다. 지칠 때로 지쳐 차라리 얼어붙은 듯 고요하던 가슴이 다시 술렁거리며 파도치기 시작했다.

보화는 그 감각이 싫었다. 닳고 닳아 무딘 채 시들어 있고 싶었다. 하지만 정을 볼 때면 온몸의 감각이 널뛰기라도 하듯 생생하게 일어나 곤두섰다. 마치 보화 자신을 상처 입히는 듯 날카롭고 고통스러운 감각. 그 감각이 싫어서 보화는 정을 더는 보고 싶지 않았다.

보고 싶지 않다고 그렇게 바랐는데도.

무표정해서 도리어 두렵게 느껴지는 얼굴로 보화를 가만히 내려다보던 정은 무섭게 입을 뗐다. 그 말은 보화가 아닌 여리와 완주댁을 향한 것이었다.

"나가 있으렴."

여리가 조금은 걱정스럽게 정을 불렀다.

"오라버니……."

정은 문득 여리를 돌아보더니 얼굴 가득 부드러운 미소를 지었다.

그리고 한결 상냥한 어조로 덧붙였다.

"괜찮아. 음식은 내가 먹일 테니 신경 쓰지 말고 나가 있어라. 고생 많았다."

여리는 쉬이 안심이 되지 않는 듯 몇 번이고 보화와 정을 번갈아 보았다. 하지만 이 이상 자신이 할 수 있는 일이 없다는 사실을 잘 알기에 조그맣게 한숨을 내쉬고는 완주댁과 함께 방을 나섰다.

결국 보화는 정과 단 둘이 방에 남았다.

정은 나흘 만에 다시 보는 보화를 아래위로 훑었다. 그 사이 어찌나 여위었는지 얼굴이 반쪽이 다 되었다. 가슴이 삐걱거리는 것 같은 통증을 무시하고 정은 냉소적으로 내뱉었다.

"고집 한 번 대단하십니다. 나흘 동안 물만 드셨다고요. 하도 귀하게 크셨다기에 설마 이 정도 근성이 있으리라고는 생각하지 못했습니다."

보화는 대꾸하기도 싫다는 듯 눈을 감았다. 하얗고 여윈 얼굴을 하고 눈을 감은 그 모습은 생기라고는 없었다.

꼭 온몸의 피와 함께 생명을 흘려버린 시신처럼.

진저리 치고 싶은 기분을 억누르기 위해 정은 보화의 손목을 잡은 손에 저도 모르게 힘을 주었다. 너무나 가늘어 부러질 것 같은 손목이었다. 그러나 보화는 아프다는 말조차 없이 축 늘어져 있을 따름이었다.

정은 보화를 벽에 기대어 앉힌 다음 그 앞에 자리를 잡고 앉았다. 그리고 완주댁이 내려놓고 간 미음 그릇을 들어 한 숟갈 떴다. 하얀 미음이 담긴 수저를 보화에게 내밀었지만, 보화는 자꾸만 수저를 피해 도리질을 쳤다.

"나 참."

정은 혀를 차고는 일단 수저를 내려놓았다.

"할 수 없지요. 제가 이 나이 먹도록 남의 밥 시중드는 일은 처음입니다. 그러니 서툴러도 부디 이해하십시오."

정은 일부러 유쾌하게 말을 걸었다. 그리고 우악스럽게 한 손으로 보화의 턱을 움켜쥐어 힘으로 입을 열게 만들었다. 보화는 두 눈을 크게 뜨고 벗어나려 버둥거렸지만, 그렇지 않아도 앓아서 기력이 쇠했는데 며칠이나 아무것도 먹지 않았으니 기운이 남아 있을 리없었다.

반항 같지도 않은 꿈틀거림을 쉽게 누르고 정은 보화의 입안에 수저를 밀어넣었다.

"읍……. 으읍."

"서투르다고 말씀드렸지요?"

보화는 힘에 눌려 입안에 미음을 머금기는 했지만 삼키지는 않았다. 볼을 잔뜩 부풀린 우스운 몰골을 하고 자신을 노려보는 보화를 향해 빙긋 웃고는 정은 대뜸 보화의 코를 꾹 집고 고개를 뒤로 젖혔다.

"……?"

코가 막히니 보화는 어쩔 수 없이 입을 열고 숨을 쉬었다. 그리고 그 서슬에 입안에 머금었던 미음이 목구멍을 타고 넘어갔다.

"잘하셨습니다."

만족스럽다는 듯 칭찬하는 정을 보화는 무시무시하게 노려보았다.

"이…… 무례한!"

"그 몰골을 하고 여전히 위세가 등등하십니다. 뭐, 나쁘지 않습니다. 그래도 죽이라도 할 술 넘기니 악다구니를 부릴 기운이라도 나지요?"

"잇……!"

보화는 손을 들어 휘두르려고 했다. 하지만 정은 너무나 손쉽게 보화의 손을 잡아챘다. 다음 순간 웃음기가 사라지고 냉정하게 변하는 얼굴은 서슬 퍼렇던 보화조차 오싹할 정도로 싸늘했다.

"멍청한 고집을 부리니 이런 꼴을 당하는 겁니다. 마저 드세요."

"대체 왜 이러는데!"

보화는 이를 악 물고 중얼거렸다.

"내가 죽든 말든, 당신이 무슨 상관이라고……."

정은 그 말을 무시했다.

"드세요. 아니면 계속 이렇게 먹일까요? 저야 상관없습니다만."

보화는 파르르 떨었다. 방금 전 그 꼬락서니는 보화의 자존심에 너무나 큰 굴욕이었을 것이다. 쉬이 움직이지 않는 보화를 보고 정은 정말 다시 먹이겠다는 듯 수저를 잡았다.

"하지 마."

결국 보화는 백기를 들고 말았다.

"먹겠어. 내가 먹겠다고."

정은 보화에게 수저를 건네고 지그시 바라보았다. 보화는 정에게 눈길 한 번 보내지 않고 수저를 받아든 다음 천천히 미음을 떴다. 처음에는 몹시 불만스러운 얼굴이었지만, 텅 비었을 속은 어쩔 수 없이 음식을 원하고 있었다. 점점 빨라지는 수저의 움직임을 보고 정은 내심 쓰게 웃었다.

얼마 지나지 않아 그릇이 깨끗이 빈 것을 확인하고 정은 만족스럽게 고개를 끄덕였다.

"잘하셨습니다. 앞으로 식사는 거르지 말도록 하세요. 또 물만 마시며 드러누웠다는 말이 들리면 오늘과 똑같은 방법으로 먹일 테니까요. 저야 즐겁습니다만 소저는 아무래도 탐탁찮을 테지요?"

보화는 씨근거리며 정을 노려볼 뿐 대답하지 않았다. 하지만 목적을 달성한 정은 아무래도 좋았다. 빈 그릇과 수저를 상 위에 올려놓고 방을 나가려던 정은 문득 생각났다는 듯 소매에 손을 밀어넣었다.

"대신이라고 하기는 뭣 하지만, 선물을 드리지요."

정의 소매 속에서 나온 것은 하얀 봉투였다.

"서신……."

보화는 저도 모르게 중얼거렸다.

"예, 소저 앞으로 온 서신입니다."

천천히 움직인 보화의 눈이 정의 손에 들린 서신에 고정되었다. 보화는 뒤늦게 정의 말이 의미하는 바를 깨달은 듯했다. 반사적으로 손을 뻗으며 힘겹게 몸을 일으켰다. 정은 간절하게 내밀어진 그 손에 서신을 쥐어주었다.

"아버님은 아직 살아 계십니다."

서신을 움켜쥐고 다시 주저앉는 보화를 향해 정은 말했다.

"그러니 소저 역시 악착 같이 살아야지요. 멀리 귀양을 떠나신 아버님께 마지막 남은 희망이라고는 소저뿐일 테니까요."

"아버…… 지께서, 아버지께서……."

정의 말이 들리는지 들리지 않는지 보화는 오직 서신만을 바라보며 몇 번이고 아버지라는 단어를 중얼거렸다.

"살아계셨어……."

보화는 서신을 가슴에 꼭 끌어안고 자리에 엎드렸다. 잔뜩 웅크린 등이 들먹였다. 그 모습을 가만히 서서 바라보다 정은 조용히 몸을 돌려 방을 떠났다.

한참 동안 엎드려 아버지를 곱씹던 보화는 천천히 몸을 일으켰다. 어느새 정은 떠나고 보화는 조용한 방에 홀로 남아 있었다.

대체 왜일까.

보화는 아직 제대로 돌아가지 않는 머리로 그런 생각을 했다.

대체 왜.

저 사람은.

그러나 정에 대해 생각을 이어가는 일은 너무나 힘에 겨웠다. 보화는 천천히 고개를 젓고 서신으로 관심을 돌렸다. 봉투를 뜯는 손끝이 가늘게 떨리며 자꾸 힘을 잃었다. 몇 번이나 서신을 떨어뜨릴 뻔한 끝에 보화는 드디어 봉투를 열고 안에 든 종이를 펼칠 수 있었다.

건강하게 지내고 있느냐.

눈에 익은. 뼈에 사무치도록 그리운. 너무나 오랜만에 보는, 사랑하는 아버지의 필체. 보화는 삼킬 듯 탐욕스럽게 서신을 읽기 시작했다.

자신은 무사하다는 이야기. 낯선 타지에서 적응하는 일이 힘들지만 건강하니 부디 걱정 말고 몸을 챙기라는 이야기. 어떻게든 살아남아 달라는 당부.

순간 눈앞이 뭉클 흔들리더니 흐릿하게 변했다. 당황해서 눈을 문지르던 보화는 자신이 울고 있다는 사실을 깨달았다. 그토록 울고 싶었을 때는 결코 흐르지 않던 눈물이었는데.

내 무리한 부탁을 들어 너를 받아주고 돌봐주겠노라 흔쾌히 약조한 정, 그 청년에게 감사한다. 게다가 이 먼 곳까지 네 소식을 전하고 서신을 전해주겠노라 세심히 신경을 써주더구나.
이미 네게 말했다만, 네 정혼자는 분명 믿을 만한 사람이다.
힘겹겠지만 그에게 의지해 부디 버티어다오.
못난 아비의 마지막 부탁이다.

보화는 몇 번이고 아버지의 서신을 읽었다. 쉴 새 없이 흐르는 눈물을 아등바등 훔치며 악착같이 글씨 한 자 한 자를 눈에 새길 듯 반복해서 읽었다.

네 정혼자는 믿을 만한 사람이다.

이상한 일이다. 고작 그 한 문장이 무엇이라고. 보화는 줄곧 답답하고 아프던 이유를 깨달았다. 가족을 잃고, 수많은 소중한 것들을 잃고, 이 잔인한 세상에 홀로 남아 기댈 사람 한 명 남지 않았는데. 심지어 한 순간이라도 믿었던 이에게 배신당했다는 사실이 괴로워 견딜 수 없었는데. 다른 사람도 아닌 그에게 상처 받았다는 사실을 어떻게든 숨기고 싶어 그리도 독한 말만 쏟아 부으며 발악했는데.

어쨌든 그는 자신을 위해 최대한 노력을 기울였다는 사실이 이렇게 증명되었다.

이 참담한 상황은 변치 않고, 당분간은 무엇도 바꿀 수는 없음에도. 그래도 보화는 가슴을 꽉 막고 있던 무언가가 그제야 몸 바깥으로 쏟아져 흐르는 듯했다. 아프고 슬퍼 주변을 돌아볼 수 없을 정도로 힘겹던 자신이 조금은 위로를 받은 듯했다.

그래서 그날 밤 이후 처음, 보화는 소리 내어 한껏 울었다. 누구의 눈도 신경 쓰지 않고, 자기 자신조차 신경 쓰지 않고, 모든 것을 놓은 채 가슴 속 깊이 남아 있던 슬픔과 분을 죄다 쏟아내듯 마음껏 흐느꼈다.

몇 시간이고 몇 시간이고.

마침내 울다 지쳐 서신을 손에 쥔 채 잠들 때까지.

정이 음관을 통해 벼슬길에 오른 후 김영감은 한결 안심한 기색이 역력했다. 그리고 중업은 덩달아 바쁜 나날을 보냈다. 이곳저곳 인사를 다니는 정을 호위하느라 잠잘 때를 제외하면 집에 발붙일 틈이 없을 지경이었다.

한편 집안 여자들 역시 잔치 준비 때문에 정신이 없었다. 한씨 부인은 십년도 더 전에 세상을 떴고 그나마 안살림을 책임지고 있는 여리는 아직 어리기도 하거니와 큰 잔치를 도맡기에는 약한 몸이 걱정이었다. 결국 친척 여인들이 모여 잔치 준비를 도왔다.

어느덧 봄이 가까워 유독 훈훈한 날이었다. 색 고운 꽃망울을 터뜨리는 후원 경치를 즐길 틈도 없이 여자들은 하나같이 아침부터 안채 부엌에서 잔치 준비에 바빴다. 집안 여종들이라는 여종들 역시 죄다 모여 땀을 뻘뻘 흘리면서 바지런을 떨었다.

"조금 더 얌전하게 썰어야지. 모양이 이게 무어야! 냉큼 다시 썰거라."

"화채는 어디 갔어? 미리미리 준비해야 한다니까!"

"술은 다 걸렀느냐? 그리고 너, 장독대에 가서 장 좀 떠오고."

"부침은 다 된 게야? 급하다는데 왜 이리 굼떠."

다른 하인들 역시 힘쓰는 일을 돕느라 분주했지만, 중업은 딱히 바쁜 일이 없었다. 저택 내에서 그는 암묵적으로 정을 모시는 일 외에 다른 일에서 제외되어 있었다. 대다수 노복들은 주인 나리의 인정받지 못한 아들을 어찌 다룰 바를 모르고 마냥 거리를 두었다.

아침에 한차례 사병 사열을 한 다음 중업은 모처럼 한가한 시간을 만끽하던 참이었다. 방에서 책을 읽을까 아니면 검술 훈련을 할까 느긋한 생각에 잠겨 걷던 차에 중업은 묘한 광경을 보았다.

집안 노복들이 드나들 때 쓰는 뒷문에서 계속 기웃거리는 여인이 보였다. 잔치 준비 때문에 바삐 오가는 집안 하인들과 한 끼 배불리 얻어먹기 위해 기웃대는 인근 사람들로 번잡한 문 앞에서 발을 동동 구르는 행동거지가 영 수상쩍어 주의 깊게 눈길을 두자니, 중업은 그 여인이 시녀 복색을 한 보화라는 사실을 깨달았다.

일단 식사를 들기 시작하자 보화는 빠르게 기력을 되찾았다. 보화의 간호를 맡은 완주댁은 왜 갑자기 마음을 바꾸었는지 모르겠지만, 그래도 더는 고집을 피우지 않으니 다행이라는 투였다.

"어이구, 도련님과 아기씨 속을 그렇게나 끓이더니! 하기야 세상에 산목숨만큼 질긴 게 어딨다구. 사람이 그렇게 쉽게 죽는 법이 아니지."

완주댁은 불평 반 걱정 반으로 매일 같이 잔소리를 늘어놓고 짜증을 부리면서도 보화를 극진히 챙겼다. 여느 때라면 무례하다고 대거리를 했을지도 모르지만, 보화는 그저 묵묵히 그 잔소리를 감내하며 건강을 되찾았다.

'다행이에요. 저러다 정말 죽을까 봐 많이 걱정했거든요.'

여리는 참 딱하다는 투로 중업에게 그런 말을 했다.

더는 종친의 신분도, 하다못해 반가 여식조차 될 수 없는 제 처지를 보화는 이미 잘 알고 있었다. 그 사실을 믿을 수 없었기에, 믿고 싶지 않았기에 가능한 고집을 피우며 현실을 외면하고 있었을 뿐.

이제 자리에서 일어나 건강을 찾은 모습에 안도하면서도, 하필 뒷문 근처를 서성이는 모양이 영 불안했다. 결국 중업은 보화 뒤로 다가가 조용히 말을 걸었다.

"무엇을 하십니까?"

"꺄악!"

비명까지 지를 정도로 놀란 보화는 냅다 돌아섰다. 중업이 가까이 있다는 사실을 조금도 눈치 채지 못했던 모양이다. 새파랗게 질린 얼굴을 보고 분명 무언가 꾸미고 있다는 확신을 얻은 중업은 저도 모르게 보화를 추궁했다.

"설마 몰래 나가시려던 참은 아니겠지요?"

보화는 뜨끔한 얼굴을 했다. 하여간 속내를 숨기지 못하는 아가씨다. 중업은 표정을 엄하게 해서 말했다.

"안 됩니다. 바깥은 아직 위험합니다. 군사들이 왕씨를 찾아 순찰을 돌고 있는데 혹시 검문이라도 받았다가는……."

살벌한 학살은 여전히 진행 중이었다.

"절에……."

보화는 불쑥 입을 열었다.

"오늘은 연등회라서 절에 가고 싶었을 뿐이야. 아버님과 사비를 위해 불공을 드리고 싶어서."

중업은 순간 말문이 막히고 말았다.

다른 곳도 아닌 연등회가 열리는 사찰에 가고 싶다는 청이다. 보화 대신 목숨을 잃은 사비라는 시녀라면 중업도 아주 안면이 없지는 않았다. 그러나 역시 너무 위험한 일이라 중업은 고민 끝에 말했다.

"그렇다고 혼자 나가시려 하다니요. 도련님이 알면 크게 화를 내실 겁니다."

정을 입에 올린 것은 오히려 역효과를 부른 것 같았다. 머뭇거리며 주눅이 들어 있던 보화는 대번에 싸늘해진 얼굴을 하고 차갑게 말했다.

"위험한 건 나도 알아. 그래서 고민했던 거고……. 그리고 정……도련님은 나와 아무 상관없어."

"아가씨."

"됐어. 도련님은 몰라도 완주댁은 무서우니까 얌전히 들어갈게. 됐지?"

안채 살림과 시녀들의 관리를 담당하고 있는 완주댁은 사실 사람을 세심하게 잘 챙기는 다정다감한 성격이었지만, 워낙에 목소리가 크고 어조가 괄괄했다. 적응하기 전에는 겁을 먹을 법도 하다.

하지만 보화가 얌전히 돌아간다는 보장은 없다. 남장까지 하고 기방을 찾았던 행동력으로 미루어 짐작컨대 지금이야 물러간다지만, 또 빈틈을 노려 몰래 밖으로 나가려고 한다면 큰일이다. 중업은 탐탁찮은 한숨을 내쉬었다.

"알겠습니다. 그럼 제가 모시겠습니다."

"뭐?"

보화는 놀라 되물었다.

"정말?"

"혼자 나가게 두었다 일이라도 당하면 제가 도련님께 혼이 납니다. 얼른 모시고 갔다 돌아오는 편이 낫겠지요."

"정말 데려가 준다고?"

"근처 사찰에 잠시 들르는 것뿐입니다. 그 이상은 안 됩니다."

"응!"

보화는 두 손까지 모아 쥐고 열렬히 고개를 끄덕였다. 중업을 바라보는 눈이 반짝반짝 빛났다. 중업은 어쩐지 민망한 기분이 되어 괜스레 헛기침을 하면서 보화의 눈을 피해 고개를 돌리고 말았다.

"그럼 어서 가시지요."

싸늘한 공기를 호흡하며 산문으로 향하는 야트막한 오르막길을 오른다. 길을 따라 서 있는 가로수마다 구슬과 옥으로 화려하게 꾸민 등이 걸려 있었다.

일주문을 통과하면 바야흐로 불국토가 시작된다. 맑은 물이 흐르는 계곡 위에 놓인 극락교를 건너 해탈문을 지나 아담하지만 세심하게 가꾼 절 안으로 들어섰다. 건물과 건물 사이를 연결하는 긴 줄을 따라 족히 수만 개는 넘을 등을 빼곡하니 걸었으니 그 모습은 가히 장관이라고 할 만했다.

진관사는 비구니들이 수행하는 작은 사찰이었다. 평소라면 평온하고 조용했을 절 내부는 연등회를 준비하고 즐기려 모인 사람들이 한데 얽혀 부산하고 소란스러웠다. 절을 찾은 사람들은 저마다 탑을 돌거나 소원을 적은 연등을 매달고 귀한 향을 올리며 한 해의 복을 기원했다.

보화는 다소 겁을 먹고 저도 모르게 어깨를 움츠렸다. 떠밀릴 듯 대단한 인파를 보니 혹시 자신을 알아보는 사람이 있을지 모르겠다는 생각이 들어 덜컥 무섬증이 인 탓이었다. 자꾸 주변을 둘러보며 오히려 수상한 기색을 드러내는 보화에게 중업은 조심스럽게 조언을 건넸다.

"괜찮습니다. 사람이 많은 편이 차라리 낫습니다. 시선이 분산되니까요."

"그, 그래? 그럴까?"

"예, 긴장하지 말고 태연하게 행동하시면 됩니다."

솔직하게 충고를 받아들인 보화는 용기를 내어 등을 반듯이 세웠다. 그래도 여전히 불안을 완벽하게 떨치지 못하는 보화를 중업은 능숙하게 몸으로 가리면서 바삐 오가는 사람들을 헤치고 분향소를 향해 걸었다.

줄 지어 분향하는 사람들 사이에 끼어 보화 역시 향을 올리고 곱게 합장을 했다.

'사비야, 부디 좋은 곳으로 가려무나.'

보화는 몇 번이고 몇 번이고 사비의 극락왕생을 기원했다.

'얼마나 아프고 두려웠니. 나를 많이도 원망했을 테지.'

어릴 때부터 줄곧 함께 자랐던 아이였다. 지나고 나니 사비에게 고생시켰던 기억만 새록새록 떠올라 보화는 하염없이 마음이 아렸다. 짜증부리고 꾸짖고 짓궂게 굴지만 말고 상냥하게 챙길 것을. 칭찬이나 많이 할 것을. 이렇게 아프게 갈 아이에게 왜 그리 못할 짓만 골라 했는지 모르겠다고 후회가 되었다.

'다음 생에는 이 은혜를 꼭 갚을 테니 부디 아버님을 도와주 길······.'

참으로 오랫동안 자신을 돌보고 끝내 충성을 다한 사비에게 꼭 보 답할 수 있기를 진심으로 소망했다. 명랑하게 웃으며 조잘조잘 쉬지 않고 수다를 늘어놓던 사비의 생전 모습이 새삼 떠올라 그저 서글 펐다.

"이만 돌아가자. 같이 와줘서 고마워."

"벌써 돌아가십니까?"

보화는 샐쭉 입술을 내밀었다.

"자칫 들키기라도 하면 나만 문제가 아니잖아. 괜히 너까지 경을 치게 하고 싶지는 않아. 무리한 부탁이었다는 거야 나도 안다고."

보화는 어깨 위에 걸친 영건을 조심스럽게 정돈하면서 문득 중업 의 눈치를 보았다.

"그래도 기껏 나왔는데, 너는 분향하지 않니?"

중업은 안 그래도 어머니를 생각하고 있었다. 중업에게 극락왕생 을 빌 만한 존재는 오직 어머니뿐이다. 하지만 어머니라면 집에서 올리는 분향을 더 기뻐하시리라는 생각이 들었다. 중업은 고개를 저었다.

"연등회는 오늘 밤 저택에서도 열릴 겁니다. 그때 올려도 상관없 겠지요."

여리라면 기꺼이 중업에게 자리를 내줄 것이다. 보화는 그러려니

싶었는지 고개를 끄덕이고 한 발 앞서 돌아섰다.

"그래, 다들 준비 때문에 바쁘더라. 그 틈에 얼른 돌아가야지."

그러나 보화는 어째 근심 어린 한숨을 내쉬었다. 중업은 그 이유를 알 것 같았다. 그렇지 않아도 얼마 전 우물가에 모여 보화에 대해 수군거리는 시비들을 보았던 참이다. 중업은 부드럽게 물었다.

"하는 일은 괜찮으십니까?"

"아니, 괜찮을 리 있겠어?"

보화는 뾰족하니 입술을 내밀고 투덜투덜 중얼거린다.

"일 하나 할 때마다 완주댁에게 혼난다고. 제대로 할 줄 아는 일이 하나도 없다고. 그래서 오늘도 도움도 안 되는데 얼쩡거리면 정신 사납다고 쫓겨났어."

어쩐지 다들 정신없이 바쁜 와중에 혼자 기웃거리고 있더라니. 중업은 내심 고개를 끄덕였다.

어느 정도 건강을 되찾자 시녀는 시녀답게 부리라는 김영감의 엄한 분부 탓에 보화는 결국 별당 곁방에 머물면서 별당 관리를 맡게 되었다. 바깥에서 한량처럼 온갖 기생이나 만나던 도련님이 데리고 온 아이라면서 온 집안 가노들의 관심이 모였으니, 그나마 사람을 덜 탈 자리를 찾은 모양이다.

여리는 별당을 관리하면서 간간히 자신의 말동무나 해달라는 투였지만, 완주댁은 '어찌 도련님의 눈에 띄어 이 댁에 왔는지 모르겠지만, 이렇게 비실비실한 꼴을 해가지고 아기씨를 잘 모시려나 모르겠다'며 단단히 교육을 시키겠다고 별렀다.

하지만 여리 말에 따르면 결국 그 교육은 죄다 실패했고 완주댁도 거진 포기한 것 같다고 했다. 민망한 듯 분통을 터뜨리는 보화를 보면 명약관화한 일이다.

"덕분에 주변 아이들도 대체 어디서 뭘 하다 와서 이 모양이냐고 이상하게 보고. 하지만 설거지나 빨래는 한 번도 해본 적이 없단 말이야!"

중업은 참 딱한 일이라고 생각했다.

어지간히 한이 맺혔는지 보화는 흥분해서 열변을 토하고 있었다. 권문세족 외동딸로 금이야 옥이야 곱게 자랐을 텐데 부엌일에 손을 댔을 리 만무했다. 혼나는 서러움보다는 일을 못해서 자존심이 상한다는 요지의 불만을 한참 토로하던 보화는 한숨과 함께 말을 맺었다.

"그나마 바느질은 잘한다고 요즘은 덜 혼나지만."

침모 일은 특히 까다롭고 솜씨 있는 사람이 드물어 웃돈을 얹어도 제대로 된 침모를 구하기 힘들 정도다. 요리도, 청소도, 빨래도 어설픈데 용케 바느질은 잘한다며 굼벵이도 구르는 재주는 있는 법이라고 완주댁은 칭찬인지 욕인지 모를 말을 했더랬다.

비단으로 덮은 절의 돌담을 따라 밖으로 나가자 한결 요란한 열기가 훅 끼쳤다. 집집마다 오색 비단으로 만든 깃발을 묶은 등불대를 세워 바람결에 펄럭이는 모습이 장관이었다. 갈고리에 걸어 등불대 맨 꼭대기에 매단 등은 모양도 가지각색으로 다양했다. 수박이나 연꽃, 오행, 일월등을 하나하나 찬찬히 살피며 보화는 길을 걸었다.

등불대 밑에 자리를 깔고 앉아 군것질을 하고 있는 아이들은 신이 난 듯싶었다. 벌써부터 술에 취해 흥에 겨운 사람들도 많았다. 모처럼 통금이 없는 날이니 마음껏 음주가무를 즐기겠다는 심산인 듯싶었다.

오랜만에 바깥에 나와 들뜬 분위기를 보자니 보화는 훨씬 기분이 나아지는 것을 느꼈다. 흐릿한 미소를 머금고 보화는 나직이 중얼거렸다.

"간만에 밖에 나오니까 좋구나. 여리도 같이 나오면 좋았을 텐데."

보화는 어느새 여리의 이름을 편안히 입에 올리고 있었다. 그 사실이 새삼스럽게 신기해서 중업은 저도 모르게 중얼거렸다.

"그새 많이 친해지신 모양입니다."

"그야 거의 하루 종일 같이 있는걸."

보화는 힐끗 중업을 올려다보았다.

"여리는 너를 오라버니라고 부르던데."

"예."

"너는 항상 아가씨라고 존대를 하더라."

보화가 하고 싶은 말을 눈치 챈 중업은 고개를 끄덕였다.

"저는 정 도련님이나 여리 아가씨와 신분이 다릅니다. 오라버니로 대해주시는 것만으로도 감사드려야지요."

"서얼이야?"

"그렇습니다."

"아무리 서얼이라지만, 네 태도는 정도가 지나치다고 생각하는데. 김영감께서 유독 엄하신 모양이구나."

"받아주신 것만으로도 감사드리고 있습니다."

"그래? 여리는 네가 늘 아가씨라고 불러서 아쉬운 것 같던데. 어쩐지 기방에서 봤을 때도 유독 말이 없더라니. 그런 곳은 너도 처음이었던 거지?"

"그때는……."

정인 척 앉아 보화를 속였던 일을 다시 떠올리고 중업은 그만 헛기침을 했다. 이미 지난 일이고, 내키지 않았다고는 하나 보화의 자존심에 단단히 화가 날 법한 일이었다. 정의 정체를 알고 그리 놀라지 않았던가.

"도련님의 명을 받았다고는 하나 죄송합니다. 감히 아가씨께……."

"됐어. 지금은 너보다 못한 처지잖아. 지난 일을 굳이 사과할 필요 없어. 그리고 사과 듣자고 한 말도 아니야."

"하지만 너무 큰 무례를……."

보화는 어깨를 움츠리며 투덜거렸다.

"나 도와줬잖아."

"예?"

"그날, 나 도와줬잖아."

중업은 당황했다.

"그 일 역시 도련님의 명이었습니다. 저는 다만 명을 따랐을 뿐입니다."

"너 정말 꽉 막혔구나."

보화는 어쩐지 붉게 달아오른 얼굴을 하고 중업을 노려보았다. 아무리 봐도 화가 났다는 투라, 중업은 도무지 영문을 모르겠다고 생각했다. 멍청히 자신을 쳐다보는 중업을 한참 노려보던 보화는 결국 한숨을 내쉬며 도리질을 쳤다.

"됐으니까 그냥 들어. 명령이든 어쨌든 부상까지 입으면서 나를 도운 사람은 너잖아? 그러니까, 음, 그게……."

"예……?"

보화는 고개를 돌려 엉뚱한 곳을 바라보면서 툭 내뱉었다.

"고맙다고. 조금 전에 짜증 부려서 미안해."

귀까지 붉게 달아오른 보화의 옆모습을 가만히 지켜보자니 어쩐지 묘한 기분이 들었다.

"아니오."

그리고 중업은 도움을 주었다는 이유로 감사를 받은 일이 무척 오랜만이라는 사실을 깨달았다. 게다가 보화는 본디 자신의 처지로는 감히 손도 대지 못할 신분이었다.

"아닙니다. 모실 수 있어서 기뻤습니다."

보화는 슬그머니 고개를 돌려 중업을 보더니 자세를 바로잡으며 헛기침을 했다.

"앞으로 잘 부탁해. 뭐…… 똑같이 여리를 모시는 처지잖아."

중업은 얼떨떨한 기분이 되어 반사적으로 고개를 끄덕였다.

"저도…… 잘 부탁드리겠습니다."

"저 여인은……."

평교자를 타고 지나가던 노인이 문득 길 위의 남녀를 발견하고 나직하니 중얼거렸다. 수염을 기르고 탄탄한 체구를 지닌 그는 다름 아닌 유민 대감이었다.

거리는 조금 떨어져 있었지만, 유대감은 보화의 얼굴을 정확히 알아볼 수 있었다. 본래 왕강의 집에 자주 드나들면서 인사를 받은 적이 있기 때문이다. 그리고 왕강을 포박하러 갔던 군인들 몇이 죽고, 그 집 식솔들 몇 명의 행방을 알 수 없다는 이야기를 들었기에 그 확신은 더욱 뚜렷해졌다.

하지만 한 가지 이상한 점은…….

"저 여인 곁에 있는 사내는 내 알기로 분명 동지사부총관 댁 서얼일진데……."

두 사람이 함께 저잣거리를 돌고 있다는 점은 분명 이상했다. 유대감은 아무래도 오늘 잔치를 핑계로 김한조 대감의 집에 들러 이사실을 캐물어야겠다고 생각했다.

"보아라. 지금부터 동지사부총관 댁으로 가겠다."

"예? 하지만 먼저 말씀하시기는……."

"되었다. 어서 가자. 오늘 그 댁에 일이 있으니 서둘러라."

날이 저물어 어스름 석양이 하늘을 물들일 때쯤 초대받은 손님들이 연이어 큰 사랑채에 들었다. 미리 불러놓은 기생이며 광대들이 음악을 연주하고 한바탕 춤사위를 펼치고 재주를 부리는 화려한 소란이 밤을 들뜨게 만들었다.

안채 부엌은 여종들이 미리 준비했던 음식을 데우고 그릇에 곱게 담아 내가느라 감히 기웃될 엄두도 나지 않을 정도로 분주했다. 다른 하인들 역시 손님들을 안내하거나 시중드느라 바빴다.

김영감은 불쑥 찾아든 유대감이 반갑지 않았지만 만면에 가득 웃음을 머금고 맞았다.

"어서 오십시오, 대감. 큰 곤욕을 치르셨습니다."

"경박한 장난 탓이지요. 전하의 하해 같은 은덕으로 목숨이나마 건졌습니다."

옥고를 치르고 방면되어 한동안 자숙하는 기간을 가지던 유대감의 겸허한 태도를 보고 김영감은 내심 냉소를 보냈다. 경박한 '장난'이 아니다. 세밀하게 계획되어 이미 그 끝이 결정되어 있던 음모다.

유대감의 명을 받아 밀양 땅 이홍무에게 사주를 청한 이들도, 돈을 받고 사주를 풀이한 이홍무도, 그 사실조차 모르던 공양왕과 그 자식도. 그리고 사주조차 보지 않은 왕씨들이 모두 죽어나가는데 오직 주모자라고 할 수 있을 유대감만이 살아남았다. 왕은 그 역시 참형에 처해야 한다는 대간과 형조의 빗발치는 상소를 무시하고 그를 방면했다.

이 잘 꾸며진 연극의 주인이 누구냐는 사실은 굳이 추측할 필요도 없다. 가장 많은 이득을 얻은 이가 이 모든 일을 꾸몄을 테니. 견제해야 하는 모든 적을 이 사건 한 번으로 죄다 처리할 수 있었던 이는 다름 아닌 이성계다.

왕씨를 처단하기 위한 빌미가 필요했고 때문에 유민을 이용했다. 유민은 분명 목숨을 담보 받고 이성계의 명령 아래 공양왕과 왕씨들을 엮을 그럴싸한 방도를 계획했던 것이다. 즉 그는 겉으로 드러나 주목을 받을 용도로 만든 미끼다. 이성계가 바라는 일을 잘 처리한 대가로 그 일에 얽힌 사람들 중 유일하게 목숨을 건졌다.

'새삼스러울 것도 없지.'

김영감은 유대감에게 차를 권하며 자신도 잔을 들었다. 그렇다. 새삼스러울 것 없는 일이다. 굳이 한 왕조의 끝이나 시작이 아니더라도 이 같은 죽음은 언제나 있었다. 필요하다면 무엇이라도 저지를 수 있는 자야말로 살아남아 힘을 거머쥐는 법이다. 사주팔자 탓에 사람이 죽어가는 일쯤이야 아무것도 아니다.

힘이 있다면 그보다 더 하찮것없는 이유라도 타당성을 부여할 수 있다. 오직 힘만이 모든 것을 정립하는 시대인 것이다.

"그런데 혹 새 시녀를 들이셨습니까?"

유대감의 옥고를 위로하고 전하의 은혜를 찬양하며 몇 마디 의례적인 안부를 나누던 참이었다. 유대감은 차를 들면서 여상스럽게 질문을 던졌다. 그 어조는 이어지던 말 사이 별다른 의미도 없다는 양 끼어들었기에 도리어 짚이는 바가 있는 김영감의 심기를 건드렸다. 김영감은 바짝 신경을 곤두세우면서도 겉으로는 궁금하다는 듯 되물었다.

"새 시녀? 어찌 그런 일을 물으십니까?"

유대감은 태연하게 웃었다.

"오는 길에 낯이 익은 얼굴을 본 것 같은데, 이 댁에 있기에는 아무래도 이상하다 싶은지라……."

김영감은 빠르게 판단을 내렸다.

"그렇습니까? 얼마 전에 아들 녀석이 정안공께 새 시녀를 하사받았다고 들었습니다. 아마 그 아이가 아닐까 싶습니다만. 무슨 문제라도 있는지요?"

"정안공께서 친히 시녀를 하사하셨다고요? 허허허, 익히 알았지만 역시 총애가 대단하십니다."

"그 총애를 감사히 여길 줄 모르고 기방에서 소일하던 놈이라 그저 부끄러울 따름입니다. 이제 슬슬 정신을 차리고 자리를 잡기를 바라고 있지요."

김영감은 전후 사정을 모르는 척 구는 편을 택했다.

최근 돌아가는 형국은 점점 더 한 치 앞을 파악하기 어려웠다. 현왕 이성계의 정실 신의왕후 한씨는 조선이 건국되기 전 세상을 떴다. 결국 중전이 된 여인은 이성계의 후처 강씨였다. 강씨를 지극히 사랑하며 동시에 심복 삼봉 정도전을 깊게 신뢰하는 이성계는 두 사람의 의견을 받아들여 얼마 전 막내아들 방석을 세자로 책봉했다.

이 같은 결정에 신의왕후 출생의 왕자들은 대단한 불만을 드러냈다. 새파랗게 어린 이복동생이 형들을 모두 제치고 나라를 이어받게 생겼으니 당연한 불만이다.

그 중 조선 건국에 많은 공을 세운 다섯째 왕자 정안공은 특히나

만만치 않은 인물이었다. 지금이야 조용히 묵인하고 있지만, 마지막까지 침묵하지는 않으리라는 것이 한조는 물론 대다수 신료들의 예상이었다.

지금에야 이성계가 굳건하니 정도전 휘하 세력들이 든든하게 세자를 지탱하고 있다고 하나 최근 이성계를 등에 업고 지나치게 급진적으로 흐르는 정도전에게 불만을 표하는 사람들이 점점 늘어나는 것도 사실이었다. 그리고 그 사람들은 모두 정안공 이방원에게 모여들어 세력을 불리고 있었다.

그 와중에 김영감은 아직 중도를 지키고 있는 인물이었다. 물론 선택은 내려야 한다. 언제까지나 중도를 지키는 것에는 의미가 없다. 김영감의 판단 하에 정안공과 정도전은 반드시 부딪칠 것이고 즉 살아남기 위해서는 어느 한쪽을 택해야만 한다. 하지만 아직은 그 판단을 내리기 위한 때가 아니다. 조금은 더 추이를 봐야 한다는 것이 그의 생각이었다. 성급함은 느린 것보다 못하다. 아무것도 얻지 못할지언정 손에 쥐고 있는 것마저 뺏길 수는 없는 것이다.

그것이 목숨이라면 말할 것도 없다.

때문에 조선 건국 전부터 이성계 휘하였음이 확실한 유민에게 정안공 계파라는 인식을 아직은 주고 싶지 않았다.

김영감은 아무것도 모른다는 양 유대감의 속내를 떠보았다.

"그런데 일개 시녀에게 관심을 가지시다니. 혹 마음에 들기라도 하셨습니까?"

"허허허, 무슨 그런 말씀을. 그런 것이 아니외다. 그 시녀에 대해서는 자세히 아는 바 없으신 듯하군요"

유대감은 어물어물 웃으며 수염을 매만졌다.

"아들이 부리겠다는 시녀에게 일일이 신경을 쓰는 것도 우스운 일이지요. 그렇지 않습니까? 가능한 빨리 그 녀석이 혼인을 해야 안채에 주인을 들이고 이 같은 일을 다스리게 할 텐데 말입니다."

"하기야 이 댁 아드님이 혼인이 아직이지요. 나이는 찼다고 알고 있는데 혹여 마음에 두는 규수라도 계십니까?"

"글쎄……. 아직은 두루 생각만 하는 중입니다. 아시겠지만, 그 나이 먹도록 벼슬 한 자리 얻지도 않고 소일하는 녀석이라. 조만간 자리를 잡는 대로 좋은 자리를 알아봐야지요."

"이런, 이런. 걱정이 심하시겠소이다. 하여간 자식들이란 늘 제 부모 속을 썩이는 존재지요."

웃음을 터뜨리는 유대감에게 동조하며 고개를 끄덕이는 김영감은 내심 혀를 찼다. 결국 덜 떨어진 아들 녀석의 뒤치다꺼리를 하는 꼴이다.

'이깟 것 하나 명확하게 정리를 못하다니.'

김영감은 자신의 판단을 무엇보다 신뢰했다. 지금껏 살아남았다는 사실만으로 신뢰할 가치는 충분했다.

단 한 번도 틀린 적이 없다. 평생에 걸쳐 수많은 선택의 기로에 설 때마다 그는 선택했고 승리했다. 그렇기에 이번 갈림길에서도 역시 성공하리라고 생각했다. 그리고 선택할 순간을 기다리고 있었다. 그 순간에 도달하지 않을지도 모른다는 가정은 염두에도 두지 않았다.

'본인은 상관이 없다는 입장을 견지하겠다라⋯⋯.'

입으로는 별 내용도 없는 겉치레용 안부 인사를 나누면서 유대감은 남몰래 입술을 비틀어 웃었다. 퍽 좋은 생각이 떠올랐다.

어쨌든 조금 전 저잣거리에서 마주친 시녀는 왕강의 외동딸 보화다. 직접 두 눈으로 얼굴을 본 만큼 유대감은 자신의 추측이 틀리지 않았음을 확신했다. 정안공의 이름을 말하는 것을 보니 정안공이 그녀를 빼돌리는 데 얽혀 있다는 사실이 분명한 것이다.

'정안공이 왕씨를 빼돌렸다⋯⋯. 심지어 종친의 딸을.'

혹시 정안공을 무너뜨릴 수 있는 좋은 기회가 될지도 모른다.

잠시 그의 명을 받아 움직였다고는 하나, 정안공이 자신을 믿지 않는다는 사실을 너무나 잘 알고 있었다. 때문에 자신도 그를 믿지 않았다. 일단 명을 따라 목숨은 건졌으니 그 이후에 살 방도는 또 스스로 구해야 하는 법이다.

현재 정안공과 대치하는 중인 강비와 정도전이라면 왕의 총애를 한 몸에 받고 있는 인물들이다. 그럴싸한 정보를 물어 꾀를 낸다면 대번에 판도를 바꾸어 보다 권력의 중심 가까이 갈 수 있을 것이다.

유대감은 바지런히 머리를 굴리면서도 겉으로는 태연하게 웃음을 보였다. 그리고 이 사태를 이용할 수 있는 방도에 대해 구체적으로 생각하기 시작했다.

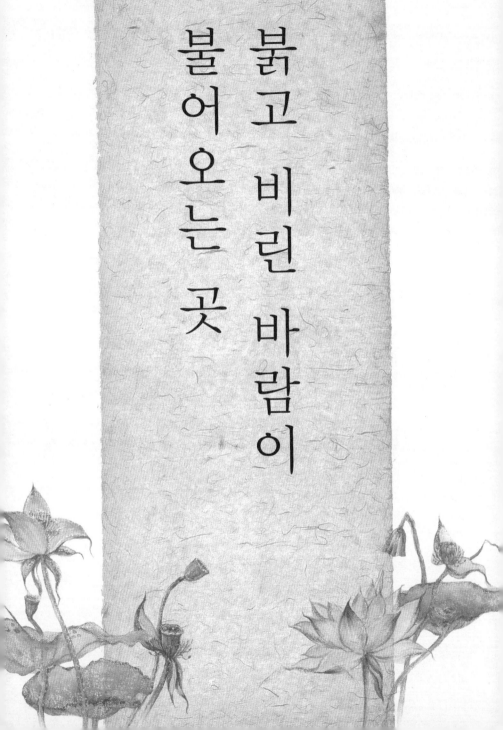

붉고 비린 바람이

불어 오는 곳

매일 밤 어머니는 어스름한 등불 아래서 수를 놓으셨다. 색실을 꿴 바늘이 고운 비단을 나고 들 때마다 꽃이 봉오리를 맺고 나무가 우거지고 새와 나비가 날았다. 어린 중업의 눈에도 어머니의 손으로 비단 위에 피어나는 세상은 마냥 아름답고 찬란했다.

　'네가 있으니 괜찮아.'

　어머니는 한 땀 한 땀 수를 놓을 때마다 간절한 바람을 담아 속삭였다.

　'네가 있으니, 그분은 반드시 나를 다시 데려가실 거야.'

　흐릿한 기억을 돌이키더라도 어머니는 분명 아름다웠다. 그리고 여리고 가냘프고 약한 분이기도 했다. 곱게 단장하고 앉아 상냥하고 따뜻하게 자신을 품을 단 한 사람을 기다리는 일이 참 잘 어울리는 여인이었다. 그 기다림이 보답 받기만 했다면 어머니는 고운 얼굴에 미소 질 날이 없이 행복할 수 있었을 텐데.

그러나 세상은 좋은 방향으로 돌아가지만은 않는 법이다.

어머니는 한씨 부인과 비슷한 시기에 임신했다. 한씨 부인은 시비가 자신과 비슷한 시기에 임신을 했다는 사실을, 심지어 아들을 낳았다는 사실을 절대 용납하지 않았다. 그리고 김영감은 한씨 부인의 분노에 맞설 생각조차 하지 않았다. 그는 고민하는 기색도 없이 중업을 낳은 어머니를 버렸다.

그러나 정작 어머니는 자신을 버린 정인을 버리지 못했다. 어머니에게 마음도 몸도 내줄 정인이란 평생 단 하나, 둘은 없었다.

날이 저물고 밤이 깊으면 곁에 동그마니 웅크리고 앉은 어린 아들에게 어머니는 항상 아버지 이야기를 했다. 줄곧 비단을 바라보다 이따금 아들을 향하는 시선은 곧 초점을 잃고 꿈꾸듯 몽롱한 빛을 띠었다.

'너는 그분의 아들이니까.'

어머니의 바람은 단 하나뿐이었다. 사랑하는 그분 곁에서 사랑받는 것. 때문에 입을 사람 없는 아름다운 비단이 함안에 차곡차곡 쌓이기만 하던 시절, 중업은 어머니에게 마지막으로 남은 행운이었다. 중업이 있는 한 김영감에게 버림받지 않으리라는 희망을 어머니는 마지막까지 놓지 않았다. 놓을 수 없었다.

'너는 네 어미를 닮았구나.'

한씨 부인에게 그 말을 들었을 때 중업은 깨달았다. 중업을 바라보던 어머니의 눈동자가 언제나 허공을 안타깝게 맴돌던 이유는 분명 그 탓이다. 아들의 얼굴에서 사모했던 분의 흔적이나마 찾고 싶은 바람과는 다르게, 중업은 갸름한 얼굴부터 검고 깊은 눈매까지 어머니를 꼭 닮았다.

그래서 가슴 저미는 불안을 달래기 위해 어머니는 '너는 그분의 아들이라는' 말을 되풀이 할 수밖에 없었던 것이다.

'이상하기도 해라. 너 역시 그 사람의 아들일진대 닮은 곳이라고는 없으니.'

어머니와 다른 아름다움을 지닌 여인이었다. 그녀의 아름다움은 태어날 때부터 공들여 가꾸고 가다듬은 끝에 소유한 것. 몸짓마다 배어나는 현숙함과 오만하고 당당한 자태는 그녀를 더욱 돋보이게 했다. 그늘 아래 바람 한줄기에도 파르르 떠는 한 떨기 여린 꽃 같은 어머니와 달리 찬란한 빛을 받아 드넓게 그늘을 드리우는 한 그루 고고한 나무와도 같은.

한씨 부인.

한씨 부인을 직접 대면한 건 단 한 번뿐이었다. 하지만 중업은 오랜 세월이 흐른 지금까지 자신을 지그시 내려다보던 차갑지만 묘하게 뜨거웠던 두 눈을 또렷이 기억했다.

'나를 배신하고 제 팔자를 고칠 수 있다고 믿은 모양이지.'

핏기 없이 얇은 어머니의 입술과는 달리 독살스러울 정도로 붉게 물든 입술에 깊은 미소를 머금고 한씨 부인은 중얼거렸다.

'어리석은 것.'

부드러운 선을 그리는 눈썹이나 둥글게 끝이 처진 눈매 탓에 마

냥 온화하게 보이는 인상이었지만, 중업은 얼핏 그윽한 미소 속 새
파랗게 날을 세운 칼날 같은 증오를 눈치 챘다. 잔인하고 날카롭게
번득이는 빛이 그녀의 두 눈 안에 도사리고 있었다.

그때 한 소년이 혀 짧은 명랑한 목소리와 함께 달려왔다.

'어머니!'

중업 또래로 보이는 아이였다. 그늘 한 점 없이 밝게 웃으며 달려
드는 소년을 한씨 부인은 몸을 숙여 받아 안았다.

'그래, 정아. 어서 오려무나.'

그 목소리는 오로지 따뜻하고 다정한 애정으로 가득했다. 부인의
목에 매달려 애교를 부리던 소년이 문득 고개를 돌려 중업을 빤히
응시했다. 소년을 마주했을 때 중업은 저도 모르게 멈칫 물러섰다.
그리고 동시에 깨달았다.

'너 역시 그 사람의 아들일진대……'

그렇다.

이 소년이야말로 어머니가 바라던 아이다. 먼발치에 서서 몇 번
보았던 김영감을 그 아이는 빼어 닮았다. 누가 보더라도 김영감의
아들이라는 사실을 의심할 수 없을 만큼.

'내가 저 아이처럼 생겼다면.'

중업은 생각했다.

'어머니는 보다 행복하셨을까?'

정이라 불린 소년은 한씨 부인의 품에 안겨 호기심을 가득 담아
반짝이는 눈을 연신 자신에게 향했다. 그리고 제 어머니를 올려다보

면서 그 귓가에 입술을 가져가 조심스럽게 속삭였다.

'어머니, 누구예요? 같이 놀아도 되나요?'

한씨 부인은 상냥하게 웃으며 고개를 끄덕였다.

'얼마든지.'

정은 부인의 품에서 벗어나 거리낌 없이 중업에게 다가섰다. 중업을 가만히 응시하는, 호기심과 친근감이 어린 눈. 선명하고 우아한 선을 그리며 치켜 올라간 눈매는 김한조를 꼭 닮았건만 그 눈에 어린 감정은 김영감과는 너무나 다르다. 늘 싸늘하고 차가운 그와 달리 따뜻하고 개구지게 반짝이고 있다.

그럼에도 그는 틀림없는 김한조의 아들이다.

'이름이 뭐야?'

'중업이라고 합니다.'

중업은 고개를 숙이며 덧붙였다.

'도련님.'

'정아, 신분은 천하지만 그 아이는 네 이복형제란다.'

'형제요? 정말?'

어린 정은 그 말의 의미를 제대로 생각조차 하지 않은 채 그저 바라마지 않던 형제가 생겼다는 사실에 반색하며 기뻐했다. 한씨 부인은 손을 뻗어 들며 환하게 웃는 정을 불렀다. 그리고 정의 머리를 어루만지며 다정하게 말했다.

'그래. 안타깝게도 어느 쪽이 형인지 알 도리가 없지만……. 아무래도 좋은 일이지.'

중업을 돌아보는 얼굴은 우아하게 미소 짓고 있었지만, 중업은 그 안에서 결코 무뎌지지 않을 섬뜩한 분노와 경계를 읽었다. 자신을 잡아먹을 듯 응시하는 그 눈이 의미하는 바를 중업은 본능적으로 깨달았다.

한씨 부인이 죽은 후, 어머니는 드디어 안채에 들게 되었다. 비록 첩실이나마 김영감의 부인으로 인정받았다는 사실에 어머니는 뛸 듯이 기뻐했다.

그러나 중업은 갈피를 잡지 못했다. 눈물을 흘리며 기뻐하는 어머니와 시무룩하게 기운을 차리지 못하는 정 사이에서 대체 어떤 반응을 보여야 할지 알 수 없었다. 어머니가 기뻐하니 좋은 일이지만, 두렵기만 하던 한씨 부인이 더는 없다니 솔직히 안심했지만, 그래도 정이 슬퍼하는 모습은 보고 싶지 않다는 기묘한 혼란에 휩싸여 있었다.

'네 분수에 어긋나는 행동은 하지 말아야 할 것이다.'

급박하게 변한 상황에 혼란스럽던 중업을 대뜸 불러다 앉히고 훈계를 시작한 이는 다름 아닌 김영감이었다.

'네 어미는 정실이 아니라 첩이고, 너는 서얼이다. 감히 내 아들이나 딸과 맞먹을 수 있는 신분이 아니야. 혹여 가문을 욕보이는 일이라도 생겼다가는 당장 내칠 것이니 분수를 알고 얌전히 있거라.'

김영감이 가타부타 없이 시작하는 말을 듣고 중업은 새삼스럽게 깨달았다. 자신은 결코 이 속에 들어갈 수 없다.

아무리 안채에 들었다고 한들 어머니는 절대 죽은 한씨 부인을 이 길 수 없고, 정과 여리가 웃음으로 자신을 대한다고 한들 그들의 형 제가 아니라 서얼로서 그들 앞에 고개 숙일 수밖에 없다.

고작 3년.

매일 밤 그토록 바라고 원했건만 고작 3년. 그조차 명목상의 안주 인이었을 뿐 집안 누구에게도 제대로 인정받지 못하다 쓸쓸히 숨을 거두었던 어머니.

중업은 자신 또한 어머니 같은 삶을 살게 되리라는 사실을 믿고 싶지 않았다. 그러나 새파랗게 번득이는 눈으로 자신을 주시하던, 냉담하게 무시하던 그들의 눈을 생각할 때마다 뼛속 깊이 새겨진 패 배감과 더불어 주체하지 못할 뜨거운 증오 역시 끓어올랐다.

'감히 이곳까지 기어오를 생각은 하지도 말려무나.'

현숙하고 기품 어린 겉모습 아래 싸늘한 증오를 담고 자신을 경계 하던 한씨 부인이나.

'어차피 한갓 서얼일 뿐인 것을. 가문에 누가 되는 행동은 용납하 지 않겠다.'

천한 피를 이었으니 인정조차 하지 않겠다는 경멸만을 보였던 아 버지를.

정을 따르고 여리를 모시면서도, 그들이 보여주는 애정에 감사하 며 충족감을 느끼면서도, 끝끝내 떨치지 못하고 품고 있었던 뜨거운 무엇을.

중업은 오래도록 되새겼다. 되새길 수밖에 없었다.

"자네를 저곳으로 보내줄 수 있네."

중업은 예를 차리는 척 조용히 시선을 내리는 것으로 간교하게 빛나는 눈빛을 무시했다.

"무지하여 말씀하시는 뜻을 짐작할 수 없음을 용서하십시오."

"시치미 떼는 실력이 제법이군."

유대감이 피식 웃는 소리가 들렸다. 이윽고 중업에게 몸을 돌린 그의 시선이 닿은 곳은 다름 아닌 경복궁이었다.

경복(景福).

만년토록 복이 영원하기를 기원하는 그 이름.

그리고 탐욕과 욕망에 젖은 불나방을 홀리는 저 찬란한 불야성은 현재 중업이 감히 바라볼 수조차 없이 고고하다.

"자네, 김영감이 부리는 수족이라지."

"그분이 제 주인이시니 당연합니다."

"자네가 그 시절 김영감에게 받았던 명 중에는 우리들이 관여했던 것도 제법 될 것일세. 이미 다 알고 있어."

신경이 오싹하게 떨리며 경고를 울렸다.

김영감이 중업을 곁에 두는 이유는 오직 그의 검을 이용할 수 있기 때문이다. 중업은 김영감에게 날카로운 이를 지닌, 하지만 멍청하고 충직하여 배신 따위 생각조차 못할 사냥개에 불과했다.

그러므로 중업은 그 시절 김영감의 명을 받아 무수한 피를 흘렸다.

'죽여라.'

그 말 한마디면 충분했다. 김영감의 명이라는 것. 단지 그것만으로 중업의 검은 정당함을 얻었고 때문에 그 외에 어떤 이유도 필요치 않았다.

죽여라. 내 명이니 죽여라. 나를 위해 죽여라. 이 가문을 위해 죽여라.

전부.

죽여라.

물론 그 죽음이 모두 김영감이 택한 바라고는 중업도 생각지 않았다. 그 당시 살아남기 위해 무너지는 고려를 버리고 이성계 밑으로 들어갔던 그가 신뢰를 얻는 방법 중 하나였을 것이다. 그리고 지금 유대감은 자신 역시 그 비밀스러운 죽음들에 관여했노라 중업에게 자백하는 셈이나 다름없다.

이 위험한 말을 굳이 사람들이 오가는 길 한복판에서 하는 이유를 중업은 알 수 없었다. 단순한 무지렁이 백성들뿐 아니라 관복을 입은 사대부는 물론 지근거리에는 궁을 지키는 병사들이 창과 칼을 들고 서 있다.

"왜 제게 그런 말씀을 하시는지 모르겠습니다. 혹여 주인 나리께 전하실 말이 있다면……."

"아니야, 아니야. 나는 지금 자네에게 말하고 있네. 내가 원하는 것은 자네야."

유대감은 중업을 향해 몸을 수그리며 더할 나위 없이 은밀하게 속삭였다.

"자네를 높이 사고 있단 말일세. 나만이 아니야. 내 윗분도 마찬가

지야. 그분께서 친히 자네의 힘을 사겠다는 말이야. 놀랍지 않은가?"

"부족한 저를 높이 사주신다니 감사하신 말씀입니다. 하지만 저는 일개 서얼일 뿐이니……."

"그분 역시 서얼의 설움을 잘 알고 계시네."

삼봉 정도전은 서얼 출신이다.

그 출신 때문에 겨룰 자 찾을 수 없는 뛰어난 능력에도 불구하고 많은 핍박과 차별을 받았다고 들었다. 조선이 섰을 때 끝끝내 고려를 배신하지 않은 목은 이색의 제자들을 잔인하게 처단한 것은 고려 시절 그들에게 무시당한 설움 때문이라는 소문이 공공연히 돌 정도였다.

"그분처럼 자네 또한 저곳에 들 수 있는 권리가 있네. 능력만 있다면 말이야. 그리고 자네의 능력이라면 이미 증명됐지 않은가."

"고작 검 휘두르는 법밖에 모르는 무지한 놈일 뿐입니다."

"그 댁의 사병을 도맡고 있기도 하지."

유대감은 뒤이어 말을 맺었다.

"자네 생각보다 자네 스스로 할 수 있는 일은 많다네. 요는 결단일 뿐이야."

한참 동안 침묵하고 있던 중업은 천천히 입을 열었다.

"제게 무엇을 바라십니까?"

"우리에게 오겠는가?"

"제 주인은……."

"자네를 인정하지 않는 주인을 따라 무엇을 얻겠나. 설마 혈연의

정 때문이라는 말은 하지 않겠지? 우리는 그와 달라. 자네를 높이 살 것이고 그만큼 많은 것을 줄 수 있네. 바라는 것이라면 무엇이든. 돈이든, 권력이든, 여인이든."

"결국 배반을 말하시는 거군요."

"배반이라. 아니야, 본래 자네의 것일 수도 있었을 자리를 차지하라는 말이야. 우리를 돕는다면 우리도 자네를 돕겠네. 어차피 무너질 가문을 자네가 살린다고 생각하게. 자네가 살아남아 자네가 피를 잇는다면 자네의 가문은 살아남는 거야."

그때 처음으로 중업은 반응을 보였다. 움찔 어깨를 떨며 줄곧 숙이고 있던 고개를 들어 유대감을 곧게 바라보았던 것이다.

"예?"

"이보게. 우리가 언제까지 김영감을 그저 두고 보고만 있을 것 같은가? 그는 우리에게 너무 많이 이를 드러냈어."

김영감은 현재 정도전이 추진하는 사병 혁파를 반대하는 세력의 필두라고 할 수 있었다. 당연히 정도전 측에서는 혹여 정안공에게 힘이라도 더 실을 것을 우려해 어떻게든 와해시키기 위해 수를 쓰고 싶을 터였다.

'그 일에 나를 이용하겠다?'

꼭 가면이라도 쓴 것처럼 아무 감정도 드러내지 않는 중업의 얼굴에서 유대감은 무엇도 읽을 수 없었다. 하지만 그는 중업이 결국 자신들을 선택할 것임을 믿어 의심치 않았다.

그러나 중업은 고요한 얼굴 너머에서 냉소하고 있었다.

이들 역시 김영감과 다를 것 없다. 자신을 한갓 사냥개 삼고 싶을 따름이다. 부릴 만큼 부리다 필요성을 잃으면 가차 없이 내치리라는 사실은 새삼 놀랍지도 않았다.

"잠시 시간을 주십시오."

중업의 대답은 유대감을 만족시켰다. 유대감은 중업이 흔들리고 있다고 믿었으며 몇 번의 유혹이 더해진다면 능히 그를 끌어들일 수 있으리라 판단했다.

"이해하네. 쉽게 내릴 수 있는 결정이 아니지."

"감사합니다."

중업은 담담히 고개를 숙였다.

그날따라 드물게 일찍 귀가한 정은 저녁 한 술 뜰 시간조차 없이 곧 다시 나갈 채비를 해야 했다. 방원의 급한 부름이 있었기 때문이다. 옷매무시를 다듬고 마지막으로 갓끈을 묶으면서 정은 피곤하다는 생각을 했다. 최근 정신없이 돌아가는 형국이 영 심상치 않아 다들 신경을 곤두세우고 있었다.

'여리에게 말은 해두어야겠지.'

하인 한 놈을 불러 오늘은 밖에서 저녁을 먹겠노라 전해달라고 하면 될 것이다. 정이 막 방 밖으로 나섰을 때였다.

"아……."

마침 작은 사랑채에 발을 들이던 보화가 정을 발견하고 놀란 표정을 지었다. 정 역시 내색은 하지 않았지만, 대부분 별당에 머무르기 때문에 얼굴도 보기 힘든 보화와 마주쳤다는 갑작스러운 상황에 퍽이나 놀라 잠시 말을 잊지 못했다. 정은 다소 더듬으면서 물었다.

"이곳까지 어쩐 일입니까?"

"그, 또 출타하시는지요."

"예, 급한 일이 있어서 다시 나가봐야 합니다."

보화는 눈 둘 곳을 모르겠다는 듯 이리저리 시선을 돌리더니 결국 푹 고개를 떨어뜨렸다. 그리고 얌전히 모아 잡은 두 손을 조금 꿈틀거리면서 나직히 말했다.

"여리…… 아가씨께서 저녁은 어찌하실지 여쭈어보고 오라고 하셔서."

"아, 이런. 그렇지 않아도 오늘은 밖에서 먹겠다고 말을 전하려던 참입니다. 수고를 덜었군요."

"그러신가요."

잠시 침묵이 흘렀다. 침묵이 길어지면 길어질수록 정은 도리 없이 초조해졌다. 여리는 하고 많은 시비를 두고 왜 하필 보화를 보냈단 말인가.

그때 보화가 불쑥 입을 열었다.

"요즘 여위었다고 여리…… 아가씨께서 걱정이 많으십니다."

정은 반사적으로 말을 받았다.

"그렇지도 않습니다. 워낙 밖에서 잘 얻어먹고 다녀서요."

"집에 얼굴 보이실 틈도 없고요."

"제 얼굴이 보고 싶었습니까?"

늘 그렇듯 자연스럽게 농을 던진 정은 말을 뱉은 다음에야 실수했다는 생각이 들었다. 보화는 왈칵 얼굴을 들더니 냅다 소리를 쳤다.

"제가 아니라 여리가! 여, 여리 아가씨 말씀을 드리는 겁니다."

보화의 볼이 발갛게 달아오른 것을 정은 약간 유쾌하다고 생각했다. 하지만 그 점을 굳이 또 건드리는 것은 예의 바르지 못한 행동일 것이다. 아무렇지 않게 농을 주고받을 수 있었던 때를 조금 그립게 여기면서 정은 말했다.

"여리에 대해서라면 신경 쓰지 말고 편히 부르십시오. 몸이 약하고 워낙 바깥 나들이를 꺼리던 아이라 또래 친구가 적었지요. 요즘 얼굴도 한결 밝아지고 잘 된 일입니다."

그리고 잠시 망설이다 덧붙인다.

"당신도 그렇고요."

참으로 오랜만에 마주하는 보화는 한결 건강한데다 안색도 밝아져서 정을 깊이 안도하게 했다. 곱게 자라던 규수를 반은 형식이라고 해도 시비처럼 부린다니 아무리 다른 도리가 없다지만 마음이 좋지 않았다. 하지만 생각보다 열심히 하고 있다는 여리와 중업의 말처럼, 보화는 어쨌든 건강하게 지내고 있는 듯싶었다.

'아버님 눈에 뜨이지 않게 주의를 해달라는 말이 잘 먹히는 모양이군.'

줄곧 피곤하던 와중에 모처럼 좋은 기분이 들었다. 정은 부드럽게 웃으며 보화에게 말을 건넸다.

"요즘 수고하고 계신다지요. 상이라기에는 뭣합니다만, 여리에게 부탁하면 문방구를 내줄 겁니다. 아버님께 서찰이라도 보내면 어떻겠습니까?"

보화는 믿을 수 없다는 듯 정을 바라보더니 한 박자 늦게 되물었다.

"그래도…… 되나요? 가능한가요?"

"예, 권력이 이럴 때 좋군요. 그 정도야 제 알량한 능력으로도 얼마든지 가능합니다."

정의 확답을 들은 보화의 표정이 확 피어났다. 여전히 곱고 아름다운 얼굴에 서서히 어리는 미소를 정은 기분 좋게 바라보았다. 보화는 자꾸만 치미는 웃음을 견디기 힘들다는 듯 붉은 입술을 깨물며 달아오른 볼을 손으로 식혔다.

"그럼, 여리에게 전언을 부탁합니다. 저는 이만 가보겠습니다."

인사를 고하고 곁을 스쳐 지나가는 정의 옷자락을 보화가 찰나 손을 뻗어 붙잡았다.

"저어!"

정은 소맷자락이 당겨지는 것을 느끼며 보화를 돌아보았다. 정을 우러르는 까만 눈동자가 간절함을 띠고 있었다. 그 눈에 홀리듯 정은 되물었다.

"왜 그러십니까?"

"감사…… 합니다. 여러모로 신경을 써주셔서 감사하다는 말을 꼭

하고 싶어서요."

"아니요, 고작 이 정도 가지고……."

"지금 이 일만이 아니라 예전에 있었던 일까지 말씀드리는 거예요."

말문이 막혔다. 정을 바라보는 보화의 눈은 진지했고 조금은 불안한 듯 보였다. 아마도 이 말을 입 밖으로 내기 위해 보화는 몹시 큰 용기를 냈을 것이다. 그 사실을 깨닫자 가슴 한 부근이 천천히 따뜻해졌다. 정은 그만 스르르 웃었다.

"이렇게 쉽게 감사를 표하는 분이라고는 생각하지 않았습니다."

"그, 그게 무슨 뜻……."

정은 자신의 옷자락을 잡은 보화의 손을 가만히 응시했다. 그녀는 앞으로 계속 자신을 미워하리라고만 생각했다. 그래도 괜찮으니 감수하겠다고 마음먹었다. 하지만 사실은 알고 있었노라 이렇게 감사를 말하는 순간, 정은 솔직히 그 감정을 드러낼 수 없었지만 퍽 감격스러웠다. 정은 보화의 손을 감싸고 한 번 힘 있게 쥐었다 놓았다.

"말씀 감사합니다. 이만 들어가시지요."

저 손을 다시 잡을 수 있을 날은 결코 오지 않으리라는 사실을 잘 알지만, 그래도 그 온기를 찰나라도 쥐어볼 수 있는 순간이 있어서 다행이었다. 고작 그것에 만족해버리는 자신이 우스워 정은 그만 고개를 저었다.

"상황이 힘들게 돌아가고 있어."

말하는 내용과 어울리지 않을 만큼 방원의 어조는 여상스러웠다. 그 어조에 응하듯 정은 역시 노래라도 하듯 부드럽게 대답했다.

"글쎄요. 강수는 곧 자충수라고 할 수 있지요."

방원은 묵묵히 술잔을 기울였다.

그날 이후 정은 명백하게 거리를 두고 방원을 대했다. 더 이상은 벗이 아닌 주군으로서 모시겠다는 맹세를 충실하게 지키겠다는 태도였다. 어쩔 수 없이 조금은 아쉬움을 느끼면서도 방원은 굳이 그런 기색을 드러내지 않았다. 어쨌든 친구보다 신하로서 정을 원한 것은 다름 아닌 자신이며, 정은 방원의 바람을 받들고 있을 따름이었다.

"호정의 말마따나 위기는 곧 기회다…… 라는 말인가."

호정 하륜. 방원의 참모라고 할 수 있는 인물이다. 방원 밑으로 들어온 후 크고 작은 일이 있을 때마다 현명한 의견을 냈던 그를 방원은 깊이 신뢰하고 있었다.

"기회라고요?"

정과 방원은 일제히 목소리가 들린 곳을 돌아보았다.

고요하나 들끓는 열기가 느껴지는 목소리는 방원 또래로 보이는 젊은 여인의 것이었다. 옷매무시하며 행동거지 모두 나무랄 데 없이 완벽하게 가다듬은 모습이 잘 교육받은 양가 규수다웠다. 외모 역시 흠잡을 곳 없이 아름다웠으나 여인답다기보다는 어쩐지 사대부의 늠름함과 당당함이 느껴지는 자태였다.

다름 아닌 정안공 이방원의 부인으로 현재 왕자비의 자리에 있는 민씨였다.

그 성정이 대범하고 결단력이 높아 지금껏 물심양면으로 방원과 이성계를 도운 여인이다. 그에 대한 자부심이 높은 민씨 부인은 현 상황을 도무지 받아들이지 못하겠다는 불만스러운 얼굴을 하고 있었다.

문제의 시발점은 최근 삼봉이 추진하고 있는 사병혁파 정책이었다.

사병을 정규군으로 만들어야 한다는 주장을 펼치며 정도전은 진법훈련을 실시했다. 동시에 변방의 성을 수리하고 군량미를 모으기 시작했다. 이 행보가 의미하는 바를 많은 이가 깨닫고 있었다.

"요동 정벌이라니, 어찌 소국이 대국을 칠 수 있다는 말이오? 가당치도 않습니다."

"대국을 섬기는 것은 사대의 예요. 그리고 명분 없이 군사를 일으켜 대체 무엇을 얻겠습니까. 백성들에게 고난만 지울 따름입니다!"

그러나 상황은 보다 일촉즉발을 향해 치달았다.

일개 비렁뱅이에서 한 나라를 세우고 황제에 오른 주원장은 자신에게 거스르는 것을 절대 용납지 않는 잔인하고 냉혹한 성격의 소유자였다. 황태자를 위해 수만 명의 공신을 처단할 정도로 가차 없는 살육을 범한 그는 동쪽의 작은 나라가 보이는 행보에도 민감하게 반응했다.

주원장은 갖은 방법으로 트집을 잡았다. 새 왕조를 인정하면서도 고명과 금인을 내주지 않았을 뿐더러 조선 땅에서 살고 있는 여진족

들을 당장 돌려보내라고 종용했으며 조선인들이 왕의 명을 받아 왜구인 척 가장하고 명의 섬에서 난동을 피웠으니 당장 해명할 것을 요구하기도 했다.

그 와중에 표전문 문제가 발발했다. 조선에서 보낸 표문과 전문이 경솔하기 이를 데 없고 짐을 모욕하는 글귀가 있으니 그 의도가 괘씸하여 당장 작성자를 보내 해명하라는 것이었다. 그리하여 해명글과 함께 작성자를 보냈음에도 사건은 마무리되지 않았다.

주원장은 작성에 관여한 자들 모두, 그 중에서도 특히 정도전을 포함해 보낼 것을 명했다. 그렇지 않으면 왕자를 보내 사죄하는 성의를 보이라는 것이다. 아무리 명이 대국이고 조선이 소국이라고 하나 왕자를 요구하다니 가당치도 않은 요구였다.

깊이 고뇌하던 이성계는 결국 결단을 내렸다. 그는 다섯째 아들, 정안공 이방원을 불러들였다. 그리고 명에 이 사태를 해결하기 위해 사신으로 떠날 것을 청했다.

귀환을 장담할 수 없는 위험한 길이었다. 아무리 왕명이라고 하나 민씨 부인이 발끈해서 길길이 날뛰는 것은 어떻게 보면 당연한 일이었다.

"너무 위험합니다. 한 발 먼저 떠났던 사신들처럼 자칫 연금이라도 된다면……. 아니, 자칫 볼모가 되면 돌아오지 못할 수도 있는 일 아닙니까. 애초에 명에서 원하는 사람은 삼봉인데 왜 당신이……. 아버님께서도 너무 하십니다. 삼봉을 지키기 위해 당신을 대신 보내시다니요!"

"부인, 제 아비기 일국의 왕이신 분입니다. 말을 삼가세요."

"일국의 왕으로서 내린 판단이 고작 제 아들을 희생양 삼는 것입니까? 하, 퍽이나 대단한 결정입니다."

"부인! 말을 조심하라고 내 분명 말했습니다."

방원과 민씨의 시선이 맞부딪혔다. 그 끝이 치켜진 날카로운 눈이 뚜렷한 분노를 품고 방원을 응시했다.

정은 부드럽게 그 사이에 끼어들었다.

"진정하십시오. 그야 어린 아들까지 있는데 부인께서 걱정이 많으실 법하지요. 큰일이 일어나지 않도록 주의해야 당연하고요."

민씨는 슬쩍 눈을 내리깔면서 무릎 위에 올려놓은 손을 가만히 움켜쥐었다.

"단순히 저와 제 아들 문제가 아닙니다. 대체 아버님께서는 어째서……. 애초에 세자 자리는 당신에게 넘어 갔어야 마땅해요! 당신이 세자 위에 올랐다면 이런 위험한 일을 맡지도 않았을 겁니다. 저는 정말……."

말을 잊지 못하고 입술을 깨무는 민씨를 향해 가만히 한숨을 내쉰 방원은 보다 유하게 말을 이었다.

"이제 막 친정에서 돌아왔는데 오자마자 이런 걱정이나 끼쳐서 미안합니다."

"그런 사과를 듣고자 드리는 말씀이 아닙니다!"

민씨는 고개를 획 들더니 한 단어 한 단어 또렷이 내뱉었다.

"이제부터 어떻게 하실 텝니까. 그렇게 진작 중전…… 아니, 아니지요. 이 모든 일은 삼봉이 있기에 가능했습니다. 삼봉을 처리했다면 이 같은 상황에 몰릴 일도 없었을 겁니다. 그런데 대체 언제까지 망설이실 텝니까?"

분노 어린 두 눈을 숨길 생각조차 하지 않는 민씨를 잠시 응시하던 방원은 나른히 한숨을 내쉬며 고개를 돌렸다.

삼봉을, 정도전을 처리한다.

말만큼 간단한 일이 아니었다. 결심을 한다고 한들 가볍게 이룰 수 있는 일도 아니다. 그러나 민씨가 하는 말은 그 결심조차 자꾸 미루고 있는 자신을 향한 채근이라는 사실을 방원은 알고 있었다.

'삼봉……. 삼봉을, 삼촌이라 따르던 그분을.'

물론 망설이고 말고 할 일이 아니다. 필요하다면 해야 한다. 정도전은 이미 결단을 내렸을 것이다. 그 결과가 세자 책봉이며 사병 혁파이자 이번 명나라 사신 건이다.

'그래, 당신께서는 결국 나를, 우리를, 배신하시겠다 이 말이지. 아니, 배신이랄 것도 없는가. 애초부터 정하신 일이었을 테니 말이야.'

생각에 잠긴 방원을 바라보던 정이 불쑥 입을 열었다.

"말씀드렸지만 도리어 상황을 반전시킬 수 있는 좋은 기회가 될 수도 있습니다."

방원과 민씨의 눈이 정을 향했다. 두 사람의 관심을 자신에게 돌린 정은 부드러운 웃음을 머금고는 말을 이었다.

"아시겠지만, 황제가 노리는 것은 정안공이 아닌 삼봉입니다. 그리고 그가 모를 리 없습니다. 삼봉을 견제하기 위해 가장 좋은 방법은 다름 아니라 정안공과 손을 잡는 것이란 것을. 그러니 명으로 떠난다고 해도 정안공께서는 안전하실 겁니다."

확언하듯 민씨를 한 번 바라본 정은 이윽고 방원을 향해 말했다.

"그리고 명 황제의 인정을 받고 이 사태를 잘 처리하실 수 있다면 그 순간 대군의 입지는 대번에 오를 것입니다."

정은 어깨를 으쓱하며 말을 마무리 지었다.

"호정 대감께서 이미 지적하신 바입니다만……. 저는 믿지 못하더라도 호정 대감은 믿으시겠지요? 저 역시 그분의 말씀에 일리가 있다고 생각합니다."

방안이 침묵에 잠겼다.

방원은 묵직하게 가라앉은 얼굴을 하고 왼손으로 턱을 문지르며 장침 위에 올려놓은 오른손을 쥐었다 폈다 움직이기를 반복했다. 숨 막힐 듯한 고요가 당장이라도 깨어질 듯 팽팽한 긴장감이 감돌았다.

"좋아."

이윽고 방원이 말했다.

"명으로 떠나겠노라 아버님께 말씀드리겠네."

정은 말없이 고개를 조아렸지만, 민씨는 하얗게 질려 대뜸 몸을 일으키며 외쳤다.

"서방님!"

"부인, 정의 말을 들었지 않습니까? 위기는 곧 기회라고. 그리고 당장 아버님의 명을 거스른다 하여 그 후에 무엇을 할 수 있다는 말입니까?"

주먹을 쥐고 서 있던 민씨는 입술을 꾹 깨물고 다시금 자리에 앉았다.

"알겠습니다. 부디 몸을 조심하시고 무사히 다녀오십시오. 계시지 않는 동안 하대감과 상의하여 일을 처리하겠습니다."

"예, 두 사람을 믿고 떠나니 뒷일을 잘 부탁드리겠습니다."

방원은 민씨 부인을 향해 부드럽게 웃었다.

민씨 부인이 나가고 한동안 조용히 술잔을 기울이던 방원은 불쑥 말머리를 돌렸다.

"그 소저는 건강한가?"

"마마께서 일개 시비까지 기억하고 계실 줄은 몰랐습니다."

그 이야기를 꺼낼 상황이냐는 은근한 비난이었지만, 방원은 모르는 척 시치미를 뚝 떼었다.

"기억 못할 리 있겠나. 네가 머리까지 숙여 데려갔는데. 그런데 여태 기대하던 소식이 들리지 않으니 궁금해서 말이다."

"고작 시비일 뿐인데 무슨 소식이 있으려고요."

"말 돌리는 것 보게. 남자가 돼서 여자를 데려갔으면 마땅히 해야 할 일이라는 것이 있잖나. 그래서 어떤가?"

정은 기가 막힌다는 눈으로 방원을 보았다. 무례하다면 무례하다고 할 수 있을 정의 시선이 방원은 오히려 기분 좋았다.

그날 이후 정은 깍듯이 신하의 예를 갖추어 방원을 대하고 있었다. 더 이상 벗이 아니라 주군으로 모시겠다는 맹세를 충실하게 지키겠다는 태도였다. 아무리 원했던 바였다고 하나 방원은 어쩔 수 없이 그 사실을 아쉽게 여겼다.

"품위를 지키시지요."

"네 놈이 내게 품위를 말하는 날이 다 오다니."

방원은 피식 웃었다.

"충심으로 올리는 간언입니다, 마마. 무엇보다 지금 왈가왈부할 문제는 따로 있다고 생각합니다만."

"글쎄다. 태어나 처음으로 벗이 연모 때문에 힘겨워 방황하고 있는데 이 또한 중요한 일 아니겠는가."

"짓궂은 말씀은 그만두십시오."

"진심이야."

정은 더는 감당이 어렵겠다고 생각했는지 입을 다물고 술잔을 들었다. 그러나 방원은 술을 마시는 것으로 이 이야기는 더 이상 하고 싶지 않다는 뜻을 피력하는 정을 깨끗이 무시했다.

"한양 땅 기생이라는 기생은 죄다 휘두르고 다니던 김정 아닌가. 그 명월이까지 넘어오게 했으면서 그 소저는 아직까지 뭘 하고 있어?"

"그런 것이 아닙니다."

정은 다시 한 번 되풀이했다.

"그런 것이 아닙니다, 마마."

"아니기는."

방원은 눈을 가늘게 뜨고 자신을 바라보지 않는 정을 홀로 응시했다.

"남자가 여자 때문에 머리를 숙였다면 빤한 일이지."

"저를 놀리는 일이 퍽이나 즐거우신 모양입니다."

"즐겁지. 언제나 그랬어."

"충분히 즐거우셨으면 이제 필요한 일을 하시지요."

"필요한 일이라……."

방원은 비단 장침에 몸을 기대고는 짐짓 턱을 매만졌다. 그리고 불쑥 말을 꺼냈다.

"얼마 전 삼봉이 그 건으로 나를 찾았다."

"예?"

"왕씨 종친을 하나 빼돌리지 않았느냐고."

대번에 얼굴이 굳은 정을 향해 방원은 손을 내저었다.

"괜찮아. 신경 쓸 만한 일은 아니다. 죄인이니 왕씨 종친이니 해도 고작 여인 한 명이잖나. 게다가 시비 한 명 벗에게 내렸다고 감히 왕자를 한데 엮을 수는 없는 노릇이야. 자칫 반감만 살 수 있다는 사실을 삼봉이 모를 리 없어."

방원은 찰랑찰랑 차오른 술잔을 훌쩍 비웠다. 그리고 문득 싸늘하게 얼어붙은 눈빛을 하고 읊조렸다.

"그래, 주변에서 무어라고 떠들어도 그가 돌아가는 상황을 모를 리 없지."

삼봉 정도전과 정안공 이방원의 관계는 기실 오랜 것이었다.

그 옛날, 방원이 삼봉을 삼촌이라고 부르며 따랐다는 사실은 정역시 잘 알고 있었다. 두 사람이 돌이킬 수 없이 틀어졌다지만, 삼촌과 조카라고 서로를 부르며 웃음을 나누었던 기간에 비하면 그리 오랜 일이라고 할 수도 없다.

어쩌면…….

방원은 생각했다.

애초에 이 욕망을 품지 않았다면. 혹은 포기라도 할 수 있었다면. 그저 아버지의 착한 아들이자 욕심 없는 다섯째 왕자로 남아 있었다면.

동시에 방원은 이 길을 택한 대가로 앞으로 잃어버릴 많은 것을 생각했다.

아버지는 더 이상 자신을 기특한 아들이라고 생각하지 않는다. 삼봉과는 죽이지 않으면 죽을 수밖에 없는 사이다. 그리고 정은 이제 벗이 아니라 다만 신하로서 방원을 모시겠노라 명백히 거리를 두고 있다.

하지만 그럼에도.

'어리석다 한들 어쩌겠어.'

방원은 조용히 웃었다.

이 갈망을 버릴 수는 없다.

가슴 속에 뱀처럼 똬리를 틀고 자리 잡은 이 욕구를 방원은 이미 결코 버릴 수 없는 것이다. 존경하던 아버지를, 친 숙부처럼 따르던 삼봉을, 피를 나눈 형제들을, 신뢰하는 벗이며 신하들을 잃는 한이 있더라도. 그리고 마침내 그 자신이 허망하게 고꾸라지는 한이 있더라도.

끝끝내 포기할 수는 없었다.

"정아."

"예, 마마."

"바란다면 손에 넣어라. 지레 두려워 물러서서 남는 것은 아무것도 없지. 어차피 한 번뿐인 인생인데 이래도 고통스럽고 저래도 고통스럽다면 차라리 시도라도 하는 편이 낫지."

방원은 술잔을 탁자에 내려놓았다.

"후회하지 않기 위해 피하는 것은 의미 없어. 대체 후회 없는 인생이라는 것이 어디 있겠느냐?"

자신에게 하고 싶은 그 말을 정에게 들려주며 방원은 입술을 비틀어 씁쓸한 미소를 머금었다.

간만에 맡은 묵향이 몹시 향긋하게 느껴졌다. 보화는 괜스레 그리운 기분이 되어 그 향기를 가슴 깊이 호흡했다.

아버지께 보내는 서찰을 쓰고 싶다는 보화의 청을 듣고 여리는 기꺼이 문방구를 내주었다. 먹과 붓에 귀한 종이까지 거리낌 없이 내주면서 서찰 정도야 언제라도 써도 좋다는 말까지 덧붙였다.

'정 오라버니께서도 당연히 허락하실 거예요. 걱정하지 말고 써도 좋아요.'

여리의 말을 듣고 보화는 아무 말 없이 그저 고개만 숙였다. 굳이 정과 나눴던 대화를 전하고 싶지 않았다. 그 대화는 그저 가슴 깊이 홀로 간직하고 싶다는, 이상하게도 그런 생각을 품었다.

중천으로 솟은 태양이 어느새 뉘엿뉘엿 기울어 하늘이 붉게 타오르는 저녁 무렵. 보화는 여리가 잠시 자리를 비운 틈을 타 한켠에 곱게 정돈했던 지필묵을 내었다. 책상에 종이를 펴서 고정시키고 먹을 갈아 붓에 듬뿍 적신 뒤, 보화는 하얀 종이를 하염없이 바라보며 한동안 앉아 있기만 했다. 쓰고 싶은 말이 너무 많아서 정리되지 않는 머릿속은 꼭 바라보고 있는 종이 마냥 새하얗기만 했다.

'아버지.'

무탈하신가요. 혹시 아픈 곳은 없으신가요. 식사는 잘 챙기고 계신지요. 잠자리는 편안하신지요.

'아버지.'

저는 살아 있습니다. 건강합니다. 불편한 곳 없이 잘 지내고 있습니다. 제 걱정은 말고 마음 편히 건강하셨으면 좋겠습니다.

언젠가 다시 뵈올 날이 오겠지요.

아버지.

사실은 지금 당장이라도 뵙고 싶어요.

하얀 종이 위에 곱게 나열하고 싶은 수많은 언어를 몇 번이고 몇 번이고 되뇌며 가다듬는다. 그러나 들뜬 생각은 쉬이 정돈되지 않았다. 결국 보화는 한숨을 쉬며 책상에 머리를 모로 올려놓고 엎드려 자그맣게 뚫린 창을 멍하니 올려다보았다.

종친이 되어 흐트러진 몸가짐을 보일 수 없다면서 홀로 방안에 있을 때도 부러 허리를 꼿꼿이 세웠던 보화였다. 하지만 어느덧 아무래도 좋다는 생각이 들었다.

　아무려면 어떻겠는가. 이제 더는 종친도, 권문세족도 아닌, 일개 시비일 뿐이건만. 보화는 작게 한숨을 내쉬고 눈을 감았다.

　'아버지는, 지금 내가 가노로 살고 있다는 사실을 알면 무어라고 하실까.'

　그 잔인했던 겨울에서 어느덧 한 달 가량 시간이 지났다. 너무 큰 변화들이 연달아 일어났는데 벌써 아득하면서도 화살처럼 빠르게 지나간 시간들. 그 사이에 아버지도 보화도 너무 큰 변화를 겪었다. 특히 보화에게는 고려가 무너지고 조선이 섰던 것 이상으로 힘들었던 나날이었다.

　'그야 살아남았다니 되었다고 안심하시겠지. 그 정도야 이해하실 분이니까.'

　보화는 그 밤, 정이 자신에게 했던 말을 떠올렸다. 자신을 살리기 위해 아버지가 정에게 고개를 숙이는 치욕마저 마다하지 않았다는 빈정거림. 그때는 그 말이 얼마나 괴롭고 아팠는지 그래서 정이 얼마나 증오스러웠는지 모른다.

　하지만 이제는 답지도 않게 비틀린 말을 건넸던 그 심정을 이해했다. 결국 보화가 살기를 바랐기 때문이었을 것이다. 아버지의 청을 들어 살린 보화가 그 입에 죽음을 올리는 것이 싫었기 때문에.

　그런 사람이라는 사실을 이제는 알았다.

아마도 보화를 위해 많은 것을 포기했고 희생했으리라는 사실을. 그리고 그 점을 굳이 드러내지 않으려고 하는 것을. 엄연히 따지자면 보화는 죄인 신분이다. 제 아무리 시녀라도 해도 밑으로 들이는 일이 쉽지는 않았을 것이다.

정에게 많은 부담이 되었으리라는 사실쯤은 여리에게 들은 이야기가 아니더라도 어느 정도는 짐작하고 있었다. 정의 아버지 한조의 성격을 생각하면 더욱 그러했다. 심지어 최근 퇴궐할 틈도 없이 바쁜 와중에도 아버지를 걱정하는 보화의 심정을 배려하고 서찰까지 보내주겠다는 것이다.

결국 정은 다정할 수밖에 없는 사람이다. 그래서 감사하면서도, 오히려 그래서 더 견디기 힘들 때가 있었다.

'정 오라버니는 좋은 분이세요.'

여리의 말을 되새기며 보화는 조그맣게 입 속으로 중얼거렸다.

"나도 안다고."

어쩌면, 이 같은 일이 일어나지 않았다면, 혹은 조금이라도 늦추어졌더라면…….

정과 혼인하여 일평생 해로했을지도 모르는 일이다. 정은 분명 다정하고 상냥한 남편이었을 테고, 처음에는 꺼렸을지언정 자신은 그를 연모했을지도 모른다.

아니, 분명 남편으로서 존경하고 연모했을 터다.

그래서 그날을 생각할 때면 어쩔 수 없이 안타깝다.

문득 보화는 자신이 돌아갈 수 없는 평온한 시절을 회상하며 이루어지지 않을 꿈을 몽상하고 있다는 사실을 깨달았다. 눈꺼풀을 닫고 입가에 지독하게 쓴 웃음을 머금었다.

정은 더는 자신의 정혼자가 아니다. 그리고 저는 이제 정을 마음에 둘 수조차 없는 신분이 되었다. 그런데 이제와 그런 소망을 품다니. 타산적이고 이기적인 자신이 너무나 비겁하게 느껴졌다. 일개 가노에게 여전히 예를 갖추어 대해주고 있다는 사실만으로 분에 넘치는 일인데도.

너무나 분에 넘치는 일이라 감히 삿된 꿈을 꾸는 것이다. 그렇게 생각하고 웅성거리는 마음을 다져야만 했다. 보화는 엎드리고 있던 몸을 바로 세웠다. 그리고 애써 기운차게 말했다.

"아버님께 보낼 서찰이나 어서……."

"아가씨, 주무십니까?"

나직한 부름을 듣고 보화는 퍼뜩 정신을 차렸다. 길게 빗겨들던 어스름한 붉은빛이 어느새 저물고 방안이 캄캄했다.

'퍽이나 오래 정신을 놓고 있었구나.'

서찰 한 장 완성하지 못하고 지금껏 넋을 놓았다니. 보화는 자책을 하며 재빨리 등불에 불을 붙이고 목소리를 높였다.

"아니, 일어나 있어."

"도련님을 모셔왔습니다."

보화는 순간 입을 다물었다. 그리고 잠시 뒤 대답했다.

"어인 일로 별당에 납시셨다지?"

보화를 머물게 한 이후 정작 정은 별당에는 거의 발걸음을 하지 않았다. 별당에 꾸준히 들러 보화를 챙기는 이는 오히려 여리나 중업이었다. 보화 역시 별당 밖으로는 거의 나가지 않았고 모습을 드러내는 법이 없었다.

보화는 그저 이 상황이 마음 편했다.

"모셔오는 와중에 오늘은 별당에서 주무겠다고 하셨습니다. 지금 대취하셔서 몸을 가누지 못하는데."

"그래? 안으로 모시려무나."

문이 열리고 모습을 드러내는 이는 정을 부축하고 있는 중업이었다. 코를 찌르는 술 냄새를 맡고 보화는 그만 슬며시 눈을 찌푸리고 말았다. 보화의 아버지는 술을 거의 마시지 않았고 마시더라도 취하는 모습은 절대 보이지 않으셨기 때문에 이 모양으로 인사불성이 된 모습은 처음 보았다.

"자리를 펼 테니 안으로 모셔줘."

"예."

중업은 담담히 대답하고 안으로 들어왔다. 보화는 장에서 요를 꺼내 반듯이 깔았다. 중업은 정을 가볍게 들어 요 위에 눕혔다. 보화는 그 곁에 서서 이불에 누운 정을 가만히 바라보았다. 붉게 달아올라 정신없이 자고 있는 모습을 향해 조용히 중얼거렸다.

"옷은 내가 갈아입힐 테니 이만 가도 좋아."

"괜찮으시겠습니까?"

중업의 담담한 걱정을 듣고 보화는 그만 웃음을 터뜨렸다.

"괜찮지 않을 것이 뭐가 있겠어? 이것도 내가 할 일이니 괜찮아. 걱정하지 않아도 돼. 여기까지 모셔오느라 고생했어."

"아닙니다. 제가 할 일이었으니까요."

맑게 개인 밤이었다.

정을 뉘이고 밖으로 나가는 중업을 배웅하기 위해 보화 역시 밖으로 나왔다. 밤공기는 기분이 좋을 정도로 청명했다. 보화는 한껏 숨을 들이쉬며 하늘을 올려다보았다. 구름 한 점 없이 맑은 밤하늘에 달과 별이 밝기도 했다.

"이제 어느 정도 견딜 만하십니까?"

"새삼 견디고 말고 할 일도 없는데. 이곳은 조용하니까."

보화는 가볍지만 어딘지 허탈한 웃음을 지었다.

"편히 지내고 계신다면 다행입니다."

"그래, 여리가 이모저모 신경 써주기도 하고……. 고마운 일이야."

"예, 꾸준히 걱정하고 계십니다."

"흥, 얌전히 지낼 테니 걱정 말라고 해."

보화는 문을 닫고 잠시 한숨을 내쉬었다.

방안에서 풍기는 술 내음이 제법 짙었다. 보화는 눈살을 찌푸리면서도 최소한 옷은 갈아 입혀야겠다는 생각으로 잠들어 있는 정에게 다가갔다.

"술을 얼마나 마신 거야."

어지간히 술이 강한 듯 보였는데 정신을 차리지 못할 정도로 취하다니 내일 퍽 고생을 할 것 같다. 처음 술을 마셨던 날 지독한 숙취에 시달렸던 것을 떠올리고 보화는 내일 아침 꿀물과 함께 해장할 국거리를 준비하라고 완주댁에게 미리 일러두어야겠다고 생각했다.

옛날 아버지께서 술을 드시고 돌아오는 날이면 그랬듯이.

남자 옷을 벗기는 일은 난생 처음이다. 보화는 바짝 긴장해서 조심스럽게 정에게 손을 대었다. 일단 갓을 벗기고 대를 끌렀다. 문제는 두루마기를 벗기는 일이었다. 보화는 잠든 사람의 옷을 벗기는 일이 보통 힘든 게 아니라는 사실을 깨달았다. 일단 옷고름은 풀었지만, 소매에서 팔을 꺼내는 데 한세월을 보냈다.

안간힘을 써서 정을 이리 굴리고 저리 굴리며 간신히 겉옷을 다 벗겼을 때 보화는 이미 녹초가 되어 거칠어진 숨을 몰아쉬고 있었다.

그리고 어쩔 수 없이 험하게 다룬 두루마기는 이미 구겨질 대로 구겨진 상태였다. 입고 잠들어 구겨지나 벗기다 구겨지나 다를 바를 모르겠다. 보화는 푹 한숨을 쉬고 일단 옷을 개켜놓았다. 내일쯤 시간을 내어 다려두어야겠다.

"잘도 자네."

제법 험하게 굴렸는데도 한 번 깨지도 않고 잘 자는 정을 보고 보화는 당혹스럽다는 심정이 되어 중얼거렸다. 그리고 이불을 꺼내 잘 덮어주었다. 남은 힘을 다 긁은 후 보화는 만사 귀찮다는 심정으로 웅크리고 앉아 어렴풋한 불빛에 의지해 정을 가만히 내려다보았다.

잠든 얼굴은 평온하게 보였다.

하지만 처음 만났을 때보다 확실히 여윈 것 같다는 생각이 들었다. 그간 얼굴도 보기 힘들었던 것이 굳이 자신을 피하기 위해서만은 아니었을지도 모른다. 최근 이래저래 불안한 상황은 늘 별당에 틀어박혀 있는 보화에게도 어느 정도 들려왔다.

삼봉이 고려 권문세족들을 죄다 내치기 위해 왕을 움직이고 있다는 소문이 돌고 있었다. 동시에 삼봉의 눈 밖에 난 정안군이 그렇지 않아도 아버지와 적대하는 상황에 한창 위기에 몰렸다는 것이다. 정은 오랜 인연도 있거니와 현재 정안군을 따르는 입장이니 마음고생이 분명 심할 터였다.

"그런 일 따위 알게 뭐야."

보화는 삼봉도 정안군도 싫었다. 이 조선이라는 나라 자체가 싫었다. 서로 원하는 것을 갖겠다고 아귀다툼을 벌이는 정치판은 더욱 싫었다. 그 모든 일이 지긋지긋했다.

'나라 따위는 관심 없어요……. 지천으로 사람이 죽고 피 흐르는 일 따위 무엇이 좋다고. 조용히 살고 싶을 뿐입니다.'

웃으며 말하던 정을 떠올리고 보화는 나직이 중얼거렸다.

"당신, 지금 괜찮아?"

이 질문에 대한 답을 보화는 아마도 알 것 같았다. 서글픈 심정으로 보화는 깊이 잠든 정을 가만히 내려다보았다. 조심스러운 시선이 조용히 규칙적으로 숨을 내쉬는 평온한 얼굴을 부드럽게 어루만졌다. 고요한 밤, 타오르는 등불조차 숨죽인 듯 조용했다.

보화는 불현듯 울고 싶다고 생각했다.

이렇게 평온하고 마음 편히 함께 있는 한때가 오직 이 순간뿐이라는 사실이 괜스레 슬펐다. 가슴이 들쑤신 듯 웅성거렸다. 보화는 이유 모를 충동에 이끌려 정의 뺨을 향해 멈칫멈칫 손을 뻗었다. 이윽고 손끝을 타고 정의 온기가 전해졌다.

따뜻하다.

애써 차갑게 굴려고 해도 제대로 냉정하지도 못한 사람답게. 그토록 해사하고 곱게 웃던 사람답게. 손끝이나마 닿은 곳이 이렇게나 따뜻했다. 보화는 저도 모르게 가슴이 벅차올라서 흐느끼듯 숨을 몰아쉬고 말았다.

타오르던 등불이 크게 몸을 뒤틀었다.

일렁이는 그림자에 놀라 보화는 벌떡 몸을 일으켰다. 다행히도 정은 여전히 깊게 잠들어 있었다. 순간 자신이 했던 생각과 행동이 하염없이 부끄러워 보화는 두근두근 뛰는 맥박을 잡으려는 양 다급히 손을 말아 쥐었다. 긴장으로 축축하게 땀이 배었다. 마지막으로 찬찬히 이불을 손본 후 곁방으로 가서 서찰을 마저 써야겠다고 생각하면서 보화는 어스름히 타오르는 등불을 훅 불어 껐다.

폐
허
산
책

정은 목이 바짝 타는 갈급증을 느끼며 눈을 떴다. 날카롭게 빗겨
드는 햇살이 눈을 찌르자 머릿속을 후비는 듯 지독한 두통이 엄습
했다.

정은 길게 신음을 흘리며 햇살을 피해 몸을 뒤척였다. 도무지 일
어날 기분이 들지 않아 조금 더 자야겠다는 생각이 들었다.

"기침하셨는지요."

그 순간 정은 이불을 걷어차면서 와락 몸을 일으키고 말았다.

정이 누워 있는 요 곁에 새색시 마냥 곱게 단장하고 앉아 있는 이
는 다름 아닌 보화였다. 술이 아직 덜 깬데다 이제 막 눈을 뜬 참이
라 도무지 상황 파악을 할 수 없었던 정은 그만 멍청하게 되물었다.

"왜 여기 계십니까?"

"그야 제가 머무는 곳이니까요."

당연하다는 듯 돌아오는 보화의 답변을 듣고 그제야 주변을 살피니 분명 평소 머물던 작은 사랑채가 아니라 보화에게 내주었던 별당의 안방이었다. 정은 당황해서 새빨갛게 달아오르는 얼굴을 어름어름 가렸다.

"왜 제가……."

"어제 대취하셔서 별당으로 오시겠다고 고집을 피우셨다면서요. 중업이 업고 오느라 고생 많았으니 칭찬이라도 후하게 하시지요."

보화는 새침하게 대답하고는 물그릇을 밀어주었다. 민망함에 어찌할 바를 모르던 정은 얼결에 물그릇을 받아 대번에 비웠다. 달게 탄 꿀물이 마른 목을 적시며 시원하게 넘어갔다. 정이 빈 그릇을 내려놓는 것을 확인한 다음 보화는 얌전히 고개를 숙인 채 말했다.

"소세하셔야지요. 곧 시비를 불러 아침상을 준비하라 이르겠습니다."

"아니, 괜찮습니다. 이만 돌아가겠습니다."

"하지만 아침은 드시고 나가셔야……."

"작은 사랑채에서 먹겠습니다."

정은 허둥지둥 자리에서 일어났다. 얼굴이 불에라도 덴 듯 여전히 화끈거려 보화의 얼굴 한 번 확인하지도 못하고 밖으로 나가려는데, 보화가 갑자기 정의 소맷자락을 붙잡았다.

"정 도련님."

정과 보화의 시선이 그제야 맞닥뜨렸다.

"옷은 입고 나가셔야지요. 그 차림으로 나가시면 보는 눈이 많습니다."

정은 정말 보는 눈이 많든지 말든지 할 수만 있다면 이 자리에서 버선발로 뛰쳐나가고 싶다고 생각했다.

소세는 둘째 치고 대체 무슨 정신으로 옷을 다 입었는지 모르겠다. 옷고름 매는 것도 연거푸 실수해 미끄러지고, 떨리는 손 때문에 결국 엄마 손 타는 아이처럼 보화의 도움을 제법 받아야 했다. 보화는 얼굴 한 번 붉히지 않고 태연하게 정을 도왔지만, 속으로 얼마나 비웃었을지 모를 일이다.

'첫날밤 치르는 꼬마 신랑도 아니고.'

방원에게 끌려 난생 처음 기방에 갔을 때도 이보다 덜 헤맸던 것 같다. 보라는 듯 침착하게 구는 보화의 태도는 당혹감을 더욱 부추겼다. 정은 별당 밖으로 나온 다음에야 간신히 호흡을 고르며 손으로 얼굴을 덮었다.

"죽겠군……."

"지난 밤 너무 무리하신 모양이네요."

정은 거의 펄쩍 뛰어오르다시피 놀랐다.

"뭘 그렇게 놀라세요?"

말끄러미 정을 바라보고 선 이는 여리와 여리 곁의 중업이었다. 정의 시선이 여리에서 스르르 자신을 향하자 중업은 담담히 대답했다.

"여리 아가씨께서 아무리 뒤늦은 첫날밤 때문에 피곤하다지만 그래도 등청은 해야 하지 않겠느냐고 하셔서……."

"무슨 말을 하는 거야!"

정은 기겁을 해서 냅다 소리를 질렀다.

"예? 그야……."

"아무 일도 없었어!"

여리는 평소보다 눈까지 크게 뜨고 놀란 기색을 드러내었다. 당최 누구를 닮았는지 중업만큼이나 감정을 쉽게 드러내지 않는 여동생에게 이 정도라면 경악이나 다름없다.

잠시 침묵을 지키더니 여리는 조심스럽게 되물었다.

"정 오라버니, 요즘 건강은 어떠신가요? 아무래도 보약이라도 한 채 달여 드려야 할 것 같아요."

"아니……. 당치도 않은 배려는 됐다."

중업이 한마디를 보탰다.

"그보다는 어제 너무 술을 많이 드신 바람에……."

"그래, 덕분에 정신 못 차리고 잠만 잤다. 고로 아무 일 없었으니 입 다물도록 해. 그리고 중업 너는 술주정뱅이 말을 그렇게 잘 들어서 별당에다 두고 갈 것은 또 뭐냐?"

갑자기 화살이 저에게 돌아오는데도 중업은 담담히 대답했다.

"그 술주정을 어떻게 당하겠습니까."

"때려서 기절시켜서라도 말렸어야지."

"허락하신다면 다음부터 그렇게 하겠습니다."

"됐다, 됐어."

할 말이 없다. 정은 아무래도 그 모양으로 술을 마시게 만든 방원을 원망해야겠다는 생각이 들었다.

여리는 조용히 한숨을 내쉬었다.

"당최 모르겠네요. 기방은 아버님께서 아무리 화를 내셔도 거리낌 없이 드나드시더니……. 기방에서도 잠만 자고 나오신 것은 아닐 테죠? 보화 아가씨에게만 그렇게 몸을 사리는 이유가 뭔가요?"

"여리야, 너 말이 좀……."

"하지만 오라버니가 답답한걸요."

평소 자기 의견을 드러내기보다 조용히 듣고 있을 때가 많은 여리는 일단 말을 시작하면 돌리는 법 없이 항상 정곡을 찌른다. 하지만 여리의 말은 대부분 옳으며 다만 인정하고 싶지 않은 진실일 따름이다. 그 사실을 잘 아는 정은 어색하게 헛기침이나 하면서 입을 다물 수밖에 없었다.

한 발짝 물러서 조용히 듣던 중업이 한마디 거들었다.

"평소 몸가짐을 잘하셨으면 지금 이렇게 혼날 필요도 없으실 텐데요."

"너는 지금 누구 편을 드는 거야?"

발끈하는 정을 여리가 가로막았다.

"중업 오라버니께서 새삼 편을 들고 말고 할 일이 뭐 있다고요. 괜히 중업 오라버니 탓은 하지 마세요."

"내 편은 하나도 없군."

정은 씁쓸하게 중얼거렸다. 여리는 딱 잘라 대답했다.

"그야 보화 아가씨는 오라버니 책임이잖아요. 그동안 별당에 얼굴도 한 번 안 비치는 바람에 부리는 아이들이 다들 수군거린다고요.

그렇지 않아도 아버님께서 영 못마땅하게 여기시는데."

정은 그만 입술을 깨물고 말았다. 여리의 말이 맞다. 김대감은 여전히 보화의 존재를 불편하게 여기고 있었다. 그나마 보화가 별당에서 거의 모습을 드러내지 않는데다 최근 여러모로 급박하게 돌아가는 상황 때문에 당장 일이 터지지 않는 한 미뤄두고 있을 뿐이다.

"그러니 그렇게 망설이면서 숫총각처럼 굴 필요는 없을 것 같은데요. 보화 아가씨 마음이 신경 쓰인다면 그동안 기생 여럿 후렸던 능력을 발휘해서 넘어오게 할 수도 있잖아요? 그렇지 않아요?"

정은 고개를 뚝 떨구었다.

"여리야, 좀……."

슬슬 정이 안됐다 싶었는지(나이 차 나는 여동생과 마음 편하게 나눌 이야기는 확실히 아니다) 중업이 슬쩍 끼어들었다.

"도련님, 말씀 중에 죄송하지만 더 이상 늦으면 등청이 어려우실 듯싶습니다."

아침부터 횡액 아닌 횡액을 당한데다 뒤 이은 여동생의 추궁까지 겹쳐 솔직히 반쯤 정신이 나간 상태였지만, 다행히 정은 구명줄을 놓치지 않고 제 때 잡았다. 정은 호들갑스럽게 급한 척을 했다.

"아, 그래. 그렇지 않아도 늦었는데……. 여리야, 그럼 이야기는 이만……."

"글쎄요. 이 이야기를 또 언제 할 수 있을지 모르겠네요."

여리는 못마땅한 표정을 지었지만 순순히 물러나겠다는 뜻을 비쳤다. 정은 마음 깊이 안도하며 그제야 여리에게 미소를 보냈다.

"얼굴은 매일 볼 수 있는데 무슨. 그나저나 아침부터 별당에는 웬일이지? 말동무라도 해주려고? 고마운 일이다."

"제게 떠넘기지 마세요. 오늘은 전할 것이 있어서 들렸지만."

"전할 것?"

여리는 소맷자락 안에 손을 넣어 서찰을 한 통 꺼냈다.

"보화 아가씨 앞으로 도착했더군요. 아마도 왕영감께서 쓰신 서찰 같아요. 빨리 전해야 할 것 같아서……."

"아아, 그래."

정은 고개를 끄덕였다. 보화와 왕영감은 꾸준히 편지 왕래를 하고 있었다. 거친 땅으로 귀양을 떠나 고생하고 있을 왕영감에게 하나뿐인 딸의 편지는 큰 위안일 터였다. 보화 역시 말할 것도 없다.

"안에 있을 거야. 들어가 보렴."

"그래요. 그럼 조심해서 다녀오세요, 오라버니."

여리는 곱게 인사를 건네고 보화의 방으로 들어갔다. 닫힌 방문을 잠시 바라보던 정은 중업과 함께 몸을 돌렸다.

한시 바삐 별당을 떠나기 위해 걸음을 서두르면서 긴 한숨을 내쉬었다.

"큰일 날 뻔했다."

"그런데 정말 아무 일 없으셨습니까?"

정은 그 자리에 딱 멈추었다.

"그래, 정말! 아무 일 없었어."

"그렇게 당당하게 말씀하실 일은 아닌 것 같습니다만."

"술에 취해 덮치는 쪽이 자랑스럽겠냐?"

"아니요, 그랬다면 여리 아가씨는 도련님의 주리라도 틀었겠지만……. 그 전에 도련님께 넘어갔던 기녀들이 땅을 칠 일인 것 같아서 말입니다."

"경고하는데, 그 트집 그만 잡아."

살벌한 기색으로 노려보자 중업은 슬쩍 고개를 돌렸다. 정은 혀를 찼다. 방원이나 여리나 중업이나 현 상황을 흥미진진하기 그지없는 소문 정도로 여기고 있다는 사실이 영 못마땅했다.

그때였다.

"보화! 왜 그래요?"

여리의 목소리가 들리더니 장지문이 요란하게 열렸다. 놀라 돌아보자 당장 고꾸라질 듯 다급하게 뛰어나오는 보화의 모습이 보였다. 한 손에 종이를 힘껏 움켜쥐고 있었다. 모양을 보아 여리에게 받은 아버지의 서찰 같았다.

"오라버니, 잡아주세요!"

여리의 외침을 듣고 중업이 움직였다. 보화를 잡는 일은 그다지 어렵지 않았다. 마음이 너무 급한 나머지 오히려 몸이 잘 움직이지 않는 모양이었다. 자기 치마를 밟고 하마터면 넘어질 듯 휘청거리는 보화를 중업은 가볍게 잡아챘다.

보화는 몸을 뒤채려고 했지만, 그 반항은 짧았다. 그리고 치마를 밟은 것이 아니라 다리의 힘이 아예 풀렸다는 듯 스르르 주저앉고 말았다.

"아가씨?"

보화는 아무 대답이 없었다. 정은 얼굴이 핏기 하나 없이 새하얗게 질린 것을 보고 목덜미가 오싹해지는 걸 느꼈다.

"보화?"

멍하니 주저앉아 있던 보화는 천천히 입을 열었다.

"아버지가……."

"서신에 안 좋은 내용이라도……."

"아버지께서……."

보화는 여전히 중업에게 기대어 넋을 놓고 있었다. 어떻게든 일어나고 싶은 모양이었지만, 스스로 몸을 추스를 기력도 없는 듯했다. 그러나 그 와중에도 서신을 쥐고 있는 왼손에는 잔뜩 힘이 들어간 채였다. 정이 더는 견디지 못하고 손을 뻗었을 때였다.

"아버지께서 쓰러지셨다고……. 위독하시단 말이야!"

기실 정이 다급하게 나간 후 보화는 퍽 들뜬 기분이었다.

정이 정신을 못 차릴 정도로 당황하는 모습은 우스웠고, 방안에 홀로 남은 후 보화는 웃음을 참느라 고생하고 있었다. 모처럼 끝까지 침착성을 지키며 보기 좋게 골려줬다는 생각이 들어 나쁘지 않은 기분이었다.

하지만 여리가 들고 들어왔던 서신을 읽었을 때 보화는 세상이 순식간에 요동치는 것을 느꼈다.

몇 줄 되지 않는 짧은 서신이었다. 아버지께서 쓰러지셨으며 상태가 몹시 좋지 않다는 말이 간단하게 적혀 있었다. 아마도 아버지를 돌보는 이가 소식을 알리기 위해 쓴 모양이었다. 붓조차 들지 못할 상황이라면 보통 위독하신 것이 아니라는 생각이 떠오르자 온몸에 도는 피가 싸늘하게 식는 느낌이 들었다.

조금 전까지 멀쩡하던 몸이 순식간에 얼어붙었다.

'아버지.'

어떻게 웃을 수 있었을까.

그 순간 보화는 자기 자신이 당장 죽이고 싶을 정도로 경멸스럽고 혐오스러웠다. 아버지의 상태는 알지도 못한 채 홀로 몸 편한 곳에서 건강하게 웃고 있었다는 사실을 견딜 수 없었다.

시야가 까맣고 사라지고 숨이 턱 막혔다.

그리고 보화는 오직 아버지에게 가야 한다는 것 외에 무엇도 생각할 수 없었다. 그 외에 모든 것을 잊었다. 아무것도 의미가 없었다.

지금 당장 아버지에게 가야 한다.

"보화?"

보화는 다짜고짜 밖으로 달려 나갔다. 달려 나가려고 했다. 그러나 두 다리는 제대로 움직일 생각을 않았다. 마냥 초조한 마음과는 달리 제멋대로 힘을 잃더니 보화를 그 자리에 무릎 꿇리고 말았다.

괜찮으십니까?

보화.

왜 그래요?

보화.

정신 차려요.

사방에서 윙윙거리는 목소리들은 무엇 하나 귀에 들어오지 않았다. 그저 시끄럽다는 생각뿐이었다. 가능하다면 제발 조용히 해달라고 있는 힘껏 외치고 싶을 정도였다.

누군가 자신을 붙들고 있다. 보화는 혼란스러웠다. 왜 자신을 막는지 모르겠다고 생각했다. 움직이고 싶었다. 달려가고 싶었다. 달려가야 했다. 그런데 팔도 다리도 움직이지 않았다. 보화는 꼼짝할 수 없는 이유가 사방에서 자신을 옭아매고 있는 사람들 탓이라고 믿었다.

'잡지 마.'

보화는 입을 열었다.

'가야 해. 잡지 마.'

아버지에게 가야 한다.

"아버지께서 쓰러지셨다고……."

그 후 무슨 일이 있었는지 보화는 기억할 수 없었다.

정신이 들었을 때 보화는 방안에 누워 있었다. 잠시 기절했는지 아니면 지나친 충격으로 기억이 끊겼는지, 보화는 무엇도 몰랐다.

시간이 얼마나 지났는지 방안은 컴컴했다. 창밖으로 고개를 돌리자 이미 해가 져서 밤이 깊은 것이 보였다. 요즘 해가 떨어지는 시간을 고려할 때 못해도 술시(밤 9시 정도)는 지났지 싶었다.

보화는 이불을 걷으며 비슬비슬 일어났다. 경악과 충격이 휩쓸고 지나간 후 머릿속은 그야말로 텅 비어 아무 생각도 나지 않았다.

굳이 무언가를 생각하고 싶지도 않았다.

'아버지.'

오직 아버지의 일만이 머릿속을 가득 메우고 있었다.

따뜻한 방안에 있는데도 몸이 부들부들 떨리기 시작했다. 보화는 두 팔을 꽉 움켜쥐고 모로 누워 웅크렸다. 도무지 견디지 못하고 감긴 눈 너머 검은빛이 명멸했다.

숨이 막혔다.

누군가 온 힘을 다해 자신의 목을 조르는 것 같았다. 보화는 어둠 속에 홀로 갇혀 질식할 것 같은 공포에 시달렸다.

바람 소리가 들렸다. 견딜 수 없이 차고 매섭게 바람이 불었다. 오래전에 떠나갔을 겨울이 다시 돌아와서 그 싸늘한 옷자락을 휘두르는 양 텅 빈 방안이 한없이 스산하고 춥게 느껴졌다.

참담하고 끔찍했던 그 밤이 생각났다.

모든 것을 잃고 차라리 죽고 싶다는 심정으로 스스로 무엇을 하는지도 모른 채 넋을 놓고 연당으로 걸어 들어갔던 춥고 혹독했던 밤. 정의 질타를 들었을 때 보화는 반드시 살겠다고 이를 악 물었다.

살아주고 말겠다고.

이 땅 모든 이들이 왕씨라는 이유로 자신들의 죽음을 바란다고 하더라도 반드시 살고야 말겠다고.

끝끝내 보란 듯이 살아주겠노라고.

하지만 그 결심을 할 수 있었던 것은 아버지의 존재 때문이었다. 전부 잃었지만, 남은 것은 아무것도 할 수 없는 보잘 것 없는 몸뚱이뿐이었지만, 그래도 아버지는 남아 있었기에! 언젠가 다시 만날 수 있을지 모른다는 희망이 남아 있기에.

'아무리 구차하고 치욕스러워도 살아만 있다면!'

그러나 그 아버지를, 유일한 의지였던 아버지를 당장 잃을지도 모른다.

그 예상은 보화를 앞뒤 가리지 못하도록 몰아갔다. 위험이 있든 말든 상관없었다. 당장 아버지를 만나야만 했다. 아버지 곁에 있어드리고 싶었다. 아버지의 마지막이라도 지켜야 한다는 생각만 가득했다.

보화는 힘이 쭉 빠진 다리에 안간힘을 주어 간신히 몸을 일으켰다. 지금 할 수 있는 일이라면 한 가지밖에 없었다.

바람소리조차 들리지 않는 고요한 밤이었다. 가늘게 내리는 밤비 탓에 도리어 어둠은 숨죽인 듯 침묵했다.

같은 줄을 한 시진째 반복해서 읽고 있던 정은 결국 책을 덮었다. 도무지 책이나 읽을 기분이 아니었다. 가슴 깊은 곳에서 이는 파문은 쉬이 가라앉을 기색이 없었다. 정은 짜증스럽게 혀를 찬 다음 자리에서 일어나 밖으로 나갔다. 그리고 대청 위에 서서 비가 내리는 흐린 밤하늘을 올려다보았다.

오늘 정은 결국 등청하지 못했다.

당장 내일 무슨 꾸중을 들을지 모를 일이지만, 정은 내일의 일보다 일단 닥친 일을 걱정해야 했다.

제풀에 쓰러지고 만 보화를 여리에게 맡기고 정은 일단 전주에 서신과 돈을 쥐어 발이 빠른 아이를 한 명 보냈다. 왕영감의 상태를 샅샅이 잘 살피고 알아오라는 당부를 덧붙여. 같이 보낸 돈이면 당장 간병인을 구하고 약을 지을 수 있을 것이다.

머릿속이 복잡했다.

정은 손으로 얼굴을 쓸어내렸다. 손은 이상하리만치 차게 식어 있었다. 지독한 고요가 복잡한 생각을 가라앉히기는커녕 오히려 부추기는 듯싶었다. 정은 바람이 불었으면 좋겠다고 생각했다. 이 밤을 뒤흔들 정도로 강한 바람이 불어 무겁고 답답한 고요를 걷어내기를 바랐다. 탑탑하게 가라앉는 적막 탓에 호흡조차 힘들었다.

정은 앞으로 무엇을 어떻게 해야 할지 혼란 속에서 생각했다. 방원은 명으로 떠났다. 방원이 자리를 비운 동안 해야 할 일이 많다. 그리고 지금 당장 신경 쓰이는 일이라면 역시 보화의 아버지 건이다.

'사람을 보냈으니 며칠 안으로 답이야 오겠지만.'

한숨이 새어나왔다.

어쩌면 불안을 자극해 보화를 끌어내기 위한 함정일 가능성도 있다. 무지렁이 평민조차 단지 왕씨라는 이유만으로 우수수 죽어나가는 판에 심지어 보화는 왕실의 피를 이은 종친이다. 게다가 얼마 전 방원이 정을 불러 운을 띄웠듯 그들은 이미 보화가 살아 있다는 사실을 알고 있었다.

왕씨의 피 한 방울 남기지 않겠다는 집요한 원한, 혹은 공포를 정은 이해할 수 없었다. 모든 것을 잃고 웅크린 채 간신히 숨만 쉬고 있는 자들에게 마지막 남은 목숨마저 **빼앗아야** 할 이유가 대체 무엇인가.

왕씨조차 백성으로 보듬을 수 없으면서 이 나라는 장차 무엇을 보듬겠다는 것인가. 무수한 피를 흘리며 어디를 향해 가겠다는 것인가. 절망이 깊어지고 스산한 회의가 짙어지는 가운데 정은 보화를 위해 차라리 왕영감의 병이 거짓이기를, 설사 진실이라고 하더라도 그 병세가 가볍기를 바랐다.

나라도, 직위도, 가족까지 잃은 보화에게 남은 것은 아버지뿐이다.

오직 아버지밖에 없는 것이다.

보화에게 새로운 것을 줄 수는 없더라도 남은 것이나마 지켜줄 수 있기를 바랐다. 하지만 그조차 쉽지 않다. 벼슬에 오르고 왕자를 뒤에 업어도 정은 여전히 무력하다. 대체 그 대단하다는 권력이 할 수 있는 일이 그래서 무엇이라는 말인가. 정은 조소하며 머리를 흔들었다.

반사적으로 걸음을 옮긴다.

어느덧 밤이 되어도 제법 날씨가 무더웠다. 지난겨울, 유독 많이 내린 눈이 채 녹지 못하고 차갑게 얼어붙어 있던 초봄에서 시간이 흘러 이제 봄도 끝자락에 있다. 축축하게 감겨드는 빗줄기의 습기를 천천히 호흡하며 정은 발길 닿는 곳으로 걸었다.

추적추적 내리는 보슬비를 받으며 별당은 깊은 어둠에 잠겨 있었다.

보화는 이미 잠자리에 든 듯싶었다. 아마도 울다 지쳐서 잠들었을 가능성이 크다고 정은 짐작했다.

소식을 처음 들었을 때 보화는 핏기를 잃고 하얗게 굳어 있었다. 쓰러질 기운이 없어서 어쩔 수 없이 서 있는 것 같은 모습이었다. 온몸의 피를 다 쏟은 듯 창백한 얼굴을 떠올리고 정은 속이 죄어드는 것을 느꼈다.

잠시 얼굴을 보는 정도는 괜찮을지도 모른다.

잠시 망설이던 정은 결국 결심을 하고 별당으로 들어갔다. 그리고 불이 꺼진 보화의 방 장지문을 조심스럽게 열었다. 소리 없이 미끄러진 문 너머 보이는 어두운 방안은 텅 비어 있었다.

텅 비었다.

순간 정은 등줄기가 오싹해지는 공포를 느꼈다. 머리를 뒤흔드는 듯 아찔한 혼란은 잠시. 깨달음은 찰나에 정을 휩쓸었다. 얼어붙을 듯 싸늘한 공포에 이어 밀려드는 감정은 뱃속이 눌어붙을 듯 뜨거운 분노였다.

'빌어먹을!'

정은 당장 별당 밖으로 뛰쳐나가 마구간으로 향했다. 깊은 밤 잠들어 있던 말들이 놀라 투레질을 시작했다. 정은 가장 가깝게 있는 말을 다짜고짜 끌어내 안장을 얹고 고삐를 매었다. 마부를 깨울 시간조차 아까웠다.

"누구…… 도련님?"

마구간의 소란을 듣고 옆 숙사에서 잠을 자던 마부가 그만 일어나고 만 모양이었다. 홑옷 차림으로 등불만 들고 부랴부랴 나온 마부는 아닌 밤중에 말 위에 안장을 얹고 있는 정을 발견하고 기겁을 했다.

"도, 도련님. 어디를 가십니까?"

정은 가타부타 말 한마디 없이 말을 끌어냈다.

"도련님!"

대문 앞까지 허둥지둥 따라붙는 마부의 비명 같은 외침을 뒤로 하고 정은 캄캄한 밤의 한복판을 향해 말을 달리기 시작했다.

모두 잠들었을 깊은 밤 말발굽 소리만이 요란하게 울렸다.

한치 앞도 볼 수 없는 어둠을 헤치며 정은 말을 몰았다. 폐부 깊숙이 스며드는 습한 바람이 피라도 머금은 양 비리게 느껴졌다.

정은 어금니를 악 물었다.

시비라도 한 명 곁에 붙여두었어야 했다. 여리든 중업이든 보화를 지켜보고 있도록 해야 했다. 그동안 침착하게 자기 상황을 받아들이는 듯 보였지만, 하나밖에 남지 않은 핏줄이, 그토록 마음을 쓰던 가족이 얽힌 일이다. 두려움 때문이라도 앞뒤 가리지 않고 뛰쳐나갈지도 모른다는 가능성을 염두에 두었어야 했다.

속에서 불길이 활활 타오르는 것 같았다.

자신의 말을 들은 척도 않고 멋대로 뛰쳐나간 보화를 향한 분노와 자칫 보화를 영원히 잃을지도 모른다는 공포로 정은 머릿속이 터질 것만 같았다.

왜.

대체 왜.

그저 살아 곁에 있기만을 바랐는데!

명으로 떠나기 전 방원은 정에게 말했다. 원하는 것이 있다면 손에 넣으라고. 어차피 한 번뿐인 인생이며, 상처받지 않는 삶 따위 불가능할 터. 차라리 시도라도 하고 무너지는 편이 나을 것이라고.

그러나 보화를 위해 정은 무엇도 할 수 없었다. 그 사실은 누구보다 정이 잘 알고 있었다. 정은 그저 보화에게 바라지도 않는 삶과 함께 치욕을 주었을 뿐이다. 그 사실이 두렵고 부끄러워 줄곧 손을 놓은 채였다.

하지만 그래서는 안 되었던 것일지도 모른다.

보화는 어쩌면 누군가 손 내밀어주기를 간절히 기다렸는지도 모른다. 홀로 남아 줄곧 괴롭고 외로웠을 그녀에게 손을 내밀고 속내를 털어놓고 당신 곁에 서고 싶노라 원했다면 그 소망이 언젠가 이루어질 수 있었을지도 모른다.

흠 없는 행복이 어디 있을까! 그 옛날처럼 거리낌 없이 웃으며 함께 걷지는 못하더라도, 한껏 피 흘리던 상처를 없었던 것으로 할 수는 없을지라도, 서로 아픈 흉터를 끌어안은 채 온기를 느끼며 의지할 수는 있었을지도 모른다.

자신이 먼저 손을 내밀었다면.

서툴게나마 마음을 솔직하게 전했다면.

한갓 망설임 때문에 줄곧 등 돌리지 않았다면.

생각하면 일생 처음으로 지녔던 뚜렷한 목표였다. 보화를 구한다는 것. 보화를 곁에 두고 싶다는 것. 보화를.

보화를 행복하게 만들고 싶다는 것.

난생 처음으로 책임지겠노라 결심했던 존재. 그 때문에 줄곧 도망 쳤던 의무를 받아들여 맞서겠노라 다짐했건만. 그 후에도 결국 자신은 바뀌지 않았다. 보화를 똑바로 마주하지 못하고 줄곧 도망치며 그녀를 홀로 버려두었다.

'내 딸을 부탁하고 싶네.'

죽음을 각오하고 귀양길에 오르기 전 왕영감은 정에게 머리까지 숙이며 간곡하게 부탁했다. 그 부탁은 단지 이 세상에서 숨만 쉬게 해달라는 말은 아니었을 것이다.

소중한 딸, 하나 뿐인 딸. 이제 다시 만날 수 없을지도 모를 딸을 맡긴 것이다. 아마도 정이 그 눈물을 닦아주기를 바라며. 언젠가 다시 웃음을 찾아주기를 바라며. 정이 보화를 꽃처럼 피어나게 해주기를 믿으며 말했을 것을.

자괴감으로 피라도 토할 것 같은 기분이 들었다.

정은 더욱 말을 재촉했다. 보화가 아직 멀리 가지 않기를 바라야 한다. 물론 사대문이 모두 닫혔을 테니 아직 도성 밖으로 나가지는 못했을 테지만, 왕명을 받은 군사들은 여전히 왕씨를 축출하는 데 혈안이 되어 있었다.

밤 순찰을 도는 군사들에게 걸려 심문이라도 당한다면 모두 끝이다.

정은 불길한 예감을 애써 무시하며 잠시 말의 속도를 늦추었다. 보화는 넉넉하게 잡더라도 인정이 지난 후에 집을 나섰을 것이다. 그 전에는 집 안은 물론이고 바깥에도 보는 눈이 너무 많다. 몰래 담을 넘었을 가능성이 컸는데 담을 넘었다면 더욱 다른 사람의 눈에 뜨이기 쉬웠다. 대략 이각 정도 전에 나갔다고 치면 아직 멀리 가지는 못했을 터였다.

'도성 바깥으로 나가려면 일단 남쪽으로 갔을 텐데.'

애써 흥분을 가라앉히기 위해 노력하는 와중에도 심장 고동은 점점 더 빨라졌다. 정은 다급히 사방을 둘러보았다. 작은 소리 하나, 시야를 스치는 그림자 하나 놓칠 수 없었다.

그때 길을 달리는 작은 발소리가 정의 귀에 들렸다.

정은 대번에 말머리를 돌렸다. 그리고 박차를 가해 말을 더욱 채근했다. 저 멀리 짙은 어둠 속으로 당장이라도 사라질 듯 달려가는 뒷모습이 보였다.

아득하게 멀어진다.

아무리 손을 뻗어도 닿지 않을 것처럼.

분명 말은 빠르게 달리고 있는데도 계속 멀어지고 있는 것만 같다. 점점 더 가깝게 다가가고 있는데도 결코 붙잡을 수 없을 것 같다. 기묘한 불안에 사로잡혀 정은 마른침을 삼켰다.

제발 떠나지 말기를.

"보화!"

눈을 감았다 떴을 때 급격히 가깝게 다가오는 그 등을 정은 재빨리 낚아챘다.

"놔⋯⋯!"

정에게 잡히는 순간 보화는 고함을 질렀다. 눈물 어린 절규였다. 그 외침에 가슴이 저미는 것을 느끼면서도 정은 아랑곳하지 않고 보화를 안아 당겼다.

흠뻑 젖어 절망 속으로 걸어 들어가는 보화를 품안에 안았던 그 밤처럼.

고삐를 당기자 말이 격하게 투레질을 하며 걸음을 멈추었다. 보화는 발버둥을 치며 정에게 벗어나기 위해 안간힘을 썼다. 그러나 아무리 손톱을 세우고 걷어차더라도 정은 보화를 안고 있는 팔에서 결코 힘을 빼지 않았다. 결국 보화는 제풀에 힘을 잃고 정의 품안에서 늘어졌다.

"놔……. 제발, 제발 놓으라고!"

"안 돼. 진정해요, 제발."

"놔요, 가야 해요. 가야 한다고! 제발……."

"가면 안 돼."

정은 고개를 숙여 보화의 목덜미에 얼굴을 묻었다. 향긋한 내음을 풍기는 머리칼이 매끄럽게 날아오르는 것을 느끼며 정은 다시 한 번 반복했다.

"가지 말아."

"난, 아버지를."

보화의 흐느낌이 들렸다.

"아버지를 만나야 해……!"

"제발 부탁이야."

정은 다급히 속삭였다.

"지금 이렇게 가서는 안 돼. 당신도 알잖아."

그 말에 보화는 무너졌다.

보화는 자신을 안은 정의 팔에 매달려 흐느끼기 시작했다. 고요한 흐느낌이었다. 그래서 잠시 소란스러웠던 밤은 다시금 깊은 침묵 속으로 잠겨들었다.

팔 안에 있는 보화는 작고 따뜻했다. 부드러운 온기가 전해지자 정은 긴장이 풀리는 것을 느끼며 천천히 말에서 내려 그녀를 보듬어 안았다. 움찔 몸을 떨던 그녀는 결국 흐느끼면서 그에게 바짝 몸을 붙여왔다. 정은 온몸에서 힘을 빼고 보화를 받아 안았다. 이윽고 보화는 눈물이 복받쳐 긁힌 목소리로 중얼거렸다.

"아버지를 보고 싶어요."

"그래."

"아버지를 잃을 것 같아서 무서워요."

"그래, 알아."

"내게는 아버지밖에 없는데."

보화는 아버지를 생각했다.

지나고 나면 남는 것은 오직 그리움뿐이다. 그리고 너무나 먼 곳에서 잃을지도 모른다는 끔찍한 공포뿐이다.

아버지는 아무 죄도 저지르지 않았다.

보화는 새삼스럽게 타오르는 증오를 기억했다. 정도전을, 이성계를, 이 조선을 향한 증오가 견딜 수 없이 뜨겁게 보화의 목을 메이게 했다. 할 수만 있다면 그들을 향해 있는 힘껏 소리 질러 외치고 싶었다.

우리들이 대체 무슨 죄를 지었지.

무슨 이유 때문에 우리들이 모두 죽어야만 했지…….

이 증오로 타올라 죄다 불사를 수만 있다면 보잘 것 없는 육신 따위 기꺼이 던질 수 있을 것만 같았다. 속에서 타오르는 불길이 세상을 태워버린다면 더할 나위 없이 기쁠 것만 같았다.

우리를 이토록 처참하게 도륙한 너희들이 저승에서나마 풀지 못한 우리의 원과 한으로 결코 곱게 죽지 못했으면.

절대 용서하지 않겠어.

이(李)가들.

당신들을 죽어서도 저주하겠어.

"전부 죽어버렸으면 좋겠어."

보화는 헐떡이며 속삭였다.

"전부……. 전부 죽어들 버리라지. 우리가 왜 죽어야만 하는데……. 아버지는, 사비는……. 아무도, 누구도, 그들에게 지은 죄가 없는데. 왜!"

아버지에게 가고 싶다.

사실 알고 있었다. 아마도 아버지를 다시 만날 수 있는 날은 오지 않으리라. 아버지는 그 멀고 고통스러운 곳에서 홀로 쓸쓸한 죽음을 맞으리라. 그래도 그들은 절대 아버지를 용서하지 않을 것이다. 단지 우리들이 왕씨라는 이유만으로.

그래서 마지막으로 한 번만 더 아버지를 만날 수 있다면 죽어도 좋을 것 같았다. 어차피 용서받지 못하고 이 땅에서 죽음을 맞아야 하는 운명이라면 아버지를, 이 세상 단 하나 남은 핏줄을……

기원컨대 단 한 번만이라도 만날 수 있다면.

그 곁에서 손을 잡고 외로운 죽음이나마 지켜드릴 수 있다면.

"이씨가 미워. 조선이 싫어. 이 땅이 지긋지긋해……. 차라리, 차라리."

보화는 까맣게 타들어가는 가슴을 움켜쥐었다. 심장이 뛸 때마다 그간 애써 억누르고 숨겨왔던 모든 한이 봇물처럼 터져나왔다. 독에 물들어 검게 죽어버린 피를 토하듯 중얼거리는 보화를 다독이는 이는 정이었다.

"그러지 마."

정의 손이 보화의 머리를 쓰다듬으며 나직하게 말했다.

"제발, 그러지 말아줘……."

한 세상이 끝나버린 것처럼 고요한 밤이다.

도시 외곽. 민가조차 보이지 않고 몇 그루 나무만이 서 있을 뿐이다. 그 와중에 짙은 구름이 덮은 밤하늘에는 달과 별조차 보이지 않았다. 우수수 비 내리는 이 세상에 정과 보화 단 둘만이 남아버린 듯.

소란스러우나 고요한 그 밤. 정은 보화의 귓가에 속삭였다.

"당신이 필요해. 당신을 위해서 무엇이든 할게. 아버지 일도……. 최대한 노력하겠어. 장담은 할 수 없지만, 그래도 내가 할 수 있는 한은. 그러니까……."

"당신이라는 사람은."

보화는 정의 손길을 거부하지 않았다. 얌전히 정의 품에 안겨 몸을 맡긴 채 보화는 당장이라도 스러질 듯 힘없이 말했다.

"정말 도무지 모르겠어요. 처음부터 끝까지 모르겠어. 전부 당신 탓이 아닌데 왜 굳이 책임지려고 하는지도."

"말했잖아. 당신이 필요해."

사방에서 내리는 가느다란 빗줄기가 보화의 머리칼을 적시고 옷에 검은 얼룩을 만들고 있었다. 정은 손을 뻗어 보화의 속눈썹에 매달린 물방울을 조심스럽게 닦았다. 보화는 눈을 감았다 뜨더니 정을 물끄러미 올려다보았다.

많은 악몽을 꾸었다.

밤마다 피 흐르고 죽음이 넘치는 악몽이 반복되며 보화를 괴롭혔다. 살을 베고 뼈를 깎아내는 듯한 악몽 때문에 한밤중에 일어나 몇 번이고 흐느꼈다. 무엇보다 곁에 누구도 없이 홀로 그 밤을 견뎌야 한다는 점이 괴로웠다.

빛 하나 없이 새까맣게 어둡기만 한, 따뜻한 온기라고는 없이 춥고 서글픈 그 시간은 숨 쉬기도 어려울 정도로 고통스러웠다.

하지만 이제 어쩌면.

"부탁이야."

이 사람이 자신을 필요로 한다면, 곁에 있어 준다면. 그 힘든 밤도 조금은 수월하게 지나갈지 모르는 일이다.

혼자서는 힘들더라도 기댈 수 있는 한 사람이 있다면…….

"제멋대로 굴어 미안해요."

그가 자신을 필요로 하듯이 자신도 그를 필요로 해서 이 마음 한 편을 낼 수 있다면 좋겠다.

정은 희미하게 웃었다.

"당신한테 미안하다는 말은 처음 듣는 것 같은데. 나쁘지 않아. 가끔 사고치는 것도 괜찮군."

"진짜 바보 같은 소리하고 있다는 것 알아요?"

보화는 울듯이 웃었다.

옛 집을 다시 한 번 보고 싶어요.

보화의 조심스러운 청을 듣고 정은 잠시 망설였다. 이미 무엇 하나 남아 있지 않다는 사실을 알고 있었기 때문이다. 하지만 이미 그 사실을 예상했던 듯 집터만이라도 한 번 돌아보고 싶다고 간곡히 청하는 보화를 이기지 못하고 정은 고개를 끄덕이고 말았다.

"폐허가 다 됐네요."

보화는 서글프게 중얼거렸다.

"아무것도 남지 않았어. 엉망진창이에요."

기억 속 단아하고 아름답던 집은 검게 저물어 텅 빈 폐허 외에 다름 아니었다. 흉흉하게 들이닥친 군사들은 발길 닿는 곳마다 전부 부수고 태웠다.

보화는 아스라이 떠오르는 기억을 더듬었다.

솟을대문 안으로 들어서면 곱게 다듬어진 나무들이 서 있는 마당을 지나 수련이니 연이 흐드러진 연당이 나온다. 연당 가운데 걸린 작은 다리를 지나 오른쪽으로 돌아가면 아버지께서 머무르는 사랑채의 대청마루를 볼 수 있었다.

자신의 거처였던 안채는 사랑채 뒤편에 자리 잡고 있었다. 안채 앞, 봄이면 다양한 꽃이 흐드러지는 화단과 여름이면 연꽃이 곱게 피어 더위를 식혀주는 연당을 아버지는 무척 아끼셨다. 그래서 노구를 이끌고 매 번 화단의 꽃나무를 소중히 돌보았다. 연잎을 따서 손수 연잎차를 만들기도 했다. 그리고 곁에서 아버지를 돕는 보화에게 살아생전 꽃을 좋아하셨다는 어머니의 이야기를 자주 들려주셨다.

그러나 이제 무엇도 없다.

저녁마다 아버지와 함께 산책하던 후원도, 탁자 위 화병에 꽂기 위해 곱게 피었다 싶은 꽃을 고르고 고르던 화단도, 이리저리 바쁘게 오가면서 바지런히 쓸고 닦던 가노들도 모두 간데없이 남은 것이라고는 반쯤 무너진 담벼락과 무성하게 우거진 잡초뿐이었다.

걸음걸음 내딛을 때마다 버석버석 마른 검은 재가 떠올랐다. 보화는 서글픈 눈으로 옛 집을 한 바퀴 휘돌아보았다.

정은 조용히 속삭였다.

"미안."

"당신이 왜요?"

보화는 조그맣게 웃었다.

"어차피 알고 있었는걸. 그대로 남아 있을 거라고는 기대도 하지 않았어요. 그냥 한 번 오고 싶었어. 그뿐이에요. 신경 쓰지 말아요."

앞서 걸어가는 보화를 정은 천천히 좇았다. 보화는 이 집에서 태어나 자랐다. 이미 본래 모습을 상상하기 힘들 정도로 불타 무너졌지만, 보화는 시선이 머무를 때마다 그 장소에 얽힌 추억과 기억을 떠올리는 듯싶었다. 이 집에서 행복하게 삶을 즐기던 옛 시절이 여전히 눈앞에 생생하다는 양.

밤이 깊어 어느덧 자정이 가까웠다. 하지만 저녁부터 부슬부슬 빗방울을 뿌리던 안개비는 아직까지 그칠 줄 몰랐다. 고뿔이라도 걸릴 것이 걱정되어 정은 겉옷을 벗어 보화에게 덮어주었다.

"아버지께서 이 화단을 아끼며 가꾸셨어요. 나도 매번 아버지를 도왔는데."

보화가 가리키는 곳을 보았지만, 자근자근 짓밟은 발자국만 뚜렷한 흙더미에 잡초만이 무성했다.

"어머니께서 꽃을 좋아하셨대요. 특히 연을 좋아하셔서 어머니를 위해 아버지께서 안채에 연당까지 만드셨지요. 제 이름도 연에서 따왔어요."

"부처님께서 결가부좌하는 좌대 말이군."

"그래요. 진흙 속에서도 깨끗하고 아름답게 피는 연꽃은 꽃 중의 꽃이라 무엇보다 고결하다고……. 아버지께서 어머니가 돌아가신 후에도 그렇게 애틋이 돌보셨는데."

보화는 쓸쓸하게 웃으며 말했다.

"한 송이 남은 것이 없네요. 아버지는 분명 슬퍼하실 거예요."

보화의 등 뒤에 서 있던 정은 말없이 팔을 뻗어 그녀를 안았다. 더는 뿌리치지 않고 순순히 안겨들더니 보화는 그의 팔에 얼굴을 묻고 깊게 호흡했다. 축축하게 젖어드는 비의 내음과 더불어 어느덧 친근해진 정의 체취를 맡는다.

"잠깐 안으로 들어갈까?"

정은 하늘을 올려다보았다. 두텁게 구름이 덮인 하늘은 달도 별도 보이지 않아 그저 시커멓게 어두웠다. 그 와중에 부슬부슬 안개처럼 흩어지던 가느다란 비가 점점 굵어지는 것 같았다.

"빗줄기가 굵어질 것 같아. 금방 그칠 것 같지 않으니까 안에서 쉬었다 가자. 흠뻑 젖는 것보다는 나을 거야."

정은 보화의 손을 잡고 안채 대청마루 위에 올랐다. 부서진 채 비틀린 장지문은 잘 열리지 않았다. 정이 힘을 주어 문을 열자 보화는 신을 신은 채 방 안으로 발을 디뎠다.

"텅 비었네요."

시간이 흘러 어둠에 눈이 익자 보화는 방안을 둘러보고 쓸쓸히 속삭였다. 돈이 될 만한 물건들은 이미 죄다 내간 모양이다. 망가져서 고칠 수도 없는 서랍장이나 책상 조각만이 바닥에 흩어져 있었다.

어머니의 유품이었던 면경. 청에서 구한 귀한 물건이라며 아버지께 선물 받은 함. 사비가 팔을 걷어 부치고 매일 걸레질을 하던 자개장. 모두 사라지고 없다.

"예쁜 물건들이 많았는데……."

무엇 하나 추억이 어리지 않은 것이 없는.

"이리 와."

빈 벽에 몸을 기대고 앉은 정은 손짓으로 보화를 불렀다. 그리고 정 옆에 앉으려는 보화를 잡아 자신 앞에 앉히고는 다시 폭 끌어안 았다.

"몸이 꽤 식었네. 고뿔이라도 걸리면 큰일인데."

"여름이라 춥지도 않은데요, 뭘."

"여름에 걸리는 고뿔이 더 무서워."

"괜찮아요."

보화는 정의 가슴 깊숙이 등을 기대었다. 그리고 자신을 감싸고 있는 서느런 옷자락에 친근하게 뺨을 부볐다.

"이렇게 있으니까 따뜻한데."

정은 피식 웃었다.

"그야 내 옷 걸치고 있으니까. 나는 으슬으슬한데?"

보화는 슬쩍 고개를 들어 정을 흘겼다.

"그래서 얼른 내놓으라고?"

"아니, 설마. 남자로서 자존심이 있지."

"자존심 세우고 싶었으면 끝까지 태연한 척해야죠. 약골."

"잘못했습니다."

정은 보화의 머리 위에 턱을 올리고 웃음을 흘렸다. 보화는 이리 저리 머리를 움직였지만, 도무지 떨어지지 않고 달라붙는 탓에 결국 포기했다는 듯 얌전히 자리를 잡았다.

호흡하는 공기는 마른 먼지 냄새를 풍겼다.

"아버지……."

보화는 저도 모르게 중얼거렸다.

"아버지, 괜찮으실까요?"

말을 해도 소용없다는 사실은 알고 있다. 하지만 말을 하지 않으면 견딜 수 없을 것 같은 기분이었다. 거짓말이라고 해도 좋으니 괜찮다는 말을 듣고 싶었다. 보화의 속내를 눈치 채고 정은 부드럽게 대답했다.

"사람을 보냈어. 곧 상황을 알아올 거야. 당장 의원을 부르고 간병인을 구하기에 충분할 정도로 돈도 맡겼으니 별일 없을 거야."

정은 다시 한 번 반복했다.

"괜찮아. 별일 아닐 거야. 너무 걱정하지 않아도 돼."

"고마워요……."

조그맣게 속삭이는 순간 눈시울이 뜨겁게 달아올랐다. 보화는 입술을 꾹 깨물었다. 울고 싶지 않았다. 또 정에게 눈물을 보이고 싶지 않았다. 눈을 감고 고개를 숙이는 것으로 얼굴을 숨기려고 했지만, 들썩이는 흐느낌은 막지 못했다.

"보화."

"미안……. 미안해요. 하지만 아버지께 가고 싶어요. 당장 가고 싶어."

"쉿, 울지 마."

"내 아버지인데, 나는 하나뿐인 딸인데, 정작 아무것도 못하고."

"그렇지 않아. 이 일은 네 탓이 아니잖아."

"아무것도 할 수 없는 내가 싫어요. 아버지를 살리기 위해 무엇이든 해야 하는 상황인데 나는 여기서 울고만 있잖아."

정은 순간 호흡을 멈추었다.

'고려 왕실 내탕금에 대해 가능한 빨리 알아내.'

두 번 다시 오지 않을지도 모르는 기회다.

그러나 정은 잠시 망설였다. 다른 방법이 없다고는 하나 결국 또다시 보화를 이용해야 한다는 사실이 마음에 걸렸다. 보화를 상처 주고 싶지 않았다. 흉흉한 것은 아무것도 모른 채 그저 행복하게 웃기를 바랐다. 하지만 주변 상황은 항상 정과 보화를 선택의 여지가 없는 곳으로 몰고 갔다.

보화는 왕강을 살리기 위해 그토록 증오하던 정안공을 도울 것인가.

그리고 보화를 이용하고자 하는 자신을 용서할 것인가.

늘 보화를 위해서라는 핑계를 들어 보화를 상처 입히고 있는 한심한 자신이 정은 견딜 수 없이 지긋지긋했다.

그 기분에 떠밀리듯 정은 입을 열었다.

"살릴 수 있을지도 몰라."

"네?"

"아버님의 귀양살이를 끝낼 수 있는 방법이 있어."

보화는 몸을 틀어 놀란 눈으로 정을 응시했다. 그리고 다급히 정을 재우치면서 자세한 이야기를 졸랐다.

"무슨 말이에요? 귀양에서 풀려날 수 있다고요? 어떻게요?"

"정안공을 도와야 해."

순간 정은 품안에 안겨 있던 보화의 몸이 차갑게 굳는 것을 느꼈다. 긴장으로 목을 타고 마른 침이 넘어갔다. 하지만 이미 말을 꺼낸 이상 돌이킬 수 없다. 정은 재빨리 말을 이었다.

"고려 왕실을 배반하는 길이야. 그래도 하겠어?"

보화는 조금 말을 더듬으면서 당혹감에 고개를 흔들었다.

"무슨…… 지금 당신이 무슨 말을 하는지 잘 모르겠어요. 정안공을 도우면 그 대가로 아버지를 도와준다는 말이에요? 하지만 우리는 정안공을 도울 만한 것이 아무것도 없는데."

"있어."

정은 차근차근 설명을 시작했다.

"정안공은 고려 왕실의 내탕금을 원해. 내탕금을 숨긴 곳을 당신 아버님이 알고 계신다고 하더군. 그 정보를 넘긴다면…… 정안공이 그분을 돕겠다고 내게 약속했어."

"아버지가 내탕금을 관리하셨다고요?"

"정안공의 말에 따르자면."

숨을 들이쉬고 말을 잇는다.

"정안공이 노리는 것은 다름 아닌 그 내탕금이야. 그래서 그분은 왕씨들을 처분하는 가운데 귀양 정도로 끝났던 거지."

보화의 얼굴이 창백하게 질렸다. 내탕금이 아니었다면 자신은 물론 아버지까지 목숨을 잃었을지 모른다는 가정은 생각만으로도 두려운 것이다. 정 역시 마찬가지였다. 그러나 정은 멈추지 않고 계속했다.

"어마어마한 돈일 테니 분명 정안공에게 큰 도움이 될 테지. 아마도 당신 아버님은 고려 왕실을 향한 마지막 충성으로 그 건에 대해 끝까지 입을 다무셨을 거야. 아버님의 뜻에 반해 고려 왕실을 배신하는 일이라도 할 수 있겠어?"

보화는 망설이는 기색이 역력했다. 정을 차근차근 살피며 그 눈에 어린 의도를 살피고 싶은 듯했다. 어쩔 수 없는 불안에 흔들리면서도 가슴속을 꿰뚫어볼 듯 날카롭게 빛나는 시선이었다. 차마 눈을 피하지 못하고 마주 바라보자니 머지않아 보화의 입술이 살며시 열렸다.

"좋아요, 서찰을 쓰겠어요."

핏기를 잃고 파르르 떨리는 입술이 간곡한 청을 흘렸다.

"아버지께 애원이든 뭐든 하겠어요. 아버지를 살릴 수만 있다면 다른 것은 아무래도 상관없어요. 죽으면 전부 끝이잖아. 그러니까 제발, 부탁해요. 아버지를 살려줘요."

보화는 정의 옷자락을 부여잡으며 연신 애원했다.

"그때 당신이 했던 말을 나도 이해해요. 명예건 권력이건 죽으면 아무 소용없다는 말."

이윽고 몸을 돌려 자신의 가슴 속으로 파고들어 얼굴을 묻는 보화를 안은 팔에 정은 무의식적으로 힘을 주었다.

'칭송받아 마땅한 고결한 충심의 발로라는 사실을 알면서도, 저는 어쩔 수 없이 숙부를 원망할 때가 있습니다.'

숙부.

불에 타올라 한 줌 재가 되는 죽음을 감내하면서까지 고려를 배신하지 않았다. 사람들은 고려를 향한 두문동 72인의 충정을 칭송했지만, 정은 그들을 냉소하며 비난했다. 그 속에는 어쩔 수 없는 숙부에 대한 원망이 숨어 있었다.

하지만 누구도 정을 이해하지 않았다.

오직 지금 이 순간 보화만이 정에게 그를 이해하노라 말한다. 눈물 젖은 속내를 절실히 털어놓는다.

"나도 알아요. 살아주기를 바란다는 것. 사랑하니까, 소중하니까, 충심이나 절개 같은 대의를 지키기보다 살아 내 곁에 있기를 바라는 거예요. 명예나 고결이 대체 무슨 필요죠. 아버지를 잃을지 모른다는 생각만으로 이렇게 고통스러운데……."

다만 살아 곁에 있어주기를 바란다.

따뜻한 손을 잡고, 다정하게 눈을 맞추고, 함께 웃을 수 있다면. 내가 당신을 사랑하는 만큼, 당신 역시 나를 사랑해주기를.

그 사실을 깨닫는 순간 정은 눈물을 글썽이는 보화를 향해 무심코 말했다.

"혼인하자."

동그랗게 눈을 뜨고 올려다보는 보화를 한참 동안 마주 본다. 그제야 정은 자신이 무슨 말을 뱉었는지 깨달았다. 폐가나 다름없는 빈 집에서, 아닌 밤중에 홍두깨 마냥 던진 구혼이라니 말하고도 당황스러웠지만, 자신보다 더 놀라 입까지 못 다무는 보화의 표정이 우스워서 정은 그만 웃음을 터뜨리고 말았다.

"나 지금 청혼했는데. 대답은?"

"말이 되는 소리를 해요. 나는 일개 시비라고요. 심지어 역도의 딸이고요. 혼인이 가당키나 하겠어요?"

"아무려면 어때. 나는 당신이 좋은데."

당신이 곁에 있다면.

"지금 당장은 무리라는 것을 알아. 오래 걸릴 거야. 힘들겠지. 하지만 기다려줘. 당신을 위해서 노력할 테니까."

어떤 고난이든 견딜 수 있을 것 같다.

보화는 검고 깊은 눈으로 물끄러미 정을 응시하더니 멍하니 중얼거렸다.

"한 번 살 인생 복잡한 일에 끼어들지 않고 즐겁게 살고 싶다고 했잖아요."

"윽, 그래. 그때 나 철 없었어."

정은 장난처럼 투정을 부렸다.

"그런데 나 때문에……."

"그래, 전부 당신 때문이야."

정은 보화의 머리에 턱을 올렸다. 품안에서 보화가 몸을 뒤채는 것이 느껴졌다. 그러나 보화는 곧 제자리를 찾은 듯 편안히 안겨들었다. 두 사람은 온 힘을 다해 끌어안았다. 결코 떨어지고 싶지 않다는 갈망을 담아.

"그러니 대신 내 곁에 있어줘. 당신을 위해 노력하겠어. 최선을 다해 노력할 테니까……. 아무데도 가지 말고 내 곁에 있어."

어둠은 짙고 고요했다.

달조차 구름에 가려 보이지 않기에 밤은 지독히 어두웠다. 지근거리에서 응시하는 서로의 얼굴조차 어둠 속에서 희미했다. 하지만 빈틈없이 맞닿아 느껴지는 온기가 있기에 두 사람은 지금 이 순간을 의심하지 않았다.

바로 이 자리에, 자신 곁에 그대가 존재한다는 것을.

때문에 세상 홀로 남은 듯 한치 앞도 보이지 않는 어둠 속에서도 불안하지 않았다. 두렵지도 않았다. 당신이 있다면 더 이상 슬프지도 않을 것이다.

"응, 그래요."

그렇게 되기를 바란다.

"끝까지 당신 곁에 있을게요."

그렇게 당신을 사랑한다.

하늘 동쪽 끝이 어렴풋이 푸른색을 띨 무렵 정은 보화와 함께 돌아왔다. 깊이 잠든 보화를 안고 서 있는 정을 맞이하자마자 중업은 입을 열었다.

"여리 아가씨께서 걱정하고 계십니다."

"온 집 안이 다 뒤집힌 모양이군."

"그 정도는 아닙니다. 여리 아가씨께서 잘 단속하셨으니까요. 물론……."

중업은 슬쩍 한쪽 눈썹을 추켜올렸다.

"주인나리께는 이야기가 들어갈 수밖에 없겠지만."

"그렇겠지. 또 아버님 잔소리가 보통이 아니겠구나."

정은 탄식했지만, 평소 같은 우울한 짜증은 묻어나지 않았다. 뭔가 떨쳤다는 느낌이 들었다. 정은 품안에 안긴 보화를 가볍게 추스르며 말을 이었다.

"하지만 감당할 바라면 해야겠지."

"역시 무슨 일이 있으셨군요."

"뭐?"

"얼굴에 좋아 죽겠다고 쓰여 있습니다."

"어이, 괜한 말 마라."

"진심으로 드리는 말입니다."

중업은 희미하게 웃었다.

"여리 아가씨께서 한결 마음을 놓으시겠습니다."

"괜한 말하지 말라고 했지? 여리에게 이상한 바람 불어넣지 마."

쩔쩔매면서 노려보는 정의 눈이 중업은 괜스레 우스웠다.

"여리 아가씨께서 계속 걱정하셨는데 아무 말씀도 안 드릴 수는 없지요."

"그렇다고 굳이 할 말 못할 말 다 하지 말란 말이야!"

다행한 일이다.

중업은 진심으로 그렇게 생각했다.

정은 중업이 모시는 주인이고 한 명뿐인 형제니, 원하는 것을 얻어 행복하다면 중업에게 있어 다행한 일일 수밖에 없다. 중업은 그 점을 추호도 의심하지 않았다. 그것은 중업의 당연한 바람이었다.

언제나 진심이었다.

중업은 항상 자신을 마음 깊이 아끼고 곁에 두기 위해 노력했던 정과 여리에게 감사했고, 또한 그들이 행복하기를 바랐다. 걱정하고 은애했다. 그 마음에 결코 거짓은 없다는 것을 중업은 천지신명에게 맹세라도 할 수 있었다.

하지만 이상한 일이다.

'네 분수에 어긋나는 행동은 하지 말아야 할 것이다.'

지금 이 순간 다시금 가슴 속을 쿵쿵 울리는 말들이 있었다.

'감히 이곳까지 기어오를 생각은 하지도 말려무나.'

처음부터 자신을 밀어내던 자들과.

'자네를 저곳으로 보내줄 수 있네.'

그런 자신을 이용하기 위해 손을 뻗은 자들.

그리고…….

정의 품에 안겨 안심한 채 잠든 보화를 본다.

정은 이번에도 원하는 것을 얻었다. 겉으로는 거부하며 한동안 손을 뻗지 않았다. 자신의 마음을 속이고 회피하기에 급급했다. 그럼에도 결국 보화는 지금 정의 품안에 있다. 중업은 낯설지만은 않은 회의감을 느꼈다.

정이 아버지에 대해 불편한 심정을 토로할 때마다 그리고 권력이나 벼슬 따위 원하지 않노라고 농처럼 말할 때마다, 자신을 어렴풋한 죄책감 어린 눈으로 바라볼 때마다, 늘 가슴 한 구석에 눌어붙어 조용히 애를 태우던 것.

중업은 한 번도 아버지를 가져보지 못했고, 설사 바란다 하더라도 궁 안에 들 수 없었으며, 아무리 정과 여리가 피를 이은 가족으로서 대한다 하더라도 그 외 사람들에게는 하찮은 신분에 지나지 않았다.

그 앞에서 정의 죄책감을, 보다 높은 곳에 서서 당연하게 누리는 것들에 대한 불만을 듣고 싶지 않았다.

그 감정은 참으로 오래된 것이라 새삼스러운 것이 아니다. 중업은 이미 그 모든 것에 익숙해졌다고 믿었고, 그럼에도 불구하고 정을 진정으로 따르며 모실 것이라고 생각했다.

하지만 지금 이 순간, 다시금 들끓어 오르며 속을 비틀어 묵직하게 가라앉는 이 끈적하고 답답한 감정은 분명 예전과는 달랐다. 보다 예리하게 날을 세워 중업의 가슴을 저미며 파고들었다.

중업은 눈살을 찌푸리며 가슴팍을 슬쩍 움켜쥐었다. 그리고 지독하게 불편한 속을 다스리기 위해 지그시 어금니를 깨물었다.

처음이자
마지막 선택

다음 날 김영감은 퇴궐하자마자 무섭게 화를 내며 정을 호출했다.

　그는 처음부터 왕강은 물론 보화까지 어떻게 살아남았는지 의심스럽게 여기고 있었다. 왕씨라면 남녀노소 가리지 않고 죽어나가는 마당에 종친을 굳이 살려두다니 수상할 수밖에 없는 것이다.

　심지어 그 일에 관여하고 있는 이는 다름 아닌 정안공이다. 정안공이 왕위를 노린다는 사실은 이미 모르는 사람이 없었다. 그런데 누구보다 몸가짐을 조심해야 할 상황에 자칫 삼봉 일파에게 꼬투리를 잡힐 수 있는 위험을 무릅쓰고 보화를 살렸다. 게다가 보화의 아버지 왕강은 역모로 몰렸음에도 불구하고 귀양을 떠났을 뿐 목숨을 보전했다. 누군가 손을 썼다고 짐작하는 게 당연했다.

　분명 무언가 노리고 있는 것이다.

　현 상황은 폭풍전야다. 아슬아슬하게 흔들리고 있는 균형은 언제 돌이킬 수 없이 기울어 와르르 무너질 것인지 짐작조차 어렵다. 그 와중에 정안공이 보화와 왕강의 존재를 이용해 노리는 바를 김영감은 아직 짐작하지 못했다.

추측을 도울 수 있는 정보가 너무 적다. 김영감은 다만 왕강이 혹시라도 알고 있을 전조(前朝)의 비밀들과 관련이 있을지 모른다고 어렴풋이 예상만 하고 있을 따름이었다.

즉 무엇을 효시 삼아 불길이 일어날지 모르는 상황에 정은 자칫 기름을 부을 수도 있는 위험을 감당하겠노라고 나서고 있는 것이다.

"멍청한 녀석 같으니라고!"

김영감은 주먹으로 책상을 내리쳤다. 핏줄이 도드라진 손이 분노에 겨워 부르르 떨리고 있었다.

오늘 김영감의 부름을 받은 정은 평소와는 달랐다. 무슨 말을 들어도 아버지의 뜻을 따르겠노라고 고개 숙이던 아들은, 이번만은 '보화를 지키겠다'는 결심을 절대 무르지 않겠다고 맞섰다.

한편, 늦은 밤 부름을 받아 사랑채를 찾은 중업은 무릎을 꿇고 앉아 분을 참지 못해 짜증을 부리는 김영감의 호령을 묵묵히 감내하고 있었다.

중업은 가슴 속을 스미는 익숙한 우울함을 느꼈다.

김영감이 굳이 중업을 찾는 이유라면 단 하나뿐이다. 중업은 이미 버릇이 되어버린 희미한 체념과 더불어 미약하게 싫증을 느꼈다.

"고작 여자 하나에 이리저리 휘둘리고 있으니!"

중업은 조금이나마 김영감을 진정시키기 위해 입을 열었다.

"고정하십시오. 한갓 시비일 따름입니다."

"지금 그 한갓 시비 때문에 아들놈이 바보짓을 하고 있지 않으냐!"

김영감은 분통을 터트렸다.

"이제 정신을 차렸나 싶더니 엉뚱하게 여인네에게 홀려 집안을 말아먹을 셈인가. 하나밖에 없는 아들이라 그래도 언젠가 나아지겠거니 참고 길렀건만. 날이 갈수록 가관인 꼬락서니라니!"

중업은 눈을 내리깔고 정을 향한 김영감의 분노어린 질타를 들었다. 굳게 다물린 입술이 미미하게 비틀렸다. 결국 김영감에게 정 역시 뜻대로 움직여야 하는 말에 지나지 않는 것이다. 오로지 가문의 명예를 위해. 자신의 권력을 위해.

자신과 다를 바 없는.

한동안 숨길 수 없는 분노를 터트리고 나서 김영감은 그제야 중업을 돌아보았다. 그리고 한결 가라앉은 목소리로 차갑게 읊조렸다.

"그 여자를 처리해라."

이미 충분히 예상했던 명령이다. 그러나 중업은 일단 놀라는 척 되물었다.

"그 시비를 말씀하시는 것입니까?"

"그래, 더는 두고 보지 못하겠다."

김영감은 냉랭히 대꾸했다.

"한갓 시비이니 아무 일도 일어나지 않을 수도 있지. 혹은 이득이 될지도 몰라. 하지만 어쨌든 이용당할 수 있는 조건이라면 넘치도록 많은 위치다. 그리고 그 여자가 얽힌다면 필연적으로 우리까지 말려들 수 있음이야."

갸름한 두 눈에 단검 같은 빛이 어리더니 김영감은 입술을 꾹 깨물었다.

"결과가 확실하지 않다면, 차라리 조금 손해를 볼지언정 깨끗하게 처리하는 쪽이 낫다. 정안공께 둘러댈 수 있는 변명 정도야 차고 넘치니."

그의 상황 판단은 틀리지 않았다. 다만 한 가지 착각하고 있는 점이 있었다. 그는 중업을 온전히 자신의 '것'이라 여기고 있었다. 명한다면 결코 거스르지 않고 따를 수밖에 없음을 믿어 의심치 않는 것이다. 그러나 중업은 정확하게 깨달았다.

선택의 순간이다.

"네게 맡길 테니 편할 대로 해라. 다만 다시 발견되는 일은 없도록 확실하게 해야 할 것이야."

김영감의 명을 따라 보화를 죽일 것인가.

유대감의 밑으로 들어가 그를 처리할 것인가.

어느 쪽을 고르든 배신은 피할 수 없었다. 하지만 중업은 정을, 여리를, 상처 입힐 것을 알면서도 선택을 내려야만 했다. 그 외에 다른 길은 없었다.

가슴이 고동쳤다. 중업은 혼란을 느꼈다. 그러나 요동치는 심정을 고요한 얼굴 아래 숨기고 결코 드러내지 않은 채 단 한마디만을 고했다.

"예."

이만 물러가라는 대감의 명을 듣고 사랑채 밖으로 나온 중업은 지독한 피로감을 느꼈다. 하지만 잠들고 싶다는 생각은 들지 않았다. 중업은 갈 곳 모르는 걸음을 잠시 멈춘 채 문득 생각했다.

'어디로든 걷고 싶다…….'

어차피 이대로 잠을 청한다고 해도 밤새 뒤척일 것은 불을 보듯 뻔했다. 복잡하게 뒤엉켜 혼란스러운 기분을 조금이나마 차분하게 가라앉히고 싶었다. 망설이며 고민하던 중업은 남몰래 후원으로 향했다.

유독 달이 환한 밤이었다.

흐뭇하게 쏟아지는 달빛 아래 반짝이는 후원이 꿈처럼 아름다웠다. 평소라면 얼씬도 하지 않았을 곳이다. 하지만 밤이 깊어 나다니는 사람이 없을 시간이었기에 중업은 마음 놓고 나무와 나무 사이를 거닐었다.

'그 여자를 처리해라.'

머릿속을 울리는 목소리는 멈추지 않았다. 불안하게 웅성거리는 속내는 중업을 초조하게 몰아붙였다.

보화를 처리한다.

사실 지금껏 김영감이 내린 명에 비하면 어려울 것도 없는 일이다. 어쨌든 한갓 시비에 지나지 않는 여자다. 중업은 보화를 죽이고 흔적조차 찾을 수 없이 위장하는 몇 가지 방법을 지금 당장이라도 떠올릴 수 있었다.

하지만 중업은 보화를 죽이고 싶지 않다고 생각했다.

이상한 일이다. 이제야 살인이 망설여질 리는 만무하다. 중업은 이미 많은 사람을 죽였다. 명이라면 누구라도 가리지 않았다. 무소불위의 권력을 휘두르는 권문세족이든, 왕명을 받은 군인이든, 감히 주인에게 반항했던 평민이든. 명이기 때문에 중업의 검은 정당함을 얻었다.

보화 역시 다를 바 없다. 보화는 그들에 비하면 아무것도 할 수 없는 평범한 아가씨, 한갓 시비에 불과한 것이다.

너무나 쉽게 죽일 수 있다.

'그래, 그저 평범한 여인일 따름이지…….'

고려 왕실의 피를 이은 종친. 도도하고 당당한 규수. 본래라면 그 앞에서 눈을 들 수조차 없을 신분 차이에도 불구하고, 중업에게 있어 보화는 언제나 지켜야 할 대상이었다.

이상하다면 이상한 일이다.

보화는 늘 울었다. 아끼는 시비를 잃고, 사랑하는 아버지를 잃고, 돌아갈 곳을 잃었다. 아무 잘못도 하지 않았는데 이용당했고 버림받았고 이제 그 목숨마저 위협받는 여인. 중업은 어쩔 수 없는 측은함을 느꼈다.

기실 무례하기 짝이 없는 감상이다.

동시에 무례하기 짝이 없는 일이다. 보화의 자존심에 이런 말을 들으면 당장 손바닥이 날아올 것 같았다. 아무리 난감한 상황이더라도 꼿꼿이 고개를 들고 자존심을 세우는 보화를 생각하고 중업은 저도 모르게 웃고 말았다.

그때였다.

희미한 흐느낌이 들렸다. 중업은 반사적으로 긴장했다. 밤이 퍽 늦은 시간이다. 조심스럽게 흐느끼는 소리가 들리는 방향으로 걸어갔다.

연당이 있는 곳이다. 어느덧 푸르게 잎이 우거져 보기 좋게 가꾸어진 연당에 홀로 서 있는 인영이 보였다. 예상했던 대로 별당에 머물고 있는 보화였다. 보화의 어깨가 가늘게 들먹이고 있었다. 홀로 이곳에서 울고 있었던 모양이다.

이상하게도 그녀의 우는 모습을 자주 만난다는 기분이 들었다. 그 사실에 정체를 정확히 알 수 없는 묘한 감정을 느끼며 중업은 소리 없이 그녀 곁으로 다가갔다. 보화는 중업의 존재를 전혀 깨닫지 못하고 있었다.

무방비하게 드러내고 있는 보화의 목덜미는 너무나 희고 가늘어서.

'그 여자를 처리해라.'

중업은 문득 손을 뻗었다. 그저 손으로 쥐어 힘을 주기만 한다면 간단히 끝날 일이다. 힘을 주기만 한다면.

그러나⋯⋯.

중업은 닿을 듯 말 듯 아슬아슬한 거리에서 결국 손을 거두고 말았다. 그리고 몇 걸음 뒤로 물러서서 그제야 소리 내어 말을 걸었다.

"시간이 늦었는데 아니 주무시고 무엇을 하십니까?"

보화는 화들짝 놀라서 몸을 돌렸다. 그 몸놀림이 딱 보기에도 불안하여 중업은 반사적으로 다가서서 보화를 부축했다.

아무리 날이 무더워졌다지만 또 연당에 빠지기라도 하면 큰일이다. 그렇지 않아도 비를 흠뻑 맞고 돌아왔던 뒤끝인데 자칫 여름 고뿔이라도 걸렸다가는 된통 앓을지도 모른다. 중업은 보화를 보다 안전한 곳에 올려놓았다.

"깜짝이야……. 인기척 좀 내고 올 것이지."

다급하게 뺨을 문지르면서 투덜대는 말을 듣고 중업은 그만 웃음을 머금었다. 발갛게 달아오른 코끝과 젖은 볼에는 모르는 척 눈을 감았다.

"도련님도 늘 같은 말씀을 하시지요."

"당연하지. 이렇게 어두운데 소리 없이 다가오면 얼마나 놀라겠느냐고. 하마터면 또 빠질 뻔했어."

보화는 울었다는 사실을 들키고 싶지 않은지 중업에게 고개를 돌린 채 연당에서 몇 걸음 물러섰다. 중업은 훨씬 안심이 되는 기분으로 보화를 안쪽으로 인도하면서 말했다.

"이 시간에 주무시지 않고 무얼 하십니까?"

"그냥……."

보화는 두 팔로 몸을 감싸 안으며 텅 빈 눈동자로 연당을 바라보았다. 한 번 다물린 입술은 쉬이 열리지 않았다.

연당에는 연잎들이 한껏 몸을 펼쳐 연못을 뒤덮고 있었다. 머지않아 꽃봉오리가 맺히고 향기 그윽한 연꽃이 활짝 피어날 것이다. 그 광경은 중업이 보기에도 퍽이나 아름다웠지만, 한씨 부인이 죽은 후 연당으로 발걸음을 하는 이는 여리 정도였다.

어릴 때야 어머니와 함께 별당에서 살다시피 했지만 한씨 부인이 작고하고 별당에는 걸음도 하지 않는 정과는 달리, 어머니에 대한 기억이 거의 없는 여리는 후원이나 연당의 경치를 퍽 좋아했다. 그래서 머무는 이 없이 비어 있는 별당을 애틋하게 여기던 차 보화라도 머물러주어 자주 찾을 수 있으니 좋다는 말을 하고는 했다.

이번에 연꽃이 피면, 이번에는 별당도 제법 사람들이 모여 북적거릴지도 모를 일이다. 다함께 모여서 웃으며 연꽃을 바라볼 수 있을지도 모른다.

그러면 조금은 보화의 마음도 편해질 것인가.

"보화 아가씨?"

"아버지가…… 걱정이 되어서."

보화는 스러질 듯 속삭이는 목소리로 답했다. 정작 한껏 무르익은 주변 정경은 눈에 들어오지도 않는 모양이었다. 밤이 깊었음에도 포근한 날씨였건만 보화는 문득 몸을 부르르 떨었다.

"자꾸 무서운 생각이 들어. 그래서 도무지 잘 수가 없어서 잠시 나왔어. 걱정하지 마. 또 연당에 빠지지는 않을 테니까."

보화는 애써 태연한 척하려는 기색이 뚜렷했다. 중업은 측은한 기분이 되어 보화의 곁에 섰다.

"정 도련님께서 사람을 보냈으니 곧 답이 올 겁니다. 괜찮으실 테니 너무 걱정은 마십시오."

"그래, 부디 그랬으면 좋겠어."

보화는 고맙다는 듯 중업을 한 번 돌아보았다.

"정이나 여리에게는 말하지 마. 혼자 깨어 있었다는 것."

"예?"

"또 걱정이나 끼치고 싶지 않아. 그렇지 않아도 사고 쳐서 이래저래 말이 많았잖아. 나도 다 들어서 알아."

보화는 그 자리에 웅크리고 앉았다. 중업은 오도카니 앉은 보화에게서 쉬이 눈을 뗄 수 없었다. 무릎을 끌어안고 동그랗게 웅크린 모습은 여리 또래의 다 큰 규수라기보다 갈 곳을 몰라 겁에 질린 어린아이 같았다.

이제는 자존심을 세울 기력조차 모자란다는 양.

"도련님께서는 신경 쓰지 않으실 겁니다."

"내가 신경 쓰이잖아. 계속 폐만 끼치고 있는걸. 답답해……."

보화는 눈을 감으며 한숨을 내쉬었다.

"무언가 하고 싶은데, 해야 하는데 할 수 있는 것이 없어서 너무 답답해."

중업은 어쩔 줄을 몰랐다. 유려하게 말로 위로할 수 있을 만한 재기는 없다. 그렇다고 함부로 다가갈 수도 없다. 중업은 조금 곤혹스럽고 미안한 심정으로 다만 보화 곁에 묵묵히 서 있었다.

보화는 고개를 들고 중업을 올려다보았다.

"고마워. 이제 괜찮으니 들어갈게."

"……혼자 머무는 것이 힘드시다면, 여리 아가씨께라도……."

"됐어. 이곳에 혼자 있는 쪽이 훨씬 마음이 편해. 너는 여기 웬일이지?"

중업은 잠시 입을 다물었다. 김영감의 명이 다시 떠오르자 저도 모르게 손아귀에 힘이 들어갔다. 중업은 간단하게 말을 맺었다.

"급한 부름을 받아 잠시 다녀오는 길입니다. 이제 돌아가야지요."

"늦은 시간까지 고생이네."

흐릿하게 웃으며 눈인사를 건네고 돌아서는 보화를 응시하며 중업은 복잡한 심경을 느꼈다.

한 가지 확실한 사실이 있었다.

자신은 보화를 죽이고 싶지 않았다. 죽일 수 없었다. 설사 김영감의 명일지라도, 그것만은 할 수 없었다.

중업에게는 그 사실이 마냥 이상하게 느껴졌다.

정과 대련하는 일은 드물지 않았다. 자주 있다고도 할 수 없지만, 아버지의 눈이 있으니 정은 꾸준히 검을 잡았다. 그리고 그때마다 중업을 불렀다.

"제법 간만이로구나."

정은 목검을 이리저리 살피며 말했다.

"최근 이런저런 준비 때문에 바쁘셨지요."

정의 말대로 오랜만에 대련장에 나온 중업도 목검을 들고 대꾸했다.

"주인나리께서……."

"응? 아버님이 왜?"

중업은 잠시 망설이다 운을 띄웠다.

"며칠 전 있었던 일이 꽤 못마땅하신 듯했습니다."

"아아."

정은 쓰게 웃었다.

"그래, 그렇지 않아도 그 건으로 불러다가 호되게 야단을 치시더군."

"괜찮으시겠습니까?"

"꾸중이야 익숙한데 뭐. 언제나 듣던 말이야."

시원한 태도는 이미 마음을 정했다는 듯 보였다. 중업의 추측을 뒷받침하듯 정은 더는 가타부타 말이 없이 이야기를 마무리 짓고 태연하게 검을 들었다.

"시작할까?"

이윽고 정과 중업은 목검을 들고 자세를 잡았다. 박달나무를 다듬어 칠을 한 목검은 만곡한 선을 그리며 상대방의 가슴을 향했다.

나무로 만들어진 날이 없는 검이라고 해도 자칫 잘못하면 사람을 죽일 수도 있는 위험한 무기다. 때문에 검술은 보통 약속대련의 형식을 취하게 된다. 공격과 방어를 총체적으로 연계해서 주고받으면서 검을 직접 맞댄다. 담력과 힘을 기르는 동시에 상황을 빠르게 판단하고 대응하는 법을 훈련할 수 있다.

"먼저 오십시오."

중업은 차분히 정의 검 끝을 응시하며 말했다. 정은 반사적으로 검을 잡은 손에 힘을 주었다. 중업과의 대련에서 정이 승기를 잡은 적은 드물었다. 물론 대다수 정이 이기는 것으로 끝을 맺지만, 어디까지나 중요한 순간 중업이 한 수 물러주는 덕분이라는 사실을 정은 잘 알았다.

"핫!"

짤막한 기합과 함께 정은 걸음을 내딛었다. 땅을 강하게 박차며 바닥을 스치는 듯 발을 움직인다. 목검은 순식간에 거리를 좁히며 중업의 오른쪽 허리를 노렸다. 중업은 아래에서 위를 향해 검을 훑으며 올려치는 것으로 정의 일격을 받아냈다. 순간 튕겨나가는 힘을 빌어 정은 반대쪽으로 크게 돌면서 중업의 목을 노렸다.

견실하게 무게를 실어 올곧은 공격을 보내는 중업의 방식과는 달리 정은 속도 위주의 현란한 검술을 펼쳤다. 정은 빈틈을 찔러 흐름을 끌어오는 데 능했다. 다만 공격에 힘이 부족하고 실전 경험 또한 떨어진다는 것은 어쩔 수 없는 단점이었다.

검과 검이 연신 맞부딪쳤다. 베고 받아내고 찌르고 튕겨낸다. 두 자루의 검과 두 사람은 마치 춤을 추듯 유려하게 흐름을 이어나갔다.

"오라버님께서 간만에 대련을 하시네요."

보화를 데리고 후원을 산책하던 여리는 멀리서 정과 중업이 대련하는 모습을 발견했다. 한동안 보기 드물었던 장면이라 여리는 저도 모르게 입가에 미소를 머금고 발걸음을 멈추었다.

"대련이라고? 검술 대련은 처음 보는데."

보화는 신기하다는 양 중얼거리면서 여리 뒤에서 살짝 고개를 내밀었다. 여리는 웃으며 설명했다.

"요즘은 가끔이지만, 정 오라버니와 중업 오라버니는 평소 대련을 하세요. 아버님께서 유독 검술 단련에는 엄하시기도 하고요. 자주 구경했는데 퍽 재밌답니다."

보화는 눈을 동그랗게 떴다.

"위험하지 않아? 혹 다치기라도 하면……."

"글쎄요. 오라버니 두 분 다 대련하다가 다칠 정도로 서툴지는 않아요. 그리고 중업 오라버니는 워낙 강하셔서……. 딱히 사고가 났던 적은 없어요."

"그래? 중업이 그렇게 강하다고?"

여리는 고개를 살짝 기울였다.

"사실 저는 잘 몰라요. 정 오라버니에게 그렇게 들었을 뿐이지. 3번 대련하면 중업 오라버니가 2번은 이긴다고 하더군요."

여리는 뒤이어 덧붙였다.

"그리고 중업 오라버니는 정 오라버니의 검술 역시 수준급이라고 칭찬하니까. 서로 대단하다고 칭찬하는 통에 저는 도대체 상황을 모르겠더군요."

"두 사람답네. 하지만 내 눈에도 두 사람 다 대단하게 보이는걸. 꼭 춤을 추는 것 같아."

보화는 그 자리에 서서 정과 중업이 연신 검을 부딪치는 모습을 물끄러미 바라보았다. 호기심이 생생하게 어려 반짝이는 눈이 재밌어서 여리는 남몰래 웃음을 삼키고 겉으로는 담담하게 말을 걸었다.

"우리 조금 보고 가요."

"응?"

보화는 반색을 하며 여리를 돌아보았다가 얼른 화색을 거두며 짐
짓 헛기침을 했다. 습한데다 볕이 내리쬐는 날씨는 여리에게 부담이
간다는 사실을 떠올린 모양이다. 하기야 여리가 자칫 쓰러지기라도
한다면 완주댁은 곁에 있던 보화는 무엇을 했느냐며 당장 경을 치려
고 할 터였다.

"아니야. 괜히 나 때문에 여리 네 몸에 부담 갈라. 들어가서 쉬는
편이……."

여리는 고개를 흔들었다.

"이 정도로 쓰러지지 않아요. 그리고 나도 간만이라 구경하고 싶
은걸요."

"하지만……."

"괜찮대도요."

여리는 희미하게 웃으며 보화에게 곁으로 오라는 손짓을 보내면
서 덧붙였다.

"재밌을 거예요. 오라버니들은 두 분 다 검에 익숙하니 걱정할 것
없어요. 흥미진진하답니다."

그러나 중업은 제대로 집중을 하는 상황이 아니었다.

얼핏 흔들림이라고는 드러나지 않는 고요한 얼굴 뒤에서 중업은
극심한 혼란을 느끼고 있었다.

유대감의 말이 의미하는 바. 거부를 용납하지 않을 김영감의 단호
한 명령. 그리고 무엇을 선택하든 정과 여리를 배신하게 되는 상황.

하지만 무엇보다 큰 혼란은 그 상황이 아니었다. 그리고 그 사실이 중업을 더욱 혼란 속으로 몰아갔다.

'왜 그녀는 죽일 수 없다는 거지?'

중업은 몇 번이고 생각했다.

김영감의 명을 듣고 처음으로 느낀 감각은 반발심이었다. 그리고 그 반발심은 당연하게도 정을 기반으로 두고 있어야 했다. 중업은 그렇다고 믿었다. 정은 중업에게 형제이자 진심으로 따르는 주인이었다.

그런데 그 감정이 어느 순간부터 돌이킬 수 없이 뒤틀렸다는 사실을 그 밤 드디어 눈치 챘다.

기실 시작은 오래전이었다. 상대적으로 느낄 수밖에 없었던 박탈감에 중업은 이미 단련되어 있었다. 납득하는 만큼 다만 견딜 수 있다고 생각했다. 분명 그렇게 믿고 있었을 터였다.

하지만 당연하다는 듯 보화와 함께 돌아서는 뒷모습에서 가만히 타오르는 듯 뒤틀리던 속마음은. 그리고 자신을 향해 고맙다고 미소 짓던 보화를 보며 느꼈던 '죽일 수 없다' 는 깨달음은 대체 무엇이었을까.

이상한 일이다.

살아남기 위해 누구라도 죽이고, 명령이라는 이유 아래 무엇이라도 했다. 보화만이 굳이 거부감의 대상일 것은 없었다. 물론 갑자기 모든 것을 잃은 그녀를 동정했다. 하지만 단순히 동정한다는 이유만으로 이 혼란을 설명하기엔 아무래도 이상하다.

복잡하게 떠올랐다 스러지며 꼬리를 잇는 생각에 사로잡혀 있던 중업은 정의 검을 퉁겨 올리며 문득 시선을 틀었다.

단순히 흘러가는 시야 끝에 보화의 모습이 붙잡혔다.

따갑게 내리쬐이는 햇볕 아래, 여리 곁에 서서 호기심 어린 눈을 빛내고 있었다. 웃으며 말을 거는 여리를 향해 보화는 순간 환하게 미소 지었다. 지금 이 순간은 근심 하나 없다는 듯 곱고 눈부시게, 그렇게 웃었다.

처음으로 보는 미소에 중업은 그만 시선을 빼앗겼다.

미끄러지듯 뒤로 물러서던 걸음이 찰나 그 자리에 멈추었다. 마침 후퇴하는 정을 쫓아 한 걸음 발을 내딛으며 검을 휘두르려고 하던 정은 당황해서 소리쳤다.

"어이……!"

방심은 모름지기 사고를 부르는 법이다. 중업은 정의 외침을 듣고 한 박자 늦게 자신을 향해 다가오는 공격을 깨달았다.

평상시 중업이라면 당연히 피할 수 있었을 터였다. 그러나 잠시 다른 곳으로 정신을 팔고 있었던 터라 그만 제때 반응하지 못했다. 급하게 몸을 당겼으나 이미 때는 늦어, 정의 검은 중업의 왼쪽 어깨를 정확하게 내리쳤다.

'멍청한……. 대련 중에 집중을 잃다니.'

중업은 입술을 깨물며 그만 그 자리에 무릎을 꿇었다. 정은 놀라 검을 거두고 중업을 향해 마주 무릎을 꿇었다.

"괜찮아? 뭐야, 몸이라도 안 좋은 거야? 대체 어디에 신경을 쓰느라……."

정은 검에 맞은 중업의 왼쪽 어깨를 가만히 눌렀다. 중업은 나직하게 신음을 흘렸다. 아무리 목검이라고 해도 정확하게 타격을 넣었으니 꽤 통증이 심할 터였다. 정은 혀를 차면서 말을 걸었다.

"의원을 불러야겠다. 팔은 움직일 수 있겠어?"

"괜찮습니다. 굳이 의원은……."

"괜찮아요?"

정과 중업은 놀라 고개를 돌렸다. 크게 외치며 갑자기 달려온 사람은 새파랗게 질린 보화였다. 그 뒤편에서 여리도 드물게 놀란 얼굴을 하고 달려오고 있었다.

"많이 다쳤어요? 괜찮아요?"

보화는 대뜸 정에게 달려들어 잔뜩 겁에 질린 얼굴로 정을 이리저리 살폈다. 정과 중업은 동시에 얼떨떨한 얼굴이 되었다. 한 발짝 뒤에 도착한 여리는 보화보다는 침착한, 그럼에도 숨길 수 없이 걱정이 묻어나는 얼굴로 물었다.

"잠시만요. 어느 쪽이 다친 거예요? 중업 오라버니죠?"

"응?"

정을 살피던 보화는 놀라 돌아섰다. 정은 갑작스러운 상황에 당황해서 다소 말을 더듬으며 대답했다.

"아, 그래. 내가 아니야. 오늘 무슨 일인지 중업의 상태가 그리 좋지 않은 모양인데……."

"놀라라. 나는 정…… 이 아니고 정 도련님이 다치셨다고만……."

"그래요. 정 오라버니밖에 눈에 들어오지 않았다는 말이죠."

"그, 그게 아니라……."

희미하게 농이 어린 여리의 대응에 당황하던 보화는 정 곁에서 떨어져 냉큼 중업에게 다가갔다.

"아……. 괜찮아? 다친 곳이 어깨야? 조심하지 않고."

중업은 오히려 당혹했다.

오해했다는 사실이 미안한지, 보화는 걱정스럽게 연신 자신을 살피고 있었다. 중업은 저도 모르게 손을 내밀어 보화에게 거리를 둔 다음 자리에서 일어섰다.

"아닙니다. 제 실수입니다. 그리고 대련 중에 아예 부상이 없을 수는 없습니다."

"그래도……. 목검이라고 해도 얻어맞은 거잖아? 의원에게 보여야……."

보화는 손을 내밀어 중업을 붙잡으려 했다. 중업은 자연스럽게 걸음을 뒤로 물리고는 걱정스럽게 자신을 살피는 보화에게 살짝 고개를 흔들었다.

"어깨를 맞았을 뿐입니다. 별일 아닙니다."

그 모습을 바라보고 있던 정의 얼굴에 묘한 빛이 스쳤다. 정은 가늘게 눈을 뜨고 중업의 안색을 살폈다. 중업은 보화에게 거리를 둔 채 고개를 돌리고 있었다. 이전에는 한 번도 볼 수 없었던 꺼림칙한 태도가 이상하게 정을 건드렸다.

정은 자신의 공격이 들어가기 전 다른 곳에 정신을 팔고 있었던 중업을 떠올렸다.

'설마…….'

그러나 정은 정색을 지우며 가볍게 웃었다.

"괜찮아. 이런 말은 우습지만 내 검술 실력이라는 것이 중업에 비하면 워낙 떨어져서. 사실 제대로 맞추지도 못했어. 민망한 소리군."

"하지만……."

그래도 여전히 불안한 얼굴을 하는 보화를 다독이며 정은 중업을 살폈다.

"혹 모르니 의원에게 보이기는 해야겠다. 대련은 끝내자. 돌아가 있으면 의원을 보내줄 테니."

"별일 아닙니다. 굳이 의원까지 부르실 필요는……."

그때 한 발짝 뒤에서 보고 있던 여리가 나서서 상황을 정리했다.

"고집 그만 피우세요, 중업 오라버니. 아무리 별 부상은 아니라고 해도 의원에게 보이는 편이 좋아요. 일단 보화 아가씨는 정 오라버니를 모시고 작은 사랑채로 가세요. 의원은 제가 곧 사람을 보낼 테니까요."

여리는 정을 돌아보았다.

"괜찮죠, 오라버니?"

"아, 그래. 그럼 부탁한다."

정은 고개를 끄덕이고는 보화를 데리고 몸을 돌렸다. 보화는 걱정스러운 얼굴을 했지만 순순히 정을 따라갔다.

중업은 그제야 고개를 들어 정과 함께 걸어가는 보화의 뒷모습을 가만히 바라보고 서 있었다. 하지만 얼핏 무표정하게 가라앉은 얼굴을 곁에서 살피던 여리는 문득 당혹스러운 기분으로 입을 열었다.

"중업 오라버니? 왜 그러세요?"

"무엇이 말입니까?"

중업은 되물었지만, 여리를 보지는 않았다. 그 시선은 여전히 멀어지는 보화를 향해 꽂혀 있었다. 여리는 고개를 기울여 중업의 얼굴을 조금 더 찬찬히 살피고는 나직하게 중얼거렸다.

"보화 아가씨가 걱정되시나요? 왜요?"

중업은 움찔 몸을 떨더니 여리를 돌아보았다.

"무슨 말씀인지 모르겠습니다."

"그래요?"

두 사람 사이에 바람이 불었다. 여리는 중업에게 머물러 있던 시선을 끌어당기듯 고개를 돌렸다. 그 시선은 저만치 멀어지는 정과 보화의 뒷모습을 향했다. 정과 보화를 바라보는 여리의 눈에 스치는 파문을 깨닫고 중업은 반사적으로 긴장했다.

'혹시 주인 나리의 명을……. 하지만 그럴 리가.'

여리가 입을 열었다.

"견딜 수 없다는 얼굴인데요."

"네?"

"걱정되어 못 견디겠다는 얼굴이라고요. 뭐가 그렇게 걱정되는데요?"

중업은 순간 말문이 막히고 말았다. 상황을 솔직히 털어놓을 수는 없다. 중업은 잠자코 고개를 흔들었다.

"그렇지 않습니다. 제가 보화 아가씨를 걱정할 일이 무엇이라고."

여리는 입가에 흐릿한 미소를 머금었다.

"그래요? 걱정이 아니라면 뭔데요?"

"그건……."

알 수 없다. 보화를 바라보는 순간 느낀 감정이 무엇인지. 대체 어떤 표정을 짓고 있었기에 여리가 이토록 관심을 드러내며 캐묻는지도 중업은 도무지 모르겠다고 생각했다.

중업은 저도 모르게 힘을 주어 주먹을 움켜쥐었다. 정작 아픈 곳은 부상을 당한 어깨가 아니라는 생각이 들었다. 정을 따라 멀어지는 보화를 보았을 때. 무엇보다 햇살 아래 환하게 웃고 있는 보화를 보았을 때.

언제나 가슴이 아프다.

"오라버니도 어지간히 둔하세요. 왜 하필이면……."

그 어조에 감도는 감정은 여리의 말만큼이나 미묘했다. 아마도 동정 같은. 그러나 씁쓸한 한탄 같기도 한. 혹은 부드럽게 달래는 애달픈 위로일지도 모를.

여리는 중업을 돌아보며 중업의 가슴에 가만히 손을 얹었다. 가늘고 조금은 서늘한 손가락이 지그시 힘을 주어 그곳을 눌렀다.

"괜찮으세요?"

"괜찮습니다."

중업은 반사적으로 대답했다.

"제가 그랬죠. 오라버니는 늘 괜찮다고만 한다고."

여리의 목소리는 혹 스러질 듯 작고 고요해서 중업은 귀를 기울여야 했다. 갸름하고 까만, 그러나 하염없이 깊은 눈으로 여리는 상냥하게 중업을 살폈다.

"그래서 오라버니가 괜찮다고 하는 말은 믿지 않아요."

"저는 정말 괜찮습니다."

"어째서요? 보화 아가씨는 정 오라버니와 함께 있는데도."

여리의 손가락이 누르고 있는 바로 그 장소가 욱씬 통증을 호소하는 것 같은 느낌이 들었다.

"저는……."

깨달음은 천천히 스며들었다. 중업은 손을 들어 여리의 손이 닿은 바로 그 장소를 여리의 손과 함께 감쌌다. 중업은 어처구니없는 일이라고 생각했다.

보화를 줄곧 측은하다고 생각했던 이유.

그녀를 지켜야겠다고 생각했던 이유.

그리고 설사 명령이라 해도 보화에게 검을 들이댈 수는 없다고 생각한 이유.

그 이유는 이토록이나 간단했다. 그동안 줄곧 고개 돌려 직시하지 않았을 뿐 답은 이미 명약관화했던 것이다. 중업은 그만 고개를 떨구며 탄식처럼 신음하고 말았다. 입안이 지독하게 썼다.

"오라버니는 너무 둔하세요."

"……."

"항상 괜찮다는 말로 전부 넘기는 게 버릇이 들어 그래요. 그러니 그렇게 느린 거예요. 바보 같이."

"나쁘지는 않습니다."

중업은 덧붙였다.

"제가 할 수 있는 일은 달리 있을 테니까요."

"할 수 있는 일이요?"

"예, 틀림없이."

보화의 곁에 서서 함께 걷지는 못한다 할지라도 중업이 할 수 있는 일은 분명 달리 있었다. 그리고 중업은 그 일을 하겠노라 결심했다.

보화를 지키는 것.

처음 만났을 때부터 줄곧 그랬듯, 보화를 반드시 지키겠노라고. 태양 아래서 거리낌 없이 환하게 웃을 수 있도록. 언젠가 행복하게 살아갈 수 있도록. 중업은 다만 그것을 바랐다.

물론 그 곁에 자신이 설 수 있다면 더욱 기쁠 것이다. 비록 지금은 아닐지라도. 하지만 방법에 따라서는 그 바람을 이룰 수 있을지도 모른다.

중업은 그 밤을 생각했다.

정이 품안에 잠든 보화를 안고 돌아왔던 밤, 정을 바라보며 묘하게 뒤틀리던 속이 들끓어 올랐듯 지금 이 순간 똑같은 감각을 다시금 느낀다. 그리고 중업은 어쩔 수 없이 자각하고 마는 것이다.

왜 자신은 원하는 것을 손에 넣어서는 안 되는지.

그들은 항상 중업을 가로막으려고만 했다. 중업에게 주어질 수도 있었던 모든 것을 처음부터 차단한 채 밀어내버렸다.

그 극단에 정이 있었다.

태어날 때부터 모든 것을 받았다. 그리고 보다 높은 곳으로 올라갈 것을 허락받았다. 어쩌면 중업이 가질 수도 있었던 몫까지, 모두 정에게 주어졌다. 그러나 정은 그 모든 것을 바라지 않았노라 말했다.

때문에 고달프고 힘에 겨웠노라고.

정을 가족으로서, 형제로서, 모시는 주인으로서 귀하게 여기면서도 어쩔 수 없이 느껴야만 했던 그 박탈감은 날이 갈수록 심해졌다. 갈증이 깊어지듯 갈망 역시 목을 태운다. 모르는 척 줄곧 눈을 감고 있었던 그 욕망에서 중업은 더 이상 눈을 돌릴 수 없었다.

'그 여자를 처리해라.'

그 욕망에 불을 붙인 것은 다름 아닌 김영감이었다. 보화를 죽이라는 명을 내리지 않았다면 중업은 줄곧 이 위치에 머물러 있었을지도 모른다.

'저곳으로 가고 싶지 않은가?'

권력과 탐욕의 불야성을 꿈꾸지 않았을지도 모른다.

"중업 오라버니? 왜 그러세요?"

"바래다 드리겠습니다, 여리 아가씨. 이만 들어가시지요."

무언가 더 물으려던 여리는 그만 입을 다물었다. 그렇지 않아도 민감한 부분을 건드렸으니 더 물고 늘어지지 않는 것이 좋겠다는 판단이었다. 여리는 고개를 끄덕이고 이만 안채로 돌아가겠다고 말했다.

여리의 한 걸음 뒤를 쫓으며 중업은 속으로 그녀에게 사과했다.

자신의 선택은 정을 그리고 여리를 괴롭게 할 것이다. 자신을 가족으로 받아주고 진심으로 애정을 부어준 그들을 배반한다는 사실에 중업은 미안함을 느꼈다. 이는 결코 돌이킬 수 없는 큰 죄임을 중업은 알았다.

하지만 중업은 선택한 것이다.

그리고 한 번 선택한 이상 돌이킬 수는 없다. 이 시대, 선택이라는 것은 그런 의미였다. 유대감을 찾아갈 결심을 굳히며 중업은 조용히 고개를 숙였다.

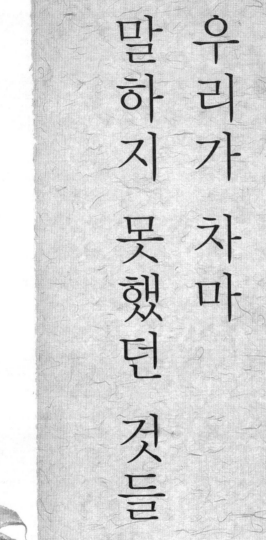

우리가 차마 말하지 못했던 것들

난생 처음 사람을 죽였던 날을 중업은 생생하게 기억했다.

열다섯 살 여름, 처음으로 사람을 죽이라는 명령을 받았다. 지독하게 더운 밤이었다. 숨이 턱턱 막힐 정도로 무덥고 습한 공기 속에서 중업은 치미는 토기를 견디지 못하고 구역질을 시작했다.

"우욱······. 우엑."

뱃속이 뒤틀리며 솟구치는 느낌이 들었다. 입을 틀어막은 손을 타고 시큼한 냄새를 풍기는 미지근한 위액이 뚝뚝 떨어졌다. 중업은 손을 미끈미끈 적시는 위액의 감촉에서 그만 피를 연상했다. 두 손을 흠뻑 적신 뜨겁고 끈끈한 피가 온기를 잃고 엉겨 붙어 흘러내리던 모습을.

"욱."

다시 속이 뒤틀렸다. 점차 빛이 꺼져 들어가던 눈을, 자신을 악착

같이 붙들고 늘어지던 피 묻은 손을. 목숨이 스러지는 감각이 검을 타고 전해지던 순간을 중업은 뚜렷이 떠올렸다.

어느덧 죽음이 너무나 간단하고 가볍다는 사실을 깨달은 후에도 중업은 그 밤을 잊지 못했다. 밤새 두려움에 몸부림치며 자신의 손을 피에 적시는 것으로 고결함을 지키고자 한 모든 사람을 증오하고 원망했다. 김영감을, 정을, 여리를, 자신을 이용하고 버린 아버지와 아무것도 모른 채 무구하게 남은 형제자매들을 향해 피를 토하듯 목 놓아 오열했다.

아무리 시간이 흘러도 머릿속을 할퀴듯 선명하게 남은 그 밤의 기억이 지금 이 순간 다시금 떠올랐다.

"크윽……."

덥다.

상대방 가슴 깊숙이 찔러 넣은 환도를 무심히 비틀면서 중업은 호흡이 조금 힘들다고 생각했다. 복면을 썼다지만, 아무래도 피부에 달라붙듯 습하고 무거운 공기 탓이 크다. 서 있는 것만으로 축축하게 흐른 땀이 등 언저리를 흠뻑 적실 정도였다.

'정말 지독하게 덥군.'

꼭 그 여름, 그 밤처럼.

중업은 늑골 틈을 비집어 정확하게 심장을 찌른 환도를 단번에 뽑았다. 순간 진저리치듯 치 떨리는 경련을 남기고 김영감은 그 자리에 나뒹굴며 쓰러졌다.

서서히 바닥을 적시는 핏자국을 피해 중업은 무릎을 꿇고 김영감의 목덜미에 손을 대었다.

맥박은 조금도 느껴지지 않았다. 비명조차 남기지 못한 깔끔한 절명이었다. 중업은 그의 옷자락에 환도를 문질러 피를 닦은 다음 잠시 그 자리에 서서 시신을 묵묵히 응시했다.

사랑채 안은 한 치 앞도 보이지 않을 정도로 짙은 어둠과 농밀한 고요 속에 잠겨 있었다. 당연하게 일상을 누리던 이곳에서, 사냥개처럼 부리던 서얼의 손에 맞이하는 죽음을 김영감은 단 한 번도 생각하지 않았을 터였다. 의심할 여지조차 없이.

그렇다.

자신이 죽였다.

어머니를 버리고 자신을 내팽개친 이 남자의 명을 제 손으로 끊었다. 세상 다시없을 패륜을 저질렀다. 그제야 가슴속으로 스산하게 스며드는 자각과 함께 가늘게 떨리기 시작하는 손을 꾹 움켜쥐면서 중업은 어금니를 지그시 사려 물었다.

줄곧 증오했을 터인데.

이루지 못할 복수를 바라느라 괴로웠을 터인데.

이상한 일이다. 사랑채 문을 열고 들어서는 김영감의 가슴에 환도를 찔러 넣는 순간 느꼈던 긴장 어린 고양감이 사라지자 정작 중업의 가슴을 채우는 감정은 희열이 아닌 텅 빈 회의감이었다. 돌이킬수 없는 길에 들어섰다는 어떤 자각과 더불어.

호흡하는 공기에서 묻어나는 짙은 피 냄새 때문에 토악질이 치밀었다.

그 밤처럼.

절대 잊을 수 없을 그 끔찍한 밤처럼.

중업은 입안에 끈끈하게 말라붙은 침을 애써 삼켰다. 그리고 등을 보인 채 숨이 끊긴 김영감의 얼굴을 확인할 수 없다는 사실을 조금 다행으로 여겼다.

'자네가 현명한 판단을 내리리라 믿었네.'

기껍게 중업을 맞아 마주 앉은 유대감은 당연하다는 듯이 명했다.

'김영감이 더 이상 이 세상 사람이면 안 되네.'

중업은 희미하게 입술을 비틀었다.

어쨌든 이 결과에 그는 지극히 만족하리라. 그리고 내심 뿌듯한 자축을 하고 있으리라. 멍청한 서얼 녀석을 이용해 김한조를 손도 대지 않고 처리했노라고. 이로써 자신은 또다시 승리하여 살아남았노라고.

그러나 상대방을 이용했다는 사실은 중업 또한 다를 바 없다.

유대감이 사병 혁파를 반대하는 김영감을 처리해 제 입지를 보다 확고하게 다지려 중업을 이용했듯이, 중업은 보화를 죽이려는 김영감을 막고 정과 대등해질 수 있는 기회를 얻기 위해 유대감의 손을 잠시 잡았을 뿐이다.

'그래, 바랐던 대로 그녀를 지켰는데도……'

이제 보화를 자기 손으로 죽이지 않아도 된다. 그 사실만으로 중업은 만족했다. 만족해야 했다. 명을 받으면 누구라도 죽였으니 새삼스러운 일도 아니다. 명을 내리는 주체가 바뀌었을 뿐 중업이 하는 일은 조금도 변함이 없다.

그런데 불현듯 치미는 이 회의감은 대체 무슨 영문인지.

어차피 유대감 역시 그 끝은 길지 않으리라는 사실을 능히 짐작하고 있는데도.

'지금 승리했다 한들 이 순간이 영원하지는 않겠지.'

권력은 결코 절대적이지 않다. 권력은 변덕스럽게 제 주인을 바꾼다. 손짓 한 번에 무수한 죽음을 부를 수 있는 권력자를 오로지 검 한 자루로 죽였던 중업은 그 사실을 잘 알았다. 권력이란 잃으면 되찾을 수 있을지언정, 죽음이란 결코 되돌릴 수 없는 절대적인 끝이라는 것 또한.

그래서 중업은 지금 이 순간 승리감에 도취되어 있을 유대감의 끝역시 김한조와 다를 바 없음을 짐작할 수 있었다. 빠르든 늦든 그 끝은 반드시 찾아온다는 사실을 중업은 경험으로 잘 알았다.

게다가 그 끝은 아마도 자신에게 또한 동일하게 찾아올 것임을.

더는 방안에 머물고 싶지 않았던 중업은 서둘러 밖으로 나갔다. 일을 끝낸 후 신속하게 몸을 피해야 하는 게 원칙이거늘 너무 긴 시간을 낭비했다. 그러나 중업은 초조감에 사로잡혀 한 가지 더 중요한 원칙을 간과하고 말았다. 언제나 주변 상황을 확인한 후 움직여야 한다는 당연한 사실을.

"누구냐!"

막 사랑채를 나서는 중업을 발견하고 냅다 외친 사람은.

'왜 하필⋯⋯.'

다른 누구도 아닌 정이었다. 최악이다!

참담한 심정으로 환도를 다시 쥐면서 중업은 피가 배이도록 입술을 깨물었다. 김영감을 찔렀던 검을 또다시 정에게 겨누고 싶지는 않았다.

결코 겨누고 싶지 않은데도.

"감히 여기가 어디라고. 네 놈 정체가 무엇이냐!"

밤늦게 문안인사를 위해 사랑채를 찾았다가 김영감의 방에서 나오는 괴한을 마주한 정은 대뜸 검 자루에 손을 올렸다.

어둠 속에 녹아들 듯 검은 옷을 입은 남자는 얼굴을 복면으로 가리고 있었다. 어렴풋이 드러나는 체격은 만만찮은 수련을 쌓았다는 사실을 대번에 눈치 챌 수 있을 정도였다. 경계하는 자세 역시 빈틈을 쉽게 찾을 수 없을 만큼 안정적이었다. 정은 바짝 긴장하며 몸을 낮추었다.

'그런데 아버님께서는⋯⋯.'

정은 초조한 심정으로 아버지를 생각했다. 방안에서 아무 소리도 들리지 않는다는 사실이 불안감을 부추겼다. 단순히 정신을 잃었을 뿐일까. 혹은 신음조차 흘리지 못할 만큼 중한 부상을 입었을까.

아니면⋯⋯.

'제기랄!'

결국 정은 몸을 낮춘 상대보다 한 발 먼저 검을 뽑았다. 검집에서 검을 뽑는 힘을 실어 그대로 베어 들어갔다.

괴한은 가볍게 일격을 피하면서 역시 검을 뽑아 정의 검을 퉁겨냈다. 정은 그만 이를 악물었다. 검을 통해 느낄 수 있는 속도와 힘이 만만찮았다. 정은 쉽게 쓰러뜨릴 만한 상대가 아니라는 사실을 대번에 깨달았다.

쉴 새 없이 날카로운 공격을 퍼부었다. 검이 부딪칠 때마다 불안 어린 초조감은 짙어졌다. 괴한은 미끄러지는 듯한 발놀림으로 피하거나 가볍게 검을 휘두르는 것으로 정의 공격을 죄다 빗겨냈다.

이윽고 정은 묘한 감각을 느꼈다.

'왜지?'

빨리 아버지의 상태를 확인해야 한다는 초조감에 사로잡혀 늦게 깨달았지만, 상대는 이상하리만치 정에게 공격을 하지 않았다. 공격을 할 수 있는 순간에도 오히려 검을 거두어 빈틈을 허용하고 있었다.

'의뢰 때문인가?'

전문 살수라면 의뢰받은 일 이상은 하지 않는다. 즉 굳이 정을 건드려서 일을 크게 만들고 싶지 않거나, 정은 건드리지 말라는 명을 받은 것인지도 모른다.

"누구냐!"

"도련님! 괜찮으십니까?"

사랑채를 향해 모여드는 부산한 발소리가 들렸다. 아마도 소란을 깨닫고 하인과 병사들이 몰려드는 모양이었다.

"이대로 놓칠 줄 아나!"

정은 괴한의 가슴을 향해 검을 뻗었다. 반응은 즉각적이었다. 몸을 슬쩍 트는 것으로 일격을 피하는 순간 정은 검을 수평으로 베어 들어갔다. 괴한은 고개를 옆으로 기울이며 목을 노리는 검을 재빨리 퉁겨 올렸다. 정은 한 바퀴 몸을 돌리며 검의 궤적을 바꾸어 다시 공격을 가했다.

"⋯⋯!"

그의 검은 괴한의 옆구리를 아슬아슬하게 스치면서 지나갔다. 그러나 괴한은 반사적으로 몸을 틀어 간신히 직격타를 피한 후 이어지는 움직임으로 검을 내뻗었다.

검은 정의 왼쪽 어깨를 얇게 베듯 훑고 지나갔다.

"윽!"

반사적으로 뒤로 물러섰다.

"지금⋯⋯."

때를 놓치지 않고 괴한은 몸을 빼내었다. 그리고 이상하게 잠시 머뭇거리더니, 결국 뒤돌아 달려가기 시작했다.

"무슨⋯⋯."

멀어지는 괴한의 뒷모습을 멍하니 응시하던 정은 비틀거리며 몸을 일으키려고 했다. 그러나 오른발을 내딛으려는 순간 시큰한 통증과 함께 힘이 풀렸다. 정은 그만 앞으로 고꾸라졌다.

"도련님! 이럴 수가, 설마 부상을⋯⋯."

때마침 하인 한 명이 달려들어 쓰러지려는 정을 재빨리 부축했다. 하인에게 기대어 균형을 잡은 정은 간신히 고개를 들었다.

"괜찮아. 발목을 삐었을 뿐이다."

"하지만 어, 어깨에서 피가……."

지금 검에 스친 상처 따위를 신경 쓸 틈이 아니다. 당장 치료를 해야 한다는 둥 허둥거리면서 부산을 떠는 하인을 밀어내며 정은 사랑채를 가리켰다.

"그보다 아버님……. 아버님을 살펴라!"

그때 비명 소리가 올랐다.

"맙소사, 대감마님!"

목소리에서 숨길 수 없는 경악과 비탄을 감지했다. 시야가 아찔하게 뒤틀렸다. 두 다리에 힘이 풀려 또다시 휘청거렸다. 다급히 부축하는 하인에게 기대어 그는 이미 모든 것이 늦었음을, 끝나버렸음을 직감했다.

"주변 경계를 강화해라!"

"당장 괴한을 쫓아라. 반드시 잡아야 한다!"

"만약을 대비해 안채와 별당에도……."

짙은 피비린내가 코를 찔렀다.

어떻게 걸어 어떻게 이 자리에 섰는지 모른다. 다만 정은 어느새 피바다 한가운데 서서 아버지의 시신을 바라보고 있었다.

동공이 열려 공허하게 허공을 향해 멎어 있는 눈을 마주한다.

심장을 정확하게 꿰뚫은 일격은 차라리 깔끔할 정도였다. 아마 고통을 느끼기도 전에 숨이 끊겼을 것이다. 그 사실을 증명하듯 아버지의 얼굴은 영문을 모르겠다는 듯 놀란 표정을 짓고 있었다.

이 순간 질척하게 응고되어 발을 적시는 피는 모두 아버지의 것이다.

속이 뒤틀렸다. 찌르는 듯한 통증을 느끼며 정은 입을 틀어막았다. 뱃속 깊은 곳에서 따뜻하고 비릿한 것이 치밀었다. 눈도 감지 못하고 목숨을 잃은 아버지에게 시선을 떼지 못하는 사이 점차 주변의 소란이 희미해졌다. 주인 나리를 외치며 흐느끼는 목소리도, 사람을 불러 모으는 외침도, 정을 부축하며 이제 어찌하면 좋겠느냐는 허둥거림도 아득하게 멀어졌다.

까무룩 어두워지는 시야를 느끼며 정은 되뇌었다.

'어떻게……'

왼쪽 어깨가 욱신거리는 통증을 호소했다.

'대체 어떻게!'

다리에 힘이 풀렸다. 정은 휘청거리면서 한쪽 무릎을 꿇었다. 그러나 그 사실을 스스로 깨닫지 못한 채 정은 다만 되풀이해서 중얼거리고 있었다.

'아버지.'

까무룩 어두워지는 시야 너머 아버지의 모습이 떠올랐다. 그 위에 자신에게 검을 겨누었던 괴한의 모습이 겹쳐졌다. 정은 피가 나도록 입술을 깨물며 정신을 차리기 위해 노력했다. 하지만 몸은 도무지 움직이지 않았다. 세상이 일그러지는 듯 끔찍한 두통과 고통을 견디지 못하고 정은 그만 정신을 잃었다.

난데없이 침입한 괴한 때문에 집안이 발칵 뒤집혔다. 김영감은 절명했고, 정 역시 정신을 잃고 혼절했다. 집안의 큰주인과 작은주인이 모두 제자리를 잃었으니 하인들은 그만 갈피를 잡지 못하고 허둥거렸다.

"집사 어르신! 이를 대체 어찌해야……."

"당장 의원을 불러오너라! 도련님께서 쓰러지셨지 않느냐! 그리고 날이 밝는 대로 관청에 연락을……."

"일단 시신을 수습하고, 도련님의 상태는 어찌하더냐?"

"심하게 다친 곳은 없으신 듯한데, 갑자기 정신을 잃으셔서……."

본채와 떨어진 별당에서 잠들어 있던 보화 역시 소란스러운 상황 탓에 잠에서 깨었다. 어른거리는 불빛이나 아스라이 들리는 목소리들이 보통 상황이 아닌 것 같아 막 옷을 갈아입는데 문이 벌컥 열리더니 완주댁이 얼굴을 디밀었다.

"아이구, 다행히 일어나 있구나."

"그렇지 않아도 나가서 상황을 여쭈어보려고……. 대체 무슨 일이죠?"

보화의 물음에 완주댁은 새파랗게 질린 얼굴을 하고 대답했다.

"도련님께서 쓰러지셨다."

"네?"

아닌 밤중에 홍두깨 같은 답변이라 보화는 그만 어리둥절해서 되묻고 말았다. 완주댁은 고개를 흔들더니 대뜸 목소리를 높여 짜증스럽게 대꾸했다.

"웬 괴한이 들어와서 주인 나리는 돌아가시고 도련님도 쓰러지셨다는 말이다! 게다가 소식을 듣고 여리 아가씨까지 경기를 일으키셨으니 너는 어서 여리 아가씨께 가보거라. 온 집안이 다 발칵 뒤집혔단다! 이 무슨 사단인지 원!"

그 말만 남기고 완주댁은 다급히 방을 나가 다른 곳으로 걸음을 옮겼다. 여전히 얼떨떨한 상황이었지만 완주댁의 말을 가만히 곱씹는 사이 사태의 심각성은 서서히 스며들었다. 보화는 창백한 얼굴을 하고 냅다 밖으로 달려 나갔다.

평소라면 어둡고 조용할 시각인데 곳곳에 횃불이 오르며 소란이 일고 있었다. 아마도 완주댁이 말한 괴한을 찾는지 집 앞 골목까지 불빛이 벌겋게 달아오르고 있었다. 횃불 불빛 아래 창과 칼을 든 병사들이 돌아다니는 모습을 보니 얼마 전 있었던 끔찍한 일이 떠올랐다.

'무서워.'

보화는 부르르 몸을 떨었다. 당장 주저앉고 싶을 정도로 온몸에서 기운이 쭉 빠지고 소름이 돋았지만, 입술을 꾹 깨물고 조급하게 걸음을 옮겼다. 그날을 떠올리게 하는 불빛보다, 정이 쓰러졌다는 사실이 더욱 두려웠다. 정까지 잃어버릴지도 모른다는 사실이 보화를 소름 돋게 만들었다.

이상한 일이다.

모두 정의 탓이라며 그를 원망하는 것으로 어떻게든 버티겠노라 생각했다. 아니라는 사실을 알면서도 진실에서 고개를 돌리고 외면

하고만 싶었다. 그때는 절대 무너지지 않을 듯 거대하고 견고하고 두려웠던 이곳이 순식간에 무너져 내리는 느낌이었다.

보화는 안채로 향하던 발길을 잠시 멈추고 작은 사랑채 쪽을 돌아보았다. 사람들이 바삐 움직이는 것을 보니 이미 의원을 불렀을 것이고, 정은 괜찮으리라 믿고 싶었다. 이제와 정이 죽을 수도 있다고는 생각조차 하고 싶지 않았다.

"또 나 혼자 두지 말아줘."

보화는 저도 모르게 속삭였다. 그 목소리는 가늘게 떨리고 있었다. 지금 당장이라도 눈물을 쏟을 것처럼. 보화는 다시금 끔찍하게 두려워졌다.

또 잃고 싶지 않았다.

계속 늘어만 가는 목록에 정까지 더하고 싶지는 않았다. 보화는 견딜 수 없는 심정으로 주먹을 움켜쥐었다. 대체 왜 이런 일이 계속 반복되는 것일까.

권력이니 패권이니 하나 같이 지긋지긋했다. 오로지 자신만이 거머쥐기 위해 닥치는 대로 사람을 죽이고 자신 외에 모든 것을 배제한다. 그 와중에 바라지도 않았는데 상처 입고 소중한 것을 잃고 심지어 목숨까지 뺏기는 피해자들은 그들에게 아무런 의미도 없다.

자신이 그랬고 정이 그랬듯이.

"제발 부탁이야……."

보화는 자신을 위해 그리고 자신처럼 아버지를 잃은 정을 위해 기원했다. 부디 더 이상 무엇도 앗아가지 않기를.

지독한 불안감에 시달리며 찾은 안채는 바삐 움직이는 사람들로 정신이 없었다. 보화는 벗어던지다시피 신을 댓돌 위에 얹어두고 여리가 머무는 방으로 재빨리 들어갔다. 그렇지 않아도 몸이 약하다는데 아버지가 돌아가시고 오라버니가 쓰러졌다니 보통 충격이 아닐 터였다.

"와, 왔어요? 여리 아가씨가 도무지 정신을 못 차리세요. 어쩜 좋아."

어린 시비 한 명이 누워 있는 여리 곁에서 울상을 짓고 있었다. 보화는 대뜸 자리를 당겨 앉아 자리에 누운 여리를 살폈다.

"의원은 언제 오신다든?"

"몰라요. 다들 정신이 없는걸. 무서워서 물어보지도 못하겠네. 주인 나리께서 돌아가셨다는 것이 진짜예요? 세상에, 괴한이라니. 얼마 전에는 역모랍시고 난리도 아니더니 무슨 세상이 이렇대요."

보화는 사실 김영감이 죽었다는 사실에는 별 유감이 없었다. 집을 포위하고 아버지를 연행했으며 남은 것을 모두 태워버린 사람이 아닌가. 아버지의 오랜 벗이며 자주 만났다는 사실까지 더해 배신감을 도무지 억누를 수 없었다.

'죗값을 받은 거지.'

그러나 보화는 그 말을 입 밖으로 낼 순 없었다.

"내가 알겠니. 지금은 여리 아가씨 돌보는 일이나 생각해야지. 그리고 여태 멍하니 앉아서 쩔쩔매기만 했구나. 얼른 가서 아가씨 갈아입을 옷과 대야에 물이라도 떠오렴. 발만 동동 구르고 있으면 어떡하니?"

"내가 아가씨 모시는 것이 처음이라⋯⋯. 다들 정신없다고 나만 여기 밀어놓고 나갔지 뭐예요. 얼른 가져올게요."

시비는 어깨를 움츠리며 변명을 늘어놓고는 몸을 일으켰다. 보화는 잠시 망설이다 슬쩍 말을 덧붙였다.

"그래, 다들 혼이 나간 모양이더라. 도련님께서도 쓰러졌다고 하고. 무서운 일이야. 사대부 집에 괴한이 마구잡이로 드나들면 어쩌니."

"예? 도련님께서요?"

눈을 동그랗게 뜨고 되묻는 시비에게 보화는 여리를 살피는 척 딴청을 피우며 말했다.

"얼핏 듣기만 해서 모르겠다. 혹시 괴한에게 당하시기라도 한 것은 아닐지⋯⋯. 여리 아가씨가 그래서 쓰러지신 것은 아닌지 몰라."

"그, 그런가? 하기야 두 분이 워낙 우애가 좋으셔서. 어쩌나, 우리 아가씨 도련님께 무슨 일이라도 생기시면 진짜 아예 자리보전하고 누우실 텐데. 이러다 줄초상이라도 치르면⋯⋯."

"얘 좀 보게. 무슨 그런 말을 해! 말이 씨가 된다고 그런 말 함부로 했다가 완주댁 귀에 들어가면 경을 칠 게다."

남몰래 품고 있던 불안까지 더해져 보화는 그만 정색을 하고 화를 냈다. 정은 물론이고 여리까지 큰일이 난다니 생각하고 싶지도 않았다. 어린 시비는 보화의 말에 뜨끔한 표정으로 괜스레 주위를 살폈다.

보화는 한숨을 내쉬고 쐐기를 박았다.

"가서 물 떠오는 김에 도련님 상태도 한번 물어보련. 여리 아가씨 깨어나셔서 물으시면 답이라도 해드려야 할 것 아니니. 그렇다고 하염없이 시간 끌지 말고."

"알겠어요. 내 금방 다녀올게요!"

시비는 화색이 돌아 냉큼 문을 열고 나갔다. 바깥 상황이 궁금해서 죽을 지경인데 안에만 앉아 있자니 답답하기도 했을 것이다. 보화는 어련히 알아 오겠거니 조금 안심이 되는 심정으로 여리를 향해 돌아앉았다.

여리는 핏기 없는 얼굴을 하고 정신을 잃은 채였다. 아버지에다 끔찍이 여기던 오라버니까지 휘말렸다니 충격이 클 법도 했다. 꼭 얼마 전의 자신을 보는 듯해서 보화는 그저 여리가 안타까웠다.

"왜 너까지……."

보화는 쓸쓸한 심정으로 중얼거렸다.

"너도…… 그리고 그 사람도 나와 같은 처지가 됐구나."

보화는 다만 그 사실이 견딜 수 없었다.

아버지와 자신을 누르고 권력의 보다 안쪽으로 비집고 들어가려던 김영감은 증오했지만, 어쨌든 아버지를 잃음으로서 상처 받고 고통스러워할 정과 여리를 보고 싶었던 것은 아니었다. 그들은 가장 힘들고 괴로울 때 자신을 다독이고 위로했으므로.

여리는 하얗게 자리에 누워 가끔 신음을 흘렸다. 보화는 손을 뻗어 가만히 그 이마를 짚었다.

자신이 이렇게 누워 있을 때 여리가 해주었듯이.

"괜찮아."

보화는 나지막이 속삭였다.

다음 순간 여리는 보화의 손에 얼굴을 기대며 긴 숨을 내쉬었다. 아마도 여리가 꿀 악몽 역시 보화와 그리 다를 바는 없을 것이다. 그렇기에 보화는 더욱 진심을 담아 여리에게 속삭였다.

"괜찮을 거야."

다행히 한동안 누워 있으면 별 탈 없으리라는 의원의 말대로 여리는 금세 정신을 차렸다. 일어나 움직일 수 있기까지 며칠 걸리기는 했지만 집안을 단속하고 가노들을 부릴 정도로는 건강을 되찾았다. 정이 오랫동안 누워 있었다는 사실을 생각하면 집안 분위기에 다행한 일이었다.

정은 여리와는 달리 심하게 앓았다.

기껏 불러 진맥을 한 의원은 요 근래 피로가 쌓인 끝에 뭔가 큰 충격을 받은 것 같다는 모호한 말을 늘어놓았다. 당연하지만, 그 말을 여리에게 전하면서 보화는 그런 진맥은 나도 할 수 있겠다면서 분통을 티트렸다.

정은 며칠이나 열이 끓어오르고 도무지 정신을 차리지 못했다. 집안 사람들은 정말 줄초상을 치를지도 모른다고 남몰래 걱정을 늘어놓았다. 아버지를 잃은 마당이니 여리의 걱정은 더욱더 깊어서 보화를 자주 사랑채에 보내 안부를 확인하고는 했다.

역시 정이 걱정되는 마당이었으니 보화 입장에서는 그나마 감사한 일이었다.

정이 눈을 뜬 것은 근 일주일이 지난 후였다.

김영감이 횡사하고 그 가족들이 연달아 쓰러지면서 한동안 발칵 뒤집혔던 집안은 여리가 몸을 추스르고 정이 정신을 차린 후에야 어느 정도 안정을 되찾았다. 정은 오래 앓았음에도 불구하고 몸을 제대로 추스를 틈도 없이 아버지의 장례부터 치러야 했다.

조문을 오는 조객들과 관련 사건을 수사하기 위해 집안을 드나드는 군사들 때문에 한동안 저택은 문전성시를 이루었다. 아직 성치 않은 몸으로 조객들의 걱정을 샀지만, 정은 흠잡을 곳 없이 상례를 치렀다.

아이고, 아이고…….

아이고, 아이고…….

상주를 대신하는 곡비들의 곡소리가 아침저녁으로 집안에서 끊이지를 않았다. 정과 여리는 침착하게 상주의 역할을 다 했다.

"이만 들어가렴. 또 쓰러지기라도 하면 어쩌려고."

"오라버니야말로……. 아직 몸도 성치않으신대."

조용하게 고개를 젓는 여리의 등을 다독이며 정은 부드럽게 여리를 떠밀었다.

"괜찮아. 들어가라."

몇 번이나 돌아보며 결국 물러나는 여리를 보내고 정은 홀로 남았다. 밤이 깊어 조객들도 물러나고 텅 빈 집 안을 울리는 것은 바람을 따라 파도처럼 밀려왔다 멀어지는 곡소리뿐이었다.

아이고, 아이고…….

아이고, 아이고…….

흐느끼듯 술렁거리는 곡소리를 들으며 정은 말없이 병풍을 응시했다. 그 너머에는 아버지께서 누워 있는 관이 있다. 말끔히 염습을 마친 아버지의 마지막 모습은, 다행히도 깨끗하고 평온하게 보였다.

그 끔찍한 죽음은 전부 꿈이라는 양.

'하지만 당신께서는 그리 생각하지 않으시겠지.'

정은 조금 비틀린 미소를 머금었다.

기이한 기분이다. 어머니나 숙부와 달리, 딱히 아버지에게 혈육으로서 정을 느꼈던 적은 없다고 해도 과언이 아니다. 정에게 아버지는 다만 권위적인 태도로 자신을 억누르려 드는 압박이나 족쇄 그런 존재였다.

늘 자신의 뜻에 따르라고 명령만 할 뿐, 한 번 살갑게 웃음조차 짓지 않았던……. 기억 속의 아버지는 언제나 냉랭하고 오만했다.

그럼에도.

'더는 방관할 수 없겠다. 슬슬 움직여야 할 때야.'

명에서 돌아오자마자 조객 신분으로 정을 방문해야 했던 방원은 정에게 단언했다.

'삼봉을 치겠다.'

정은 긴 한숨을 내쉬고 고개를 떨구었다.

방원은 김영감의 죽음이 사병혁파책을 밀어 붙이려는 정도전 일파의 계략으로 일어난 게 틀림없다고 판단했으며, 더 이상 세력을 빼앗기기 전에 먼저 쳐야겠다는 결심을 굳힌 모양이었다.

'아버님.'

정은 내심 속삭였다.

'당신의 죽음까지 이용당하는군요. 처음부터 끝까지. 결코 벗어날 수 없이.'

다만 오롯이 슬퍼할 수 없다는 사실이 슬펐다. 죽고 죽이며 돌고 돌아가는 싸움. 그 한복판에서 위로 오를 것을 노리던 김영감은 자신이 했던 방법 그대로 죽음을 맞았다. 결코 예상하지 못했을, 갑작스럽고 비참한.

그러나 누구도 그 죽음을 진심으로 애도하지 않는다.

그 뒤에 일어날 파문을, 앞으로 벌어질 참사. 그리하여 자신이 설 자리를 찾기 위해 바쁘다. 과연 이 집을 방문했을 사람들 중 몇이나 아버지의 죽음을 진심으로 애도했을 것인가.

정은 이 모든 일이 지긋지긋했다.

감내해야 한다고 결심했음에도 그리고 앞으로 일어날 무수한 일을 짐작하면서도. 그 속으로 걸어 들어가야 함을 알고 있는데도.

"살아남기 위해서라……."

밖에서는 여전히 죽은 자를 위해 산 자가 흘리는 애도가 들려오고 있다. 그 사실이 새삼 우습게 느껴져서 정은 팔짱을 끼고 말없이 머리를 장지문에 기대었다. 긴 한숨이 새어나왔다.

아버지를 생각한다.

"이렇게 죄다 망가지면서까지, 대체 무엇을 그렇게 바라셨기에."

탐욕과 권력의 끝은 그저 몰락뿐이다.

그 외에 무엇도 남지 않는다.

저 꼭대기, 불야성의 성채에 자리 잡기 위해 흘린 피는 반드시 썩어 냄새를 풍기고 고름이 되어 걸음마다 남는다. 그 자국은 결코 지울 수 없는 것이다.

그 죽음을 딛고 설 수 있는 자만이.

오직 그 자만이.

"방원아, 너는 그래도 그곳으로 가겠지."

그리고 자신은 그 뒤를 따르겠노라고 맹세했던 것이다. 정은 피곤한 기분으로 눈을 감았다. 그전에 해야만 하는 일이 있었다.

정은 눈을 감고 중업을, 보화를, 이제 아득하게만 느껴지는 그때를 생각했다. 그다지 멀지 않은 일임에도 왜 이리 멀고 오랜 옛날로 느껴지는지 모를 일이다. 입가에 씁쓸한 미소가 감돌았다.

그때처럼 다 함께 웃을 수 있을 날은 두 번 다시 오지 않을 것을 잘 알았다.

시대의 흐름이라는 것은 서너 사람 운명쯤 우습게 으깰 수 있는 터무니없는 격류다. 그리고 자신들은 지금 그 한복판에 있다. 바라든, 바라지 않든. 그 격류에 몸을 담그고 있는 이상 버둥거리는 것 외에 할 수 있는 일은 없다.

자의로 그 안에서 벗어나기에는 이미 너무 먼 길을 와버렸다. 그러니 돌이킬 수 없다. 아무리 바라도 그런 방법은 존재하지 않는다. 그저 모든 것을 휩쓸어 가기 위해 거대한 몸을 뒤채는 물살 속에서 버티는 수밖에. 버틸 수 없다면 죽을 뿐이다.

곡소리와 더불어 바람의 울음이 오싹하리만치 스산했다.

정은 모든 것을 잃었다고 생각했다. 절친한 벗도. 신뢰했던 친구이자 형제도. 피를 나눈, 언젠가 화해해야만 했던 아버지도. 그리고 어쩌면 사랑하겠노라 마음먹었던 여인까지 그 속에 속할지도 모른다.

그것만은 막아야 했다. 그 일을 막기 위해 정이 할 수 있는 일이라고는 하나뿐이었다.

뜨겁게 쏟아지는 태양 아래 어느덧 이마에 땀방울이 맺혔다.

눈썹을 적시며 볼을 타고 흘러내리는데도 정은 눈초리 한 번 까닥하지 않고 흔들림 없는 시선을 과녁으로 향했다. 허리를 반듯이 세우고 목덜미를 늘이며 죽머리 가까이 턱을 묻은 채 있는 힘껏 시위를 당긴다. 이윽고 시위가 가득 부풀어 올라 만작을 그리는 순간.

정은 천천히 이어지던 호흡을 멈추었다.

극도의 집중력을 통해 정신이 단 한 점으로 수렴하며 주변 모든 것이 깨끗이 사라진다. 정은 시위를 고정하고 있던 손가락을 놓았다.

쐐액.

화살은 공기를 찢어발기며 날아갔다. 정은 활을 내리고 가늘게 뜬 눈으로 과녁을 응시했다. 곁에 서 있던 중업 역시 과녁을 바라보았다. 곧 깃발이 크게 흔들리며 소리 높인 외침이 들렸다.

"관중이요!"

과연 화살은 정확히 과녁 한가운데 박혔다. 가벼운 미소를 머금은 정을 향해 중업은 담담히 찬사를 보냈다.

"훌륭하십니다."

"이 정도야 거뜬하지."

"부상은 이제 괜찮으십니까?"

"멀쩡하다, 멀쩡해. 의원 말이 깨끗이 아물었으니 걱정할 것 없다고 하더라."

"다행입니다. 날이 워낙 더워 혹시 덧나지나 않을지 염려했습니다."

"궁시는 정말 오랜만이야. 즐거운데."

"그동안 워낙 일이 많으셨지요."

아버지가 세상을 떠난 후 정은 성치도 않은 몸을 이끌고 쉴 새 없이 밀려드는 일을 처리해야 했다.

특히 아버지의 죽음을 조사하는 일은 만만치 않았다. 그의 죽음에 삼봉이 얽혔다고 굳게 믿는 방원은 특별히 엄한 수사를 당부했다. 왕자의 명을 받아 서슬 퍼렇게 수사를 펼쳤지만, 정작 유일한 증인이라고 할 수 있는 정에게 얻은 것은 대단한 검술 실력을 지닌 살수라는 흔하디흔한 증언뿐이었다. 결국 수사는 미궁에 빠진 채 여전히 소득 없는 논란만을 되풀이 하는 중이었다.

시간은 쏜살같이 흘러 어느새 대서가 지나고 입추가 멀지 않았다.

그러나 여전히 기승을 부리는 무더위는 숨이 턱턱 막힐 정도였다.

무명 수건으로 이마와 목덜미의 땀을 닦은 정은 중업을 돌아보며 웃었다.

"이제 네 차례야. 간만에 그 솜씨 한번 보자."

중업은 활을 들어 자세를 취했다.

땅을 디딘 발을 중심으로 끌어올린 힘을 팔과 어깨에 실어 균형을 잡는다. 흠 잡을 곳 없이 완벽하여 마치 교본 같은 자세였다. 태풍을 견디며 오랜 세월 자란 나무처럼 곧고 바르고 단단하다.

정의 기억 속 중업은 항상 지금 이 모습처럼 곧고 바르고 단단했다. 그래서 정은 언제나 진심으로 중업을 신뢰하고 의지했다.

'아니야.'

정은 스스로 정정했다.

'그 이전에 형제라고 생각했기 때문이지.'

하지만 그 믿음은 지극히 자기만족적인 자아도취 외에 아무것도 아니었다. 정은 쓰게 웃으며 진심으로 중업을 마주 보려고 했던 적은 단 한 번도 없다는 사실을 인정했다.

제멋대로 죄책감을 품고 동정 어린 시선을 던졌을 뿐.

"중업아."

"예."

"왜……"

정은 순간 흔들리는 목소리를 잠시 가다듬었다.

"왜, 그날 밤…… 나를 죽이지 않았지?"

침묵은 무겁고 길었다.

정은 차마 중업을 돌아볼 수 없었다. 중업 역시 정에게 시선을 향하지 않았다. 시원하게 쏟아지는 매미 울음소리 속에서 두 사람은 한동안 숨이 막힐 듯한 침묵을 지켰다.

"무슨 말씀이신지."

한참 만에 과녁을 겨누었던 활을 내리고 중업은 대답했다. 안타깝게도 그다지 현명한 말이라고는 할 수 없었다. 정은 저도 모르게 웃음을 터뜨리고 말았다. 그리고 한결 편안한 기분으로 말을 이었다.

"어쩐지 이상하다 했어. 공격이 영 내키지 않은 것 같은 살수라니."

중업은 역시 입을 다물고 있다 불쑥 되물었다.

"처음부터…… 알고 계셨습니까?"

"설마. 그랬으면 공격할 마음이나 먹었겠냐."

돌아보는 정은 쓸쓸하니 자조 어린 미소를 머금고 있었다. 중업의 시선을 느낀 듯 정은 고개를 돌렸다.

곧게 마주하는 눈은 깊고 차분했다. 이상했다. 중업이 예상했던 감정은 그 안에 존재하지 않았다. 설사 존재했더라도 이미 오래전에 갈무리해 보이지 않는 한켠에 정리를 마친 것 같았다.

"항상 네게 사과해야 한다고 생각했지."

중업은 움찔 몸을 떨었다.

"아버님은 분명 너를 부당하게 대하셨어. 그 사실을 알면서도 나는 너를 위해 무엇도 하지 못했지. 죄책감을 느꼈다는 것으로 잘못을 덮을 수는 없어. 네게 용서를 구할 자격조차 없다는 사실을 잘 알고 있다."

정은 활을 들고 있지 않은 손을 쥐었다 폈다. 끈끈하고 서늘한 땀이 배어나오고 있었다. 역시 지독하게 긴장하고 있는 것이다.

"하지만 너를 신뢰했기에, 부족한 자격으로나마 너를 친구라고 생각했기에 어쩔 수 없이 배신감을 느끼는 내가⋯⋯."

정은 순간 말을 끊었다. 그리고 허탈한 웃음과 함께 한숨을 흘리며 탄식했다.

"아니야, 미안하다. 이런 말을 하려던 것이 아닌데. 나는 다만 네게 사과하고 싶었어. 사과해야만 해서 하는 것이 아니라, 진심으로 내 잘못을⋯⋯. 나 혼자 멋대로 너를 형제이자 친구라고 믿고 만족하는 것으로 끝내서는 안 되었다고."

"도련님."

"그 사실을 이렇게 늦게 깨달아서, 너를 위해 지금껏 무엇도 하지 못해서 미안하다. 너무 늦었지만 지금이라도 사과하겠어."

"도련님께서 사과하실 일이 아닙니다."

정은 고개를 저었다.

"그렇지 않아. 눈 돌린 채 묵인했던 것은 바로 나다. 그러니 너를 이해하겠어. 나는, 네게 배신감을 느낄 자격조차 없으니."

그렇지 않다.

중업은 할 수만 있다면 소리 내어 부르짖고 싶었다. 정을, 여리를 배반한다는 사실을 알면서도 선택했을 때 이미 모든 것을 각오했다. 그런데 정은 오히려 중업에게 용서를 구하고 있다.

"네게 부탁이 있는데."

중업의 혼란을 알 리 없는 정은 웃음을 거두고 조용히 말했다.

"아마도 곧 큰일이 있을 것 같아. 결과는…… 글쎄, 모르겠다. 성공한다면 다행이지만, 실패한다면 최소한 죽겠지."

죽음.

또다시 죽음이다. 이제 누구나 배부르고 행복하게 살 수 있는 새 세상이 왔다고 다들 말하지만, 여전히 죽음은 멈추지 않는다.

진절머리가 났다. 보화를 죽이고 싶지 않았다. 그래서 개인적 복수심을 더해 김영감을 죽이고 이제 보화를 죽이지 않아도 된다는 사실에 안심했다. 그리고 삼봉 대감에게 부탁해 뒤를 봐주겠다던 유대감의 말마따나 더는 위험한 일은 일어나지 않으리라 믿고 싶었는데도.

"그 경우 가문을 이어갈 사람은 너뿐이다."

정은 또다시 죽음과 돌이킬 수 없는 끝을 말한다.

"어째서 제게……."

"그야 너는 내 형이고 여리의 오라버니니까. 당연하잖아?"

당연하지 않았다.

너무 긴 시간 동안 누구도 그 사실을 인정하지 않았다. 때문에 정과 여리 그리고 중업 사이에는 결코 넘을 수 없는 선이 새겨졌다. 정과 여리가 아무리 노력한다고 해도 중업이 선을 넘어 그들 곁에 설 수 있는 날은 오지 않았다.

"일단 준비는 해두었다. 당분간 명에서 머물렀으면 좋겠어. 생활에 불편은 없을 거야. 이번 일이 성공한다면, 혹시 실패하더라도 시간이 흘러 상황이 안정된다면 돌아올 수도 있겠지."

그리고 정은 조심스럽게 덧붙였다.

"여리를 부탁한다. 그 아이는 아무 잘못도 없어. 그저 좋은 사람에게 시집가서 행복하게 살았으면 좋겠다. 그리고……."

중업은 정이 뒤이어 할 말을 예감했다. 때문에 정이 더 이상 말하지 않기를 간절히 바랐다. 하지만 정은 멈추지 않았다.

"보화는 네게 부탁해도 되겠지."

중업은 극심한 패배감을 느꼈다. 동시에 깨달았다. 정에게 동정받고 싶지 않았듯 용서를 받고 싶지도 않았다. 차라리 분노했다면, 증오했다면, 매도하고 경멸했다면 무릎 꿇어 진심으로 사죄했을 것이다. 설사 죽음을 명받았다고 한들 기껍게 이 목을 내놓았을 텐데도.

이것이 아니다.

중업은 손톱이 손바닥을 파고들어 피가 날 정도로 주먹을 움켜쥐었다.

결코 이 같은 결말을 바랐던 것이 아니다.

"내 착각일지는 모르지만, 중업 너 아마도……."

더는 견디지 못하고 제발 그만하라고 소리치려는 찰나였다.

다급히 달려오는 발소리가 들렸다.

이쪽을 향하는 발소리를 듣고 정은 손을 들어 따갑게 쏟아지는 햇살을 가리며 눈을 가늘게 떴다. 과연 서둘러 달려오고 있는 보화가 보였다. 정은 소리 높여 외쳤다.

"무슨 일이야? 천천히 오라고. 그러다 넘어질라."

"걸음마도 못하는 아이인 줄 알아요?"

곱게 눈을 흘기면서도 보화는 천천히 달리는 속도를 줄였다.

"당신에게 빨리 알려야 할 것 같아서……. 응?"

보화와 눈이 마주치는 순간 중업은 평소처럼 인사를 건네고 한 발짝 물러나 시선을 피했지만, 보화는 둘 사이에 감도는 묘한 분위기를 예민하게 눈치 챘다. 보화는 거리를 두는 두 사람을 이상하다는 듯 잠시 살폈으나 그뿐이었다. 굳이 참견하지 않는 것이 좋겠다고 결론을 내린 모양이다.

"뭔데? 설마 또 조사차 방문하겠다는 통보는 아니겠지? 집 안 다 뒤집고 정리도 하지 않는 꼴은 이제 지긋지긋한데."

몇 주째 시달리고 있는 정이 짜증어린 불평을 늘어놓았다. 보화는 가만히 고개를 저었다.

"아니에요. 아버지께서 당신 앞으로 답을 보내셨어요."

보화는 소맷자락 안에서 서찰을 한 통 꺼내 정에게 건넸다. 아직 봉을 뜯지 않은 것을 보니 받는 즉시 정을 찾은 듯했다. 정은 서찰을 받으며 보화를 안심시키듯 미소를 지었다.

"답이 빨리 와서 다행인데."

"그래요……."

보화는 고개를 끄덕이면서도 불안을 감추지 못하는 기색이 역력했다. 정은 보화의 어깨를 가볍게 두드리고는 피봉을 뜯었다. 서찰은 짧았고 정이 내용을 읽는 시간은 길지 않았다. 정은 몇 번 눈을 움직이는 것으로 금세 서찰을 접어 소맷자락 안에 넣은 다음 보화를 부드럽게 끌어안았다.

"이제 됐어. 다 잘 될 거야. 더 걱정하지 않아도 돼."

"정말이에요?"

정에게 안겨 환하게 밝아지는 보화의 얼굴을 중업은 한 발짝 떨어져 바라보고 있었다.

'보화는 네게 부탁해도 되겠지.'

주먹을 쥔 손이 비틀리며 뼈가 부딪히는 느낌이 났다.

"왜 그래?"

정신을 차렸을 때 중업은 자신을 살피는 보화를 맞닥뜨렸다. 주변을 둘러보니 정은 먼저 자리를 뜬 듯했다. 눈을 껌뻑이는 중업을 보화는 걱정스럽게 바라보았다.

"안색이 좋지 않아. 무슨 일 있어?"

"아닙니다. 날이 너무 더운 탓 같습니다."

"그래? 이제 곧 입추인데도 왜 이리 더운지."

변명 삼아 한 말이었지만, 깨닫고 보니 쏟아지는 햇볕이 현기증이 나리만치 뜨거웠다. 중업은 시야가 아찔하게 흔들리는 것을 느끼며 눈을 감았다. 덥고, 뜨겁고, 어지러웠다. 잠시 눈을 감고 세상이 통째로 기우는 듯 지독한 어지럼증이 가라앉기를 기다렸다.

따갑게 내리쪼이는 햇볕을 받은 눈시울이 뜨겁게 달아올랐다. 너무 무더운 탓이다. 아마도 그 탓에 이 현기증이 쉽사리 가라앉지 않는 것이다.

쉴 새 없이 되뇌며 혼란스러운 마음을 가다듬는 사이 중업은 차라리 울고 싶다는 생각을 했다. 더는 돌이킬 수 없이 무너진. 이제 무엇도 남지 않은. 아슬아슬하게 이어지던 일상에 중업은 결정적인 쐐기를 박아 모든 것을 깨트렸다. 그러나 그럼에도 자신을 용서하고 모두 맡기겠노라고 말한 정 때문에.

중업은 난생 처음으로 마음껏 울 수 있다면 좋겠다는 생각이 들었다.

"정말 괜찮아?"

마른 침을 삼키며 중업은 눈을 떴다. 그리고 여전히 걱정스러운 얼굴을 하고 자신을 올려다보는 보화에게 묵묵히 고개를 끄덕였다.

"무언가 좋은 소식이 왔는가 보군요."

보화는 슬쩍 웃음을 머금었다.

"그랬으면 좋겠어."

싸늘한 겨울, 모든 것을 잃고 홀로 남아 두려움에 흐느끼던 보화는 무르익은 여름에 조금이나마 무언가를 되찾은 듯 보였다. 아니면 이제야 짊어지고 있던 것을 내려놓고 후련해진 듯도 했다.

"아버지께 그냥 살아달라고 빌었어. 명예든 긍지든 아버지를 잃는다면 다 필요 없으니까 제발 살아만 달라고."

보화는 마주 잡은 두 손을 꿈틀거리며 고개를 살짝 떨구었다.

"아버지는 훗날 나를 원망하실지도 몰라. 줄곧 지켜왔던 비밀인데, 나 때문에."

중업은 그 사실이 다행이라고 생각하면서도, 그 짐을 덜어준 이가 자신이 아니었다는 사실이 어쩔 수 없이 아쉬웠다.

자신은 늘 한 박자 늦을 뿐이다. 처음부터 지금까지. 한결같이.

"그렇지 않습니다. 분명 이해하실 겁니다. 그 분도 아가씨를 살리고 싶은 마음은 같으셨을 테니까요."

그럼에도 고개를 들고 중업을 바라보는 보화의 얼굴에 천천히 스미는 미소를 본다. 아무리 늦더라도 보화는 중업을 향해 웃으며 감사하다고 말한다.

"고마워."

처음부터 지금까지.

중업은 슬며시 어금니를 깨물었다. 고스란히 패배했다. 되돌릴 수 없이 무너졌다. 하지만 아직은 할 수 있는 일이 하나쯤은 있을 것이다.

이대로 얌전히 무릎을 꿇고 패배를 받아들일 수만은 없었다.

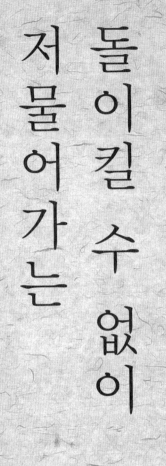

돌이킬 수 없이

저물어가는

정이 아침부터 말을 타고 나가자고 보화에게 청했다.

물론 보화는 재미없는 농이라는 양 시큰둥한 눈으로 정을 한 번 보더니 가타부타 아무 대꾸도 없이 여리의 아침 시중을 들러 갔다. 그리고 정은 아침나절 내내 여리를 돌보느라 바쁜 보화를 쫓아다니면서 귀찮게 굴었다.

"놀러가자니까."

"나 바쁘다니까요."

"백중이라 다들 노는데 왜 당신만 바빠?"

"그야 못 나가는 나리도 여리 시중을 들어야 할 것 아니에요."

"왜 못 나가는데?"

"정말 몰라서 물어요?"

두 사람이 하는 양을 조용히 지켜보던 여리는 정과 함께 아침상을 물리고 연꽃이 가득 핀 연당이 보이는 별당 대청마루 위에 앉아 과일 화채를 한 그릇 비운 다음 보화에게 하루 휴가를 선언했다.

"보화 아가씨, 내 시중은 됐으니 나갔다 와요."

그리고 싱글싱글 웃고 있는 정에게 슬쩍 시선을 향했다.

"오라버니가 괜찮다는데 뭐 어때요. 몇 달 동안 바깥 구경도 못하고 많이 답답했을 텐데 다녀오세요."

"그럼 여리도……."

여리는 고개를 저었다.

"미안해요. 나는 사람 많은 곳은 싫어하거든요. 금세 지치기도 해서……. 오히려 귀찮을 거예요."

그리고 여리는 정을 말끄러미 치어다보면서 말을 맺었다.

"게다가 그렇게 눈치 없는 짓은 하고 싶지 않아요."

여리를 마주 보면서 정은 빙긋 웃었다.

"아무렴. 착하기도 해라, 내 동생."

"우란분회는 제 몫까지 다녀오세요."

"알았으니 걱정마라. 또 필요한 물건은 없니?"

짜 맞춘 듯 자연스럽게 이어지는 남매의 대화를 어처구니없이 바라보던 보화는 참다못해 냅다 끼어들었다.

"무슨 물정 모르는 소리를 하고 있어요?"

"왜? 허락 받았잖아. 됐지? 가자."

보화는 여전히 안절부절 못하며 탐탁찮다는 기색이었지만, 정은 아랑곳하지 않고 그녀의 손을 잡더니 자리에서 벌떡 일어났다. 그리고 여리의 배웅을 받으며 보화를 데리고 후원을 떠났다.

먹고 마시고 놀면서 하루를 보내라는 백중이다. 한 해 품삯을 받았으니 거하게 즐기려는 머슴들과 고된 농사일을 마치고 한숨 돌린 농부들, 모처럼 크게 열린 백중장을 찾은 여인과 아이들이 한데 모여 저잣거리는 몹시 소란스러웠다.

정은 보화를 끌고 신이 나서 온 장터를 헤맸다. 널찍하게 그늘이 드리워진 당수나무 아래 벌어지는 씨름판과 신명나는 가락에 맞춰 질펀한 춤사위와 가지각색 재주를 보이는 광대들, 고운 옷자락을 휘날리며 흥에 겨워 그네를 뛰는 여인들까지. 어느새 보화 역시 정과 함께 들뜬 분위기에 휩쓸려 마음껏 웃었다.

아직 따가우리만치 뜨겁게 내리쪼이는 햇볕에도 불구하고, 목덜미에 맺힌 땀을 식히는 바람은 슬슬 가을을 알리는 서늘함을 품고 있었다.

"박박 우겨서 이렇게 데리고 왔기에 망정이지 모른 척 지나갔으면 서운해서 어쩔 뻔했어? 나보다 더 신이 났던데."

한 바퀴 구경을 마치고 여리의 당부대로 꽃과 과일을 준비해 근처 사찰을 찾았을 때 정은 웃으며 보화에게 핀잔을 주었다. 곱게 핀 꽃과 잘 익은 과일을 공양하며 조상의 넋을 기리는 사람들 사이에서 보화는 슬그머니 눈을 흘기며 정의 팔을 찰싹 때렸다.

"윽, 아프잖아."

"조용히 해요. 그래도 걱정돼서 한 말인데 남의 속도 모르고. 남자들은 꼭 맞을 소리를 한다니까."

"여자들은 어떻게 하나 같이 손이 매워?"

정은 한 대 맞은 팔을 문지르며 툴툴 불평을 했다. 입속으로 여러 이름을 곱씹는 것을 보니 여동생에게 몇 대 맞은 적이 있는 모양이다. 여리 성격에 오죽 속을 썩였으면 오라버니에게 손을 다 들었나 싶어 보화는 새침하니 고개를 돌렸다.

우란분회를 마치자 예상과는 달리 정은 슬슬 돌아가자는 말 대신 도성 밖으로 향했다. 말을 타고 야트막한 언덕을 오르자 곳곳에 곱게 차려입고 모처럼 바깥나들이를 나선 규수들이 보였다. 음식을 나누어 먹으며 시와 노래를 주고받는 규수들은 새가 지저귀듯 연신 웃음을 터뜨렸다.

말을 타고 그들 곁을 지나면서 보화는 그늘 한 점 없이 해맑게 웃음 짓는 모습을 그립게 응시했다. 작년이었다면 보화 역시 저 무리에 끼어 즐겁게 웃고 있으리라.

'그때는 걱정 따위 몰랐는데.'

평온한 하루가 지나면 평온한 하루가 오던 그 시절. 두 번 다시 돌아갈 수 없는 철없던 옛날이 새삼 그리웠다. 아스라이 멀어지는 명랑한 웃음이 괜스레 괴로워서 보화는 등 뒤에서 자신을 감싸는 정에게 기대어 눈을 감았다.

"말은 정말 오랜만이에요."

한껏 속도를 내어 달린 말은 어느새 인적이 드문 벌판에 도착했다. 가라앉은 기분을 애써 떨치고 보화는 생긋 웃으며 정을 돌아보았다.

본래 말을 좋아하는 보화였다. 소녀 시절 아버지에게 떼를 써서 말을 배운 후 시비나 호위를 데리고 자주 도성 밖으로 말을 몰았다. 아무리 우울한 일이 있어도 맞바람을 받으며 속도를 즐기면 금세 기분이 좋아지고는 했다.

정은 마주 웃으며 말했다.

"한 마리 내줄까 생각했는데 또 낙마하면 큰일이잖아."

보화는 대번에 샐쭉한 얼굴을 했다.

"그때는 말이 갑자기 날뛰었으니 그렇죠. 나 원래는 제법 잘 타는데."

"알았어. 솔직히 말할게. 그냥 같이 타고 싶었어."

어찌나 능청스러운 대꾸인지, 보화는 그만 소리 내어 웃음을 터뜨리고 말았다. 바람을 타고 맑게 울리는 웃음을 정은 흐뭇하게 여겼다. 돌아가는 상황이 상황이니 만큼 늘 어딘가 그늘을 드리우고 있던 보화였다. 최근 아버지 일이 해결되고 유독 밝게 변한 모습이 정은 기뻤다.

어느덧 태양이 뉘엿뉘엿 기울며 하루가 저물고 있었다. 시나브로 다가오는 가을을 알리듯 하늘은 익어가는 단풍처럼 붉게 타올랐다. 너무나 선명해서 처연한 붉은빛이 또 괜히 불안해서 보화는 정의 품 안으로 깊숙이 파고들어 매달렸다.

'하늘 가득히 피가 번지는 것 같아.'

불안을 떨치기 위해 보화는 부러 명랑한 어조로 입을 열었다.

"이대로 계속 달렸으면 좋겠어요. 산을 넘고 바다를 건너서 세상

끝까지 가고 싶어요. 이 세상에는 다 셀 수도 없이 참 많은 나라들이 있다던데."

정은 웃으며 말을 받았다.

"바다 건너에는 왜국이 있고 명을 지나 산을 넘으면 대식국이 있다지. 색목인들 본 적 있어?"

"눈이 파랗고 코가 참 크다는 사람들? 아뇨, 한 번도 본 적 없어요. 당신은 봤어요?"

"명에 있을 때 몇 번."

"정말 도깨비처럼 무서워요?"

"색목인도 사람인데 설마. 보고 싶어?"

보화는 불현듯 입을 다물었다. 답을 머뭇거리는 눈에 쓸쓸한 간절함이 어렸다. 보화는 나른히 한숨과 함께 스러질 듯 속삭였다.

"보고 싶어요."

그리고 저 멀리 끝없는 하늘을 응시했다. 날개 달린 새가 되어 하늘 끝까지 날아가고 싶다는 생각이 들었다. 보화는 그 심정을 조용히 읊조렸다.

"전부 잊고, 모두 버리고 저 멀리 떠날 수 있다면 좋겠어."

지금 이 자리가 아닌 어딘가 먼 곳을 갈망하는 그 목소리는 지독히도 쓸쓸하고 덧없었다. 자칫 바람결에 날려갈 것 같은 불안한 기분이 들어 정은 보화를 안은 팔에 저도 모르게 힘을 주었다. 정작 보화는 금세 활짝 웃었다. 그리고 정의 팔에 손을 얹으며 뺨을 문질렀다.

"걱정하지 않아도 돼요. 옆에 있겠다고 했잖아요? 나 그 약속 안 잊었다고요."

"괜찮아. 나도 같이 가면 되잖아. 온통 모래로 덮인 땅이나 사시사철 겨울만 있는 나라라니 나도 보고 싶어."

"그런 곳이 정말 있다고요?"

"당신 말마따나 세상은 넓고 많은 나라가 있으니까."

정은 보화를 끌어안은 채 나직하게 말을 이었다.

"일단 가까운 곳부터 가자. 명은 어때? 당신 아버님이 계시잖아."

방원은 정과 한 약속을 지켰다. 왕강은 즉시 사면을 받아 귀양에서 풀려났고, 방원이 특별히 보낸 사람들에게 경호를 받으며 안전하게 명으로 떠났다. 그리고 지금은 정의 도움으로 명에 자리를 잡고 요양을 하는 중이었다. 다만 보화는 정에게 왕강이 사면 받았다는 소식을 들었을 뿐 얼굴 한 번 보지 못하고 아버지를 명으로 보냈다. 그 점이 줄곧 마음에 걸렸던 보화는 반색을 하며 돌아보았다.

"명에 간다고요? 정말?"

보화는 대번에 눈물이 그렁그렁 고였다. 정은 볼을 타고 흐르는 눈물을 부드럽게 훔치며 고개를 끄덕였다.

"그래, 아버님도 당신을 보고 싶으실 테니까. 여리와 함께 다녀와. 혹시 모르니 호위 겸 중업도 데려가고."

보화는 문득 불안한 얼굴이 되었다.

"다녀오라뇨? 당신은 안 가요?"

"나는 지금 자리를 비울 수 없어. 곧 뒤따라 갈 테니까 먼저 가 있어.”

정은 태연하게 거짓말을 했다.

보화는 물론 여리와 중업까지 명으로 보내는 이유는 당연하지만 단순한 유람이 아니다. 방원은 곧 계획을 실행할 테니 각자 사병을 미리 준비하라는 운을 띄웠다. 그 말을 들었을 때 정은 하루 빨리 보화와 여리를 명으로 보내야겠다고 결정했다.

패배는 말할 것도 없고 설사 승리한다고 한들 보화는 이곳에 남아 행복할 리 없다. 평생토록 이 땅에서 겪은 상처를 떠올리며 괴로워 할 것이다. 그리고 왕씨들을 노리는 위험은 여전했다.

'더 이상 방원에게 기댈 수는 없어.'

원하는 바를 모두 얻었으니 왕강 부녀는 더 이상 방원에게 쓸모가 없다. 눈을 감고 무시한다면 차라리 고마운 일이지만, 방원의 성격 에 불화를 남기지 않기 위해 깨끗이 처리할 가능성이 더 컸다. 때문 에 왕강을 다급히 명으로 보낸 것이다.

명이라면 방원도 무리해서 그들을 건드리지 않을 것이다. 눈을 감 고 입을 닫고 다만 평온하게 살아간다면.

행복하기를 바란다.

설사 자신 곁이 아니더라도 행복하기를 바란다. 사랑하는 아버지 곁에서 그저 곱게 웃기를 바라는 마음에 거짓은 없다. 많이 상처 입 고 힘들었지만 이제부터 먼 땅에서 모두 잊고 평온하기를.

자신 때문에 고통스러웠을 중업 역시, 정은 자유롭게 놓아주고 싶 었다. 자신 대신 중업이라도 모두 떨치고 자유롭게 살아가기를 기원했다. 정이 할 수 있는 최선은 오직 이뿐이었다.

오직 이것뿐.

"표정이 왜 그래? 나와 떨어지기 싫어서?"

할 수 있는 최선을 다했기에 정은 마음 놓고 개구지게 웃으며 보화를 놀렸다.

"은근슬쩍 넘어가려고 하지 말아요."

보화는 입술을 꼭 깨물더니 날이 선 얼굴을 하고 정을 노려보았다. 그러나 그것도 잠시. 보화는 서글픈 그늘을 드리우며 우울하게 중얼거렸다.

"당신이 말 안 하면 모를 줄 알아요? 나도 요즘 돌아가는 상황 정도는 안다고요. 주변에서 다들 수군거리는걸. 위험한 거죠? 그래서 여리도, 중업도, 나까지 멀리 보내려는 거잖아."

다음 순간 보화는 북받치는 흐느낌을 억누르지 못했다.

"당신 혼자 남아서 뭘 어쩔 건데."

두려웠다.

빛 한 점 없는 세상에 홀로 떨어진 양 끔찍하게 두려웠다. 더 이상 무엇도 잃고 싶지 않았다. 그래서 고려와 아버지를 배신하면서까지 노력했다. 이제 모두 끝났다고 애써 믿으려고 했던 희망이 또다시 깨질지도 모른다.

정은 보화를 가만히 바라보다 피식 웃었다.

"하지만 당신이 남아 있는다고 해서 달라질 것도 없는걸."

"뭐라고요?"

웃음기 어린 대꾸를 듣자 보화는 대번에 뾰로통한 얼굴이 되었다. 하지만 쌍심지를 켜고 정을 노려보던 눈매는 슬그머니 잦아들더니 금세 눈물로 젖어들었다. 그 변화가 어찌나 우스운지 정은 그만 두 손으로 보화의 볼을 감싸고 이마를 맞대었다.

"괜찮아."

슬프지만 가슴 따뜻한 묘한 기분이다.

"거짓말."

"괜찮아."

당신이 나를 기억해준다면.

"정말 괜찮으면 보내지도 않았을 거면서."

"괜찮아. 걱정하지 않아도 돼."

단지 그것만으로.

"당신이 내 입장이면 걱정하지 말라는 말이 안 나올 거라고."

"정말 괜찮아."

보화는 눈을 꼭 감았다. 붉은빛 아롱지는 어렴풋한 어둠 너머에서 정의 웃음소리가 들렸다. 감겨드는 듯 매끄러운, 듣기 좋은 그 소리. 보화는 정의 얼굴을 두 눈을 뜨고 찬찬히 살피는 양 선명하게 떠올릴 수 있었다.

웃음을 담고 가늘어진 눈이 더할 나위 없이 부드럽게, 참으로 상냥하게 자신을 응시하고 있음을 보화는 믿어 의심치 않았다.

나무를 흔들고 들판을 스치며 보화를 휘감아 도는 바람 사이, 따뜻한 정의 목소리가 귓가를 간질였다.

"내가 알아. 방원은 질 것 같은 승부는 건드리지 않거든. 그러니까 괜찮아."

"퍽이나 안심되는 말이네요."

"안심해도 돼. 당신이 몰라서 그러는데, 그 녀석 아주 무서운 놈이라고."

"그래서 더 싫어."

보화는 도리질을 쳐서 정의 손을 뿌리쳤다. 그리고 몸을 틀어 정의 목에 팔을 두르며 안겨들었다. 얼굴을 묻으며 정의 목덜미에 닿는 숨결이 뜨겁게 젖어 있었다.

"난, 그 사람…… 절대 용서 못해요. 아무리 아버지를 살려줬다지만, 용서 못해. 그래도 당신 때문에……."

들먹이며 호흡을 몰아쉬는 보화의 등을 정은 몇 번이고 쓸어내렸다. 보화는 힘겹게 말을 이었다.

"당신 때문에 용서하겠다고 생각했는데. 그냥 잊겠다고 생각했는데, 그런데 당신에게 무슨 일이라도 생기면 평생 용서하지 않을 거야. 그러니까……."

마지막 말은 고요히 스며들었다.

"그러니까, 꼭 무사해야 해요."

정은 보화의 어깨를 감싸고 등을 쓸어내렸다. 그리고 바라마지 않는 미래를, 희망적인 가정을 마치 반드시 이루어질 현실 마냥 당연하게 입에 올렸다.

"상황이 어느 정도 정리되면 금방 돌아올 수 있을 거야. 너무 걱정하지 않아도 돼."

보화는 고개를 끄덕였다. 그러나 정도 보화도 그 말을 믿지 않았다. 그래도 지금 이 순간 이루어질 수 없는 가냘픈 희망에 걸어볼 수밖에 없음을, 거짓을 진실인 양 받아들이고 눈 감을 수밖에 없음을 두 사람 모두 잘 알았다.

귀가했을 때는 이미 밤이 깊은 후였다. 시간이 시간인지라 잠시 망설이던 정은 결국 안채를 향해 걸음을 돌렸다. 여리 역시 가능한 빨리 얼굴을 보고 천천히 이야기를 나누는 편이 좋겠다고 생각했다.

옷매무새를 정돈하고 막 사랑채를 나섰을 때 정은 때마침 사랑채 앞마당으로 걸어오는 여리를 발견했다.

"오라버니."

여리는 곱게 정을 부르며 그 자리에 멈추었다.

"여리구나. 안 자고 있었어?"

여리는 슬그머니 눈을 흘겼다.

"갑자기 안 하던 짓을 하는 오라버니 때문에 걱정이 돼서 잠을 이룰 수 없더라고요. 보화 아가씨는 직접 데리고 나가서 이야기하셨지만, 저는 직접 오지 않았으면 오라버니 얼굴도 못 보겠다 싶어서."

정은 그만 눈을 굴렸다.

"그럴 리 있겠니. 설마 하나뿐인 여동생에게 사정 설명 한 번 안 하려고. 그렇지 않아도 지금 너 보려고 가던 참이다."

"괜찮아요. 이해할게요. 난생 처음 연애를 하시는데 여동생이 눈에 들어오겠어요? 아무리 그래도 조금 화는 나지만……."

"여리야, 글쎄 아니래도."

정은 피식 웃으며 언제나 그랬듯 여리의 머리에 손을 두었다. 살짝 고개를 틀어 토라진 기색을 드러내던 여리는 이윽고 정을 물끄러미 올려다보았다.

"중업 오라버니도 저희와 함께 명으로 가신다면서요."

"그래, 중업에게 벌써 들었어?"

"예, 아까 낮에 들르셨거든요."

그리고 잠시 망설이는 듯싶던 여리는 조심스럽게 물었다.

"중업 오라버니까지 보내시다니 괜찮으시겠어요?"

"너희 둘만 걱정 돼서 어떻게 보내라고? 그런 점에서 중업이 옆에 붙어 있으면 안심이지. 느긋이 유람 즐긴다고 생각하고 다녀와라."

"글쎄요. 아무리 생각해도 그 이유만은 아닌 것 같은데요."

"이거야 원."

정은 쓰게 웃었다.

"내 신뢰 수준이 서글플 지경이구나."

"무서워서 그래요."

여리는 가만히 한숨을 내쉬었다.

"분명 무언가 일어나고 있는데 오라버니는 늘 아무 일도 아니라고 입을 다물고만 계시고. 상황을 모르겠으니 더 무서워요. 예측 불가능한 앞날은 무엇보다 두렵잖아요. 그렇죠, 오라버니?"

"여리야, 정말 아무 일도 없을 거다."

정은 여리의 어깨 위에 손을 올리고 여리와 시선을 마주했다. 짙게 깔린 어둠 속에서 걱정으로 그늘이 드리워진 여리의 얼굴이 가슴 아팠다.

정은 자신이 참으로 부족하다는 생각을 했다.

좋은 아들도, 좋은 오라버니도, 좋은 형제도, 좋은 연인조차 되지 못했다. 항상 숨기고 속였으며 그들에게 걱정을 끼칠 뿐이다. 무엇 하나 제대로 하지 못하는 자신이 새삼스럽게 미안하다는 생각이 들었다.

"네 말마따나 요즘 돌아가는 상황이 심상치 않아 잠시 유람이라도 다녀오라는 생각이었는데, 도리어 걱정을 끼치다니 내 생각이 짧았구나. 내키지 않으면 미루겠니?"

오른손으로 자신의 뺨을 부드럽게 쓸면서 더할 나위 없이 상냥한 어조로 어르는 정에게 여리는 살그머니 고개를 저었다.

더할 나위 없이 소중한 오라버니다. 중업과 더불어 단 둘만 남은 가족인 것이다. 기억도 나지 않을 정도로 어렸을 때 어머니를 잃고, 냉엄한데다 딸에게는 별 관심조차 두지 않은 아버지 밑에서 여리가 정을 붙일 곳이라고는 정과 중업뿐이었다.

정이 명으로 떠났을 때 몹시 외로웠던 기억이 난다. 아직 철도 들지 않은 어린 나이에도 불구하고 혹여 아버지에게 꾸중 들을 것이 무서워 남몰래 숨죽여 우는 여리를 달래는 것은 먼저 귀국한 중업의 몫이었다. 그래서 어린 여리는 밤낮을 가리지 않고 중업을 찾으며 참 많이도 칭얼거렸다.

그토록 오랜 기다림 끝에 드디어 만난 오라버니를 또다시 떠나보
내야 할지도 모른다. 여리는 그 사실이 서글펐다.

"아니에요. 괜한 고집을 피워서 오라버니를 걱정시키고 싶지는
않아요. 다만 오라버니?"

"그래."

"전부 혼자 짊어지겠다고 생각하지 마세요. 그러지 말아주세요."

"너나 보화나 정말 어지간히 엄살이 심하구나. 곧 돌아올 수 있대
도. 잠시 머물다 오라는 것뿐이야."

여리는 살짝 도리질을 치면서 정의 어깨에 이마를 기댔다. 어렴풋
이 전해지는 온기는 지금 이 순간, 오늘이 지난다면 다시는 없을 것
이다. 때문에 뜨겁게 달아오르는 눈시울을 서늘한 옷자락에 문지르
며 여리는 다시금 간절하게 속삭였다.

"약속해주세요."

"무엇을?"

"보화 아가씨를 위해서라도 반드시 오라버니가 행복해질 수 있는
길을 선택하겠다고 약속해주세요."

여리가 진심을 담아 전할 수 있는 말은 오직 그뿐이었다.

달이 중천에 떠오른 시각.

중업은 누구에게도 행선지를 밝히지 않고 몰래 집을 나섰다. 대문

이 아닌 담을 넘고 아무도 없는 밤길을 걷는 일은 중업에게 익숙했다.

목적지는 유대감의 집이었다. 유대감은 아무에게도 들키지 않고 자신을 찾을 것을 당부했다. 그래서 중업은 모두가 잠들었을 시간을 골라 홀로 등불을 밝히고 있는 유대감의 사랑채를 찾았다.

"정공자를 묶어둘 수 있는 방법이라는 것이 무엇이지?"

중업을 문가에 세워놓은 채 유대감은 즉시 본론으로 들어갔다.

"내일 당장 대군들을 칠 것이야. 그 와중에 자네 집안이 말려들지 않기 위해서는 정공자를 움직이지 못하게 하는 것이 중요하네."

중업은 고개를 내리고 조용히 침묵했다. 유대감은 그 침묵이 초조한 듯 다시금 중업을 채근했다.

"좋은 방법이 있다고 했지? 그래서 그 방법이 대체……."

"내일이라고 하셨지요?"

"그렇네. 내일 밤 왕명으로 대군들을 궁으로 부를 것이네. 군사들이야 대부분 우리 손에 있지만, 혹시 모를 사병을 좌시할 수는 없어. 특히 자네 집안은 본디 사병 수가 대단하지 않은가."

"내일 도련님께서는 정안군을 만나러 가십니다."

유대감은 눈을 가늘게 떴다.

"무슨 일인지 들은 바 있나?"

"정확한 용건은 저도 알 수 없습니다. 저는 내일 도련님을 모시지 않습니다. 대신."

중업은 잠시 말을 끊었다 이었다.

"두 분 아가씨를 뫼시고 명으로 떠날 것입니다."

유대감은 곧 그 말이 의미하는 바를 깨달았다. 중업은 지금 정을 옴짝달싹 못하게 만들 방도로서 인질을 제안하는 것이다. 한 명은 정의 하나뿐인 여동생이고, 또 한 명은 정의 정인이다. 현재 정을 협박할 수 있는 방법으로 그 이상 가는 존재는 없다.

유대감은 비스듬히 미소 지었다.

"자네가 그 두 소저를 빼돌리겠다는 말인가?"

"도련님께서는 그 일을 제게 일임하셨습니다. 사람이 많으면 괜히 눈에 뜨일 뿐이라며 저 외에 다른 호위도 붙이지 않으셨지요. 마음만 먹는다면 간단한 일이지요."

"좋아. 그럼 나 역시 그 건은 자네에게 맡기겠네."

중업은 어스름한 그림자 속에 반쯤 몸을 숨긴 채 환하게 웃고 있는 유대감을 묵묵히 바라보았다. 유대감을 바라보는 눈은 어둠 속에서 다만 검고 차가웠다. 그 눈이 무엇을 품고 있는지 감히 읽을 수 있는 것은 아무것도 없이.

"예."

그러나 그 대답만큼은 어떤 의심도 품을 수 없을 만큼 단호했다.

잠이 오지 않았다.

내일은 아침 일찍 길을 떠날 터였다. 그래서 준비를 마치자마자 잠자리에 들었지만, 보화는 밤이 깊도록 잠을 이루지 못했다. 눈을 감고 몸을 뒤척이다 못해 보화는 결국 일어나 하얀 잠옷 위에 겉옷을 걸쳤다.

장지문을 밀고 조심스럽게 바깥으로 나간다. 밤을 지나 새벽이 가까우니 공기가 산뜻했다. 어느덧 저물어가는 여름의 끝을 기리며 벌레들이 소슬하니 울고 있었다. 보화는 긴 한숨을 내쉬며 대청마루에 웅크리고 앉아 기둥에 머리를 기대었다.

곧 완연히 원을 그릴 듯 부풀어 오른 달이 서녘으로 기울며 부드러운 빛을 흘리고 있었다. 보화는 달빛에 젖어들 듯 고개를 들고 눈을 감았다.

떨칠 수 없는 불안이 가슴 한구석에 끈질기게 남아 있었다.

잠들기 전까지 함께 이야기를 나누면서 여리 역시 두려운 기색이 역력했다. 보화는 자신의 불안을 애써 숨기고 태연함을 가장해서 여리를 위로했지만, 여리는 오히려 보화가 걱정되는 듯했다.

'괜찮을 거예요, 보화 아가씨.'

여리는 보화의 손을 잡고 다독였다.

'다 잘 될 테니까 너무 걱정하지 말아요.'

정은 여리의 오라버니다. 위로했으면 했지 여리에게 위로받을 처지는 아니다. 어린 나이에도 매사 침착하고 어른스러운 여리를 생각하니 자신이 더욱 초라하게 느껴져 보화는 그만 쓰게 웃고 말았다.

바스락.

문득 인기척을 느끼고 보화는 퍼뜩 고개를 들었다. 시선이 닿은 곳에 중업이 서 있었다. 김영감이 액을 당한 후 중업은 집안 단속에 보다 엄해졌다. 보화는 웃는 낯으로 중업에게 말을 건넸다.

"아직까지 깨어 있었어? 아니면, 벌써 일어난 거야? 일찍 떠나야할 텐데 푹 쉬지 않고."

"잠시 둘러보던 중이었습니다. 곧 들어가려던 참입니다. 아가씨야말로 어서 주무셔야지요."

보화는 웅크리고 있던 몸을 일으키며 겉옷을 단단히 여몄다.

"잠이 잘 안 와서 잠시 바람이나 쐬려고. 매일 늦게까지 고생이 많네."

중업은 별일 아니라는 뜻을 담아 조용히 고개를 저었다. 중업답다는 생각으로 피식 웃으며 다시 점차 저무는 달을 우러르던 보화는 이윽고 자신을 살피는 시선을 느꼈다. 묵묵하고 찬찬한 그 시선이 처음에는 버거웠던 듯싶다. 그러나 시간이 흐르며 그 안에 담긴 걱정과 관심을 깨닫고 나니 어느새 일상처럼 익숙해지고 말았다. 그래서 보화는 여전히 달을 우러르며 물었다.

"한 가지 물어봐도 괜찮아?"

"예."

한동안 마른 입술을 축이던 보화는 간신히 입을 열었다.

"솔직하게 말해줄래? 정 말이야…… 혼자서 정말 괜찮을까?"

중업은 잠시 틈을 두고 대답했다.

"도련님 걱정 때문에 지금껏 잠을 못 이루신 모양이군요."

기분 탓인지 꼭 놀리는 것처럼 들렸다. 보화는 뺨이 뜨겁게 달아오르는 것을 느꼈다. 차가운 손으로 뺨을 문질러 열기를 식히려고 했지만, 쉬이 가라앉지 않았다. 보화는 중업을 돌아보며 투덜대었다.

"놀리지 말아. 너도 걱정될 것 아냐. 항상 그 옆에 있었는데 우리 때문에……."

"제가 도련님 곁에 있기를 바라십니까?"

"응? 그야……."

드물게 말을 자르는 중업에게 놀라 동그랗게 눈을 떴을 때였다. 중업이 보화를 똑바로 응시하더니 단언했다.

"저는…… 당신을 지켜드리고 싶었습니다."

그 눈은 평소와는 달랐다.

무슨 일이 있어도 흔들리지 않던, 항상 검고 어둡고 침착하던 눈이었다. 그러나 지금은 평소와는 달리 뜨겁고 아스라한 무언가를 품고 있었다. 간질간질 건드리는 아지랑이 같은, 그러나 분명히 전해지는 열기를 느끼고 보화는 그만 숨을 삼키고 말았다.

중업은 보화를 향해 한 발 다가섰다.

"당신이 더는 상처 받지 않고 행복하게 웃기를 바랐습니다. 아마도 그런 제 마음을 이미 짐작하고 계시기에 도련님은 저를 함께 보내시는 것일 테지요."

"뭐……?"

평소 거의 말이 없던 중업 같지 않았다. 중업은 지금껏 보이지 않던 속내를 모두 쏟아내겠다는 듯 매끄럽게 말을 이었다. 보화는 차마 한 번 되묻지도 못하고 숨을 죽인 채 다만 듣는 수밖에 다른 도리가 없었다.

"하지만 더 이상 당신 곁에 있을 수 없겠지요. 이제 기회는 없다는 사실을 알고 있습니다. 저 스스로 내린 선택이니까요."

"왜…… 그런 말을 하지?"

보화는 그제야 간신히 입을 열어 물을 수 있었다.

"너는 언제나 나를 도와주었어. 감사하고 있어. 진심이야."

중업은 천천히 고개를 저었다.

"더 오랫동안 도와드리고 싶었습니다. 가능하다면 당신 곁에서."

"이상해."

보화는 슬며시 몸을 당겼다. 지금 이 자리에 서 있는 중업은 그동안 자신이 지켜봤던 중업과는 다르다. 새삼스럽게 낯선 남자와 단둘이 서 있는 느낌에 보화는 바짝 신경이 곤두서는 것을 느꼈다.

"우리하고 같이 떠날 거잖아. 그런데 왜……."

보화의 경계를 느꼈는지 중업은 다시 그녀에게 거리를 두었다. 분명 방금 전까지 낯선 열기를 품고 있던 두 눈은 한 번 감았다 뜨는 것만으로 차분히 가라앉았다. 중업 역시 몸을 당기며 대화의 끝을 고했다.

"이만 주무십시오. 그렇지 않으면 여행 중에 버티기 힘드실 겁니다."

"기다려. 뭔가 숨기는 거지? 그렇지?"

중업은 돌아서 걸어가면서 말했다.

"도련님은 괜찮으실 겁니다."

"무슨……."

"무탈하게, 아무 일 없으실 겁니다. 약조드립니다."

보화는 멀어지는 중업을 다시 붙잡지 못했다. 잔뜩 굳어 단단한 그 등을 자칫 잘못 건드렸다가는 그 낯설어 두려운 열기를 다시 마주칠 것 같았다. 보화는 어깨를 덮은 겉옷을 움켜쥐고 부르르 몸을 떨었다.

이 이름 모를 기묘한 열기 탓에 또다시 잠을 이루지 못할 것 같았다.

서녘 하늘 너머 시뻘겋게 타오르는 태양이 뉘엿뉘엿 기울고 있었다.

하늘이 피를 쏟는 듯 질펀하게 물든 석양이 오늘따라 오싹한 느낌을 주었다. 한창 무르익어 뜨겁게 타오르던 여름도 어느덧 끝물. 그렇지만 가을이 오기 전 마지막으로 성화라도 부리듯 끔찍이도 무더운 날이었다.

방원의 부름을 받아 영견방 본궁을 찾은 정은 사랑채 대청에서 그와 차를 나누고 있었다. 고요히 찻잔을 들고 정은 중업과 함께 길을 떠난 보화와 여리를 생각했다.

'중업을 딸려 보냈으니 별일이야 없겠지.'

다만 정은 굳이 자신을 부른 방원을 조금 기묘하다 생각했다. 중요한 이야기가 있다고 해서 급히 찾았건만 정작 정을 부른 후 방원은 한가로이 차를 즐기고 있을 뿐 별다른 이야기를 꺼내지 않았다.

"끔찍하게 덥구나. 조금 후 궁에 들어야 할 텐데……. 도무지 움직이기 싫은 날씨로군."

"전하를 뵈러 가십니까?"

최근 병환이 깊어 자리를 보전한 이성계에 대한 이야기에 방원의 얼굴이 어둡게 변했다. 방원은 턱을 매만지며 한숨을 쉬었다.

"곧 떨치고 일어나시겠지. 노환에다 피로가 쌓인 탓이라고 하더군……. 하지만 워낙 건강하셨던 분이야. 그래도 한결 나아지셔서 이제 어느 정도 의식을 찾으셨다고 하더군. 그래서 형님들과 인사차 찾아뵈려고 하네."

"하루 빨리 쾌차하셔야 할 텐데 걱정이 크시겠습니다."

"걱정이야 끊일 날이 없지. 그런데 정아, 하나 묻고 싶은 일이 있다."

드디어 본론에 들어가려는가 싶어 정은 찻잔을 내려놓고 자세를 바로잡았다.

"예, 하문하십시오."

"그렇게 딱딱하게 굴 필요 없어. 편하게 해라. 엄하게 명하고자 하는 말이 아니다."

대번에 의심스럽게 변하는 정의 두 눈을 보고 방원은 그만 웃고 말았다. 정은 쉽사리 의심을 거두지 않았다. 방원이 '벗으로서' 편하게 건네는 말은 몇 번이고 정을 고단하게 했다.

정은 나른하게 한숨을 쉬었다. 몇 번이고 속았으면서도 또 한 수 물러주는 자신은 스스로 생각하기에도 무르고 어리석다 싶었다.

"이번에는 또 뭘 꾸미는 거야?"

"묻고 싶은 것이 있다니까. 아주 중요한 문제야. 너 이것으로 만족할 수 있겠느냐?"

"무슨 뜻이지?"

"너는 많은 것을 포기했고 많은 것을 잃었다. 그 대가로 네게 주어질 것은 권력이다. 그 권력에 취해 잃은 것을 포기하고 만족할 수 있겠느냐는 말이다."

방원답게 여상스러운 어조였지만, 정은 쉬이 대답을 하지 못했다.

붉게 타오르다 지평선으로 긴 흔적을 남기며 저무는 태양. 무겁고 습해서 숨이 막힐 것 같은 더위 속에서 정은 호흡이 버거운 것을 느꼈다.

무슨 말을 해야 할까. 방원은 대체 자신에게 무엇을 바라는 것일까.

결국 정은 그의 뜻에 따라 솔직한 심정을 드러내기로 결정했다. 굳이 편하게 말하라고 강조하는 것은 정의 솔직한 속내를 듣고 싶다는 뜻일 것이다. 왕자가 된 후에도 잠시 동안 주고받았던 허물없는 대화처럼.

"마지막까지 권력이라는 것에 도취되지 않으리라는 장담은 못하겠는걸. 나는 숙부처럼 고결한 성품이 못 되어서."

고려를 위해 모든 것을 버리고 마침내 자신의 목숨마저 던진 숙부. 정은 숙부를 잃고 괴로웠던 자신 같은 사람을 또 만들고 싶지 않았다. 그리고 그처럼 모든 것을 버릴 수 있으리라고 생각하지도 않았다.

"하지만…… 그렇게 되고 싶지 않다."

그렇지만 이 또한 진심이었다.

"진심으로, 권력에 도취되어 모두 잃고도 깨닫지 못하는 사람이 되고 싶지 않아. 아버님처럼."

아버지.

정은 가슴이 저미는 것을 느꼈다. 마음 깊이 진심으로 애정을 느꼈던 적도, 그 이후 뼈저리게 그리워 괴로웠던 적도 없지만, 그래도 그는 정의 가족이었으며 아버지였다.

최소한 그 끔찍한 죽음을 떠올릴 때마다 서글플 정도는.

가족이란 무슨 일이 있어도 결국 끊을 수 없는 지긋지긋한 끈 같은 것이다. 중업도, 정도 그리고 아버지도. 모두 가족이라는 끈으로 이어져 죽는 그 순간까지 계속될 악연이다. 정은 씁쓸하게 웃으며 말을 이었다.

"아버님처럼…… 되고 싶지 않아. 알고 있어. 아버지도 사실은 살아남기 위해 노력했을 뿐이라는 것을. 살아남기 위해 어쩔 수 없이 권력을 쫓을 수밖에 없었다는 사실을 이제 알아. 하지만 아버지는 결국 권력에 취했고 잡아먹혔지."

정은 한숨을 쉬며 고개를 젖혔다.

"그리고 마지막까지 자신이 지키고자 했던 것을 전부 잃었음을 깨닫지 못했다."

아버지의 삶을 조용히 이야기하며 정은 가슴이 뒤틀리는 것을 느꼈다.

왜 그렇게 산산이 부서지고 돌이킬 수 없이 망그러져야만 했는가. 다른 길은 존재하지 않았는가.

무엇도 잃고 싶지 않았다.

당치도 않은 욕심일 뿐이지만, 정이 바랐던 것은 권력도 명예도 아니었다. 다만 잃지 않고, 지금 지니고 있는 것을, 지금 곁에 있는 사람들이 그저 행복할 수 있기를 바랐다. 이 모든 것이 이처럼 무너진 이유를 정은 아직껏 몰랐다.

"나는, 그렇게 되고 싶지 않아. 절대. 그러나 이 또한 헛된 발버둥으로 끝날지도 모르지. 인간이란 참으로 나약한 것이라."

"그렇구나."

그 말을 끝으로 잠깐 입을 다무는가 싶더니 방원은 정을 향해 빙긋 웃었다.

"정말이지, 너는 나와 같은 길은 걷지 못할 모양이다. 너는 끝끝내 인간임을 포기하지 못하겠지. 나와는 달리."

"그러기를 바라지."

"그 때문에 죽더라도 말이냐?"

정은 어딘지 비틀린 웃음을 머금었다. 방원은 그 미소를 보았고, 본래 정은 저렇게 웃지 않았다는 사실을 떠올렸다.

언제나 시원스럽게 웃고 밝게 사람을 대하던 정은 어쩔 수 없이 변했다. 닳고 마모되었으며 깨어져 상처 입었다. 자신이 그렇게 만들었다.

"아버님은 권력을 위해 모두 포기하셨지만, 결국 그렇게 돌아가셨어."

그것도 권력과 명예를 위해 냉혹하게 버린 자신의 아들에게. 정은 그 말을 마른침과 함께 삼켰다.

이 지독한 회의감은 아마도 평생 자신의 마음 한구석을 떠나지 않을 것 같았다.

방원의 눈빛이 가라앉는가 싶더니 머지않아 즐겁다는 듯 빛나기 시작했다. 방원은 비스듬히 몸을 기대어 앉은 채 손을 휘휘 내저었다.

"알겠다. 사실 굳이 묻지 않아도 짐작이야 했다만. 너는 참 내 예상에서 벗어나지를 않는구나."

"그래, 잘났다. 묻지도 않고 다 알고 있었다면 왜 물었어?"

"말했잖아. 마지막으로 벗으로서 너와 대화하고 싶었다고."

"벗이든 신하든 이제 와 다를 것이 무엇이라고."

"천만에. 아주 많은 것이 달라. 네가 그저 내 신하로 남기를 선택했다면 나는 오롯이 내 이득을 위해 결정했을 것이다. 그것이 신하로서 당연한 자세이자 의무이므로. 하지만 네게 아직 나를 벗으로 생각하는 마음이 조금이라도 남아 있다면……."

방원과 정의 시선이 다시금 얽혔다. 유려하게 이어지던 말이 묵직한 무게를 지니고 끝을 맺었다.

"나 역시 벗으로서 너를 위한 결단을 내릴 수 있지."

정은 슬며시 비꼬았다.

"너는 내가 벗일 때도 너 자신을 위해 결정을 내리지 않았던가?"

정의 빈정거림을 듣고 방원은 소리 내어 웃음을 터뜨렸다. 피라도 맺히는 듯 붉게 타오르며 저무는 하늘 저편으로 방원의 웃음소리가 경쾌하게 울렸다.

"제법 한이 깊었던 모양이구나. 하기야 당연하지만."

한동안 소리 내어 웃던 방원은 잦아드는 웃음을 간신히 거두며 미소 어린 눈으로 정을 돌아보았다.

"내 말대로 나는 이모저모 너를 이용했다만……. 이 또한 마지막이다."

정은 눈살을 찌푸렸다. 조금 전부터 방원의 말은 도무지 종잡을 수 없는 것 투성이다. 무언가 목적이 있는 것 같은데 그 목적을 알 수 없었다. 그 와중에 혼자 다 알겠다는 듯 만족스러운 표정을 짓고 있으니 무슨 반응을 보여야 할지 더욱 모르겠다.

"그래서 대체 무슨 말을 하고 싶으십니까? 정안공 마마."

"빨리 가보는 편이 좋겠다는 말이야."

"가보라니? 어디를?"

"어디더라……. 아, 그래."

생각났다는 듯 무릎을 탁 내리치는 손짓이 어째 너무 연극적이라 정은 더욱 의심스럽다는 시선을 보냈다. 그러나 방원은 여전히 속내를 짐작할 수 없는 묘한 미소를 머금고 있었다.

"노들나루다. 아마 그곳이 맞을 거야. 시간이 제법 흘렀으니 서둘러라."

정은 등줄기가 오싹한 것을 느꼈다. 노들나루라면 자신이 중업에게 여리와 보화를 맡기고 떠나보냈던 목적지다. 이 상황에 굳이 그 지명이 나온다는 사실이 아무래도 범상치 않았다.

"노들나루라니……. 게다가 서두르라니. 무슨 말인지 모르겠어. 제대로 설명을……. 아니야, 혹시 명령이라면."

"명령이 아니다. 명령할 수만 있다면야 가지 말라고 붙잡겠지. 말했지? 벗으로서 너를 위해 하는 말이다. 내 탓에 그 아가씨와 네 여동생을 잃기라도 한다면 너는 절대 나를 용서하지 않겠지?"

"뭐……?"

"너, 네 여동생과 그 아가씨를 중업에게 맡기고 명으로 보내려고 했더구나. 안타까운 일이다만, 중업은 끝끝내 너를 배신했다."

순간 방원이 하는 말이 뜻하는 바를 이해할 수 없었다. 머릿속이 하얗게 타오르는 듯했다. 초점을 잃고 흔들리는 정의 두 눈을 곧게 바라보면서 방원은 너무나도 쉽고 가벼이 단언했다.

"그들을 인질 삼아 팔아넘긴 거야."

"무슨……!"

정은 자리에서 벌떡 몸을 일으켰다.

"설마 그럴 리……. 아니야, 그럴 리가."

방원은 정의 무례를 꾸짖겠다는 기색조차 없었다. 다만 흔들림이라고는 없이 차분한 눈으로 정을 올려다보았다. 상황을 받아들이지 못하고 감정에 휘둘리는 정이 어리석고 딱하다는 듯.

"이런 거짓말을 해서 뭣하겠다고? 중업이 내걸었던 조건대로 네 사병이 내 세력에서 이탈하면 누구보다 난감한 사람은 나다."

정은 믿고 싶지 않았다. 하지만 방원의 말은 너무나 솔직했고 방원이 굳이 이런 상황을 꾸밀 리 없음을 납득할 수밖에 없었다.

내탕금을 받아낸 이상 방원에게 보화는 그 의미를 잃어버리고 무용지물이 된 지 오래다. 그리고 여리는 방원에게 인질조차 되지 못한다. 이제와 정과 척을 지려고 하다니 납득할 수 없다.

하지만 중업이 방원과 반대 측에 속해 있다면.

그리고 방원에게 대적해서 정을 무너뜨리기 위해 여리와 보화를 이용하려고 한다면.

시야가 아찔하게 일그러지더니 지독한 현기증이 일었다. 동시에 다리에서 휘청 힘이 풀렸다. 정은 비틀거리며 기둥을 짚었다.

'중업이 배신했다고?'

기둥을 짚고 있는 손에 힘이 들어가며 손톱이 나무 기둥을 힘주어 긁었다. 손톱이 부러질 듯 고통스러웠지만 정은 허덕이느라 그조차 깨닫지 못했다.

'중업이?'

귀를 아프게 찌르는 이명 너머 방원의 목소리가 윙윙 울렸다. 제대로 알아듣고 있는지 의심스러움에도 그 말이 선명하게 머릿속을 울린다는 사실이 기묘했다. 정은 악착 같이 몸을 바로잡은 채 어금니를 깨물었다.

"너는 너무 물러. 한 번 너를 배신했던 사람을 다시 믿다니. 어려운 것은 처음 한 번이야. 두 번째는 너무 쉽지. 무슨 일이든 마찬가지건만 그 사실을 몰랐단 말이냐? 내게 한 번 당하고서도."

여기서 더는 무너질 수 없었다.

"가라."

방원은 고개를 돌렸다.

"더 붙잡아서 뭐하겠어. 가라. 지금 당장 네가 필요한 곳은 여기가 아니니."

방원은 혼자라도 떠났을 정을 위해 큰 호의를 베풀어 병사를 일부 내주었다. 방원이 큰일을 앞두고 있다는 것을 잘 알기에 정은 잠시 망설였지만, 중업을 홀로 상대할 수 없다는 사실은 분명했다. 심지어 중업이 혼자 있으리라는 보장 역시 없었다.

정은 초조한 심정으로 노들나루를 향해 말을 몰았다.

'이것이 제가 당신을 이길 수 있는 유일한 방법일 테니까요.'

중업을 믿어서는 안 되었던 것일까.

'결정하십시오.'

차라리 자신에게 직접 칼을 들이대었으면 좋으련만.

'보화 아가씨와 여리 아가씨를 구할 것인지, 정안공을 따를 것인지.'

흔들리는 말 등 위에서 정은 이를 악물었다.

필요하다면 벨 수밖에.

보화와 여리는 아무 죄도 없다. 그들은 아무것도 모르고, 아무 책임도 질 이유가 없다. 그렇게 무구하다.

다만 무구해서 행복해야 할 아이들이건만.

말을 재촉하고 또 재촉해도, 그리 멀지도 않은 길이 도무지 도달할 수 없는 듯 아득하기만 했다.

군사를 이끌고 다급히 말을 모는 동안 어느덧 해가 저물어 어둠이 야트막히 깔렸다. 드디어 노들나루에 도착해 정은 다급하게 주변을 둘러보았다.

이상한 일이다.

날이 저물었으니 오가는 사람들이야 없을지언정 중업이 이곳에서 기다리고 있다면 이토록 조용할 리 없다. 그러나 사방은 한적하니 저만치 흐르는 강물 소리만 들려왔다.

정은 보다 안쪽으로 들어섰다.

고요히 흐르는 강가에 중업이 서 있었다.

"보화는…… 여리는. 두 사람 대체 어디 있지?"

"글쎄요, 어디 있을 것 같습니까?"

담담하게 대답하는 중업의 얼굴은 표정 변화 없이 마냥 무심했다. 난생 처음으로 정은 중업의 무표정한 얼굴 앞에 짜증을 넘어 분노를 느꼈다. 속이 들끓어 오르며 눈앞이 새하얗게 변했다.

"말해, 빨리!"

"이렇게 윽박지른다고 순순히 말씀드릴 거라면 애초에 두 분을 뫼시지도 않았을 테지요."

"너!"

중업은 천천히 검을 뽑았다. 달빛 아래 푸르게 빛나는 검이 정을 향해 겨누어졌다. 중업은 온기 없는 철 덩어리만큼이나 차고 무감정한 눈으로 정을 바라보며 중얼거렸다. 그 눈에서 정은 죄책감도, 후회도, 증오조차 찾을 수 없었다.

아무 의미 없는 물건이라도 바라보듯 단지 냉막할 따름이다.

"뽑으십시오."

세상이 통째로 일그러지는 것 같았다.

"대답을 듣고 싶다면, 저를 쓰러뜨리십시오."

아슬아슬하게 붙들고 있던 이성이 뚝 끊어지는 소리가 났다. 정은 온몸을 휩쓸어 타오르는 듯 뜨거운 감정에 휩쓸려 결국 검을 뽑았다.

다음 순간 두 자루 검이 부딪치며 불꽃을 튀겼다.

정과 중업의 검은 쉴 새 없이 경합을 펼쳤다. 불꽃이 일 때마다 요란한 소리가 강가를 울렸다. 온 힘을 다해, 살기까지 담아 검을 겨누는 것은 정에게 낯선 경험이었다. 심지어 그 상대는 다른 누구도 아닌 중업이다.

"너, 대체 왜!"

분노가 솟구쳤다.

무엇보다 뜨겁고 격렬한. 진심으로 상대방을 고꾸라뜨리고 싶다는. 설사 그 목에 칼을 찌른다고 하더라도 식지 않을.

모든 것을 휩쓸어버릴 것 같은 분노였다.

"왜라고 생각하십니까?"

중업은 침착하게 정의 검을 받았다. 전력을 다하는 정과 달리 여유가 넘치는 모습이었다. 지금 이 순간 중업은 정이 결코 넘어설 수 없는 거대한 벽이었다. 하지만 이 상황을 빨리 끝내고 보화와 여리의 행방을 묻기 위해서 정은 중업을 쓰러뜨려야만 했다.

정은 호흡을 가다듬으며 자세를 바로잡았다. 어떻게든 빈틈을 찔러 설사 죽음이라도 감수하겠다고 결심하는 찰나.

"그만둬요!"

날카로운 목소리가 정을 붙잡았다.

"뭐······."

그 목소리는 다름 아닌 보화의 것이었다.

"두 사람 뭐 하는 거예요? 갑자기 왜 검을 들고……."

"보화……?"

정은 검을 내리고 뱃전에서 이쪽을 내려다보고 있는 보화를 우러렀다. 거리가 떨어져 있기는 했지만, 목소리나 모습을 보아하니 다친 곳 없이 말끔한 모습이었다.

"왜 싸우고 있어요? 무슨 일이에요?"

정은 순간 혼란에 빠졌다. 납치됐다는 말을 들었는데 영문을 모르고 중업을 돌아보는 순간, 중업은 어깨를 으쓱하며 검을 내렸다.

"너무 소란스러웠군요. 아쉽습니다."

"뭐……."

말을 잇지 못하는 정에게 중업은 고했다.

"정안공께 부탁받은 전언입니다."

"정안공?"

중업은 담담히 말을 이었다.

"마음 편히 떠나기를 바란다고 하셨습니다. 먼 땅에서 뜻하던 대로 평온한 일생을 보내기를 벗으로서 진심으로 기원하겠노라고. 그동안 감사했다는 말을 전해달라고 하시더군요."

"잠깐 기다려."

정은 중업의 멱살을 잡았다.

"지금 무슨 말을 하는 거야? 정안공? 그래, 당연히 방원이 얽혔겠지. 너희 둘 무슨 일을 꾸몄어? 언제 방원하고……."

"정안공께 정보를 제공하는 대신 부탁을 한 가지 드렸을 뿐입니다."

"정보? 부탁? 너 대체 무슨 짓을 하고 돌아다녔던 거야?"

"회초리 들어 종아리라도 때릴 기세십니다."

"종아리는 무슨. 지금 심정으로는 네 주리를 틀고 싶다!"

정이 윽박지르는데도 중업은 순간 참지 못하고 웃음을 터뜨렸다. 난생 처음 듣는 중업의 웃음소리였다. 정은 반쯤 넋이 나가서 멍하니 중얼거렸다.

"너 지금 이 상황에 웃음이 잘도 나온다."

"글쎄요, 저는 지금 기분이 무척 좋습니다."

중업은 환하게 웃으며 정에게 말했다.

"처음으로 당신이 저를 대등하게 여긴 것 같아서 그리고 마지막으로 당신에게 제대로 한 방 먹일 수 있어서 만족합니다."

중업은 진정 후련한 듯이 말했다.

"그러니 당신이 그날 제게 했던 부탁을 들어드리겠습니다. 저는 당신 대신 이곳에 남아 가문을 이을 것입니다. 그리고 당신은 바라지 않았던 곳에 도달하겠습니다. 무엇을 무릅쓰고라도 반드시."

"진심이냐?"

"예."

방원과 똑같은 눈이다.

이미 결정을 내렸기에 더는 물러서지도 돌아서지도 않을.

'이제 마지막이다.'

정은 뒤늦게 방원과 나누었던 대화의 의미를 깨달았다. 방원은 중업의 부탁을 받아 마지막으로 정의 의사를 확인한 것이다. 자신 곁에 남아 지고의 권력을 누릴 것인지, 그렇지 않으면 전부 버리고 떠날 것인지.

아무리 정보를 얻는 대가라고 해도 쉽지 않은 결정이었을 것이다. 심지어 군사를 일부 내어 정이 가는 길을 보호하기까지 했다.

'벗으로서 네게 보내는 마지막 호의라고 생각해.'

그리고 방원은 웃음으로 정을 보냈다.

정은 어쩐지 속내없이 편하게 웃는 친구의 얼굴이 떠올랐다. 방원 나름대로의 사과일지도 모른다. 정이 권력이나 명예를 원하지 않는다는 사실을 새삼 확인한 후, 바라는 삶을 이루라는 말이 방원이 마지막으로 해주었던 충고였다.

"말린다고 해도 듣지 않겠지."

"그렇습니다."

중업은 선선히 웃었다.

"걱정하시는 바는 알고 있습니다."

"그럼에도 포기하지 않겠다고?"

"예, 그럼에도 포기하지 않겠습니다. 그 끝이 어찌 되든 갈 수 있는 곳까지 가겠습니다. 그것이 제 선택입니다."

그 순간 배에서 내려 힘겹게 달려온 보화가 대뜸 정에게 매달렸다.

"둘 다 다치지 않았어요? 왜 갑자기 싸우고 그래요? 놀랐잖아!"

"뭘 모르는 소리. 나는 더 놀랐어."

"뭐가요?"

영문을 모르니 어리둥절한 얼굴을 한 보화는 분명 다친 곳 없이 건강했다. 휴, 정은 안도의 한숨을 내쉬었다. 검을 검집으로 밀어넣은 중업이 품에서 서찰을 꺼내어 건네었다. 정은 서찰을 받아들어 살폈다. 익히 잘 알고 있는 유려한 글씨가 서찰을 봉하고 있었다.

"여리 아가씨의 서찰입니다. 제게 대신 전해달라고 하셨습니다."

"여리는……."

"여리 아가씨는 이곳에 남겠다고 하셨습니다."

정은 중업에게 받은 서찰을 응시했다. 눈에 익은 단아하고 부드러운 글씨체를 찬찬히 훑으며 정은 여리를 생각했다. 그리고 부디 자신을 위한 선택을 내려달라던 간곡한 호소를 떠올렸다.

여리는 이 상황을 이미 알고 있었던 것이다.

그래서 마지막으로 자신의 진심을 정에게 전했다. 오라버니가 진정으로 자신에게 중요한 것을 선택할 수 있기를 기원하면서. 정은 서찰을 매만지며 나직하니 읊조렸다.

"그렇구나."

정은 여리의 고뇌를 짐작했다.

여리는 중업을 홀로 두고 싶지 않았을 것이다. 보화와 함께 떠나는 자신과 달리 중업은 피와 죽음을 업고 싸워야만 한다. 저라도 그 곁에서 중업에게 도움이 되고 싶었을 속내를 정은 이해했다.

'오라버니에게 행복한 길을 선택해주세요.'

정은 뜨겁게 젖어드는 눈을 감았다.

"가십시오. 저는 이 길로 군사를 이끌고 정안공께 합류할 겁니다. 뒷일은 걱정하지 말고 떠나셔도 좋습니다."

"나더러, 네게 모두 떠맡기고 홀로 뻔뻔히 떠나라는 말이야?"

"그렇지 않습니다."

중업은 고개를 저었다.

"지금 당신의 가장 큰 책임은 저분입니다. 당신 외에 누구도 책임질 수 없는. 오로지 당신만의 것입니다. 남은 것은 제 몫이지요. 그렇지 않습니까? 어차피 이곳에 머무는 이상 보화 아가씨는 계속 위험에 노출되실 텐데 그래도 괜찮다는 말은 아니시지요?"

"네가, 내 자리를 대신하겠다는 말이냐?"

중업은 몸을 바르게 새웠다. 여전히 냉정하고 그 속내를 쉽게 짐작할 수 없는 얼굴이었다. 그러나 정을 응시하는 눈에서 정은 많은 것을 읽었다.

"항상 도련님의 몫을 원했던 것 같습니다."

바람이 불었다. 지독하게 무더운 날이었는데 강변에서 불어오는 바람은 습하고도 서늘했다. 급하게 달려오느라 목덜미와 이마를 적신 땀이 바람에 식는 느낌이 시원했다.

그 시원한 바람 속에서 중업의 목소리가 물결을 따라 흐르듯 이어졌다.

"항상 그랬던 것 같습니다. 제가 가지지 못했기에 더 빛나 보일 뿐이라고 생각하면서도, 저는 그 갈망을 결국 억누르지 못했습니다. 도련님을 위해 떠맡은 것이 아니라 제가 바랐기에 선택한 길입니다. 그러니 바라지 않았던 짐은 전부 두고 가십시오."

그 말을 끝으로 중업은 정에게 미소를 지었다.

"저 역시 여리 아가씨의 바람과 같습니다. 다만 두 분 모두 행복하시기를. 그저 평온하고 조용하게 바라던 삶을 이루시기를 바랍니다. 먼 훗날 연이 닿는다면 다시 만날 수도 있겠지요."

"중업아."

"더 지체하실 틈이 없을 텐데요."

"무슨 말을 해야 할지 알 수 없지만."

정은 크게 호흡했다.

"나도 언제나 네 행복을 기원하겠다. 진심을 다해서."

곁에서 두 사람의 대화를 조용히 듣고 있던 보화는 한 걸음 중업을 향해 다가섰다. 그리고 다소곳이 고개를 숙였다.

"다치지 않게 조심해……."

치맛자락을 움켜쥐고 있는 두 손에 힘이 들어가는 것이 보였다.

"네게는 항상 도움만 받는 것 같아. 정작 나는 아무것도 해주지 못했는데……. 저기, 여리에게도 고맙다고 전해줘. 정말, 고맙다고."

이윽고 고개를 든 보화는 눈물이 가득 고인 눈으로 방긋 미소를 지었다.

"바보 같아. 늘 고맙다는 말밖에 못하네."

"충분합니다. 여리 아가씨도 잘 아실 겁니다."

희미하게 웃으며 다정하게 응대하는 중업을 향해 보화는 다시금 웃었다.

"안녕."

그 미소는 한껏 눈물이 어렸을지언정 지금껏 중업이 봤던 어떤 미소보다 곱고 환했다. 그 사실만으로 중업은 만족할 수 있다고 생각했다.

오롯이 자신을 향한 저 미소만으로 원하는 바는 이루었노라고.

"보화 아가씨."

"응?"

중업은 팔을 뻗어 보화를 가까이 당겼다. 순순히 이끌리며 보화는 놀라 눈을 크게 떴다. 따스한 숨결이 급격히 가까워지더니 이마에 뜨겁고 부드러운 것이 닿았다.

이윽고 중업은 한 발짝 거리를 두고 보화를 향해 미소 지었다.

"몸조심 하십시오. 안전하게 도착하시기를 바랍니다."

"어……."

멍하니 중업을 올려다보던 보화는 저도 모르게 곁에 서 있던 정을 힐끗 돌아보았다. 정은 팔짱을 끼고 영 못마땅하다는 눈으로 중업을 노려보았지만, 정작 중업은 천연덕스럽게 평정을 지키고 있었다.

정은 나지막하게 이를 갈 듯이 말했다.

"너 이 녀석이……."

중업은 아무렇지 않게 웃음을 되돌렸다.

"이 정도야 너그럽게 용서하실 테지요?"

"이제 다시 볼일 없다고 아주 마음 놓고 음흉하게 구는구나."

"마지막이라고 생각하니 그만 아쉬워서요."

그 말을 남기고 중업은 훌쩍 정이 타고 왔던 말 위에 대신 올랐다. 그리고 군사들을 향해 말머리를 돌렸다.

"정아, 잘 가라."

그리고 스치듯 나직하게 귓가를 울린 인사를 정은 놓치지 않았다. 그 순간 처음이자 마지막으로.

정과 보화는 뱃전 위에 올라 멀어지는 육지를 가만히 응시했다.

배가 멀어지면 멀어질수록, 고국의 땅도 천천히 멀어져갔다.

밤이 깊어 짙은 어둠이 내리깔린 탓에 안타깝게도 상세한 풍경을 살필 수는 없었다. 까맣게 내리덮인 어둠 속으로 군사들이 들고 있는 횃불만 어스름히 흔들리는 모습이 선명했다.

보화는 조용히 중얼거렸다.

"다시 이곳을 볼 날이 있을까요?"

"글쎄, 돌아온다고 해도 아마 오랜 시간이 지나야겠지."

보화는 긴 한숨을 내쉬며 정에게 기대었다. 정은 보화를 감싸고 속삭였다.

"춥지 않아?"

"시원해요. 그리고 아직은 조금 더 보고 싶은데."

조그맣게 중얼거리면서 품안으로 자꾸만 파고드는 보화를 정은 마주 안았다. 어둠 속에서 흐르는 달빛이 보화의 얼굴을 빛내고 있었다.

참으로 긴 시간이 흐르고 많은 일이 있었다.

삶의 한 자락이 마무리를 짓고 또 다른 시작을 맞이하는 길목에 서서 아스라이 옛 일을 떠올린다.

그리고 다만 소망하는 것이다. 많은 고난 속에서도 마침내 지켜낸

이 삶을 끝까지 함께 이어갈 수 있기를. 함께 걸으며 다음으로, 또 다음으로. 그렇게 생을 이어갈 수 있기를. 이 기억과 이야기가 덧없이 사라지지 않기를.

깊은 밤, 쌀쌀맞은 강바람 속에서도 온기를 나눌 수 있을 당신이 있기에 충만하고 안온한 기분이 든다.

그 평온함 속에서 정은 보화의 귓가에 말했다.

"사랑해."

보화는 조용히 웃었다. 물결처럼, 음악처럼 웃으며 돌아서서 보화는 정을 마주 힘껏 끌어안았다.

이 온기를 이제 다시는 놓지 않으리라. 많은 고난 끝에 많은 것을 잃었지만, 지금부터 서로의 품안에서 영원히 행복하리라고, 정은 그렇게 믿었다.

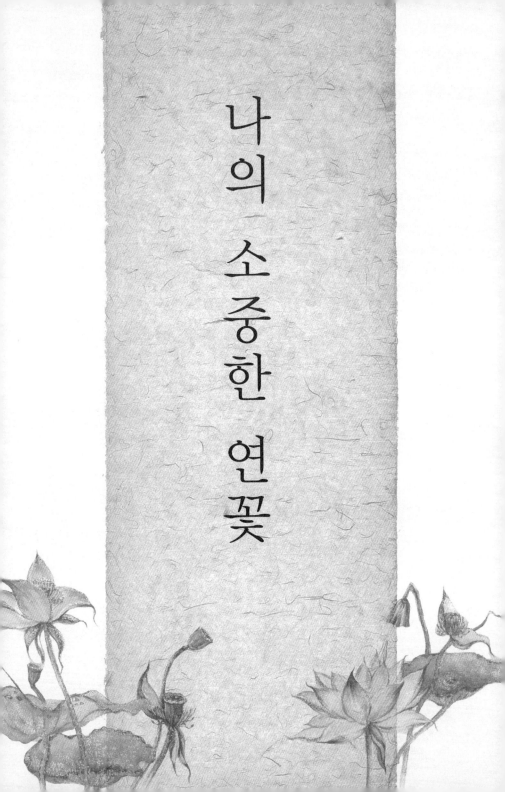

나의 소중한 연꽃

무탈하신지요.

얼마 전 보내신 서한은 잘 받았습니다. 모두 잘 정착해서 지내고 계시다
니 무엇보다 다행인 일이라고 생각합니다. 그동안 저 역시 몇 번이나 붓
을 들까 생각했습니다만, 계속 망설였음을 용서하십시오.

늦었지만 이제야 이쪽 소식을 알립니다.

떠나신 지 어느덧 3년이라는 시간이 흘렀습니다. 그간 이쪽은 큰일 없이
모두 무사합니다. 여리는 여전히 건강하고, 오라버니와 보화 아가씨가
건강하기를 기원하고 있습니다.

이미 소식은 들으셨으리라 사료됩니다만, 정안공께서는 얼마 전 즉위하
셨습니다.

그 사이 한 번 더 소란이 있었으나 이번에는 큰 문제없이 쉽게 정리가 되
었습니다. 전하께서는 바라던 대로 무사히 즉위하셨고 현 정국은 안정적

입니다.

많은 것이 바뀌었지만, 저 역시 무탈하게 지내고 있습니다. 아직까지는.

바라던 대로 당신의 자리를 차지했고, 가문을 이었고, 경복궁에 들었습니다. 어쨌든 원하던 바를 이루었다고 할 수 있겠지요.

동시에 당신이 왜 이 자리를 두려워했는지 다시금 깨닫고 있습니다. 이 자리에 앉아 느낄 수밖에 없는 압박감과 책임 그리고 흘릴 수밖에 없는 피에 대해서.

제 손은 본래 피에 젖어 있었지만, 명을 받아 흘리는 피와 제 자신을 위해 흘리는 피가 큰 차이가 있다는 사실을 알게 되었습니다. 저는 앞으로 더 많은 피를 흘릴 것이고, 원념을 쌓을 것입니다. 제가 바랐던 이 자리를 유지하기 위해. 보다 높은 곳으로 올라 권력을 거머쥐기 위해.

제 주인, 아니 우리 아버지가 그리했듯이.

그분을 증오했습니다. 그래서 그분을 이기기 위해, 그분이 자신의 뒤를 잇기를 바랐던 당신을 이기기 위해, 결과적으로 그분에게 복수하기 위해 저는 그 모든 일을 저질렀겠지요.

하지만 그렇기 때문에 저의 마지막도 제 아버지와 크게 다르지 않을 것이라는 생각을 합니다. 당신이 우려했고, 제가 익히 짐작했던 대로.

저는 절대 평온한 삶과 편안한 죽음은 누리지 못하겠지요. 뜨거운 원한과 냉정한 계산으로 비롯된 죽음을 맞이할 것이고 많은 사람들이 제 죽음을 아깝게 여기기는커녕 제 죽음으로 인한 이득을 계산할 것입니다. 당신이 안타깝게 여겼을 아버지의 삶과 죽음처럼.

제 마지막은 생각보다 멀리 있을 수도 있고, 혹은 예상보다 빨리 찾아올 수도 있습니다. 그 끝은 만족스럽지만은 않겠지만, 가족이라고 할 수 있을 두 분이 저를 기억하고 애도하기를 바랍니다.

한 가지 더 기원한다면, 그분께서도.

생각하는 대로 붓을 옮기다보니 넋두리가 지나치게 길었습니다. 그곳도 지금쯤 날이 많이 쌀쌀해졌을 것이라고 생각합니다. 명의 겨울은 조선보다 훨씬 춥다던데 부디 건강 조심하시기를 바랍니다.

여리 아가씨께서는 당신과 보화 아가씨의 보다 자세한 소식을 듣고 싶다고 합니다. 딸을 보셨다지요? 게다가 얼마 후에 한 아이가 또 태어난다는 소식에 어찌나 기뻐하시던지 밤새 배냇저고리와 버선을 만드셨습니다. 함께 보내드립니다.

조만간 조카들을 꼭 직접 보고 싶다고 소망하셨습니다. 지금 당장은 어렵겠지만 머지않아 그 소망을 이룰 수 있기를 저도 바랍니다.

너무나 수많은 일을 순식간에 겪었기 때문인지 그 시절은 여전히 가깝고도 멉니다. 두 번 다시 이곳에서 함께 웃을 수는 없겠지만, 그래도 언젠가 회포를 풀 수는 있겠지요. 당신과 여리와, 그리고 보화 아가씨를.

보화 아가씨가 늘 바라셨듯이 다 같이 한자리에 모여 웃을 수 있는 날이, 남은 인생에 한 번은 찾아오기를 기원합니다.

그 날 함께 바랐듯이 언제까지나 행복하시기를.

정은 몇 번이나 훑은 서찰을 단정하게 접어 책상 한편으로 치웠다. 그리고 함께 받은 보따리를 풀어 열었다. 그 안에는 서찰에 적힌 대로 꼼꼼하고 야무지게 만든 고운 배냇저고리가 들어 있었다.

정은 저고리를 찬찬히 매만지며 훑었다. 너무 오랫동안 맡지 못한 고국의 냄새, 문득 머나먼 조국 땅이 사무치게 그리웠다. 그곳에 남아 있는 여동생과 형과 벗에 대해서도.

"정? 뭐해요? 누구에게 온 물건이기에 그렇게 오래 틀어박혀서……."

문이 열리더니 아기를 안은 보화가 얼굴을 쏙 내밀었다. 이제 갓 돌을 지난 아이는 어머니에게 매달려 알아들을 수 없는 말을 옹알거리고 있었다. 아이의 등을 두드리며 방 안으로 들어선 보화는 책상 위에 올린 배냇저고리를 보고 놀란 눈을 깜박였다.

"어머나, 뭐예요? 모양을 보니 여기서 산 것은 아니고……."

"여리의 선물이야."

정은 자리에서 일어나 보화에게 아기를 건네받았다. 보화는 아이를 건네주다 말고 반색을 하며 조심스럽게 몸을 숙였다.

"여리라고요? 다행히 저번에 보냈던 서찰이 무사히 도착했나 보군요."

"응, 여리가 이번에 태어나는 조카에게 주라고 밤을 새서 만들었다더라."

"세상에. 여리는 몸도 약한데……."

보화의 눈에 금세 눈물이 고였다. 정은 어머니에게 떨어져 칭얼거리기 시작하는 아이를 능숙하게 어르기 시작했다. 처음에는 어떻게 안으면 좋을지 몰라 허둥거렸지만, 아버지 노릇도 이제 제법 익숙해졌다.

"어서 태어나서 입혀봤으면 좋겠는데."

"급해요. 아직 멀었다고요."

"그래, 너무 서두르면 안 되겠지. 건강하게만 나오면 돼."

보화는 정을 흘기면서 여리가 만들었다는 배냇저고리를 조심스럽게 매만졌다. 여리의 따뜻한 애정이 느껴지는 듯했다.

"다들 건강하다던가요?"

정은 잠시 서찰을 보여줄까 고민했지만, 곧 서찰의 내용을 생각하고 보여주지 않는 것이 좋다는 결론을 내렸다.

"가져다준 사람 편으로 전언을 보냈더라. 다들 건강하고, 이쪽도 다들 건강하기를 바란다고. 언젠가 만나고 싶다고."

"서찰이라도 한 장 보낼 일이지."

"혹시 모르는 일이니 조심한 거겠지."

보화는 본격적으로 울기 시작하려는 아이를 정에게 건네받았다.

"우리 딸은 엄마만 좋아한다니까."

"아직 안는 게 서툴러서 그렇죠. 벌써 돌이나 됐는데."

보화는 정에게 핀잔을 건네면서 아이를 얼렀다. 그 눈에 문득 그리움이 스쳤다.

"다들 보고 싶어요."

"보게 되겠지. 잘 받았다고 서찰이라도 보내줘. 언젠가 때가 되면 한 번 놀라오라고."

정은 슬며시 웃었다.

"괜찮아. 그쪽 상황도 어지간히 안정됐다니 별일 없을 거야."

"그래요……."

고개를 끄덕이며 웃는 보화를 정은 가만히 마주 안았다. 그리고 더할 나위 없이 따뜻한 온기에 취해 눈을 감았다.

'언제까지나 행복하시기를.'

행복하다.

많은 것을 잃고 간신히 남은 것이지만, 그래도 바랐듯 당신이 곁에 있기에 행복하다. 당신이 곁에 있어 웃어주기에 행복하다. 가장 원했던 존재가 자신을 선택했기에 정은 그래도 행복하게 웃을 수 있었다.

그리고 다른 이들의 행복 역시 바랄 수 있었다.

"갑자기 뭐예요?"

"아니. 다들 행복하면 좋겠구나 싶어서. 지금 내가 그렇듯이."

보화는 문득 눈을 동그랗게 떴다. 그리고 정의 목덜미에 얼굴을 기대며 부드럽게 웃음을 흘렸다.

"그래요. 나도 다들 행복하기를 바란답니다. 여리도, 중업도, 지금 내가 그렇듯이."

싸늘한 겨울일지언정 지금 당신과 함께 있기에 괴롭지 않고 춥지 않다. 서로의 온기를 나누는 것으로 봄을 기다릴 수 있기에. 보화는 어느덧 과거 속으로 지나간 그날. 아버지에게 들은 말을 생각했다.

"아버지께서 말씀하셨어요."

"장인어른께서? 무슨 말을?"

"진흙 속에서도 깨끗하게 피어나는 연꽃처럼. 저도 추운 겨울을 견디면 분명 행복해질 수 있을 거라고."

보화는 정을 올려다보았다.

"당신을 믿으라고요."

"어……."

정은 본인조차 잊고 있던 옛일을 떠올리고 뒤늦은 쑥스러움을 느꼈다. 슬그머니 시선을 피하면서 정은 어물어물 중얼거렸다.

"음. 오랜만에 장인어른 모시고 다 같이 여행이나 갈까?"

"이 겨울에? 혹시 고뿔이라도 걸리면 어쩌려고. 안 돼요."

"아니, 그러니까 날이나 풀리면."

횡설수설하는 정이 당황했다는 걸 느끼고 보화는 남몰래 웃음을 머금었다. 그리고 모르는 척 활짝 웃으며 대답했다.

"좋아요. 금방 봄이 올 테니까. 아버지도 즐겁게 기다리실 거예요."

정은 마주 웃었다.

"그래, 봄이 머지않았지."

그렇게 봄은 반드시 온다. 눈은 차고 서리는 고통스럽지만. 그 고통이 깊고 깊을수록 그 다음 찾아오는 봄은 더욱 아름답다. 정은 그 사실을 알았다. 그리고 이제 자신 곁에 있는 가장 아름답고 소중한 연을 보았다.

연은 춥고 혹독한 겨울을 물 속 진흙에 묻혀 견딘다. 그러나 뜨거운 태양 아래 진흙을 벗어나면 더할 나위 없이 맑고 향긋하게 피어난다. 결코 더럽혀짐 없이 고결한. 보화는 그 연과 같다.

서리를 견디고 피어난 나의 소중한 연.